時計仕掛けの恋人

ピーター・スワンソン

棚橋志行 訳

THE GIRL
WITH A CLOCK FOR A HEART
BY PETER SWANSON
TRANSLATION BY SHIKO TANAHASHI

Published by K.K. HarperCollins Japan, 2022

シャーリーンに

そして、限りなく優しい男であり卓越した著述家でもあった、
わが祖父アーサー・グラッドストーン・エリス（一九一六～二〇一二）の
愛情に満ちた思い出に

＊本書は2014年10月に刊行された『時計仕掛けの恋人』(ヴィレッジブックス)を
一部修正のうえ再版したものです。

時計仕掛けの恋人

おもな登場人物

ジョージ・フォス――――ボストンの出版社勤務
アイリーン・ディマス――――ジョージの女友達。新聞社勤務
ジェラルド・マクリーン――――アトランタの資産家
カリン・ボイド――――マクリーンの姪
ドニー・ジェンクス――――私立探偵
ロベルタ・ジェイムズ――――ボストン市警の刑事
ジョン・オクレア――――ボストン市警の刑事
チャルファント――――フロリダ州スウィートガムの刑事
バーニー・マクドナルド――――前科者の男
ケイティ・オラー――――麻薬常習者の女
リアナ・デクター――――ジョージの大学時代の恋人

プロローグ

夕暮れどきで日は傾きかけていたが、轍（わだち）のついた車寄せの道に入ると、いまも敷地は黄色いテープに囲われていた。

ジョージはサーブを停止させたが、エンジンはかけたままで、ニューエセックスの袋小路にひっそりと立つこの家を前回訪れたときのことは極力考えないようにした。

立入禁止のテープが松の木から木へ大きく円を描いていて、玄関のドアにも赤と白のテープがXの形に貼りつけられている。彼はエンジンを切った。空調の風が止まると同時に日中の猛烈な熱波が押し寄せてきた。太陽は空の低いところにあり、松の木の天蓋（てんがい）が大きく張り出していて、いっそう暗く感じられる。

車外へ足を踏み出した。湿った空気に海の香りが混じり、遠くにカモメたちの声が聞こえる。焦げ茶色のデッキハウスは周囲の森に溶けこんでいた。高いところの窓も汚れた下見張りと同様、黒ずんでいる。

〝立入禁止　警察〟と記された黄色いテープをくぐり、家の裏手へ向かった。朽ち果てた裏のデッキのガラス戸から入れるといいのだが。施錠されていたら、石を投げてガラスを割ろう。中へ入って急いで調べ、警察が見逃したかもしれない証拠を探すのだ。

ガラスの引き戸にも警察のステッカーが貼られていたが、鍵はかかっていない。中へ入ったら恐怖に駆られるのではないかと思いつつ、ひんやりとした家の中へ足を踏み入れた。感じたのは恐怖ではなく、目覚めかけた夢のなかにいるような、現実離れした静けさだった。

探し物がどんなものかは、見つかったときわかる。

警察は隅々まで調べ尽くしたらしい。壁や床のところどころに指紋採取用の粉が残っている。コーヒーテーブルに載っていた薬物の道具一式は消えていた。向き直って、家の東側にある主寝室へ向かった。入ったことのない部屋だ。かき回されているものと思いながらドアを開けた。予想に反し、すっきりした空間だった。天井の低い大きな寝室で、キングサイズのベッドは花柄のシーツで整えられている。ベッドの向こうに低いタンスがふたつあり、どちらもガラス板が置かれていた。汚れたガラスの下に色あせたポラロイド写真が挟まれている。誕生パーティや、卒業時のものだ。

引き出しを開けたが、これといったものは出てこなかった。衣類やヘアブラシ、香水瓶といった古い品々は押収されずに残っていたが、どれにも防虫剤の花の香りと埃のにおいが混じっている。

絨毯敷きの階段が下の階へ続いていた。玄関そばの踊り場を通るとき、あの場面を思い浮かべずにいようとしたが、思わず見てしまった。かえって長く。女が倒れ、皮膚が土気色に変わっていったあの場所を。

下に着くと左へ向かい、塗装ずみの大きな地下室に入った。窓はなく、黴臭い。ポケットから小さな懐中電灯を取り出し、細く薄暗い光でぐるりと照らす。部屋の真ん中に美しい年代物のビリヤード台があった。台に張られた布は緑色ではなく赤色で、球が散乱している。遠くの隅にカウンターバーが見えた。スツールが何脚か置かれ、〈ジョージ・ディッケル　テネシー・ウイスキー〉のロゴが彫られた大きな鏡が掛かっている。その下には空っぽの棚が並んでいて、かつて酒のボトルが並んでいたのが取り去られ、そのままになって長いのだろうと想像した。

探し物がどんなものかは、見つかったときわかる。

階段を上へ戻り、小さめの寝室ふたつをのぞき、最近そこを使った者たちの痕跡がないか調べたが、何も見つからなかった。警察も同じことをし、重要と見なしたものは全部証拠として押収しているのだろうが、ここへ来て自分の目で調べる必要があった。何かあるはずだ。何かしら彼女は残していったにちがいない。

それはリビングの書棚にあった。目の高さに、本が壁のようにずらりと並んでいて、そのなかに白いハードカバーがあった。かつて図書館の蔵書だったかのようにビニールカバーがかけられ、ほかの本のなかでも目につきやすい。本のほとんどは専門書だ。ボートの運転マニュアル。旅行のガイドブック。児童用の古い百科事典がひとそろい。小説もあるが、量販用のペーパーバックばかりだ。ジャンルはハイテク・スリラー。マイクル・クライトンに、トム・クランシー。

見つけた本の背に手を触れた。ほっそりとした赤い優雅な書体でタイトルと著者名が記されている。『レベッカ』ダフネ・デュ・モーリア著。

彼女の大好きだった本だ。唯一無二のお気に入りだった。二人が出会った年、彼に一冊くれた。大学一年のときだ。寒い冬の夜、彼女が寮でその一部を読んでくれた。ジョージも何節か諳(そら)で覚えている。

本を抜き出し、耳が付いたページの端に指を走らせた。六ページが開いた。注意深く引かれた線がふたつの文章を囲んでいる。本にしるしをつけるとき、彼女はこんなふうにした。ハイライトマーカーは使われていない。下線も引かれていない。単語や文章や段落が囲まれているだけだ。

しるしの箇所をすぐ読んだわけではない。六ページが開いたのは偶然ではなかった。はがきが一枚、挟まれていたのだ。年月を経てわずかに黄ばんでいる。しかし、表には何も書かれていなかった。裏返すと、マヤ遺跡のカラー写真があった。海を背景に、雑木の茂った断崖絶壁に立っている。古いはがきだ。海の色は青すぎ、草の色も緑色すぎる。はがきの向きを戻すと、小さな字で説明書きがあった。〝トゥルムのマヤ遺跡、メキシコ、キンタナ・ロー州〟と。

1

猛暑のボストン、金曜日の午後五時五分。ジョージ・フォスは粘つくような空気をかき分けて、職場からまっすぐ〈ジャック・クロウズ・タヴァーン〉へ向かっていた。仕事の最後の三時間、書き直したイラストレーターの契約書を注意深く校正し、あとは窓から、靄(もや)のかかったような街の青空をぼんやり見つめていた。ボストンにはニューイングランド地方特有の長い冬を疎んじる市民が多いが、ジョージにはむしろ晩夏のほうが不快だった。くたびれた木々、黄色く変わっていく公園、いつまでも蒸し暑い夜。彼は秋のさわやかな気候を待ちわびていた。肌に衣服がくっつかず、骨まで疲れを感じず、楽に呼吸ができる爽(さわ)やかな空気を。

〈ジャック・クロウズ〉までの六ブロックを、シャツが汗ばまないようできるだけゆっくり歩いてきた。街の悪臭を避けようとしているのか、バックベイの狭い通りに車が連なっている。このあたりに住む人たちはウェルフリートやエドガータウン、ケネバンクポートといった近郊の町で夜の最初の一杯を楽しむつもりなのだろう。ジョージは〈ジャック・クロウズ〉で充分だった。特別美味しい酒を提供してくれるわけではないが、フランス系カナダ人が空調を管理していて、店内はつねに肉の保管庫くらいの温度に保たれている。アイリーンとの待ち合わせにも使える。共通の友人が催したカクテル・パーティで彼女と最後に会ってから二週間以上が経つ。ほとんど言葉を交わさないままジョージが先に帰ったとき、彼女は怒ったようなまなざしを投げた。あれも見せかけにすぎない。くっついては離れを繰り返す二人の関係が、周期的に訪れる危機的状況に差しかかったしるしだろうか。ジョージがいまも働く出版社で、二人は十五年前に出会った。彼女は編集補佐、彼は経理部門にいた。有名な文芸雑誌の経理部門は、文学好きでも才能には恵まれていない男にとって、うってつけの仕事のような気がした。現在ジョージはこの沈みかけた船で事業部長を務め、いっぽうアイリーンは拡大を続けるグローブ紙ウェブサイト部門で着々と昇進を遂げている。

付き合いはじめてからの二年間、二人は理想のカップルだった。ところがそのあとに続いたのは、少しずつ減っていく実りと、非難の応酬、ときおりの浮気、相手への期待がじわじわ小さくなっていく十三年だった。結婚というゴールを待つふつうのカップルという考えはとっくに捨てているが、いまでもお気に入りのバーでいっしょに飲むし、なんでも打ち明けあい、ときにはベッドも共にする。意外なことに、万難をはねのけて二人は親友になった。それでも、周期的に状況を確かめあう必要は出てくる。話しあう必要が。会話の不足を感じていた。アイリーンとだけではない。ある意味、彼女に対する気持ちはこの十年くらい変わっていない。それより問題なのは、彼の人生全般だった。四十歳が近づいてきたいま、自分の世界がどこもかも色あせてきた気がする。激しい恋に落ちて家庭を作って子育てをしたり、何かで一世を風靡(ふうび)したり、思いがけない出来事に日常からすくい上げられたりを期待できる年齢ではない。これは誰にでも声にしてぶつけられる心情ではなかった。曲がりなりにも安定した仕事があり、ボストンという美しい街で暮らし、髪もまだ立派に生えているのだから。それでも、興味の喪失という靄のなかで日々の大半を過ごしているのは間違いない。葬儀場の前で足を止めることはまだないにせよ、この先の年月に楽しいことを何ひとつ想像してこなかった気がする。新しい友人にも新しい恋にもまったく興味がわかない。年収は増えているが、仕事への情熱はぐらつきっぱなし。この何年かは、自社の月刊誌に誇りや達成感を覚えることがなくなった。作品を読むことさえめったになくなっている。

バーが近づいてきた。今夜のアイリーンのご機嫌やいかに？ 編集長の話が出るはずだ。離婚して、この夏、彼女を何度かデートに誘ったという。彼女がデートに応じたら？ 二人が真剣になり、ついに見捨てられることになったら？　ジョージは感情を奮い起こそうとしたが、ふと気がつくと、それによって空いた時間を自分はどうするのだろうと考えていた。その時間をどう埋めるのだろう？　誰と埋めるのだろう？

〈ジャック・クロウズ〉のすりガラスのドアを押し開け、いつものボックス席へまっすぐ向かった。このときカウンターの隅に座っていたリアナ・デクターのそばを通り過ぎたはずだと気がつくのは、あとになってからだ。今日がもっと涼しく、人生を憂えて鬱々としているときでなかったら、金曜の夜に地元のバーにいる数少ない客を見渡していたかもしれない。一人で来ている白い肌と曲線美の持ち主に気がつき、リアナではないかとドキッとしたかもしれない。再会を夢見、同時に恐れて、この二十年を生きてきた。世界のあちこちで彼女の幻に出会った――飛行機の客室乗務員に彼女の髪を見、ケープコッドの砂浜で瑞々しく艶めかしい彼女の体を見、深夜のジャズ番組に彼女の声を聞いた。半年くらい、ジーン・ハーロットというポルノ女優をリアナにちがいないと思いこんでいた時期まであった。正体を突き止める努力もした。その結果、ハーロットはノースダコタ州の聖職者の娘で、本名もカーリ・スウェンソンと判明した。

ボックス席に腰を落ち着けて、ウェイトレスのトルーディにオールド・ファッションドを注文し、くたびれたメッセンジャーバッグから今日のグローブ紙を抜き出す。このときのためにクロスワード・パズルを取っておいた。アイリーンと待ち合わせているが、約束の六時にはまだ時間がある。カクテルを飲みながら早々にパズルを解いてしまい、しかたなく数独に取りかかり、ジャンブル（バラバラになった文字を並べ直して単語を作るパズルゲーム）までやったところで、後ろから耳慣れたアイリーンの足音が聞こえてきた。

「悪いけど、移らない？」彼女は挨拶がわりに言った。座席のことだ。ボストンのバーにはめずらしく、〈ジャック・クロウズ〉にはテレビが一台しかない。アイリーンがレッドソックスに捧げる忠誠心と熱い思いはジョージのそれをはるかに凌駕する。もっと試合を見やすい場所に移りたいのだ。

ジョージはボックス席を出ると、アイリーンの口の横にキスし（〈クリニーク〉と〈アルトイズ〉の香りがした）、店の反対側へ移った。オークのバーカウンターと、天井から床まである大きな窓が見える。外はまだ明るく、通りの反対側に立つブラウンストーン張りの建物にピンク色の太陽が一部隠れていた。ガラスに射しこむ光で、ジョージはふと、カウンターの端に一人で座っている女に気がついた。グラスで赤ワインを飲みながらペーパーバックを読んでいる。ジョージの胃がざわつき、リアナに似ていると告げた。そっくりだ。だが、このざわつきはこれまでに何度も経験している。

アイリーンに目を向けると、彼女は体を回して、カウンターの奥に掛かっている黒板を見ていた。本日の特別料理と日替わりビールが記されている。彼女はいつもどおり、この暑さもどこ吹く風で、ブロンドの短い髪を額から押しのけて、耳の後ろへかき上げていた。キャッツアイ眼鏡の縁はピンク色。前からそうだったか？

アイリーンはアラガッシュ・ホワイトを注文したあと、離婚した編集長と続けている冒険物語の最新情報を提供した。ざっくばらんな感じで、挑戦的な口ぶりでないのがわかり、ジョージはほっと胸をなで下ろした。編集長の話はたいてい滑稽なエピソードへ向かう。話の端々に批判的な気持ちをのぞかせながら。編集長はずんぐりむっくりの体形で、髪を後ろに結んでいて、地ビールに凝っているとのことだが、少なくともその男との未来は、最近のジョージが提供しているカクテルと笑いとたまのセックスよりは充実したものになるだろう。

話に耳を傾け、飲み物に口をつけながらも、ジョージはカウンターの女から目を離さなかった。あそこにいるのはリアナ・デクターであって幽霊でもドッペルゲンガーでもないという考えが間違いだと教えてくれる、特別なしぐさや小さな証拠を待っていた。あれがリアナなら、彼女は変わった。体重が三十キロ増えたとかスキンヘッドになったとかいう、目に明らかな変化ではないが、どことなく変わった。それも、いいほうへ。かつての容姿が約束していた、類いまれな大人の美女へと成長を遂げたのか。大学時代に残っていた少女らしいあどけなさが抜け落ちて、頬骨がくっきりし、ブロンドの髪は記憶にあるより暗くなった感じだ。目を凝らすほどに、彼女という確信が強くなった。

「ご存じのとおり、わたしは嫉妬深いタイプじゃないけど」と、アイリーンが言った。

「さっきから誰を見ているの？」彼女は首を伸ばして、にわかに混み合ってきたバーカウンターのほうへ目を向けた。

「同じ大学に通っていた気がするんだ。確信はないが」

「訊いてきたら？　どうぞご遠慮なく」

「いや、いい。親しかったわけじゃないし」と、ジョージは嘘を言った。後ろめたかったのか、首の後ろがぞわっとした。

二人はまた飲み物を注文した。「彼氏、ちょっといやなやつみたいだな」と、ジョージは言った。

「えっ？」

「離婚の君さ」

「あら、まだ興味があったのね」アイリーンはボックス席を出てトイレに向かい、ジョージは店の反対側にいる女に目を凝らす時間を得た。上着を脱いでネクタイをゆるめている若いビジネスマン二人に一部さえぎられていたが、そのすきまから彼女を観察した。白襟のシャツ。大学時代の記憶より少し短い髪を顔の片方に垂らし、反対側は耳の後ろに収めている。宝飾類は着けていない。ジョージの記憶にある彼女は着けていた。うなじにクリームを思わせる艶めかしさがあり、胸元にちらっと赤みが差している。いまは読んでいたペーパーバックをわきに置いて、ときおりカウンターを見まわしていた。誰かを探しているみたいに。立ち上がって動くときをジョージは待っていた。歩きかたを見るまでは確信が持てない。

彼の考えが引き起こしたかのように、女はパッド入りのスツールからすっと下り、スカートがずれて一瞬、太股があらわになった。足が床に着くなり、ジョージのほうに向かって歩きだす。間違いない。リアナだ。メイザー・カレッジ一年生のとき以来だから、二十年ぶりくらいか。あの歩きかたは絶対に彼女だ。腰をゆっくり揺らし、誰かの向こうを見ようとしているかのように頭を少し後ろに傾けながら歩いていく。ジョージはメニューを持ち上げて顔を隠し、メニューに書かれている意味のない言葉に目を凝らした。心臓が高鳴る。店内はしっかり空調が利いていたが、手のひらが汗ばんできた。

リアナがそばを通り過ぎたところへ、アイリーンが席に戻ってきた。「友だちよ。声をかけなくていいの？」

「彼女かどうか、まだよくわからない」とジョージは言った、声がかすれて上ずったのにアイリーンは気がついただろうか？

「もう一杯、時間ある？」と、アイリーンがたずねた。トイレで口紅を塗り直していた。

「もちろん」と、ジョージは答えた。「しかし、場所を変えよう。明るいうちに少し歩かないか」

アイリーンがウェイターに合図をし、ジョージは財布に手を伸ばした。「今日はわたしの番よ、忘れたの？」とアイリーンが言い、財布からクレジットカードを抜いた。彼女が勘定を払っているあいだに、リアナがまたそばを通り過ぎた。こんどは遠ざかっていく姿に目を凝らすことができた。彼女の歩きかただ。体つきも大人になった。大学のときも理想的と思っていたが、いっそう好ましい。すらりとした長い脚。メリハリの利いた曲線美。運動では作れない、遺伝子だけが生み出せるたぐいの肉体だ。腕の裏側がミルクのように白い。

この瞬間を何度となく頭に思い描いてきたが、なぜか、その先を想像したことはなかった。遠い昔に付き合った末に胸の張り裂ける思いをさせられただけではない。ジョージの知るかぎり、彼女は指名手配犯でもあり、その罪は若気の至りというよりむしろギリシャ悲劇のそれに近かった。一人の人間を殺めた（あや）ことに疑いの余地はないし、たぶんもう一人殺している。ジョージの上に道義的責任とためらいが同量でのしかかってきた。

「行きましょうか?」アイリーンが立ち上がると、ジョージも立った。彩色された木の床に踵から足を下ろしてきびきび歩いていく彼女を追う。スピーカーからニーナ・シモンの〈シナーマン〉がリズムを奏でていた。入口のドアを通り抜けると、夕刻の街はまだ蒸し暑く、よどんだ蒸気のような空気に包みこまれた。

「どこにする?」アイリーンが言った。

ジョージはそこで固まった。「うーん。なんだか、帰ったほうがよさそうな気がする」

「あら」とアイリーンは言い、ジョージが動かないのを見て、「なんなら、この熱帯雨林のなかで立ち話にする?」と言い添えた。

「悪いけど、急に気分が悪くなってきた。今日は帰らせてくれ」

「カウンターにいた女の人?」アイリーンは首を傾けて、すりガラスの向こうをのぞいた。「あの誰かさんのせいじゃないの?　メイザー・カレッジの?」

「まさか」と、ジョージは嘘をついた。「今夜はここで」

歩いて自宅へ向かった。風が強くなり、ビーコン・ヒルの狭い通りにヒューヒュー音をたてている。涼しい風ではないが、とりあえず腕を伸ばしてみると、皮膚から汗が蒸発していく感じがした。

自宅のアパートメントに着くと、外の階段の一段目に腰を下ろした。あのバーまではわずか二ブロックだ。彼女と一杯やって、なぜボストンに来たのか確かめてもいい。こんなに長いあいだ再会のときを待ちわび、その瞬間を思い描いてきたのに、いざ現実となったら、頭に斧を振り下ろされるのではないかと考えながら小屋のドアに手をかけているホラー映画の登場人物のような心地になっている。緊張で、煙草が欲しくなった。もう十年くらい吸っていなかったのに。〈ジャック・クロウズ〉へは、ぼくを探しにきたのか？　だとしたら、なぜ？

べつの夜なら、部屋に入って、ノーラに餌をやり、そのままベッドにもぐりこんでいたかもしれない。だが、この重苦しい八月の夜、行きつけのバーにリアナがいた。それだけで何か起こりそうな、胸騒ぎがした。いいことか悪いことかはわからないが、何か起きそうな気がしてならない。

彼女はもう店を出たにちがいない——そう思えるくらいの時間、ジョージは階段に座っていた。彼女は一人だ。グラスワインでいつまでもいられない。戻ることにした。いなかったら、再会できない運命だったのだ。まだいたら声をかけよう。

歩いて戻っていくあいだ、背中に吹きつける風がさっきより生暖かく、強くなっている感じがした。〈ジャック・クロウズ〉に着いて、ためらわずにドアを押し開けると、リアナがさっきと同じカウンターの端から振り向いて、ジョージを見た。彼とわかったのか、少し顔をほころばせた。大学のころも大げさな身ぶりはしない子だった。

「やっぱり、きみか」と、ジョージは言った。

「そうよ。お久しぶりね、ジョージ」昔と同じ淡々とした話しぶり。日中も会っていたかのようなさりげなさだ。

「あそこから見えた」ジョージは店の奥のほうへ頭を傾けた。「最初は自信が持てなかった。少し変わっていたし。でも、そばを通ったときに確信したよ。帰りかけたんだが、引き返してきた」

「よかった、そうしてくれて」と、彼女は言った。単語と単語のあいだに注意深く間が置かれ、最後に舌を打つような小さな音が交じった。「じつは、ここに……このバーに来たのは……あなたを探していたの。この近くにいるとわかって」

「へえ」

「先に気づいてくれてよかった。自分から近づく勇気が出たかわからないし。わたしのことをどう思っているかもわかっているわ」

「それはどうかな。きみのことをどう思っているのか、ぼくにはよくわからない」

「昔、あんなことになっちゃったし」ジョージが店に戻ってから、リアナの姿勢は変わっていなかったが、指の一本が音楽のパーカッションに合わせて木のカウンターを軽く叩いていた。

「ああ、あれか」と、ジョージは返した。記憶をたぐり寄せているかのように。

「そう、あれ」と彼女は返し、二人で笑った。リアナが体を回してジョージとまっすぐ向きあった。「わたし、心配すべきかしら？」

「心配？」

「市民の手で逮捕されるの？ 飲み物を顔に浴びせかけられて？」薄青色の目の端に小さな笑いじわが見えた。昔はなかったものだ。

「もう警察はこっちに向かっている。時間を稼いでいるだけだ」ジョージはそう言って微笑を浮かべていたが、苦しくなってきた。「冗談だよ」リアナがすぐ応じなかったので、ジョージは言った。

「わかってる。座らない？ 一杯くらい時間はあるんでしょ？」

「じつは……人に会うことになっていて」ジョージは口から出まかせを言った。彼女がそばにいる。彼女の肌の香りがする。急に頭が混乱して、逃げ出したい衝動に駆られた。

「そう。だったら、しかたないわね」リアナは瞬時に返した。「だけど、あなたに頼みたいことがあるの。お願いしたいことが」

「ふうん」

「どこかで会えない？　明日にでも」

「こっちで暮らしているのか？」

「いえ、こっちには……知りあいを訪ねてきているだけで……ちょっと複雑な事情があって。話を聞いてほしいの。もちろん、だめならだめでしかたないけど――」

「わかった」とジョージは答え、あとで心変わりしてもいい、と自分に言い聞かせた。

「いいの？　話を聞いてくれる？」

「もちろん。きみがこっちにいるうちに会おう。約束するよ、ＦＢＩに通報したりしない。いまどうしているのか知りたいだけだ」

「ほんとにありがとう。感謝するわ」リアナは鼻から大きく息を吸って胸を広げた。ジュークボックスが鳴り響くなかでも、なぜか、パリッとした白いシャツと肌がこすれる音が聞こえた。

「ぼくがこっちにいるって、どうしてわかったんだ？」

「調べたのよ。ネットで。そんなに難しいことじゃないわ」

「いまもリアナと呼ばれているとは思えないが？」

「そう呼ぶ人もいるわ。多くはないけど。たいていの人はジェインね」

「携帯電話は？　あれば、あとからでも連絡が取れる」

「持っていないの。持ったこともないわ。またここでいい？　明日。お昼の十二時に」彼女の目がかすかに動いて彼の顔を探り、表情を読もうとしていることに、ジョージは気がついた。それとも、昔と同じところと変わったところを探しているのだろうか。いまはこめかみあたりに白髪がまじってきて、額にはしわが寄り、口元の線も深くなっている。とはいえ、体はそれほどたるんでいないし、多少くたびれてはいるものの、いまでも顔立ちは端正だ。

「いいよ」と、ジョージは言った。「ここで問題ない。ランチもやってるし」

「ちょっと迷ってる感じ」

「迷っていないわけじゃないが、迷ってるわけでもない」

「まあ、あまり追及しないでおきましょう」

「そうしてくれ」とジョージは言った。考え直すこともできる、とりあえず同意して判断を遅らせただけだ。もういちど、自分にそう言い聞かせた。正義を気取るつもりはないし、けじめをつける必要さえない。だから、警察に通報する義務があるとは思わなかった。彼女があのごたごたに巻きこまれたのは遠い昔のことだ。しかし、ただのごたごたではなかったから、ずっと逃亡を続けてきたのだろうし、死ぬまで逃げつづける必要があるだろう。携帯電話は持っていなくて当然だ。人の多い繁華街のバーが望ましいのも当然だ。人込みに紛れてすぐ逃げ出せるところがいいに決まっている。

「わかった。じゃあここで」と、ジョージは言った。

彼女はにっこりした。「ここで、十二時に」

「十二時に」

2

二人が出会ったのは、大学に入学したその日の夜だった。ジョージの入った寮で寮監をしていたチャーリー・シングというのっぽで神経質な二年生に連れられ、何人かの新入生といっしょに〈マカヴォイ〉寮で開かれたビール・パーティに行った。チャーリーのあとについて人のひしめく階段を上がり、会場の四人部屋へ。天井が高く、うだるように暑い部屋で、窓の下にベンチが置かれ、堅木の床はすり減っていた。サワーエールを飲み、同じ寮から来た新入生のマーク・シュマッカーと雑談をしたが、マークは理由をつけて帰ってしまい、ジョージは騒々しい声で笑うにぎやかな上級生の海に取り残された。もう一杯ビールを飲んだら抜け出そう。フランネルとカーキのあいだを縫って、誰もいないミニ樽(だる)へ向かった。ノズルに手を伸ばしたが、タッチの差で女の子に先につかまれた。彼女はつまみを押したが、樽はプツプツ音をたてるだけで、口紅のついたカップには泡と空気しか入ってこない。

「空っぽみたい」と、彼女は言った。まっすぐなダークブロンドの髪をあごの下で切りそろえ、ハート形の顔にくっきりとした青い目が配置されている。目と目のあいだが少し離れているせいか、鋭い感じはしないが、これまでに出会ったなかでいちばんきれいな子だ、とジョージは思った。

「ほんとに?」

「よくわからないけど」と、彼女は言った。母音を伸ばすゆったりした話しかたから、ニューイングランド地方の出身でないのはわかった。「こういうの、使ったことなくて。あなたは?」

ジョージも初めてだったが、前に進み出て、彼女からカップを受け取った。「ポンプ式じゃないかな。ぼくも使ったことはないけど、見たことはある」

「あなたも新入生?」

「そうだよ」と返すあいだに、ビールは半分カップに流れこみ、半分は彼の手首を伝って袖(そで)から滴り落ちた。

その夜は二人でいっしょに過ごした。窓を開けて彼女の煙草を吸い、そのあと深夜のキャンパスを探検した。礼拝堂と大学本館を結ぶアーチの下で身を寄せて体を探りあった。ジョージがシャツの下に手をすべり込ませると、自分はメイソン・ディクソン線(南北戦争前の南北の境界線）より南の出身だから、ニューイングランドの大学に入ったからといって気軽にセックスするつもりはない、と彼女は言った。厳しい口調ではなく、淡々と。無邪気なくらいの率直さが好ましく、なめらかな薄いブラに包まれた乳房全体を手のひらに感じた瞬間、ジョージは恋に落ちた。

彼女を寮まで送り届けると、キャンパスをなかば駆け抜けるように自分の寮へ戻り、新入生ガイドを手に、なじみのないベッドにもぐりこんだ。彼女の名前と住所は載っていたが、写真はついていなかった。それでも、その名前を見つめ、写真があるはずの空白を見つめた。初めて会うタイプの女の子だ。ジョージの親族はみな鬱屈した人間や依怙地な人間ばかりだが、彼女はとてもオープンな感じで、話しぶりも、自分の考えから直接言葉が流れてくる感じがした。ミニ樽のそばで出会ったとき、彼女は好奇心に満ちた、それでいて無邪気そうな目でジョージを見つめた。生まれたての赤ん坊のように。この世のものならぬ何かを感じた。あのあと彼女はジョージの唇にぎゅっと唇を押しつけてむさぼるようにキスし、二人の舌が触れあい、彼女の手が彼の首の後ろに回された。二人部屋の反対側では、まだろくに顔も合わせていないルームメイトが大いびきをかいている。ボクサーショーツの下の分身に触れるうち、ジョージはあっという間に果てた。

翌日、目覚めたとき、考えていたのは自立のことでも大学のことでも、まもなく始まる授業のことでもない。リアナのことばかりだった。二日酔いで頭がくらくらしたが、大食堂へ行って、彼女に会いそびれることがないよう、そこで三時間待った。リアナが現れたのは十一時ごろ。女の友だちが一人いっしょで、まっすぐシリアルのところへ向かっていった。シャワーを浴びた髪がまだ乾ききっていない感じで、カーキ色の細身のパンツに白いコットンセーターという服装だ。もういちど彼女を見て、口に渇きをおぼえた。いつも飲んでいるグレープジュースよりは格好よく見えるだろうと考えてコーヒーを取りにいき、フルーツ味のシリアルを皿によそっている彼女にばったり出くわしたふりをした。

「やあ、また会ったね」と声をかけ、眠そうなふつうの声に努めた。

彼女はフィラデルフィアの私立学校出身というルームメイトのエミリーを彼に紹介した。エミリーは〈アイゾッド〉の色あせたシャツにテニスカートという服装で、いっしょに食べないかと誘ってくれた。席を移ると、気を利かせてくれたのか居心地が悪くなったのか、エミリーは皿に盛ったシリアルを半分食べたところで席を立った。リアナと見つめあう。昨夜より日中のいまのほうがびっくりするくらい美しい、とジョージは思った。天井の高い食堂の自然光で見る肌はきめ細かで毛穴ひとつない感じだ。目は透き通るような青色で、灰緑色がほんの少しだけ混じっているだろうか。「ここで三時間待っていた」と、ジョージは打ち明けた。「きみに会うために」

笑われると思ったが、彼女はひと言、「うれしいわ」と言った。

「シリアルを山ほど食べたよ」

「もっと早く来るはずだったんだけど、エミリーに待たされちゃって。身支度に一時間かかったのよ。あの子のこと、あんまり好きになれないかも」

　このあと三カ月、二人は付き合いながら、ほかの学生たちとも友だちになり、ときには別行動も取ったが、夜会わずに終わることはめったになかった。たとえそれが、ふたつの寮の中間に位置する大学礼拝堂の冷たく暗い陰でキスするだけであっても。あの夜の言葉どおり、彼女にセックスを急ぐつもりはないようだったが、許される範囲は少しずつ広がり、ジョージのルームメイトのケヴィンが戻ってこない予定だった十一月下旬の夜、二人は一糸まとわず胸を高鳴らせながらジョージのシングルベッドに入った。

「いいわ」という彼女の言葉を受け、ジョージは高校二年のときから持っていたコンドームをぎこちない手つきで装着した。片方の手を腰に、お椀の形にしたもう片方を彼女が持ち上げた太股にあてがい、ゆっくりと彼女に入った。リアナは骨盤を持ち上げて彼の骨盤に合わせ、頭をのけぞらせてふっくらした唇を嚙んだ。その表情を見た瞬間、無念にもジョージは果ててしまった。下で動いている腰の感触以上に官能的な光景だった。彼が謝ると、彼女は声をあげて笑い、そのあと濃厚なキスをした。彼女も初体験とのことだったが、さいわい出血はなかった。同じ月、早めに試験が終わったエミリーがペンシルヴェニア州の実家へ帰ると、ジョージとリアナは彼女の寮で一週間過ごした。東海岸全体が着氷性の激しい嵐に見舞われ、メイザーの期末試験の半分が何日か先送りになった。ジョージとリアナは勉強し、〈キャメル・ライト〉を立て続けに吸い、ときどき寮を出て学食へ行き、あとはセックスした。いろんな体位を試し、ジョージを持続させる方法とリアナがいちばん達しやすい方法を探っていく。毎日が、小さなドアの向こうに隠れている新しい国を発見しているみたいだった。ジョージにとってあの一週間の強烈な体験は、耐えがたいほどの切なさと隣り合わせだった。読書家の彼は、青春時代の燃えるような恋はただ一度と心得ていたし、絶対に終わったり消滅したりしないでほしかった。ある意味、彼は正しかった。リアナのシングルベッドで——大きさも寝心地も折り畳み式の簡易ベッドと大差ないシングルベッドで——過ごした一週間は、彼の記憶に焼きついて離れなくなった。

以来ずっと、あれを——少なくとも同格のものを——探し求めてきた。

試験が終わり、世界をつかのま透明な殻の下に閉じこめていた氷が解けてぬかるみはじめた。クリスマスの二日前に二人はさよならを言い、それぞれの故郷へ向かった。リアナは車で、ジョージは列車で。

フロリダ州の実家の電話番号を教えてほしいと言うジョージに、リアナは電話をかけてきては困ると言った。「実家にいられなくなっちゃう」と、彼女は言った。「大学の男の子と電話しているなんて思われたら、山のように質問を浴びせられるわ。戻るときは貞操帯をつけられちゃう」

「本当に?」

「まじめな話よ」南部特有の母音を伸ばすゆったりした発音で彼女は言った。彼の思い描くフロリダ州の女の子には全然当てはまらない発音だ。フロリダ州と聞いて彼が思い浮かべるのはサーファーやコンバーティブルだったが、スウィートガムという町の子たち——少なくとも、メキシコ系や黒人でない白人の子たち——が聴くのはカントリーミュージックで、運転するのはピックアップトラックだという。

「じゃあ、きみからかけてくれ」とジョージは言い、実家の電話番号を渡した。

「そうする」

しかし、彼女はかけてこなかった。

一月、メイザー・カレッジに戻ったジョージに知らせが届いた。

彼女はコネティカット州には戻ってこないと。

フロリダ州の実家で自殺したのだ。

3

午前十一時四十五分に〈ジャック・クロウズ〉へ行くと、ジョージが最初の客だった。このバーを気に入っている理由はいろいろあるが、そのひとつは、ボストンを席巻している熱狂的なブランチ・ブームに染まっていないところだ。週末でも、昼食どきにならないと店を開けない。エッグ・ベネディクトと十ドルのブラッディメアリーを求めて店の外に行列ができることは決してない。隅で演奏しているジャズ・トリオもいない。

早い時間でも、〈ジャック・クロウズ〉の店内は肉の保管庫と同じくらい涼しかった。洗剤のにおいが気の抜けたビールのにおいをかろうじて押しのけている。ウェイトレスの姿が見当たらないので、カウンターに行って、〈ニューカッスル〉の瓶を頼んだ。

「この暑さにはうんざりだよ、マックス」

「わたしもです」

カウンターに置かれていたしわくちゃの新聞を持って奥のほうのボックス席へ向かい、

入口が見える側に座った。新聞を開いたものの、文章には焦点が合わず、新聞の上からひたすら入口を見ていた。ビールを飲みおわったときは十二時を十分過ぎていた。入口のドアが開いたのは三度。最初に入ってきたのは車輪つきのスーツケースを引いた日本人の若いカップルだった。次は郵便配達人で、ゴムで束ねた郵便物の束を投げるようにカウンターに置いていった。三人目はローレンスという常連客で、いつも座る厨房わきのカウンターへ直行した。ジョージは顔を見られないよう、新聞をわずかに持ち上げた。

もう一杯ビールを頼もうと立ち上がった。ウェイトレスのケリーがカウンターの奥でグラスを磨いている。ジョージが近づいたところで、ケリーの後ろの壁に掛かっている電話が鳴り、彼女はさっと受話器をつかんで、あごの下に挟んだ。「はい、〈ジャック・クロウズ〉ですが?」そのあと彼女は言葉を切って目を上げ、ジョージを見た。「ええ、わかります。目の前にいらっしゃいますよ。少々お待ちください」カウンターの端にたどり着いたジョージに、ケリーは受話器を差し出した。「女の人から」と受話器を渡し、肩をすくめる。

ジョージは受け取った。相手が誰かはわかっている。

「もしもし?」

「ああ、ジョージ。リアナよ」

「だいじょうぶか?」

「わたしは問題ないんだけど、そっちに行けなくなって。いろいろあって、車を貸した人が帰ってこないの。連絡もつかないし。こっちへ来てもらうわけにはいかない?」

「どこにいるんだ?」

「ニューエセックスよ。知ってる?」

「もちろん。ノースショアだろ。行ったこともある」

「車はある? ここまで来てくれる?」声が震えている気がした。それに、おそろしく早口でしゃべっている。

「本当にだいじょうぶなのか?」

「車がないこと以外は」

「本当か?」

「嘘を言ったりしないわ。ちょっと面倒なことになっていて——いまだけじゃなくて、全般的に。それで、あなたに力を貸してもらえないかと思っていたの」

ジョージが即答しかねていると、彼女は「聞こえてる?」とたずねた。

「聞いてるよ。話を続けてくれ」

「あなたに頼みごとのできる立場じゃないのは百も承知よ。でも、あなたなら話を最後まで聞いてくれるかもしれないと思って」

「いま頼めないのか、この電話で?」

「会って説明したいの。車はある?」

「あるけど」

「ここへ来て、話を聞いてくれたら恩に着るわ。悪いようにはしない。あなたが頼りなの」

ジョージは鼻で呼吸し、ウェイトレスのケリーを見た。彼女が空になったビール瓶をちらっと見て、口の動きで「お代わり?」と訊く。ジョージは首を横に振った。

「わかった。行こう。で、どこに行けばいいんだ?」

「ありがとう、ジョージ。ビーチ・ロードはわかる? 友人の家に泊まっているの。セント・ジョンズっていう古い石造りの礼拝堂のすぐ先なんだけど」

「うん。それならわかりそうだ」

「右手に教会が見えたら、そのあとキャプテンソーヤー・レーンという未舗装の道が出てくるわ。その突き当たりの家。家というよりコテージみたいな感じかしら。待ってるわ。今日の午後なら、いつでもだいじょうぶだから」

「わかった」

「ありがとう。感謝するわ。本当に」

ジョージは受話器をケリーの手に戻した。「あらあら」と、彼女は強いボストン訛りで言った。「地元のバーに電話がかかってくるようになる。いい兆候だったためしはないわ」

「忠告ありがとう、ケル。ぼくがいなかったら伝言を受け取ってくれ」

「仰せのままに」

ジョージはもう一杯ビールを飲んで何か食べようかと思ったが、考え直し、すぐリアナのところへ駆けつけることにした。電話をしながら胃が締めつけられた。人生に彼女が戻ってきたからだけではない。声が心底おびえていたからだ。〈ジャック・クロウズ〉を出て、短いブロックをふたつ歩き、サーブを保管しているガレージに向かった。

特定の車を好きになるとは思っていなかったのだが、サーブ９００と恋に落ちて以来、いちども浮気はしていない。大学卒業直後に走行距離十五万キロの中古を買い、距離計に十五万キロが加わったところで代わりを探しはじめた。以来ずっと、サーブばかり買い換えてきた。いまので四代目になるが、ターボエンジンを搭載したいわゆるＳＰＧモデルは初めてだ。一九八六年の時点で千五百台くらいしか製造されておらず、色もエドワーディアン・グレーと呼ばれる灰色だけだ。ガレージの出費は痛いが、路上に置くのが忍びないくらい愛着を感じている。

　リアナの言うニューエセックスはボストンの北にあり、道路が空いていれば車で四十五分くらいの距離だ。海辺の古い採石の町で、入り江と入り江に挟まれている。ボストンの花崗岩（かこう）の半分はここから切り出されていて、地面に開いている大きな穴がその証しだ。しかし、ニューエセックスに来る一般人のおもな目当ては、名物の揚げ蛤（フライド・クラム）や蒸し蛤（スティーマー）で、あとは岩だらけの海岸をながめたり、かつて入り江の全域にあった古い釣り用の小屋に代わって建てられるようになったキッチュな画廊に立ち寄ったりだ。

　一時半を少し回ったころ、町の中心部に着いた。おんぼろのサーブはダウンタウンの中心に位置する小さなロータリーの石切り工像を通り過ぎ、ビーチ・ロードを北へ向かった。今日も蒸し暑い。空は淡い青色。常緑樹のすきまからのぞく穏やかな海は灰色だ。ジョージは減速して、目印を探した。角を曲がると、次のカーブに石造りの教会が見え、その前には鐘楼（しょうろう）があった。その横を通ると、教会の庭のベンチに男が一人、腰かけたまま眠っていた。長ズボンに長袖シャツ、どちらも色はネイビーブルーだ。体は起きているが、頭を垂れて、あごを胸につけている。ジョージはふと心配になった。あの老人はベンチで死んでいるのに誰も気がついていないのではなかろうか、それとも、日向ぼっこをしている老人をそっとしておいてやろうとしているだけなのか。

　教会を通り過ぎたあと、ビーチ・ロードは内陸側へ大きくカーブし、海の風景は白松(ホワイトパイン)にさえぎられた。キャプテンソーヤー・レーンを示す緑色の看板はあやうく読み取れないくらい色あせていて、道そのものには深い轍(わだち)がついていた。この道に入って二百メートルくらい走ったところで、右側の森に溶けこんでいる一九七〇年代風のデッキハウスを通り過ぎた。そのまま進むと、道の突き当たりに板葺(ぶ)きの古びた別荘風のコテージが出てきた。老朽化した正面階段の前にぴかぴかの白いダッジがなかったら、使われなくなって放置されているものと思っただろう。ジョージはダッジの後ろにサーブを止め、エンジンを切って外へ出た。車寄せの道の表面には小石と砕いた貝殻が交じりあっていた。建物の裏手をのぞくと沼のような入り江と桟橋らしきものが見えた。ジョージは正面の階段を上がって、ペンキの塗られていないドアをノックした。動くものはない。海からの潮風が周囲の松の木を優しく揺らしているだけだ。もういちどノックした。ドアの木材がうつろな音をたてた。中が腐っているのだろうか。ドアを開けてみようと手を伸ばしたとき、建物の横から男が一人やってきて、「彼女なら、いない」と言った。

ジョージは振り向いた。こざっぱりした服装の小柄な男で、スーツのズボンに、マサチューセッツ州ではあまり見かけないシルク風の高そうなシャツを着ていた。友好的でないのが明らかな笑みを浮かべている。「彼女って?」と、ジョージは返した。

男は顔の笑みを広げて、ジョージのほうへ一歩進んだ。そして「マジかよ」と言った。

朝食に赤ワインをしこたま飲んだみたいに、灰色がかった紫色の歯をしている。

「誰のことだい？」形勢逆転を願ってジョージはたずねた。男は小柄だが、身のこなしを見て思わずジョージはあとずさりそうになった。まるで闘犬（ピットブル）だ。ふだんから口輪をはめられ、リードをぐいぐい引っぱっているたぐいの。

「ジェインだよ」と、ピットブルは言った。彼女と友だちであるかのように。「ここに泊まっているはずだ。そっちはなんの用だ？」

「セールスに」と、ジョージは答えた。階段を下りて同じ地面に立つ。ピットブルの背はジョージより十センチ以上低そうだ。

「セールスって、なんの？」と、男がたずねる。

「よくぞ訊いてくれました。永遠の命さ」ジョージは握手をしようと手を差し出した。手のひらが汗ばんできたのはわかっていたが、とりあえず、リアナ（もしくはジェイン）のことは知らず、小枝を折るくらい簡単にジョージを二つに折れそうな男と人気（ひとけ）のない森で二人きりという状況にも特段おびえてはいないふりをしたかった。

ピットブルは握手に応じた。手は乾いて冷たかったが、驚きはしなかった。ジョージは握った手を放そうとしたが、相手はそのまま手の甲に親指を食いこませ、ジョージは手を開くしかなくなった。ピットブルが力を込め、ジョージの手を締めつける。「うっ」とジョージはうめき、手を引き離そうとした。

「動くな」ピットブルが笑みを嘲笑に変えてそう命じ、ジョージは抵抗をやめた。いまの状況から見て、あと少しでも力が加わったら、粉砕機に投げこまれた岩みたいに拳が砕けるだろう。

「いったい――」

「しーっ。黙れ。一度だけ訊くから、正直に答えろよ、さもないと手の骨が粉々になるぞ。前にもやったことがあるが、気持ちのいいものじゃない。おれだって吐き気をもよおすことはある。もちろん血を見るくらいは平気だが、人の手を砂利の詰まったぐにゃぐにゃの手袋に変えたときの感触は胃にこたえるんだ。考えただけで吐き気がする。だからやりたくないし、やられたくなかったら、知っていることを全部話せ。いいな？　ジェインを最後に見たのはいつだ？」

ジョージは一瞬ためらったが、その一瞬で、嘘をつく理由はないと結論づけた。「昨日の夜だ。ボストンで」

「ボストンのどこだ？」

「ビーコン・ヒルにある〈ジャック・クロウズ〉というバーだ。彼女は古い友人なんだ。大学時代の知りあいで。また会えるか訊いたら、ここにいるから明日ならと言った。それだけだ」

「なぜ嘘をつく?」間近で見るピットブルの頭はどんぐりのような形で、蝋のような皮膚のいたるところに小さな毛穴が見えた。鼻は平たくつぶれている。想像しづらいことだが、何度か喧嘩に負けたことがあるのだろうか。髪は短く、たっぷりジェルを使っていて、アフターシェーブローションのピリッとする香りが鼻をつく。アルコールを多めに配合しているタイプだ。

「いや、知ってはいる……ジェインにトラブル歴があるのは。でも、いまどうしているかは本当に何も知らないんだ。あんたは彼女が避けたほうがよさそうな人種だと思って」

男は高笑いした。顔をほころばせたのは、ジョージの評価を誇りに思ったからかもしれない。「いいか、おれより先にあいつに会ったら、絶対おれにつかまらないほうがいいと忠告してやれ。おまえの名前は?」

「ジョージ・フォス」ジョージはなんとか嘘を押しとどめた。尋問は終わりに近づいている気がしたし、手の骨を砕かれたくない。

「よし、ジョージ。おまえは正直に話したし、その点は評価してやる。おれの名前を知りたいか?」

「そっちが教えたい場合にかぎり」

ピットブルは頭をのけぞらせて、また高笑いした。あごと首の皮膚は信じられないくらいなめらかで、朝、プロの手で剃られたかのようだ。手の力が少しゆるみ、ジョージは一瞬、引きはがして逃げ出そうかと考えた。

「ジョージ、おまえを気に入ったから、名前で呼びあえるようにこっちの名前も教えてやる。ドニー・ジェンクスだ。出身はジョージア州。相手が嘘をついているときはかならずわかるし、おまえは嘘をつかなかった。少なくとも、二人の友情が始まった最初のくだらんやり取りのあとは。だから、ジェインに会ったら、ドニー・ジェンクスがいると教えてやってくれないか。どうだ？」

「会う予定はないが、会ったらそうしよう。約束する」

「だったら、別れる前に土産をやろう。おれが本気なのを肝に銘じてもらいたい」

ドニー・ジェンクスは右手でジョージを引き寄せて、彼の体をくるりと回しざま、右の腎臓あたりに左の拳をめりこませた。その瞬間、ジョージの腰の後ろに小さな爆発が起こったみたいな激痛が走った。地面にくずれ落ち、暗闇の波が押し寄せてきて、意識が遠のきかける。

「ドニー・ジェンクス。J－E－N－K－Sだ」背の低い男は言った。「ジェインに伝えろ、おまえに残されているのは呪われた人生で、それも長くはないと。どんな形であれ、あの女に力を貸したら、おまえの人生も短くなるぞ。みんな頭に叩きこんだか?」

ジョージがどうにかうなずきを送ると、男は向き直って離れていった。車寄せの道の砂利をローファーがざくざく踏みしめていく。

口に唾がわき出てきた。ジョージは頭を回して激しく嘔吐し、朝食べたものと昼飲んだビールが胃から全部なくなったあとも、体の痙攣(けいれん)が止まらなかった。ダッジのエンジンがかかり、離れていく。体を押し上げられるくらい力が戻ってくると、殴られたのと反対の左側へ転がり、頭を地面につけた。十分以上その姿勢のまま、砕いた貝殻を敷き詰めた地面に自分が吐き出した胃袋の中身を見つめていた。

4

ジョージは三時前にボストンへ戻った。途中、病院に寄ろうかとも考えたが、そのまま運転を続けた。腎臓が破裂した心配以上に、住まいの近くにいたい気持ちが大きかった。吐き気とめまいはおさまったが、ハンドルを左に切るたび、体の横に小さな裂け目が広がるような心地に見舞われ、本能的に右わきに手を触れて、内臓がこぼれ落ちていないか確かめた。

ガレージに駐車し、鍵を受け取りながらサーブの調子をたずねる係員のマウリシオになんとか微笑を返し、急な上り坂を半ブロック歩いて自宅アパートへ向かった。豪華なタウンハウスの小さな屋根裏を改装したものだ。玉石敷きの歩道の端に煉瓦(れんが)造りの建物があり、その裏手に階段が組みこまれていて、そこから部屋に上がることができる。春と秋と冬には歩いていて気持ちのいいこの歩道も、夏の大半は小便とごみの臭いが漂っていた。

裏の階段の一段目、昨晩ジョージが座っていたところにリアナが座っていた。青ざめた不安そうな顔で、くっつけた膝に肘を両方つき、片方の手にあごを載せている。横には小さな黒いハンドバッグ。すり切れた四角い革製だ。

「いったいここで何をしているんだ?」と、ジョージが怒声を発した。

「あ、ごめんなさい、わたし――」

「どいてくれないか。帰ってくれ」ジョージはそう言って、彼女を回りこんだ。

「待って。説明するから聞いて。電話したら、あなたはもうバーを出ていて。車を貸した友だちが戻ってきたの」

「なぜ待っていなかった? ぼくが来るのがわかっていて」ジョージは気を失わないよう、用心深く階段を上がっていった。

「そこよ、説明したいのは。わたし、男に追われていて、そいつに居場所を突き止められたかもしれないの」

「名前はドニー・ジェンクスか?」

リアナは大きく息を吸いこんだ。「なんてこと。あそこへ来たの? あなた、だいじょうぶ?」

「見てのとおりだ。ただ……」彼は言葉を切って振り向いた。リアナは細い路地に目を戻していた。

「尾けられてない？」

その可能性は考えていなかった。「わからない。まあ、たしかに。先に帰っていったが、だからといってその可能性がないわけじゃない。ここへ向かっているかもしれないぞ。逃げたほうがいいんじゃないか」視線の先のリアナは小さく弱々しい感じで、肩が信じられないくらいかぼそく見えた。

「あなたに乱暴したの？　怪我をしているのね。わたしにはわかる」彼女はジョージのほうへ二段上がって、彼の腕に手を置いた。「何か、できることはない？」

「帰ってくれ。それがきみにできることだ。生まれてこのかた、ぶちのめされたことは三度しかないのに、相手は三度ともきみの知りあいだった。さあ、頼むから帰ってくれ」彼がまた階段を上がりはじめると、彼女はあとを追ってきた。彼女の気配を感じ、ジョージは後ろへ拳を振り回したくなった。ドニーとの遭遇で、あるつもりだった勇気をくじかれた。自分の臆病さにとつぜん――容赦なく――気づかされた。たぶん、ショックが薄らいだあとしばらく泣くだろう。それでも、恐ろしい思いをしただけで命があったのは幸いだった。とにかく、早く部屋に戻って一人になりたい。

鍵を差し入れる手が震えた。すぐ後ろからリアナが懇願していた。「ジョージ、お願いがあるの。あなたにお願いなんてできる立場じゃないけど、あなたしか頼める人がいないの」

振り向くのは最悪と本能が告げていたが、なぜか振り向いてしまった。彼女の顔があるおおよその方向を見て、真昼の日射しに濡れ光っている目は避けた。リアナの眉毛がほんのわずか持ち上がり、しかめたような憂いの表情をつくり出す。「ひとつだけよ。それを聞いてもらえたら、ドニー・ジェンクスも永遠に追い払えるし、あなたに危険が及ばないことは保証するわ」

ジョージの顔の筋肉がピクッと動いた。

「お願い」と彼女は言った。反響しやすい階段空間に響いた声が、かつての少女を甦(よみがえ)らせた。出会ったときまだ十八歳だった、素朴であどけない少女を。

「入れてやってもいいが、きみの仲間が来る気配を一瞬でも感じたら、警察に通報する」

「それでいいわ。仲間なんて来ないから」

ジョージは戸口を通り抜け、ドアを開けたまま保った。

リアナがあとに続き、ドアがなめらかな音をたてて閉まった。二人で部屋に入った。ここでもう十年以上暮らしている。斜めの天井に、重厚な梁(はり)。この空間を改修した建築士は大きな天窓と現代的なキッチンを配していた。夏は暑く冬は寒いが、ジョージは気に入っていた。いちばん大きな壁に書棚を置き、ミッドセンチュリーの良質の家具をいくつか購入したが、どれも十五歳の飼い猫でメインクーン種のノーラに引っかかれてズタズタになっている。

「相変わらず本が好きなのね」部屋を一瞥してリアナが言った。

ジョージはノーラのあごを掻いてやってから、バスルームに入り、イブプロフェン錠を四錠取り出して蛇口から直接水で飲みこんだ。戻ってくると、リアナはリビングの真ん中に立って夢見るように天窓を見上げていた。リアナ・デクターが部屋にいる、と彼は心のなかでつぶやいた。彼女がふたたび現実になった。人生に戻ってきた。

「何か持ってこようか？」

「お水でいいわ。それと、ジョージ、入れてくれてありがとう。生やさしいことじゃなかったはずよ」

ジョージは水をふたつ持ってきて、革張りの椅子に座り、リアナは低いカウチの端に腰かけた。まだ体が強張っている感じで、水をタイル張りのコーヒーテーブルに置く。「ドニーがあそこに来るとわかってたら、絶対行かせたりしなかった。それだけはわかってちょうだい」

「何がなんだか、さっぱりわからない」ジョージは時間をかけて水を飲み、ビールにすればよかったと思った。痛みが最小限になるよう、体の位置をずらす。

「説明しなくちゃいけないわね。何もかも話すけど、あなたを傷つけるつもりは全然なかったの。それだけは信じて。ドニーに何をされたの?」

ジョージは例の遭遇について語った。味わった恐怖と与えられた情報を含めた、一部始終を。

「ごめんなさい」と、彼女は言った。

「どうしてあいつに追われているんだ? それだけは説明してもらおう」

リアナは水を飲み干し、ジョージは青白い喉が動くところを見つめた。明るい部屋で見る彼女は昨夜以上に美しかった。幅広のレザーベルトを合わせたネイビーブルーのペンシルスカートに、小さな黒い水玉模様のブラウスをたくしこんでいる。顔と違って、脚はハチミツのような薄い茶色に焼けていた。髪をクリップで後ろにまとめ、顔は洗いたてのように化粧っ気がない。目の下の隈だけがストレスの兆候を示していた。「もう少し、お水をいただける?」

ジョージは立ち上がった。「ビールにしないか?」

「いただくわ」と彼女は言った。出会ったときもだ、とジョージは思い起こした。あのときもビールだった。彼は何事か言いかけ、それを押しとどめた。自分から感傷的な話を持ち出す必要はない。

冷蔵庫から〈ニューカッスル〉の瓶を二本取り出し、栓を開けてリビングへ戻った。リアナに一本渡し、また腰を下ろす。椅子の脚を引っかいたノーラが跳び上がって膝にのり、喉を鳴らした。膝に落ち着き、じっと客を見る。ノーラは昔から、自分以外の女に疑いのまなざしを向けた。

リアナはビールをひと口飲んで、上唇から泡を舐め取り、カウチの上でほんの少し後ろに背をそらした。

「足を載せてかまわない？」と、彼女はたずねた。

「どうぞ」とジョージが言うと、彼女は体をかがめてサンダルのストラップをほどきはじめた。ブラウスの胸元が開き、シンプルな白いブラに包まれた青白い乳房がちらっとのぞいた。まっすぐ体を起こして、カウチに両脚を引き上げ、膝を曲げて尻のそばに足を押しこむ。そしてカウチのアームに寄りかかった。音符を隅々まで知り尽くした曲を二十年ぶりに聴いているような心地がした。リアナはこんな座りかたをした。大学一年のとき、彼女の寮で百回も見た。こんなに見慣れたものを長いあいだ忘れていたなんて。彼の心を読んだかのようにリアナが、「あのころみたい」と言った。

「ああ」と、ジョージは返した。

リアナはまたビールをひと口飲み、それから口を開いた。「ドニー・ジェンクスはわたしを探すために雇われたの。雇ったのはジェラルド・マクリーンという男よ。南部に〈マクリーンズ〉という家具販売の会社を所有しているわ。いわゆるたたき上げの経営者。でも、それは表の顔。断言してもいいわ。海外でオンラインカジノを運営していて、怪しげな投資家集団を動かしているの。とにかく資産価値の高い男なのよ。わたしは一年くらい、この男の個人秘書をしていたの。本社のアトランタで。恋人でもあった」

「しかし、彼には奥さんがいた」

「奥さんがいたし、いまもいるけど、病床に伏していて。まだ若くて、彼よりずっと若いけど、あまり長くない。まだ生きていればの話よ。膵臓がんだとか。彼にとっては二人目の奥さんなの。でも、わたしを三人目にする気はないって明言されちゃった。ちょっとショックだった」

「期待してたのか？」

「正直、期待していたわけじゃないの。ただ、そんなに簡単に捨てられるとは思っていなかったから。愛しあっているなんて幻想は持ってなかったけど、かこわれている愛人よりは少し上だと思っていたのよ。独りよがりのプライドだったかもしれないわね。想像はつくと思うけど、この二十年、合法的な人生を送ってきたわけじゃない。ジェリーと出会ったときはお金持ちのお爺さんとしか見ていなかった。そのころは国外で暮らしていて、彼がこっちに戻って暮らすチャンスをくれたのよ。わたしの素性を詮索せず、給料も内緒で支払ってくれたから、基本的になんの問題もなかった。

そのうち彼の事業のことがいろいろわかってきて、売り上げの大半はニューヨークの違法会社のフィーダー・ファンドから生まれていることを知ったの。ありえないような利回りを約束してアトランタの近辺から投資家を集め、その資金はニューヨークに流れこんで、投資者が現れるたびマクリーンの懐に手数料が入ってくる。ねずみ講みたいな、昔からよくある出資金詐欺よ。間違いないわ。カモたちは西インド諸島で運営されているオンラインカジノに投資しているものと思っている。わたしも仕組みを全部把握してるわけじゃないけど、一部合法、一部非合法のグレーゾーンね。オンラインカジノは実在するけど、そこにどれだけの売り上げがあるかはわからない。いちど、ジェリーがニューヨークの誰かと話しているところを耳にしたわ。新しい出資者が必要だ、さもないとカジノがつぶれるって。どう見てもマルチ商法だけど、それでマクリーンは大金持ちになった。現金をどっさりかかえているから、利益は一部しか報告されていないのよ。わたしの仕事も現金払い。もちろん帳簿外よ。でも、わたしに飽きたのね。ある晩、酔っ払って、奥さんの病気を嘆きはじめて。そのときよ、妻が亡くなったらきみとの仲も清算するって言われたのは。会社からも、彼のベッドからも出ていけってこと。いまも言ったけど、ショックだった」

「それで、どうしたんだ？」

リアナは指でスカートの裾をいじった。「お金を盗んでやったの。特別難しいことじゃなかった。いつも島の銀行に現金を送っていたし。だから、大金が動くときを待って奪えばよかった。五十万ドルあったわ」

「持ち逃げできると思ったのか？」と、ジョージがたずねた。

「気がつくとは思わなかった。それが訊きたいことなら。気がついても気にするとはかぎらないでしょ。わたしを捨てる代償としては小さい気もしたし。騒ぎ立てるような額じゃないと思っていたけど、そうじゃなかったみたい。逆鱗に触れたらしいわ。で、あの男はわたしを探すためにドニーを送り出した。ああいう人種につてがあるなんて知らなかった。わたしが世間知らずだったのかもしれないけど」

「ドニーのことはどうしてわかったんだ？」

「お金を奪ったあと、コネティカット州の辺鄙なところに現金払いのできるモーテルを見つけて、しばらく身を潜めていたの。どうやって見つけたのか見当もつかない。ある晩、〈モヒガンサン〉というカジノで夕食を取ったあと、バーのカウンターにいたら、あの男がふたつ横のスツールに座って声をかけてきて、世間話を始めたの。ちょっと薄気味悪いと思ったけど、一杯おごるって言うから応じたら、話の途中、わたしのことを名前で呼びはじめて」

「ジェインって？」

「ええ。しばらくその名前だったから。どう、この名前？」

「ぴったりだ」

「名字もあるけど」

「ジェイン・ドウ（名前のわからない身元不明の女性）かと思っていたよ」

彼女は手に持ったビール瓶を回した。「どこまで話したっけ？　ああ、〈モヒガンサン〉でドニー・ジェンクスに会ったところね。あの男はわたしの名前を口にしたあと、席を詰めてきて言ったの。金を取り返すために雇われた、取り返したらあとはまかせるから好きな罰を与えてやれと命じられたって。あっさり殺してやってもいいが、戦うチャンスをやったほうが面白そうだな、なんて言うの。ずっと微笑を浮かべながら。失禁をこらえるだけで精一杯だった。わたし、そんな簡単に人を怖がったりしないんだけど、あの男は怖くてたまらない」

「今日もずっと微笑を浮かべていた」

「専売特許なのね」彼女は下唇を噛んだ。「もういちど謝るわ、ジョージ。ほんとにごめんなさい」

「あいつ、握手しようとしなかったか?」

「ええ、したけど。カウンターを離れるとき、わたしの手を取って、甲にキスして、会えてよかった、また近々って言って、出ていったわ」

「そのあと、きみはどうしたんだ?」

「なんとか勇気を奮い起こして、タクシーでモーテルに戻って、持ち物を取ってきた。きっとあそこにも来ていたはずよ。物色された跡はなかったけど、そんな気がした。お金を置いとかないくらいの分別はあったから、そのおかげかもしれないわね、あの夜を生き延びられたのは」

「どこに保管していたんだ?」

「月並みだけど、ハートフォード鉄道駅のロッカーに。ドニーはモーテルの部屋を探したけど、見つからなかったから、バーで近づいて脅したらボロを出すかもしれないと思ったのね。お金の在りかを知られないかぎり命の心配はないとわかったけど、鞄に荷物を詰めてチェックアウトしてタクシーに戻るまでの五分間はわたしの人生でいちばん長い五分間だった。あの男が陰から飛び出してきて喉を掻き切られるんじゃないかって。でも、それはなかった。タクシーでニューヘイヴンまで行ったわ。尾けられていたでしょうね。ダウンタウンのホテルに入って、荷物の搬入口からこっそり出て、別のタクシーをつかまえたの。振り切ったと確信できるまで同じことを繰り返し、もうだいじょうぶと思ったところでバスに乗って、ハートフォード駅でお金を回収して、現金で車を買ったの。デラウェア州のナンバープレートのを。コネティカット州までどう追跡してきたのかも、ボストンまでどうやって追跡してきたのかも、さっぱり見当がつかないわ。まるでわたしのにおいを嗅ぎ分けられるみたい。生きた心地がしなかった。それに、疲れちゃった。

だから、降参しようと思うの。めったにそんなことはしないんだけど。ジェリー・マクリーンはこの近くに家を持っているのよ、ボストンのすぐ外に。奥さんはそこで終末期医療を受けていて。前の同僚に電話したら教えてくれたの、彼はこの週末こっちにいる、奥さんはいつ息を引き取ってもおかしくない状態だからずっとこっちにいるって。だから、お金を返して、許しを請うつもり。それしか助かる方法はなさそうだから」

「それでこっちに来たのか」

「だからこっちに来たの。ドニーがニューエセックスに来たなんて、まだ信じられないわ。ほかには誰も?」

「あいつだけだ。いっしょにいる友だちというのは?」

「友だちというより知りあいね。彼女があのコテージのことを教えてくれたの。目立たない袋小路にあるから好都合だった。わたしの車を借りていったのも彼女だけど、今日あなたに電話したあと戻ってきて、誰かに尾けられている、間違いないって言うの。わたし、怖くなって、バーにもういちど電話したけど、あなたはもういなかったから、車で逃げ出してここへ来たの。考えすぎかとも思ったけど、そうじゃなかったみたい」

「それで、ぼくに会いにきた理由は？」

リアナが飲みおえたビール瓶を置き、カチンとうつろな音がした。「ひとつ、お願いがあって」

「いっしょに金を運んでほしいとか？」と、ジョージは当て推量をした。

「そうじゃなくて、わたしの代わりにお金を届けてほしいの。ジェリーの前には出られない。何をされるかわからないから。でも、あなたがお金を届けて、わたしの弁護をしてくれたら……」

「ドニーに渡しちゃだめなのか？」

「だめよ。絶対だめ。わたしを殺す気でいるんだから。お金を取り返すだけじゃなくて、あとの懲罰も引き受けているのよ。だから、マクリーンのところへお金を届けて、許しを請うて、ドニーへの指示を取り消すよう頼んでもらいたいの」

「マクリーンが知らない人間に会うと思うのか？」

「彼はあなたを知らない。だから、仕事の取引みたいになると思うの。少しでも危険があると思ったら、お願いしたりしないわ。ジェリーは年寄りよ。人に危害を加えられるような力はないけど、わたしを見たら何をするかわからない。激怒しているみたいだし。誰かを介したほうがずっとうまくいくと思って」

ジョージはためらって、指の爪を見た。

「報酬も払うわ」リアナが続けた。「あの五十万ドルはもう目減りしているし、一万ドルでどうかしら？」

「引き受けるとしても、金のためにやったりしない」

「あなたに頼める立場じゃないのは百も承知でお願いしているの。引き受けてくれるなら、絶対謝礼は受け取ってもらわなくちゃ。借りが大きすぎるわ」

「考えさせてくれ」と、ジョージは言った。

「わかるわ。断られてもしかたのないことだもの」

「もうひとつ訊いていいか？」

「どんなことでも訊いて」

「なぜぼくなんだ？　ボストンに、ほかに知りあいはいないのか？」

「コテージを教えてくれた知りあいはいるけど、彼女に頼むくらいなら自分で行くわ。あなたを除けば、知っている人は彼女だけ。おかしなものね。マサチューセッツ州へ来たのは初めてだけど、あなたと付き合ってからずっとここのことを考えていたのよ。大学一年の年から。ここを特別な場所として、ずっと心に描いていた。頭のなかであれこれ想像して。こっちへ来て、マクリーンにお金を返そうと決めたとき、あなたを探す必要があると思った。なぜか、あなたはこっちにいるような気がしたの」

「あまり動いていないんだ」

「どういう意味？」

「生まれてからずっと。育ったのはこの街の郊外。人生のほとんどをこっちで送ってきた」

「わたしとは全然違う人生ね」

「想像はつくよ」

しばらく沈黙が下りた。ジョージの肋骨（ろっこつ）の上を冷たい汗がひとしずく伝った。リアナが首を回して、部屋をぐるりと見渡す。もう少しきれいにしておけばよかった、とジョージは思った。「ずっと一人暮らしだったの？」と、リアナは訊いた。尻の下から片方の足を抜き、堅木の床に素足を置く。

「ほとんどは。サンフランシスコで女と暮らしたことはあった。大学を出たてのころだ。すぐに別れて、ここへ戻ってきた。死ぬときもここでと思っている」

「遠い先の話であってほしいわ」リアナはブラウスの肩甲骨あたりをつまんで、わずかに引き戻し、そのあとまたまっすぐにした。襟ぐりの深いスクープネックで、乳房のふくらみがちらりとのぞく。左の鎖骨の下に見えるかすかな丸いそばかす模様をジョージは覚えていた。「ジョージ、心を決める前にもうひとつだけ言わせて。あなたが力になってくれてもくれなくても、このごたごたから抜け出したあと、しばらくあなたと過ごしたい。あんなふうに別れ別れになって……ずっと気に病んでいたの。どんなにメイザー・カレッジのことを考えることか。強迫観念に取り憑かれているんじゃないかと思うくらいよ」

「そうか」とジョージは言った。少し声がかすれた。引き受けてリアナに力を貸すのはわかっていた。彼女を部屋に入れた瞬間から。リアナがびっくりした蛇くらい信用できない人物なのもわかっている。小さな子どもでもわかることだが、彼女がドニー・ジェンクスに何をされるか考えた時点で、守ってやりたいという本能を呼び覚まされていた。五感が研ぎ澄まされ、生きている心地がした。次に何が起こるかわからない。ただならぬ状況。歓迎すべき状況だ。

引き受けると知りながらも、とりあえず返事を遅らせる必要はあると思った。立ち上がってバスルームへ行き、そこで小便に血が混じっているのがわかって愕然とした。予想外の光景だった。膝から力が抜けていく。腎臓を殴られた影響とわかるくらい三文小説は読んでいたが、ピンク色めいた小便が流れていくところを見て、またしても吐き気が押し寄せてきた。あやうくまた戻しそうになった。

「腎臓が破裂するとどうなると思う?」リビングに戻ると、彼はリアナにたずねた。額に玉の汗を浮かべながら。

「血尿?」

「ああ」

「看護師の友だちがいるわ。よかったら、電話して訊いてみましょうか」

「そいつはありがたいが、リアナ――」

「はい?」

「さっきの話、引き受けよう。マクリーンに金を届けて、きみから手を引くよう説得してみる」

リアナは大きく顔をほころばせて立ち上がった。一瞬、飛びこんできて抱き締められるのかと思ったが、そうはせず、かわりに「恩に着るわ、本当に」と言った。

5

大学に入学した初日、寮に戻って新入生ガイドを懸命にめくっていたとき、ジョージが探していた名前はリアナ・デクターではなくオードリー・ベックだった。〈マカヴォイ〉寮でのビール・パーティで彼女はそう名乗り、新入生ガイドに載っていたのもその名前だった。それがあの秋、ジョージが恋に落ちた少女の名前であり、彼にとっていちばん長いクリスマス休暇のあいだも頭のなかにはこの名前がマントラのように満ちていた。

オードリー。

大学一年の一月、ジョージは実家のあるマサチューセッツ州から列車で学校へ戻ってきた。父親がボストン・サウス駅まで車で送ってくれ、列車に駆けこむ前になんとか〈キャメル〉を買いこむことができた。両親を動転させないよう、休暇中は吸っていなかったから、ニューヘイヴン駅のホームで、列車の動力がディーゼルから電気に切り替えられる十分間の停車中にようやく一服できたときには、ニコチンが野火のように全身に広がっていく心地がした。うっすらと胸のむかつきをおぼえたが、とりあえず最後まで吸うことにした。頭がくらくらするような煙の効果に大学での生活を呼び覚まされながら。

夕暮れにさしかかり、乾いた空気のなかを雪がひらひら舞っていた。車内に上着を置いてきたため、煙草を持っていないほうの手はジーンズのポケットに入れて寒さをしのいだ。知った顔がないかと、ホームを見渡す。二学期が始まる前の日だし、東海岸の主要都市を結ぶ北東回廊線の列車は学友やクラスメイトでぎっしりだろうと思っていたのだが、見知った顔がひとつもない。最後にもう一度、肺いっぱいに煙を満たし、踵で吸い殻をもみ消した。

車内に戻って本を――ヘンリー・ジェイムズの『ワシントン・スクエア』を――開いてみたが、内容に身が入らない。オードリーとの再会をあれこれ想像していた。休暇中は自分から電話をすると彼女は言ったが、一度もかかってこなかった。内心、彼女は想像の産物で、大学の一学期にあったことは全部自分の想像が生み出したものではないかという妄想に駆られてもいた。

鉄道駅から寮までは贅沢をして、タクシーを使った。強風吹きすさぶなかでエンジンをかけたままもうもうと排気ガスを渦巻かせている一台に乗りこむ。寮までの二キロ半、タクシーは人通りのない街路を走っていった。アサイラム・ヒルを上がると、煉瓦とスレートが特徴の建物群が見えてきた。学生の数こそ千人を切るが二百年の歴史を持つ私立大学、メイザー・カレッジだ。

寮の入口にはコンビネーション錠が取り付けられていて、ジョージの〈ノース・ホール〉寮の両開きの扉に近づいたとき、一学期に覚えていた数字が風船の空気のように頭から抜け落ちていることに気がついた。通りすがりの人に訊こうとあたりを見まわしたが、誰も見当たらない。ためしに時計式の金属の目盛盤に人差し指を押し当ててみると、反射的に組み合わせが甦った。4、3、1、2だ。

寮のルームメイトはシカゴから来ているケヴィン・フィッツジェラルドという身長二メートル近い少年で、父親は市政に携わっている赤ら顔の巨漢だった。ケヴィン自身も大きな顔で、あごがパン半斤分くらいあった。顔の色もいずれ父親と同じように赤くなるのだろう。バスケットボール大のお腹をかかえる運命だ。まだ十八歳のケヴィンの関心は、政治ではなく、スポーツとビールと深夜番組の〈レイト・ショー・ウィズ・デイヴィッド・レターマン〉にあった。ジョージと彼はさほど深い付き合いでなく、共通の関心事を持たない二人の新入生にすぎなかった。

ドアを開けて、誰もいない部屋に足を踏み入れた。ペンキを塗ったコンクリートにリノリウムの床。味気ない正方形の部屋だ。部屋の左右にシングルベッドがふたつ置かれ、圧縮木材製の机ふたつを一枚の窓が隔てている。ケヴィンの姿は見えないが、先に戻ってきているようだ。ベッドに洗いたての服とバスケットボールの箱と加湿器が積み上がっていた。

ジョージは服の入った袋をベッドの足下にすべりこませて、コートのボタンを外し、オードリーの部屋にかけようと電話の受話器を持ち上げた。呼び出し音が四回鳴ったあと、留守番電話に切り替わった。一学期と同じオードリーの声で同じメッセージが流れる。電話を切り、ベッドに仰向けになって、煙草に火をつけた。廊下に足音がして、そのあと複数の声が聞こえてきた。ひとつは、並びの部屋にいるグラントのものだ。この階には新入生が全部で七人いて、それを南端にふたつある四人部屋の片方に集めているのだろう。

ふだんなら、ジョージもこの部屋へ行って、三つある安っぽいソファのひとつに腰かけ、マリファナを一服やって、クリスマスのよもやま話に花を咲かせていただろう。しかしその前に、何がなんでもオードリーに連絡をつけて、夜会う手はずを整えたかった。

「フォス、いるか?」と大きな声が呼びかけ、そのあとドアを叩く大きな音がした。

「いないよ」と大声で返し、オードリーの番号を再度ダイヤルする。

「四人部屋に来い!」

こんども誰も出なかった。

　上着を脱ぎ捨てて、煙草をポケットに入れ、鼻をつくマリファナの臭いをたどりながら四人部屋へ向かった。ドアは開いていて、この部屋の四人が全員と、二階上の一年生のトミー・ティスデイルもいた。

「フォス」

「フォシー」

「見な。チョがクリスマスにこんなものを手に入れてきたぞ」明るい緑色のマリファナが入った小さな袋をグラントが掲げた。

チョは〈ホームズ〉という長さが六十センチある紫色のマリファナ用水パイプで、ぶくぶく音をたてながら長々と一服していた。ステレオから流れているのはグレイトフル・デッドの曲だ。

ジョージはマリファナを一服し、〈ストローズ〉の冷えていない缶ビールを一本空けたところで部屋に戻ってまた電話をかけた。

「もしもし」聞き覚えのある歯切れのいい声が応答した。オードリーと同じ部屋のエミリーだ。

「やあ、エミリー。ジョージだ。どうだった、休みは？」

「あら、ジョージ。とても……あなた、どこからかけているの？」

「〈ノース・ホール〉だ。どうした？　なんか変だな」

「聞いた？　オードリーのこと？」

きゅっと胃がねじれ、オードリーの姿が頭に浮かんだ。彼女が新しい恋人といるところや、上級生と寝ているところが。「いや。何かあったのか？　彼女、そこにいるのか？」

エミリーがすーっと長く息を吸いこむ音が聞こえた。「この話、あなたにしていいかどうかわからないけど」

「なんの話だ？　じらさないでくれ、エム」

「ええと……わたしも聞いたばかりなんだけど……彼女、亡くなったみたいなの。話に聞いたところでは」

上着も羽織らずオードリーの寮〈バーナード・ホール〉へ向かったジョージは、現実離れした光景に迎えられた。〈バーナード〉は一年生の女子用に建てられた比較的新しい寮だが、一階は大きな共用スペースで、寮生の部屋はすべて二階以上にある。ビラの貼られた短い廊下を回りこんで、蛍光灯のともった天井の高い部屋に入ると、そこにはカウチと軟らかい椅子がたくさん置かれ、女の騒がしい声に満ちていた。一年生の女子が三十人近く詰めこまれ、その多くは泣いていた。

みんながいっせいにジョージを見た。揺れ動く青白い風船のようで、顔の区別がつかない。全体を見渡し、オードリーを探した——濡れた干し草色の髪、黒い眉、長い首、細い肩。風船のひとつが彼のほうへ漂ってきた。エミリーだ。名門私学の学生のようにいつもツンと澄ましているエミリー。その彼女が何か言いながら腕を広げた。抱き締めようとするかのように。

彼女はジョージの肘をつかんだ。目の前の彼女と、来たほうへ駆け戻るのを阻止している後ろの見えない壁に挟まれて、ピンで留められた蝶（ちょう）のように身動きできなくなった。「あなたも参加して」と彼女が言い、そこで現実のことだと知った。もうオードリーは帰ってこないのだ。

翌日、九時五分に電話が鳴り、ジョージは受話器を取った。

「ジョージ・フォス君ですか?」

「はい」

「学生部長のマリーン・シンプソンといいます」

「あ、はい」

「じつは、ちょっと、悪い知らせがありまして」

「聞きました」

「オードリー・ベックのことですか?」

「彼女のルームメイトのエミリーから。ついでに言うと、もうキャンパスの全員が知っているんじゃないかな」

昨日〈バーナード・ホール〉の追悼会に加わったあと、ジョージは女子学生のあいだで混乱の一時間を過ごした。純粋に動転している子たちもいたが、劇的な出来事を楽しんでいる感じの子たちもいた。新鮮な獲物の近くを旋回しているハゲワシのように。

あとからわかったところでは、前日の朝、ペンシルヴェニア州フィラデルフィアの自宅にいたエミリーのところへ電話が入った。大学の学長からで、オードリー・ベックが亡くなった、どうやら自殺らしいという。オードリーは実家のガレージ内で発見され、エンジンをかけっぱなしの車内で窒息死していた。

ジョージはオードリーの友だちと知りあいみんなから同じ質問を受けた。何か心当たりはないか? なぜ自殺したのか? 休暇中、彼女と話したのか?

彼らの質問に精一杯の答えを返した。一人で考えているより人と話しているほうが気も紛れる。女子学生の一人、ブルネットの前髪をまっすぐ切りそろえた細長いあごの持ち主が、自分の一学期を撮った粗末なスクラップブックを持ってきた。オードリーの顔はどこにもない。それでも、混雑した寮の部屋で開かれたパーティの写真を見て、これはオードリーの袖、これは頭の後ろと、何人かの女の子が教えてくれた。写真がないことにジョージが気づいたのは、自分も彼女の写真を持っていなかったからだ。最後に彼女を見てからすでに四週間、どんな容貌だったか忘れてしまったのではないかと心配になってきたところだ。

後刻、エミリーが〈ノース・ホール〉までジョージを送ってくれた。部屋に戻ったとき、ケヴィンはビールを飲んだのか、いびきをかいて眠っていて、ジョージはほっとした。じつはケヴィンもオードリーのことを憎からず思っていたのだ。起こしてもういちど事情を話す気にはなれない。

「できたら午前中に会いたいのですが」と、学生部長が言った。「十時にどうかしら？」

「かまいません」

「わたしのオフィスはわかりますか？」

場所を教わり、自分の寮の人間と顔を合わさないよう努めながら、時間どおりに学生部長室へ向かった。オードリーの話題で持ちきりだろうし、全員の目が自分にそそがれるのはわかっていたから、食堂には行けない。大学のそばにあるコンビニでコーヒーを買ってきた。

学生部長から電話があったとき、ケヴィンはシャワーを浴びていたらしく、うまく顔を合わさずにすんだ。彼の耳にもすぐに話は入るだろう。

シンプソン学生部長のオフィスには、キャンパスの中庭に面する窓があった。霜が下りた芝生の斜面が楡（にれ）の並木で二分されている。朝はまだ寒いが、空には雲ひとつなく、キャンパスのあちこちで雪と氷に覆われた区画がきらきら輝きを放っていた。厚着の学生たちが――大半はペアを組んで――中庭を横切っていく。

「ジム・フェルドマンにも立ち寄ってほしいと頼んでおきました。うちのカウンセラーの一人ですが、あなたに会って話をしたいとのことなので。会いたくなければ無理にとは言いませんが、会ってくれたらみんなが安心します……そうしてくれたらうれしいわ。あなたとオードリーが親しかったことは、わたしたちみんな知っていますから」

〝わたしたち〟が誰で、大学がなぜ自分とオードリーの関係を知っているのかもわからなかったが、ジョージはただうなずいて、そのあと、「はい。かまいません。会って話をします」と答えた。

シンプソン学生部長は五十代の女性で、子どもと間違われそうなくらい背が低かった。銀糸で刺繡（ししゅう）された紫色のセーターを着ていて、白髪まじりのふんわりした髪が頭と肩を囲んでいる。

「よかった。今回の出来事にはみんなが大きなショックを受けています。フロリダ州から報告が入りはじめたところで、わたしたちの一番の関心事は、オードリーと親しかった人たちの安全です。あなたにはこのメイザーで学業を続けてほしいけど、それが難しいなら、それはそれで理解します。ジムが話したいのはそのあたりでしょう」

「わかりました」ジョージはすぐにどうこうしようとは考えていなかった。嘆き悲しむあまりメイザーを去る自分を思い描いて暗然としたが、オードリーのいないメイザーでこのまま過ごすのはいっそうやりきれない気もした。

「それと、オードリーのほかの友人たちにどう話したらいいか、あなたからヒントをもらえるかもしれないという思いもありました。もちろんエミリーとは話したし、〈バーナード〉の何人かにも連絡を取りましたが、こういう出来事は心に大きな傷を残す可能性があるし、自分一人でこういう出来事を乗り越えなければならないとは誰にも考えてほしくないのです」

ジョージはうなずきながら、ジム・フェルドマンはいつ来るのだろうと思った。明るい日射しが脈打つように窓に押し寄せ、オフィスの掛け時計がカチカチ音を刻んでいた。

「よくわかりません。すみませんが」と、彼は言った。何がわからないのかも、もう忘れていた。

「いま考える必要はありませんが、メイザーでなんらかの追悼式を行うのが作法ではないかと考えています。あなたが賛同してくれるよう願っていました」

ジョージは肩をすくめて、微笑む努力をした。

学生部長は下唇を突き出し、頭を傾けた。「では、ジムを呼びましょう」

彼女は受話器を持ち上げ、三十秒もしないうちにフェルドマンが一度ノックしてからドアを押し開けた。彼はジョージと握手をし、もう片方の手を肩に置いてぎゅっとつかんだ。

学生部長はジョージとフェルドマンを残して自室を出ていった。

二時間ほどして、ジョージが寮に一人でいると、外の廊下に足音がした。ケヴィンにちがいない。午後の早い時間で、ジョージはボストンから戻ってきてからまだルームメイトと顔を合わせていなかった。ドアが開き、ケヴィンが巨体を揺らして入ってきた。もう酔っているようだ。手袋をはめていない片方の手に〈ジェネシー・クリーム・エール〉の十二本パックをぶら下げている。

「この野郎」と、彼は言った。「今回の話、おまえのせいなんだろう……」彼はふらつく足でたたっと二歩前に進み、ジョージのシャツをつかんで引き上げた。ボタンがひとつ、ブチッとちぎれ飛ぶ。

「何するんだ、ケヴィン。どうしたっていうんだ？」

「喧嘩して別れたんだろう」またシャツが引かれ、襟が破れるビリッという音がした。

「何を言ってるんだ？　違う！」ジョージは逃れようと、相手の手首を両手でつかんだ。アルコールで目を充血させたケヴィンは泣きながら、ジョージのシャツをつかんで離そうとしなかった。前の晩に訃報を聞いてから初めてジョージは泣きだし、オードリーの自殺は誓って自分とは関係ないとケヴィンに断言した。

少し落ち着いたケヴィンが〈ジェネシー〉を差し出す。二人で飲みはじめ、黙りこくったまま何本か飲んで、話しながらまた何本か空けた。暗くなってきたが明かりは点けず、外からノックがあっても答えなかった。

ケヴィンが感情を爆発させたのをジョージは意外と思わなかった。ケヴィンがオードリーに好意を寄せているのは知っていた。思いを内に秘めていることも。「おまえと彼女はお似合いだったよ」最後にケヴィンは言った。赦免を与えている千鳥足の聖職者のように。

「おまえのせいじゃない」

「ありがとう」

「これからどうする？」と、ケヴィンが言う。

「わからない。カウンセラーが――ジムって人だけど――今学期は学校にいてほしいと言っている。いられるかどうか、よくわからないけど」

「いいから、ここにいろ。授業なんかくそ食らえだ。ビールを飲んで過ごせばいい」

「学校が許してくれるかな」

ケヴィンは肩をすくめた。

「どうしたらいいか、わからない」と、ジョージはまた言った。本当はひとつ計画を思いついていた。学生部長の部屋を出てキャンパスを寮へ戻ってくるあいだに。ブラウンストーン張りの高い塔、落葉した木々、身を寄せあって飾り気のない建物を出入りしている学生たち――オードリーが死んだいま、こういう光景は全部意味を失い、それどころか見ているだけで胸が悪くなりそうだ。だから、小さな鞄に荷物を詰めて、フロリダ州へ向かうことに決めた。早朝に出発し、グレイハウンドのバス乗り場まで歩いて、南へ向かう最初のバスに乗ろう。タンパに着いて、オードリーの家族や友人たちを訪ねてみたら、事の真相がわかるかもしれない。カウンセラーのジムならこれを〝気持ちの整理〟と表現するだろう。

「腹が減った」と、ケヴィンが言った。

「何か食べるものを調達してきてくれないか？　食堂はあと十分で閉まる」

ケヴィンはよろめく足で部屋を出ていき、ジョージは明日フロリダへ赴く計画についてまた少し考えた。ケヴィンには言わずにおこう。いっしょに来たがるだろうし、この計画は一人で実行する必要がある。

6

日曜日の午後四時、ジョージはサーブを駆って市外へ出発した。この週末二度目のことだ。ジェラルド・マクリーンの家があるのはボストンの西隣、裕福な人たちが住むニュートンという郊外の街だ。コモンウェルス・アヴェニューを走って〈シットゴー〉の看板（米国の石油会社。看板はボストンのランドマーク的存在）の下を通り、フェンウェイ・パークの高い壁のそばを通り過ぎた。

デーゲームでタンパベイ・レイズとの試合が行われているはずだ。金曜日の夜にリアナに出くわさず、このお使いを引き受けていなかったら、たぶんいまごろは友人のテディが経営するバーで、冷えたビールを飲みながら観戦していただろう。今年のレッドソックスがなぜこんな不振にあえいでいるのか事細かに解説してくれるテディの話に耳を傾け、たぶんそのあとは、アイリーンに電話をかけて夕食の予定を確かめるか、電話をかけずにそのままカウンターでビールを飲みつづけ、ひょっとしたら店の名物のロードアイランド風カラマリに舌鼓を打っていたかもしれない。しかしいま、ジョージはジムバッグに入れた五十万ドル近い現金を、見知らぬ他人の家へ届けにいこうとしていた。

前日、ジョージの協力を取りつけたあと、リアナはジョージの部屋からマクリーンに電話をかけ、受け渡しの段取りをつけた。リアナが使いの者と現金を自宅へ送り出す旨をマクリーンに説明しているあいだ、ジョージは露骨に耳を傾けないようにしていたが、テニスコートの半面に収まるくらいの部屋ではいやでも全部耳に入ってくる。全額ではなくほとんど全額という話になったとき、彼女は少なくとも二度、「ごめんなさい」と言った。引き渡しは翌日の午後に決まった。話を聞いているかぎり友好的なやり取りとは思えなかった。

リアナは看護師の友だちにも電話をかけ、友だちは、ジョージの腎臓が破裂している可能性は低いから、尿中の血液に注意して、量が減っていくようならだいじょうぶと教えてくれた。それを聞いてもジョージはまだ安心できなかった。

リアナは二件の電話をかけたあと、現金を取りにいく必要があるから、翌朝、彼のアパートの近くまで持ってくるとジョージに告げた。

「今夜はどこで寝るんだ？」とジョージはたずね、その質問をした自分をたちまち嫌悪した。まるで誘いをかけたみたいだ。

「ニューエセックスはだめね。ドニーがうろついているのなら。ホテルに泊まるわ。適当なところを見つけて」

「ここに泊まっていってもいい。カウチを貸してやる」

「それはどうかしら。ドニーはもうあなたの名前を知っている。つまり、どこに住んでいるか知っているということよ。それどころか、たぶんもう、ここに目を光らせているわ」

「だったら、ここを出ないほうがいいんじゃないか」

「だいじょうぶ。ドニーのことは全部お見通しよ。わたしを怖がらせてボロを出させ、お金の在りかをつかもうとしているだけだから。ここを出たあともうまくまいてやるし、現金を取ってきて、明日まで身を潜めていればだいじょうぶ。明日、どこか人目の多い場所で、あなたと落ちあってお金を渡せるところはない？」

ジョージはボストンのコモンウェルス・アヴェニューにある食料雑貨店はどうかと提案し、時間を取り決めた。

「必要なとき、きみに連絡を取る方法はないか？」と、ジョージはたずねた。

「それがないの。おたがいを信頼するしかないわ。じゃあ、その店で」

「わかった」

「わたしが来なかったら、なんらかの理由で危険が大きいと判断したものと考えて。あなたがいなかったら、それはそれで仕方ないわ。大変な頼みごとだし」

また寝つかれない一夜と落ち着かない朝を過ごしたあと、ジョージは時間をかけてシャワーを浴び、髭を剃って、どこにでもいそうな平日の中間管理職的な服装で行くことにした。盗まれた金を届ける短い役割のためにわざわざ服装を選ぶ必要はないのかもしれないが、リアナの弁護をするのであれば、見苦しくない服装のほうがいい。高所得者向けの高級食料雑貨店に早い時間に着き、グルテン・フリーのオーガニック食品の列をぶらつきながら、リアナが来るのを待った。店のどこかは決めてなかったので、約束の時間になると店の正面へ行った。小さな駐車場を見渡す背の高いガラス窓の前に小さなボックス席がたくさん並んでいた。腰を下ろすと同時にリアナの姿が見えた。スカートは昨日と同じだが、シャツは変わっていた。駐車場のプリウスとプリウスのあいだをさりげなく縫って入口へ近づいてくる。ジョージは自動扉の前で彼女を出迎えた。

「いっしょに中へ入りましょう」と、彼女は言った。ハンドバッグとは別に、黒いジムバッグを持っている。

「何も問題なかったか?」と、ジョージはたずねた。

「だいじょうぶ。と思う。尾けられていないか、注意深く目を配ってきたから。ちょっと座りましょう」

二人でボックス席のひとつに腰かけ、リアナは二人を隔てるラミネート加工のテーブルトップにジムバッグを置いた。ジョージは周囲のみんなが自分たちの一挙手一投足に注目しているような気がした。

「四十六万三千ドルあるわ。いちばん上に一万ドル、新聞紙に包んである。あなたへのお礼よ、取っておいて。ジェリーには四十五万三千ドルと言ってあるから、こんなはずじゃないと言われても突っぱねて。行きかたはわかった？」

「だいじょうぶだ。お礼はあとで会ったときと思っていたんだが」

「あなたに任せるけど、わたしはあなたを信頼しているから」

ジョージは鞄に手を置いて、ためらった。想像していたより小さな鞄だが、割り木を詰めこんだみたいにずっしりしている。「きみが持っていてくれないか？　マクリーンの家に行ったとき、車の中に置いていきたくない。厳密にはその男のものなんだし」

「わかった」とリアナは言い、鞄を引き戻して半分ファスナーを開け、ヘラルド紙でくるんだ包みを取り出した。ジョージは百ドル札の束をちらっと見て、さっとあたりを見まわし、誰にも見られていないか確かめた。リアナがファスナーを閉じてジョージのほうへ鞄を押し戻す。

「もういちどお礼を言うわ」彼女は言った。「引き受けてくれて、ほんとにほっとした。自分で持っていけたとは思えないから」

「向こうがおまわりを呼んでいて、職務質問されるなんてことはないんだろうな?」早朝以来、ジョージの頭はこの考えに占領されていた。

「まさか。もし警察がいたら、そのときは全部事情を打ち明けて。ここまでにしてくれたことだけで充分よ。これ以上、わたしを守ったり助けたりする必要なんてないわ。失敗の可能性はないって信じている。警察がいたら、本当のことを話して、お金を返してきてくれるだけでいい。だいじょうぶそうだと思ったら、どうかジェリーに、わたしが謝っていたって伝えて。信じてくれないでしょうけど、謝罪の言葉を伝えておきたいの。いまにして思えば、ちょっとやりすぎだった気がするし」

そう言って彼女は微笑み、ジョージも微笑み返した。彼女の落ち着いた様子を見てジョージの不安は多少なりと解消された。今朝からずっと緊張していたからだ。「やりすぎとは思わないよ。きみにはきっと五十万ドルの値打ちがある」

「本当に、そう思う?」

車に戻ると、ジョージは空調のスイッチを入れ、シャツのボタンを少し外した。一万ドルをリアナに預けてきたのは愚かだっただろうか? あとで落ちあう約束をほごにして持ち去るのは簡単だ。だが、なぜか彼女がそうするとは思えなかった。それどころか、逆の気がした。あの一万ドルが手元にあれば、彼女にはもういちど彼に会う理由ができる。絶対に報酬は受け取ってほしいと彼女も言っていた。借りが大きすぎると。

ボストンの街に立ち並ぶ煉瓦造りの四階建てアパートの群れが、一戸建て住宅が立ち並ぶ緑の多いニュートンの郊外へ、ゆっくり移り変わっていく。ニュートンに十三ある村のひとつ、ノナンタムから続く丘の上に、マクリーンの住まいはあった。チェスナット通りを右折して、眠気を誘う芝生とチューダー様式風の大邸宅が並ぶ通りを曲がりくねっていくと、トウィッチェルという地名が出てきた。マクリーンの家は門のついている最初の敷地とのことだった。インターホンの前に車を乗りつけると、傾斜のついた芝生の上にジョージアン様式の大邸宅が鎮座していた。ジョージは運転席側の窓を下ろした。見えないところから芝刈り機の音が聞こえ、どんよりした空気のなかに刈り草の酸っぱいにおいがつんと鼻をつく。

インターホンから女の小さな声が、「お名前をお願いします」と言った。

「ジョージ・フォスです」

凝った装飾をほどこされた金属の門がすぐ内側へ開きはじめた。ひとつ深呼吸をして胸を広げると、わき腹の鈍い痛みがズキッと刺すような鋭い痛みに変わった。海面に現れたサメのひれのように、ドニー・ジェンクスの姿が頭に浮かび上がる。ドニーはこの家にいるのだろうか？　その可能性はある。

入口近くに置かれている造園用の小型トラックに歩み寄った。家の東側に高くそびえているカエデの木の周囲に、乗り物式の芝刈り機が小さな円を描いている。庭師がいるのを見て、少し気が楽になった。マクリーンなりドニーなりがジョージを庭に埋めるつもりでいたとしても、人の目があるところでは控えるだろう。

煉瓦造りの大邸宅は白が基調で、黒いシャッターと黒い玄関ドアはペンキを塗ったばかりのようだ。ジョージが呼び鈴を鳴らす間もなく、ドアが音もなく内側へ開いた。出迎えたのは若い女性だった。たぶん二十代の中ごろだろう。なめし革色のコットンスカートにダークブルーのポロシャツという服装で、縞の入ったブロンドの髪を後ろでぎゅっと結んでポニーテールにしている。最初はマクリーンの娘かと思ったが、ドアを開ける物腰ひとつにも、プロのアシスタントを思わせる行き届いた感じがした。「フォスさんですね?」と、彼女は呼びかけた。

「はい」

「お入りください。マクリーンがお待ちしています」

ジョージは中へ足を踏み入れた。外装も物々しい感じだが、中の豪華さは段違いだ。玄関広間はオリンピック仕様のスイミングプールが楽にふたつ入るくらい広大で、複雑な刳形と白い大理石が織り成す長方形の空間だった。木の階段が螺旋を描いて二階のバルコニーに続いている。天井にはデイル・チフーリの手になる彫刻が吊り下がり、ねじ曲げられた色彩豊かなガラス管がイソギンチャクのように広がっていた。ジョージはラスヴェガスでこういうものを見たことがあった。白い壁にも華やかな美術品が掛かっている。明るいネオンカラーで描かれた抽象芸術だ。

ジョージは「チフーリですね」と言い、彫刻のほうへ目を上げてみせた。アシスタントの女は顔を上げたが、美術の知識に驚いた様子は見せなかった。

「マクリーンはすぐ参ります。こちらでお待ちください」彼女は大理石の空間を二、三分歩いた先の白い戸口へジョージを案内した。「お待ちになるあいだに、何かお持ちしましょうか？」

「いえ、けっこうです」と彼が答えると、彼女はエスパドリーユのサンダルで音もなく離れていった。

ジョージは部屋に足を踏み入れた。書斎のような感じだが、本はない。窓はなく、木の羽目板が張られていて、革張りの家具と直立式の地球儀がいくつかあった。なかには正真正銘のアンティークもあるようだ。玄関広間とはまったく趣の異なる部屋で、さっき見た空間は夢ではなかったのかとジョージが実際に振り向いて確かめたほどだった。マイアミの麻薬王宅の正面入口を通り抜けたら、ピーター・ウィムジイ卿（英国の推理作家、ドロシー・セイヤーズの小説シリーズに登場する貴族探偵）の秘密の書斎にいたような、落ち着かない感じだ。壁には額縁に入った地図が並んでいて、大海原から立ち上がった海の怪物が描かれている古く黄ばんだものもあった。ジョージがそれに見入っていると、男が二人、部屋に入ってきた。

先に入ってきた年寄りのほうがマクリーンだろう。六十代と思われるが健康そうで、頭は豊かな白髪を短く刈ったばかりという感じだ。黒いズボンに赤いチェック柄のシャツをたくしこんでいる。背はどちらかといえば低いほうだが、体を鍛（きた）えることでその点を補ってきたのがわかる。老齢だが肩に力強さがあり、腹も出ていない。ベルトのバックルを除けば、見た目や服装に際立ったところはなかった。バックルはいやでも目を引いた。銀のフレームで、楕円（だえん）形の大きなガラスが黄色いフェルトに取り付けられ、中に本物の黒いサソリらしきものが見える。

もう一人のほうが長身で、ジョージと同じくらいの背丈だが、下半身は倍くらいあった。腰から上は少々太めという程度なのに、張り出した尻はジョージの倍くらいある。テントを思わせる大きなカーキ色のズボンのゴムが入ったウエストに、ポータケット・レッドソックス（ボストン・レッドソックスのマイナー球団）のシャツがたくしこまれていた。頭部も体と同様で、あごと頬が太く、頭頂に向かって細くなっていく。黒髪を横分けにし、口髭は一部のすきもなく整えられていた。

「その鞄の中か？」年上のほうがそう言って、ジョージの方向に頭をくいっと動かした。
ジョージはうなずき、鞄を差し出した。大柄なほうがよたよたと不格好な歩きかたで進み出て、ジョージから鞄を受け取り、年上のほうに手渡す。「ボディチェックを、DJ」と、マクリーンが命じた。

DJと呼ばれた男がジョージに向き直り、腕を広げるしぐさをして、「かまいませんか？」と訊く。

ジョージは了承し、腕を横に開いた。DJがジョージの体の横側を、足首からわきの下まで軽くすばやく叩いていく。足首に手を伸ばすときには、上半身を折らずに片脚をゆっくり曲げ、またゆっくり元へ戻していった。膝の片方がパキッと音をたて、ジョージはぎょっとした。何を調べているのだろう？　武器か、盗聴器か？　たぶん両方なのだろう。

ジョージがボディチェックを受けているあいだに、マクリーンはジムバッグを壁際のテーブルに置き、ファスナーを開けて、札束をパラパラめくった。ジョージは彼のため息が聞こえたような気がした。

「何もありません」と、DJがマクリーンに報告した。

「よろしい。ご苦労だった。少し二人だけにしてくれんか」

「現金を運びますか？」

「いや、いい。それはわたしがやる」

DJは部屋を出て、ドアを閉めた。

マクリーンはジョージに向かって二歩進み出たが、握手する気はなさそうだ。

「あんたはジェインの友だちか」と、彼は言った。

「はい」

「そいつは危ない立場だな」と彼は言い、面白くもなさそうに薄い唇の片端を持ち上げて薄笑いを浮かべた。ジョージは大人と向きあって口がきけなくなった子どものような心地に見舞われた。マクリーンがまたため息をつく。「まあ、かけたまえ」

ジョージは革張りの椅子のひとつに腰を下ろした。体が収まると同時に椅子はギッとかすかな音をたて、洗浄剤の花の香りが鼻をついた。マクリーンはカウチの端に腰かけた。必要以上の時間そこにいるつもりはないとばかりに、いちばん端に。白髪の下はピンク系の赤ら顔で、目は細く、唇はほとんど見えないくらい薄い。外で芝刈り機の音がやんで、そのあとまたヒューンという高く単調な音が始まったことにジョージは気がついた。

「すまんが、もういちど名前を聞かせてくれんか?」と、マクリーンが言った。

「ジョージ・フォス。かなり昔、短いあいだでしたが、ジェインと同じ大学に通っていました」

「わかった、ジョージ・フォス。それもたぶん本名じゃないんだろうが、べつにかまわん。あの女のおかげでさぞかしひどい目に遭ってきたのだろうとも思っている。さもなければここにいるはずはない」

「どう思おうと勝手ですが、彼女は大学時代の友人なんです」

マクリーンはふんと鼻を鳴らし、鼻梁(びりょう)をつまんだ。「なるほど。しかし、単なる大学時代の友人だとしたら、きみになんの得があるんだね？」

「ただ力を貸しているだけです。あなたのためにもいいことだと思って。お金を取り戻せたわけですから」

「戻ってきたのは、一部だ」

「たしかにそうですが。これで、ドニーには手を引かせてもらえますね」

マクリーンの薄い唇が持ち上がり、はからずも驚きの笑みを浮かべた。「ドニーに手を引かせる？　誰から？　きみからか？」

「違います。ジェインからですよ。彼女は彼に脅されてきたんです」

マクリーンがとまどって眉根を寄せた。「誰の話だ？　ドニー・ジェンクスか？　DJのことなのか？」

ジョージは面食らった。「あなたがジェインからお金を取り返すために雇った男です。

自分も昨日会いました」

「うーん、きみは今日も彼に会っている。いまボディチェックをした男がそれだ。ドナルド・ジェンクス。略してＤＪ。彼はわたしが雇っている探偵だ。きみが言ってるのが誰のことかはさっぱりわからんが」

7

一瞬の間を置いて、ジョージは言った。「だったら、ドニー・ジェンクスと名前を偽っている人間がいるんです。昨日、その男に会いました」

「どんな男だった?」

ジョージはその容貌を説明した。

「そういう男に心当たりはないな。たぶんそいつもジェインの仲間で、きみを脅して彼女に協力させようとしているんだろう」

「それでは辻褄が合わない。そいつがいたから彼女はお金を返すことに決めたんですよ」

マクリーンは唇をきっと引き結び、またぎゅっと鼻をつまんだ。「あいつがそう言ったのか?」

ジョージは自分の知っていることを話した。その男がリアナを脅し、彼女がアトランタを離れてからずっと尾けてきたことを。「あなたがお金を取り返すためにドニー・ジェンクスという男を雇ったことを知るくらい、あなたのことをよく知っていて、その名前をかたっているにちがいない」

マクリーンは指をひらひらさせて、ジョージの説を却下した。「どっちにしろ、わたしには関係のないことだ。どこかの殺し屋がジェインを追い回しているのだとしても、心配する気はないね。いずれにしろ、背後にはジェインがいるような気がする。理由はともかく、あの女ならやりかねない」

「とにかく、お金は返しましたよ」とジョージは言い、椅子のなかで体をずらした。そろそろ失礼しよう。ドニー・ジェンクスを名乗る小さな殺し屋はきっとマクリーンの雇った人間で、マクリーンにはそれを認めるつもりがないのだという考えが浮かんだ。こっそりあいつに報酬を支払っているのだ。マクリーンは最悪の汚い男で、そうでないふりをしているだけなのだ。

ジョージの考えを読んだかのようにマクリーンは片手を掲げ、「まあ、そんな義理はないんだが、少し手を差し伸べてやろう。ジェインとわたしにどんなことがあったか聞かせてやる。聞いても彼女についての考えは変わらないかもしれないが、聞かせてやったほうがこっちもすっきりする」彼は腕時計を見た。細い手首にゆるやかにはまっている、大きな金属の塊を。

ジョージはひょいと肩をすくめた。

マクリーンはすっとカウチのほうへ、少し体を戻した。「たぶんきみも知っているだろうが、わたしはかなりの金持ちだ。〈ウォルマート〉並みとは言わないが、自分なりに順調にやってきた。二度結婚している。最初の妻は一人娘を産んだあと、妊娠高血圧腎症で亡くなった。三十七年前のことだ。名前はレベッカといい、黒い髪と青い瞳の持ち主だった。カラスのようにつややかな漆黒の髪に、これ以上ないくらい薄い青色の目。彼女は一篇の詩のようで、わたしがこれまで見たなかでいちばん美しい女性だった。出会ったのはジョージア州のゴルフ場、土曜日の午後だ。ゴルフの腕前もすばらしくてな。生きていたら、いまごろプロゴルファーになって、アメリカでも一、二を争う選手になっていただろう。しかし当時は、わたしの妻になることで充分幸せだったのだ。

彼女が亡くなったあと、もう立ち直れないと思ったが、立ち直った。十五年前、ボストンの慈善イベントでテレサに出会って。一人目の妻と同じく、濃い黒髪とすばらしく青い目の持ち主だった。ただ、一人目と同様、彼女にも先立たれることになりそうだ。いま、この家で死の床にある。何日かで息を引き取ってもおかしくない状況だ。何週かではなく。見た目のよく似た妻を二人持ち、その二人とも冷酷無情な運命に陥る確率がどれくらいあると思うね？　答えなくていい。答えのいらない質問だ。

二人がともに若くして亡くなるのは巡り合わせが悪いとしか思えないが、時給の高い心理学者なら誰でも、二人の容姿が似ていたのはわたしが黒髪と青い瞳の女性に心を惹かれるからだと言うだろう」

彼はいちど言葉を切ってジョージを見つめた。口を挟めるなら挟んでみろとばかりに。ジョージは何も言わなかった。

「それがジェイン・バーンを招き寄せることになった」彼はふたたび口を開き、彼女の名前を言ったあと、二度咳をした。「きみが関心を寄せている、例の淑女を。もちろん、ジェインというのは本名じゃないが、わたしはそう呼びつづけるしかない。彼女と出会ったのは、バルバドス島の〈コックルベイ・リゾート〉だ。わたしは商用であそこに滞在し、ジェインはフロントの仕事をしていて、わたしの宿泊の手続きをしてくれた。レベッカやテレサと同じように髪の色は漆黒に近く、目はとても青かった。それだけでなく、髪形も最初の妻にそっくりだった。肩の線まであり、先が軽く外にカールしていてな」

マクリーンは自分の手で髪の曲線を描いてみせた。こういう筋肉質の男にしては妙に女っぽいしぐさで。

「いまは古いものがみんなまた新しくなって、昔のスタイルが復活しているのは知っているが、あれが最初の妻を連想させた。当時は疑り深かったわけじゃない。当然、疑いなど持たなかった。疑う理由がどこにある？　最初の妻に生き写しだと思ったよ。テレサには悪いが――」マクリーンは天井を見ながら現在の妻の名前を口にした。「これまで見たなかで二番目に美しい女性だった。その夜、リゾートにいくつかあるバーのひとつで従業員と飲んでいたら、ジェインがやってきて、カウンターに座り、グラスワインを注文した。シフトが終わったところで、帰る前に少しくつろいでいきたいのだろうと思った。彼女はわたしのほうにまったく目を向けず、これは自業自得だが、わたしから彼女に近づいて自己紹介をした。きみを見て亡き妻を思い出した、見ているだけで老人の心が熱くなったと伝えるだけ、と心のなかでつぶやきながら。それだけ伝えたらテーブルに戻るつもりだった。ところが彼女は話し好きで、わたしがどんな人生を送ってきたのかとか、どんな仕事をしているのかと、いろいろたずねてくる。彼女はバルバドスに来て一年くらいで、そろそろ飽きてきたが、ここの気候が気に入っているし、島の人たちも大好きなのだという。午前二時か三時まで話をした。彼女はビーチから五百メートルくらいのアパートに暮らしていて、わたしはそこまで送っていった。気のあるそぶりを見せたわけではないが、わたしに関心があるのは明らかだ。じつはうちの会社に雇ってほしくて、わたしをバルバドス島から抜け出す手段と見ているのではないかと思った。

わたしはそのリゾートにあと三日滞在し、毎晩ジェインと飲んだ。最後の夜、彼女を送っていって名刺を手渡し、その気があるなら本社で雇えるかもしれないと伝えた。彼女はわたしを見て笑い、『仕事をくれるかもしれないから、お酒に付き合っていたんじゃないわ』と言った。だったらなぜわたしに関心を持つのかと訊くと、彼女はわたしにキスし、わたしもキスを返した。信じられないかもしれないが、これまで二度妻を娶り、高校と大学でそれぞれ真剣に付き合った恋人もいたが、彼女たちの誰一人裏切ったことはなかった。それは紛れもない事実だ」

違うと思うなら言ってみろとばかりに、マクリーンはジョージを見据えた。ジョージは肘を掻いた。

「まあ、次のところは詳しく説明する必要もないが、わたしは機会あるごとにバルバドス島に出かけるようになり、ほどなく、飛行機で四時間かかる島よりもっと近いところにいてほしいとジェインに告げた。アトランタに来てわたしの個人秘書を務めることで話は決まった。二年前のことだ。テレサは毎週異なる専門家に診てもらっていたが、みんなてんでばらばらなことを言っていた。そのあいだに、わたしはアトランタにジェインのアパートを用意していた。当時は後ろめたくて仕方なかったが、いまほどじゃなかった。ジェインの魔法にかかったとは言わないが、それに近い感じだった。いくら抱いても、もっと欲しくなった。それまでに経験のない感覚だった」

マクリーンは首の後ろをさすり、一瞬ジョージは、立ち上がって部屋を出ていくのかと思ったが、彼はさらに言葉を継いだ。「テレサが死ぬのはわかっていたし、それなりの時間を置いてからジェインに求婚するつもりでいたのも確かだ。それが自然な成り行きの気がした。ところがそのあと、ふたつの出来事があった」マクリーンは会議でプレゼンをしているかのように指を二本立てた。「ひとつ。わが社の幹部の一人がやってきて、残業をしていたある晩、わたしがオフィスにいないか見にいったら、ジェインがわたしの書類棚を調べていたと言うんだ。彼の言うには、それだけならなんとも思わなかっただろうが、ジェインは引き出しのひとつを完全に引き抜いて、書類棚の中を手で探っていた。隠してあるもの、つまり棚の奥に貼りつけられている封筒か何かを探しているみたいに。ここが問題でね。実際、わたしは書類棚のひとつに金庫の番号を貼りつけていたんだ。それを使うことはまずない。数字はここにしまってあるから」マクリーンは右のこめかみを軽く叩いた。「それでも念のため、封筒のラベルに書いて、書類棚のひとつのなかに貼りつけてあった。ジェインにそういう秘密を隠した話をした覚えはないんだが、絶対とは言えない。どう考えたものかわからなかった。実際、ジェインが金庫の組み合わせ番号を知りたいのなら喜んで教えてやっていただろう。

そのあと第二幕が来た。ある晩、ジェインのアパートに泊まっていて、彼女がちょっと外へ出かけた。こっそり調べる気はなかったとは言わないが、たまたま彼女の机でコンピユータに向かっていたんだ。それで、机の引き出しを調べてみた。中身は多くなかったが、写真が何枚かあり、そのなかにバルバドス島のスナップ写真が二枚あった。バルバドス島のものとわかったのは、彼女が〈コックルベイ〉の前にいたからだ。かなり昔の写真にちがいないと思った。そこに写っているジェインは縞模様の筋が入ったブロンドの長い髪をしていたからだ。髪が違うと別人のようだった。ところが、写真を裏返すと、タイムスタンプのたぐいで撮影日が記されていた。わたしがバルバドス島を訪ねるちょうど一カ月前、ジェインと出会うちょうど一カ月前に撮られたものなんだ。

そこでハッと気がついた。ジェインはわたしが金持ちで、〈コックルベイ〉に予約を入れていることを知り、わたしのことを調べたにちがいない。つまり、グーグルで検索したか何かして、わたしが二度結婚していることを知ったのだ。きっと妻たちの写真を見て、一人目に似せて髪の色を変えたのだ。もちろん、法廷では何ひとつ証明できないし、そうしたいとも思わなかった。しかし、どんなに自分が滑稽に思えたことか。ジェインには何も言わず、彼女のことを調べさせた。ある人物を雇って、身元を洗ってもらったんだが、何ひとつわからない。よからぬことがわからなかったんじゃなく、何ひとつわからないんだ。ジェイン・バーンという人間は存在しなかった。もちろん、その名前を持つ人間はいたが、どれもわたしの知っている女ではなかった。過去の経歴は見つからず、彼女が実在したと思えるようなものも何ひとつなかった」

マクリーンはまた言葉を切り、そこでジョージは、「それで、どうしたんですか？」とたずねた。

「疑いを全部かかえて彼女のところへ乗りこんだわけじゃない……確証があるわけじゃない……しかし、こう通告した。テレサと……最期の時間を過ごすうち、きみとの関係を考え直すことにした、もうおしまいにしなければならない、と。わたしに知られたことに気づいたのか、彼女の目から力が抜けた。これ以上、嘘を重ねてもしかたがないという感じで。わたしの前から消えると彼女は言ったが、愚かなことにあのときわたしは、オフィスからすぐ追い出すことはしなかった。身の振りかたが決まるまで出ていかなくていいと言ったんだ。

まあ、あとは知ってのとおり。あいつはわたしから五十万ドル盗んで姿をくらました。咎めだてせず、不問に付すこともできたかもしれない。騒ぎ立てるほどの額でもなかった。しかし、あの黒髪と青い瞳の手口が頭を離れなかった。初めて見たとき最初の妻を思い出したことが。思い出をもてあそばれたのだ」

マクリーンは耳ざわりな音をたてて鼻から息を吸いこんだ。「要するに、あの女は最初からわたしを狙っていたんだ」そう毒づいたとき、口から小さな唾が飛んだ。

「だからあなたはジェンクスを雇った」

マクリーンは顔を上げた。細い目を明るく輝かせて。「まあ、DJに調査を依頼したのは確かだが、その小さな悪党は送りこんでいない。きみはそう考えているようだが」

「どう考えたらいいかわかりません」と、ジョージは言った。「お金を返したことで、この話はすんだということにしませんか。あなたは手を引かせる必要がある人間に手を引かせ、この先ジェインに干渉しない」

マクリーンはまた息を吸いこんで耳ざわりな音をたてた。流れ出る鼻水を止めようとしているかのように。ジョージはふと思った。この男は一見自信に満ちているが、じつは気持ちが参っているのではないか？　細身の体と鋼のような目がだしぬけに、健康体ではなく悲しみの塊のように見えた。「DJにはジェインの捜索を打ち切らせるが、本人には会いたいと思っている。一度、膝を交えて。わたしの金を持ち逃げし、きみを送りこんで、一部を返してきたが、それですむ話ではない。痛い目に遭わせる気はないが、直接会いたいとは思っている。そう伝えてくれないか？」

「伝えますが、彼女が応じるかどうかはわからない。かわりに約束はできません。ただ、彼女は言っていました。すまないことをしたと思っていると伝えてほしいと。まあ、ご参考までに」

「とにかく、会いたいと伝えてくれ、謝罪の言葉は直接本人の口から聞きたいと。いつまでも隠れてはいられない。わたしには彼女の正体を突き止められるだけの財源も人的資源もある。そこは引き続きＤＪに調べさせるつもりだ。そろそろお帰りいただこうかな。今日はずっと妻のそばにいるはずだったのに、ずいぶん時間を費やしてしまった」そう言って、マクリーンは立ち上がった。

ジョージも立ち上がり、マクリーンを見た。立ってみると、相手はさらに小さく見えた。しぼんでしまったかのように。

「見送りはけっこうです」ジョージはドアに向かい、まぶしいくらい白い玄関広間へ戻った。ＤＪことドナルド・ジェンクスが壁に寄りかかって携帯電話を見ていた。ちらっとジョージのほうを見た彼にジョージは会釈を送ったが、足は止めず、そのまま靴音を響かせて玄関へ向かい、午後の外へ出た。日中の厳しい日射しに頭がくらっとし、目の前に小さな青い点々が浮かぶ。午後の深いまどろみから目覚めたばかりのような心地がした。

車に向かう前、家の前から造園用の小型トラックがなくなっていることに気がついて、彼は一瞬足を止めた。仕事が終わり、道具をまとめて帰ったのだろう。庭師たちがいなくなったマクリーン邸の外は不気味なくらい静かだった。こんもりと生い茂った木々に覆われて、ほかの建物は見えない。うだるように暑い八月の午後を絶え間なく鳴きつづけるコオロギの声だけが聞こえていた。

8

ジョージとリアナはボストン北東のソーガスにある〈カオルーン〉という巨大な中華レストランで落ちあうことになっていた。ジョージは州間高速九五号線を北へ向かって国道一号線に乗り、六時過ぎに店の駐車場に乗り入れた。足もとのアスファルトが柔らかい感じで、二階建てのレストランに向かうあいだ、揚げ物と化学調味料のにおいが鼻をついた。正面の入口はイースター島の白いモアイ像二体に挟まれ、入口の上にはその二体よりさらに大きな木彫りの像があった。靄のかかった夕方に明るい赤色の店名が輝き、巨大な文字にはポリネシア風の書体が使われている。

ジョージは願い事をかなえてくれるというロビーの噴水を通り過ぎ、彼を正面の小さな部屋に押しやろうとする中華系の老婆のそばをすり抜けて、そのまま大食堂へ入っていった。フットボール場くらい大きな空間で、ティキを模した俗っぽい装飾品で飾り立てられている。今日は日曜日でまだ宵の口だが、早くも店は満員で、ラムを燃料にした騒々しい会話がにぎやかな音楽と覇を競っていた。ジョージはまっすぐカウンターに向かい、正面入口がよく見える低いスツールに腰かけた。リアナとは五時半から六時半のあいだにカウンターで落ちあうことになっている。彼が〈カオルーン〉を選んだのは、建物が不規則に広がる一号線ぞいでも目につきやすく、いつもにぎわっているからだ。海老の甘酢がけがお気に入りというのもあった。

バーテンダーにゾンビを注文し、リアナを待った。カウンター席は埋まりかけている。片側では二組のカップルがスコーピオン・ボウル（パンチボウルなどの大きな容器にそそぎ、くちなしの花を飾ったラムベースのカクテル）を分けあっていた。男は両方とも太鼓腹でレッドソックスの帽子をかぶり、女はどちらもなめし革のような皮膚でガリガリに痩せていて、一九八五年に流行の最先端だった大ぶりな髪をしている。

飲み物が来た。床が一段低くなっているカウンター内に立つと彼より少し頭の位置が低くなる女バーテンダーが、「食事もなさいます？」とたずねる。

ジョージは人を待っているんだと答え、カクテルを口にした。特別いい出来ではないが、ラムはたっぷり入っている。二口目で半分くらいまで飲んだ。天井から吊り下がったテレビでＭＬＢのハイライトが流れていて、レッドソックスは三点のリードを守りきれず、延長戦で敗れていたが、おおむね正面入口から目を離さずに、あれこれ思いを巡らしていた。

はたしてリアナは現れるだろうか？　来たら、どう話そう？

ドニー・ジェンクスが二人いること、灰色の歯をむきだして薄笑いを浮かべる小柄なほうが——少なくともジェラルド・マクリーンによれば——マクリーンの雇った人物でないことは、話すつもりでいた。ニュートンからソーガスまで走るあいだに、いろんな考えが浮かんだ。リアナかマクリーンのどちらかが嘘をついているのであり、どっちにも信用できるだけの理由はない。リアナがぼくを使ったのは、金を返すためだけじゃなかったのか？　頬の内側を噛んでいることに気がつき、あれこれ考えていても仕方がないと思い直した。引き受けた仕事はやった。ちゃんと金は届けたし、あとはマクリーンが伝えてほしいと言ったことをリアナに伝えればそれでいい。彼女が現れたらの話だが。

マクリーンの話をそっくりそのまま伝えるべきかどうかについては迷っていた。彼の主張をリアナが否定するところなんて聞く必要はないし、聞きたくもない。リアナは悪事をはたらける人間だ。ジョージはそれを直感のたぐいではなく、事実として知っていた。彼女が二十年前にどんなことをしたか知っているし、あれはどのくらい計画的な行動だったのだろうと、ずっと考えていた。しかし、マクリーンの話が事実なら——嘘と考える理由はほとんどない——リアナがマクリーンにしたことは全部あらかじめ計画されていたのだ。病気の妻を持つ金持ちの男を探していた。そしてマクリーンをひっかけた。マクリーンの話から判断するに、彼がしてやられたのは色に溺れたせいにちがいない。自分の経験からもジョージは納得できた。二日前にリアナと再会してから、二人が付き合っていた短い期間の記憶がなだれを打って押し寄せていた。初めて性交渉を持った相手だし、これまでで最高の相手でもあった。二人でいろんなことを学習した。ジャングルで未発見の遺跡に出くわし、隠された都市を初めて目にした探検家たちのように。長年のあいだにほかの探検家や観光客ともそこへ戻ってみたが、同じものはひとつも見つからなかった。あの発見の感覚、リアナとの相性に匹敵するものは。

ジョージはゾンビを飲みおえ、フォグカッターを注文した。バーテンダーが作るところをながめていた。グラスと果物が違う点を除けば、ゾンビによく似ている。腕時計で時間を確かめたとき、リアナが入ってきてカウンターのジョージを見つけ、彼のほうへ向かってきた。緑色のノースリーブに身を包み、体の横で小さなハンドバッグを乗馬鞭のように揺らしている。

「どうだった？」と彼女は訊き、スツールに腰かけてバーテンダーの目をとらえた。

「まずは飲み物を。そしたら全部話そう」

リアナはウォッカのロックを頼んだ。走って会いにきたかのように頬が紅潮している。額も光っていた。

「いい知らせと悪い知らせ、どっちを先に聞きたい？」

「もちろん、いい知らせのほうよ」

「いい知らせは、ドニー・ジェンクスに会ったが、彼はきみに危害を加えない。虫一匹殺しそうになかった。悪い知らせは、その彼はニューエセックスでぼくを脅したのとは別人であることだ」

「どういうこと？」リアナはグラスの縁からレモン・ウェッジを抜き取ってカクテルナプキンの上に捨て、ごくりとひと口ウォッカを飲んだ。

「ぼくが家に上がると、マクリーンは小さな口髭をたくわえている太った男にボディチェックをさせた。その男の名前がドニー・ジェンクスだった。コネティカット州できみを脅してこっちまで尾けてきた男とは別人だ」

ジョージはリアナの反応を観察した。彼女は飲み物をくるくる回し、氷が回転するところを見つめていた。顔にとまどいの表情が浮かんでいた。心からのとまどいのようだ。

「ドニー・ジェンクス、つまり小柄なほうのドニー・ジェンクスは、マクリーンに雇われているんじゃないってこと？」

「どう解釈したらいいのかよくわからない。マクリーンとは関係なく活動しているんだろうか？　あのお金のことを知って、それをきみから脅し取るためにジェンクスの名をかたったのか。だとすれば、マクリーンに直接お金を返したことで、あいつの計画はくじかれたことになるが」

「かもしれないけど、本当はマクリーンに雇われているという可能性のほうがずっと高い気がするわ。あの男ならそのくらいのことはやりそうだもの」

「というと?」ジョージはたずねた。

「だって、わたしたち二人を脅した悪党みたいな人間を雇っているなんて、正直に言うはずないでしょう。だから、まっとうな探偵を雇って法律の範囲内で活動しているように見せかけながら、文字どおりの取り立て人をひそかに雇う。そういうやりかたをする人よ。善人を装いたいから」

「それでもまだ納得のいかないことがたくさんある。なぜこの男は同じ名前を使ったりするんだ?」

「さあ」彼女は飲み物を口にした。「ああ、もうこんなのうんざり。わたしから手を引くことは承知してくれた?」

「それがもうひとつの悪い知らせだ。マクリーンは引き続きドナルド・ジェンクスにきみのことを調べさせると言っている。彼の言ったとおりに言えば、きみが本当は何者なのかを突き止めるつもりだ――直接謝罪しにくることに同意しないかぎり」

「そう。でも、どうして？」

「わからない。その点は詳しく説明しなかったが、きみも言ったように、きみは彼を怒らせた。勘弁してやる気はないんだろう」

「お金は戻ってきたのに？」

「ああ」

リアナはため息をついた。「ほかにマクリーンはどんなことを言っていた？　全部教えて」

ジョージは最初から話をした。家の様子、玄関で若い女に迎え入れられたこと、私立探偵のＤＪのこと、ドロシー・セイヤーズの小説に出てきそうな木の羽目板を張り巡らした部屋でマクリーンに待たされたこと。そのあとジョージは、マクリーンが妻たちについて語った話を語りなおし、リアナが書類棚を調べているところを別の社員に目撃されていた話までした。

「フィリップ・チャンね」と、彼女は言った。「あそこにいても不思議じゃないわ。ただ、わたしが金庫の暗証番号を探していたのは確かだけど、あれはある資料をあそこにしまっておきたかったからにすぎないの。わたしが教えてほしいと言えばジェリーは番号を教えてくれたでしょうし」

「彼も同じことを言っていた」

ジョージは残りの話をした。あそこであったことのほとんどを。ただ、彼女が髪を染めていた話と、最初から仕組まれていたこととマクリーンが考えている部分だけは割愛した。リアナが否定するのはわかっているし、否定の言葉は聞きたくない。信じられないのではないかと不安だったからだ。

「彼のこと、どう思った?」と、彼女はたずねた。

「特に問題はない気がした。敵に回したい男でないのは確かだが、自分からわざわざ他人を傷つけようとする人間には見えなかった。彼の言葉を信じて、直接謝りにいったほうがいいんじゃないか。そうすれば、きみの人生には干渉しないでくれるかもしれない」

「どんな人生?」

「バルバドス島に戻れないのか?」

「たぶん戻れるでしょうけど、戻りたいかというと、どうかしら」

「戻れる場所はほかにもあるはずだ……ぼくが最後にきみと会ったあと、いろんな場所で暮らしを紡いできたはずだろう」

彼女は少量残ったグラスの中身を見ていたが、目を上げてジョージと目を合わせた。彼女の目に強い怒りが一瞬ひらめいたが、すぐまた別の何かに変わった。悲しみかもしれない。それとも後悔の念か。

「もううんざりなの、三年ごとに人生をやりなおさなくちゃいけないなんて。哀れみを乞うているんじゃないわよ、全部自業自得なんだから。でも、もうわたしは、あなたと出会ったときの少女となんの結びつきも感じられないくらいなの。罠にかかって、そこから抜け出すために恐ろしいことをして、死ぬまで咎めを受けなくちゃいけない」彼女は小さく笑い声をあげて、目の端にしわを寄せた。「まあ、どう見ても、哀れみを乞うているわよね。シクシク。ああ、かわいそうなわたしって。いまあなたが見ているのは、どうしようもないくらい自己憐憫に陥っているわたしよ。もう、逃げるのに疲れちゃって。最近、いつも思うの。ふつうに自首して刑務所に入っていたらわたしの人生はどうなっていただろうって。もういまごろ出所して、自分の本名でいられたかもしれないって」

「自首するのはいまからでも遅くない」と、ジョージは言った。

「それも考えたわ。ただ、フロリダに戻るのは耐えられないし、裁判はあそこで行われるでしょう。あそこには一度も戻っていないのよ」

「まあ、そうだろうな」

しばらく沈黙が続いた。ジョージはフロリダでの出来事がどこまで計画的で、どこまで恐ろしい偶然だったのか、正確なところを訊きたかった。だが、切り出せなかった。彼が見つめるうちに、リアナはグラスを傾けなおし、氷を口にすべりこませた。

「で、どうする？」と、彼はたずねた。「つまり、今夜、いまから。何か食べるものを注文するか？」

「不思議なくらいお腹が空いちゃった」と、彼女は言った。「もうしばらくここで飲んで、笑っちゃうようなつまみを注文して、少しジェリー・マクリーン以外の話をしない？」

「いいよ」

「あなたがどんな人生を送ってきたかも聞きたいし」

「退屈な話になる」

「昨日の夜、バーでいっしょだったきれいな女性のことを聞きたいな。面白そうな人だったわ」

「アイリーンか」

「恋人？」

「くっついたり、別れたりだ。ちょっと複雑でね」ジョージはバーテンダーに目をやって、お代わりを頼み、揚げ物系の盛り合わせも注文した。そのあいだにリアナは空になったグラスをカウンターの向こうに押しやり、背中をまっすぐ伸ばして、両耳の後ろに髪を押し上げた。向き直って微笑む。

飲み物を青島ビール（チンタオ）に変え、ロウソクを灯して運ばれてくる料理だけを選んで注文した。ジョージは大学以降の年月について語った。雑誌の仕事、恋愛の始まりと終わりについて。メイザー・カレッジで過ごした残りの三年についても語った。リアナはみんなのことを覚えていた。ジョージはエミリーについて知っていること、一年生のとき同じフロアにいた男子学生たちがどうなったかを話した。大学生活の細かな出来事を逐一思い出せることに驚き、そのすべてに興味津々のリアナを見て二重に驚いた。あんなことになっていなければ自分が送っていたかもしれない人生を聞かされている感じなのだろう。

しばらくして、この窓のないレストランを出ると外は真っ暗で、夏の雨が容赦なく打ちつけていた。ゴロゴロと遠雷の音が聞こえる。「きみの車は？」と、ジョージはたずねた。

「ちょっと離れてるわ。あっちのほう」

半分くらい空いている駐車場を二人で走り、リアナは自分のフォルクスワーゲンを見つけた。彼女がドアを開けているあいだ、ジョージはそばに立っていたが、ドアを開ける前に彼女はくるりと向き直って、彼の腕のなかへ飛びこんだ。唇が重なる。さきほどまでの疑問が頭から抜け落ち、ジョージは彼女の感触に没頭した。唇の湿り、頭と背中にしみこんでくる雨。逆にリアナに押しつけた彼の前側は温かく乾いたままだ。彼女の頰に手を当てると、彼女はいっそう自分を引き寄せ、彼の首にキスをして、「あなたのアパートに戻っていい？」とたずねた。

「いいよ」と彼は答えた。ほかに答えようがなかったからだ。

「迷惑はかけないから」

「わかってる」と、ジョージは言った。

彼女は体を離して、運転席に乗りこんだ。「ずぶ濡れ」と言い、濡れてからまった髪を顔から押しのける。

「後ろにつかなくてもだいじょうぶか？」

「たぶん。どれくらいかかるかしら？」

「三十分だな」と、彼は言った。「じゃあ、あそこで」

ジョージは歩いてサーブに戻った。雨足が強くなり、駐車中の車に跳ね返った雨粒が白くひらめき、駐車場を暗く浅い湖に変えている。〈カオルーン〉の天幕の下で、夫が拾いにくるのを妻たちが待っていた。

アパートに戻っていくあいだ、ジョージはあまりいろいろ考えすぎないようにした。雨の襲撃は続き、ボストンの運転手たちもその強さに敬意を表して制限速度を守っている。ラジオをいじくり、左端にダイヤルを合わせると、ソロモン・バークが流れてきた。バケットシートを動かしたとき、腎臓を打たれた右のわき腹に激痛が走った——あれはいつのことだった？　何カ月も前のような気がする。サーブの周囲を車が動き、土砂降りのなかに光のトンネルを描いていった。光のひとつは彼のアパートへ向かっているリアナのかもしれない。本当に来るか確信はなかったが、来ないという確信もない。確かと思えることがどこにもなかった。マクリーンは彼女を誤解していたのかもしれない。彼女は人生をやり直したかっただけで、髪を染めたのもたまただったのかもしれない。マクリーンの金を盗んだのは確かだが、先に裏切ったのは彼のほうだ。先に相手を信じなくなったのはマクリーンのほうだ。それに結局、彼女はあの金を返したではないか。ジョージははっと思い出した。今日リアナが彼に渡そうとした一万ドルのことを。彼女はまだあれを持っているのか？　大金だし、あれがあるのとないのとでジョージの暮らしは大違いだが、考えはたちまちリアナのことに戻っていた。さきほどのキスの記憶と、彼女がアパートへ戻ってくることに。

それでもひとつ、頭に引っかかっていることがあり、極力それを考えないようにしていた。〈カオルーン〉でリアナはアイリーンのことを訊いてきた。金曜日に、バーでいっしょにいたきれいな女性のことを。面白そうな人と言ったが、いったいリアナはいつアイリーンを見ていたのだろう？　リアナはずっと二人を見ていたのか？　だとしたら、なぜ近づいてこなかったのか？　彼を見つけるためにあのバーへ来たと言っていた。先に気づかせたかったのか？　全部計算ずくなのか？　だとしたら、ジョージにお金を返しにいかせるのがなぜそんなに重要だったのか？

ガレージに駐車して歩道を引き返し、アパートの裏手、ずぶ濡れの天幕の下で彼を待っているリアナを見たとき、こういう考えは全部消えてなくなった。言葉も交わさず、ふたたび唇を重ねる。彼女が彼の腰に両腕を回してぎゅっと力を込めたときに激痛が走ったが、意に介さず、かすれた声で「上がろう」と言った。

小さな玄関に入るとノーラが体をすりつけてきたが、ジョージはリアナの服を全部剝ぎ取った。蒸し暑い夜にもかかわらず、雨に濡れた彼女の肌は冷たく震えていた。二人はカウチに移動した。じゅくじゅく音をたてる濡れた服を彼が急いで脱ぐあいだにリアナが体を伸ばす。二人についてきたノーラがミャーオと悲しげな鳴き声をあげていた。ジョージはノーラを抱き上げて寝室に入れ、ドアを閉めた。あとで激しい怒りを被るだろうが、独占欲の強い雌猫が目撃してはならない物事は存在する。

ジョージはカウチに戻った。リアナは覚えているとおりの彼女だった。つんと上がった丸い乳房の先に、大きなピンク色の乳首。浅くくぼんだ臍。腰はあのころより丸みを帯びている。右の太股にほとんど気がつかないくらい薄いストロベリー色の母斑があった――頭のなかが、初めて裸の彼女を見た十八歳の童貞に戻っていた。裸で震えながら、不安まじりにつかのま彼女の横に立つ。彼女が彼の目をとらえ、左手を持ち上げて彼を撫で、右手を自分の脚のあいだにすべりこませた。黒い恥毛は彼の記憶より短く処理されていた。彼女が彼を自分の上に引き上げ、そっと耳を嚙む。首の神経が震えおののいた。ジョージは一気に深く挿入し、二人いっしょにあえぎを漏らして背中をのけぞらせた。

9

玄関の呼び鈴が鳴らされ、その二度目でジョージはベッドから寝返りを打って体を起こした。目はかすみ、頭は混乱していた。リアナのいる気配がない。こぶ状に乱れたシーツと、いまなお部屋に充満しているセックスの湿ったにおいだけが、彼女がここでひと晩過ごした証拠だった。ジョージの腕時計は朝の九時を示していて、一瞬、脳天を突き刺すような不安に全身を貫かれた。今日は月曜日だ、仕事に行かなくては。会社からの電話か？ しかし、鳴っているのは電話ではない。呼び鈴だ。

ジョージは立ち上がった。リアナが先に起きて朝食を買いにいったのかもしれない。そのとき鍵を持っていかなかったのにちがいない。

ローブを羽織りながら、整理ダンスの上、真ん中あたりに札束が置かれていることに気がついた。本能的に人差し指で札束に触れた――いちばん上は五十ドルだ――が、そのまま動かさずにおいた。前夜、一万ドルの支払いの話は出なかったし、リアナとアパートに戻って二人で服を脱いでから、そのことは一度も考えていなかった。また呼び鈴が鳴り、恐怖に胃が小さく引きつった。整理ダンスの上にこの現金があるなら、リアナは出ていったということだ。なら、玄関にいるのは誰だ？　リビングを横切り、ドアノブに手を置いて誰何（すいか）した。

「警察です」くぐもった声で返事が来た。女の声だ。

ジョージがドアを開けると、男と女が一人ずついた。女のほうがベルトに留めたバッジをさっとひらめかせる。スーツのズボンにボタンアップシャツの二人は警官にしか見えなかったから、無用の動作のような気もした。

「ジョージ・フォスさんですね？」と、女のほうがたずねた。

「はあ」

「巡査部長のロベルタ・ジェイムズ刑事です。こっちはジョン・オクレア刑事。少しお話をうかがいたいのですが。上がらせていただいてかまいませんか？」

ジェイムズ刑事はジョージと同じくらい背丈があり、三十代後半と見受けられた。薄茶色の肌に短くタイトな巻き毛。面長の顔に頬骨がくっきり浮き出ている。相棒のオクレアは彼女より若いが、髪に白いものが混じりはじめていた。顔は長方形、髭はきちんと剃られていて、喉仏が大きく突き出ている。足の親指の付け根にバネでもついているかのように体を小さく上下させていた。

「すみません。どういうご用件でしょう?」

「昨日ジェラルド・マクリーン氏を訪問なさった件で、いくつかお訊きしたいことがありまして。昨日の午後、マクリーン氏のところを訪ねましたね?」

とぼけるという選択肢を考えて一瞬ジョージはためらったが、その必要があるとも賢明な行動とも思えなかった。「たしかに訪ねましたが――」

「いくつか質問させてください」

「どういうことでしょう。ジェリー・マクリーンのことはほとんどよく知らないんです。昨日会ったのは確かですが……彼にこっちで話を聞いてほしいと頼まれたんですか?」

「なぜ彼があなたに話を聞いてほしいと頼んだりするんでしょう?」プレゼントを開けてもいいかとたずねる子どものような期待の面持ちで、ジェイムズ刑事が質問した。

「すみません。べつに理由はないんです。警察のかたがなぜここに来ているのか、とまどっているだけで」とジョージは言いながら、むだ口をたたいていないで刑事たちを中へ招いたほうがいいと気がついた。

「うかがったのは、昨日ジェラルド・マクリーンが殺害されたからです」

ジェイムズ刑事はそれ以上何も言わず、ジョージは数えきれないくらい見てきた〈ロー

&オーダー〉（米国の刑事・法廷ドラマ）のエピソードから、この刑事たちはいまの情報に彼がこの場でどんな反応を見せるか観察しているのだと思った。舞台の上で台詞を忘れた俳優みたいな気分だ。説明のつかない罪悪感が押し寄せてきて、彼は半笑いを浮かべた。そして、「どこで？」とたずねた。

「上がらせていただいてかまいませんか、フォスさん？　あるいは、そのほうがよければ、署にご同行願ってもかまいませんが」

「いえ、どうぞ」と彼は言い、横へどいてローブをぎゅっとかき寄せた。いきなり裸に剝かれたような感じで、どうしていいかわからない。二人の刑事がリビングに入るあいだに、半開きのドアのすきまからバスルームをちらっと見て、リアナのいたしるしがないか探した。

　あたりを見まわす彼をロベルタ・ジェイムズと名乗った女刑事が見た。そして、「どなたかいらっしゃるんですか？」とたずねた。

「いえ」とジョージは答え、ふっと、それが事実であることを確信した。リアナはとっくの昔に姿を消していた。またしても。

10

バスターミナルにはベーコンの脂と小便のむっとする臭いが入り混じっていた。切符売り場に行くと、一時間後にワシントンDC行きが来るから、DCからタンパへの直行便に乗り換えればいいと教えてくれた。オードリーの実家はフロリダ半島の西側に位置するタンパから南へ車で一時間くらいの、スウィートガムという町にある。

後ろのほうに座ったが、これは間違いだった。トイレのドアが壊れていて、開いては閉まるを繰り返していたからだ。

昨日の午後からずっとビールを飲んでいたせいか、頭がズキズキする。早朝に起き出すと、ケヴィンは麻酔銃で撃たれた熊のように眠りこんでいびきをかいていたから起こしてしまう可能性はまずなかったが、音をたてないようにそっと荷作りをした。メモも書き残しておいた。

しばらく留守にする。心配無用。

実家にも午後には連絡する。

ジョージは鞄から取り出したセーターを何度か折って枕代わりにし、ワシントンDCまでずっと、眠りに落ちてはまたすぐ目を覚ましていた。タンパ行きへの乗り換えまで二十分、時間があった。〈マクドナルド〉でチーズバーガーを半分食べ、九月に親からもらったテレホンカードで実家に連絡を入れようと、公衆電話の列に並んだ。父親は仕事に行っているはずだ。母親も友だちとランチに出ていたらいいが、と思った。残念ながらその幸運には恵まれなかった――母親が電話に出た。

「ジョージ、どうしたの？　何か必要なものがあるの？」

彼の家族には、まめに所在を知らせあう習慣がなかった。「母さん、オードリー・ベックという女の子の話をしたの、覚えているかな？」

「覚えてないけど、あなたがそう言うんだから聞いたんでしょうね」

何があったか説明すると、母親は話を聞きながら何度か続けてため息をついた。そして、「なんてもったいない」と言った。オードリーと彼女の将来性の高さを知っていたかのように。「でも、いちばん心配なのはあなたのことよ、ダーリン。大学生活に悪い影響がなければいいけど。大学時代は楽しい時間であるべきだもの」

「心配いらないよ、母さん」と、彼は答えた。長距離バスでタンパへ向かおうとしているところとは言えなかった。学校が彼の不在に気づいたら、道義上、両親に知らせる必要があると判断するだろうが、そのときはそのときだ。

「母さん、来週また電話するよ。だいじょうぶだ」

「それはわかっているけど、ジョージ」

乗り換えたバスでは真ん中あたりに座り、袋で買ったリンゴを食べ、車窓を流れていく南部のハイウェイのどんよりした風景を見て過ごした。オードリーに自殺を図るような兆候があったか、記憶の糸を探ったが、何ひとつ見つからない。実家の状況に不満があるのと、家の話をしたがらないのはなんとなく察していたが、自殺するほど不幸せには見えなかった。大学生活になじんでいた一年生に命を絶たせるくらい絶望的な、何があったというのか？

いっしょに過ごした最後の時間をつぶさに思い出してみる。凍てつくような寒い木曜日、学生の半分が実家へ帰っていたあの日に、二人は最後の試験を受けた。その夜の学食は四分の一も埋まっていなかった。十人用のテーブルに着き、オードリーと二人だけで食事をした。あのときどんな話をした？　トレーのビーフストロガノフをにらんで、厨房が一カ月以上閉鎖される前だし、残り物で作ったのではないかと怪しんだのだった。車を一日十二時間運転し、二日かけてニューイングランドからフロリダまで帰ると言うオードリーに、心配だと言いつづけて少しいらだたせる場面もあった。絶対危険だとジョージは思ったが、オードリーは行きもそうしてきたから帰りも問題ないと主張した。モーテルに二泊できるだけのお金はないという。一泊分は自分が持つとジョージは主張し、彼女がうんと言わないのを承知で、フロリダまで同乗して運転を交代するとまで申し出た。結局、しばらく議論したあと、オードリーはいつものように、「心配はいくらしてくれてもかまわないけど、わたしはそうするから」と言って議論を打ち切った。だからジョージはそれ以上何も言わなかった。

二人はその夜、自分の部屋でそれぞれ荷作りし、オードリーの部屋で一夜を過ごしてから、日の出とともに起き出し、そこでお別れとなった。早朝の湿った冷たい空気をジョージは覚えていた。バンパーをダクトテープで補修した銀色のフォード・エスコートまでオードリーを送ったとき、歩道が黒い氷に覆われていたことも。彼女はエンジンをかけると、頼りにならないヒーターを最大に設定してから外へ出て、彼に最後のさよならのハグをした。「気をつけて」と彼は言い、そのあと心ならずも「愛している」と言い添えた。生まれて初めて口にする台詞だった。

「わたしもよ、ジョージ」と、彼女はためらうことなく言った。「じゃあ、また」

記憶のなかの彼女は希望に満ちていた。わくわくしている感じだった。人生がいいほうへ向かっていて、この先もっといろんないいことが待っているかのように。それとも、あれはジョージが感じていたことで、自分自身の気持ちをオードリーに投影していただけなのか？ これでもかとばかりに、彼は記憶のあらをつついていった。

バスは南に向かって単調な旅を続けていた。ニューイングランドの明るい青空と厳しい寒さが、低い雲に覆われた空と突然の霙（みぞれ）に変わった。そして夜が来た。読書灯を点けて『ワシントン・スクエア』を開いたが、見て触れたとたん、吐き気に見舞われた。この先ずっと、オードリーの訃報を聞いたときにこの本を読んでいたことを思い出すだろう。座席の網に本をすべりこませ、そのまま二度と触れなかった。

本は読めず、眠ることもできなかったが、それでも朝は来て、バスの運転手からアナウンスがあった。バスはまだ九五号線にいて、ジョージア州に入ったところだという。ハイウェイの左右に広がる野原には靄がかかっていて、雪は見えず、くすんだ緑色の葉が木々を彩っていた。ジョージはバスの窓に手のひらを当てた。冷たいというほどではなく、ひんやりとした感じだ。前夜窓を覆っていた蜘蛛（くも）の巣状の霜が凝縮して、小さな点々と化していた。

バスが休憩のために停止すると、ジョージは発泡スチロールのカップでLサイズのコーヒーを買い、ハチミツをからめたドーナツをふたつ買った。オードリーの訃報を聞いてから初めて空腹を感じていた。バスに寄りかかってドーナツを食べ、ほとんど車のいない何エーカーものアスファルトに淡い日の光が温もりを広げていくのを見ながら、タンパに着いたらどうしようかと考えた。彼の年齢ではまだ車をレンタルできないが、学校のATMでそれなりの現金を引き出してきたから、スウィートガムでいちばん安いモーテルまでタクシーで乗りつけるくらいはできる。そのあとどうするかは、着いてから考えよう。オードリーの実家に電話をして、会いたいと言ってみよう。葬儀が行われるかどうか訊いてみよう。彼女の友人たちを見つけて、話を聞いてみるのもいい。大学を出発したあと、彼女に自殺を図らせるどんなことがあったのか？　遺書はあったのか？　理由は書かれていたのか？

バスの女運転手が〈ヴァージニアスリム〉を指で溝へはじき飛ばして、休憩時間の終了を告げた。ジョージも彼女のあとからバスの中へ戻った。

タンパは暖かく、気温は摂氏二十度くらいで、空には雲が低くたれこめていた。空気にタール臭と潮の香りが混じっている。バス停の外に錆(さび)だらけのタクシーが停まっていた。

運転手はヒスパニックの小柄な男で、開けた窓から肘を突き出して腕に頭をのせている。半分眠っているように見えた。

「スウィートガムまでいくらですか？」と、ジョージはたずねた。

「なんでまた、あそこへ？」

「いくら？」

「さあどうかな。八十ドルくらいか」

「スウィートガムのモーテルまで六十ドルで行ってもらえませんか？」

運転手は腕時計を見て「いいよ」と言い、ジョージは鞄を持って後部座席に乗りこんだ。左右の肩甲骨のあいだを汗がひとしずく、ゆっくり流れ落ちた。タクシーはタンパ湾にそびえる長大な橋を渡っていった。遠くに雲の切れ目が見え、灰色の水面に太陽が光のプールを点々と散らしている。タンパを抜けると海が見えなくなり、ハイウェイの左右、大きな椰子の木より高いところにモーテルの看板が見えてきて、レストラン・チェーンとガソリンスタンドとトップレス・クラブがひとかたまり出現した。

オードリーが大学以前の人生について語ることはめったになかったが、育った町のことを話したことがあった。

「行ってみたいな」とジョージは言ったことがあった。

彼女は吹きだした。「何も見るものなんかないわ。〈ワッフル・ハウス〉（ジョージア州に本部を持つレストラン・チェーン）と質屋があるくらいのものよ」

「ほかにいいところは？」

「そこから出ていけることくらいかしら。小さな町の暮らしと、あそこでのわたしから。こんなふうに」彼女は人差し指二本を掲げ、五センチほど離して見せた。

タクシーの運転手はスウィートガムへの最初の出口を下りて〝一泊二十九ドル九十九セント〟の看板を掲げているモーテルに乗り入れた。両隣は〈ショーニーズ〉というレストランと、中古自動車の販売店だ。屋根の上に、五百メートル先で花火とオレンジを売っている〈ビリーズ〉という店の広告看板がそびえていた。

「部屋があるか確かめてくるから、待っていてもらえます？」

運転手は助手席側の窓から、ビニール製の羽目板を張ったモーテルの前に設定されているがらがらの駐車スペースを見て、「部屋はあると思うな」と言った。ジョージは六十ドル払い、駐車場を横切ってフロントに行った。夕方に近い時間だが、まだ空気は暖かく、鞄に半ズボンを詰めてこなかったことに気がついた。

モーテルは現金前払いで二泊分を受け取ってくれた。宿泊カードを埋めていき、車の情報は空欄のままにした。

「車はないの？」黄色い肌に黒い歯の老婆がたずねた。

「ないんです」と、ジョージは答えた。「スウィートガムでいちばんいい移動手段はなんですか？」

「車ね」

「レンタルできると思います？　二十五歳未満だけど」

「そんな歳にならないと車を借りられないの？」と、彼女は笑った。「隣のダンに頼んでごらん。彼なら現金でブリキ缶みたいなのを貸してくれるかもしれないから。ちなみに、何歳？」

「十八歳です」

「まあ、だいたい見かけどおりね」と答えた。

部屋にはベージュ色の絨毯が敷かれ、ベッドカバーは光沢のある花柄、壁紙は雑な張りかただった。駐車場と出口ランプを見晴らせる正面側の窓には、煤(すす)けたよろい戸が下りていた。裏側の窓は開いたままで、少し前に切られたらしい空調がそばについていた。ジョージはベッドに鞄を投げ出し、服を脱いでシャワーを浴びた。

首の後ろに水を浴びながら、オードリーの町にいるんだ、と思った。全部何かの間違いで、彼女はまだ生きていて、町の病院で回復中かもしれない。頭の奥にそんな考えが隠れていた。ひそかな希望が。タオルで体を拭き、鏡の曇りが薄れていくと、自分の姿を見た。伸びてくると鳥の羽みたいに外へ巻き上がっていく茶色の髪、ごくふつうの顔、少し大きめかもしれない鼻、その埋め合わせをしているあごのえくぼ。目は薄い茶色、食料雑貨店の紙袋の色だ。オードリーはこの顔を何週間か前に見つめていた。彼女は何を考えていたのだろう？　その考えはどこへ行ってしまったのだろう？　彼女の存在を感じ取ろうとしたが、できなかった。

〈リーヴァイス〉のジーンズと黄色の横縞が入った濃い緑色のポロシャツに着替えた。ナイトテーブルのいちばん上の引き出しに、ギデオン協会の聖書と電話帳が入っていた。スウィートガムにベックという姓は二軒。一軒はC・ベックで、もう一軒はサムとパトリシアのベック夫妻だった。夫婦のほうと判断し、煙草に火をつけて、その番号をダイヤルした。男の声が応答した。

「ベックさんのお宅ですか？」

「どちらさま？」

「ジョージ・フォスといいます。娘さんと仲の良かった友人です。メイザー・カレッジで。彼女からぼくの話が出ていたかどうかはわかりませんが……」

「妻には話していたのかもしれんが……わたしはよく知らないんだ」

「話を聞いて、本当に残念でした」

「うん」

「考えていたんです……フロリダに行って……ご両親とお話ができないだろうかって」

「なんてこった。ちょっと待ってくれ」

オードリーの父親の、「男の友だちだ。うちに来たいと言ってるぞ」という大声が聞こえた。

ジョージは鼻からいちど深く息を吸いこみ、そのあと小刻みにあくびをした。

「はい、どちらさま?」受話器にガチャッと音がしたあと、女の声が言った。

「ジョージ・フォスといいます。メイザー・カレッジで娘さんの知りあいでした」

またガチャッと音がした。たぶん、父親のほうが受話器を置いたのだろう。オードリーの寝室で彼女の遺影を膝に抱いているベック氏を、ジョージは頭に思い描いた。

「ジョージ、わざわざコネティカット州から来てくれたの? なんて優しいの」酔っているらしく、〝優しい〟あたりで少し呂律(ろれつ)が回らなくなった。

「お葬式のたぐいがあるのではと思いまして。もうすんでいなければですが……」

受話器の向こうからため息が聞こえた。それとも、煙草の煙が吐き出される音だったのか。「お葬式はしますよ。その予定です。でも、あの子を埋葬したくても、行政から許可が出なくて……。おお、なんてこと」〝埋葬〟のところで声が少し震えはじめ、〝出なくて〟のところで完全に抑えが利かなくなった。

「すみません」ジョージは言った。「お電話しないほうがよかったのかもしれません」

すぐに答えが返ってこなかったため、電話を切ろうかと考えていると、父親のベック氏の声が戻ってきた。

「誰だ?」

「まだぼくです。ジョージ・フォスです」

「参ったな。どうしたいんだ?」

「すみません、よくわからないんです。お葬式に参列できたらと思っていました。何があったのかわかりやすく説明してくれる人に会えるかもしれない、理解に努められるかもしれないと」言葉は音になっていたが、それだけだ。だから方針を変えた。「お花を買いました。できたらお届けしたいんですが?」

「明日なら、かまわんが」またひとつ間を置いてから、ベック氏は言った。

「ありがとうございます。では、寄らせていただきます」

ジョージは通話を切って、またベッドに寝ころんだ。くたびれ果てて、こめかみがズキズキし、肩がパンパンに張っている。昼に残っていたリンゴをふたつ食べてから何も口にしていなかったせいか、空腹も感じていた。隣の〈ショーニーズ〉に行って、ハンバーガーとミルクを詰めこもうか。だが、そのために必要な努力を考えると疲れがいっそう大きくなる気がした。極度の疲労が空腹を凌駕し、彼はチクチクするシーツのあいだにすべりこむと、予備の枕を胸に引き寄せて、夢ひとつ見ない長い眠りの穴へ落ちていった。

翌朝、〈ショーニーズ〉のスクランブルド・エッグとグリッツ（トウモロコシの粉で作った、かゆ状の料理）で朝食をすませると、すでにまぶしい輝きを放っているアスファルトを横切って、隣の〈ダン中古車販売店〉へ向かった。

「おはようさん、ご用かな？」薄茶色のスーツを着てピンク色の頬をした大柄な男が声をかけてきた。

朝食を取りながら、どう切り出すかを頭のなかでリハーサルしてきたジョージは、ひとつ咳払いをしてから、「動きが取れなくて困っていて、力を貸していただけないかと思いまして」と言った。

男はきゅっと唇を結んで小さな笑みを浮かべ、口元から血の気を追い払った。「いいとも、話を聞こう」男はスーツの前に入れたポケットチーフに合わせて、光沢のある紫色のネクタイを締めていた。

「まだ十八歳なんですが、二日間車が必要なんです。車を貸していただけたら、親のクレジットカードを預けます。運転は上手なほうだと思います。支払いは現金で」

男はおかしそうに笑った。「こんな話は初めてだ」と頭を後ろに傾け、黒い鼻毛が充満している鼻から勢いよく息を吐き出す。「もっといい考えがある。こうしようじゃないか。うちの従業員が今年十一日目の病欠を取って、困っているんだ」彼は〝従業員〟という言葉を、筋だらけの肉みたいに吐き出した。「書類を届けてふたつサインをもらってくる必要がある。正午までに。そいつを引き受けてくれたら、一台、自由に使ってもらってかまわない。マナティ郡のなかでなら」

「引き受けます」と、ジョージは言った。「この辺の地理はよくわかりませんけど」

「地図は読めるか、坊主？」

車はサイドにフェイクウッドパネルを張ったビュイック・ルセーバーで、ハンドルを左に持っていかれる感じがした。ダン・トンプソンから地図と手書きの説明を受け取り、スウィートガムの牛の牧草地と小さな住宅団地を通り過ぎて、ダフーン川を越え、チンカピンの町に入ると、中心部らしきところが出てきた。軽量コンクリートブロック造りの五階建ての建物が身を寄せあっている。ジョージは質屋とリサイクルショップに挟まれた保険代理店に書類を届け、そのあと、孫に五百七十五ドルのダッジを買ってやろうとしている〝五十五歳以上専用トレーラーキャンプ場〟の夫婦を訪ねた。スウィートガムに戻り、小さなショッピングセンターで花屋を見つけ、葬儀にふさわしいと言われた十ドルの花束を買った。

サインをもらった正副二通の書類を持って中古自動車販売店の駐車場に戻る途中、音のうるさい空調をいじくりまわしたが、冷たい空気はさっぱり出てこなかった。トンプソンからフルタイムで雇いたいと申し出があるかもしれない、とジョージは想像した。それに応じて、アメリカ一の自動車セールスマンになる。モーテルに住んで、食事は毎回〈ショーニーズ〉で取り、毎日オードリーの墓に花を供えにいく。歳月が過ぎるにつれ、マサチューセッツ州の実家やメイザー・カレッジの学期は記憶の彼方へ薄れていく。ジョージは小さく笑みを浮かべ、煙草の燃え殻がこびりついた車のライターで煙草に火をつけた。

トンプソンは来客中だったから、彼の机に書類を置き、百メートルくらい走ってモーテルの部屋に戻った。汗で湿ったシャツを脱ぎ、ピンストライプが入った半袖のオックスフォードシャツに着替える。持ってきたきれいな服の、最後の一枚だ。

暑さで参りはじめている花束を持って、ビュイックに戻った。地図を調べて、オードリーの実家への行きかたを把握する。三キロくらい走ったところで、ディープクリーク・ロードに訪問者を歓迎する色つきのサンゴ柱が二本出てきた。アスファルト道路が元の舗装より黒いタールで最近補修されて、リスの縞模様のようになっている。ディープクリーク・ロードに立つ家のほとんどは、花壇の庭を備えた二階建てだった。小さなよろい戸付きの家が別の家の上に落ちてきて、それをピンクやアクアブルー、ときにはネオングリーンといったトロピカルカラーで塗りなおしたような感じだ。

ディープクリーク三五二番地の家はアクアブルーだった。ちっぽけな庭と屋根のあたりまでそびえる椰子の木は、ほかの住居と変わりがない。ところが、三五二番地の縁石の前には警察のパトカーが駐まっていた。

ジョージはパトカーの後ろに車を止めて、エンジンを切った。花束を握り締めて玄関に向かうあいだ、オードリーが一酸化炭素を吸いこんで最期の時間を過ごしたという車二台分のガレージに目を向けないよう精いっぱい努力した。

玄関に制服警官が出てきて、「メイザー・カレッジから来た子かい？」とたずねた。

「はい」

警官は染みだらけの肌にうっすら口髭を生やし、ジョージと五歳も違わない感じだが、その彼があごをくいと右へ向けて、「入って」と言った。

ジョージは彼に続いて奥のリビングへ向かった。大きな化粧ダンスくらいのテレビを備えた娯楽設備（エンターテインメントセンター）を、L字形のカウチと模造革のリクライニングチェア二脚が囲んでいる。近いほうの椅子に、ジーンズにデニムのシャツをたくしこんだ長身痩軀（そうく）の男が座っていた。あばた顔に、白っぽいブロンドの髪。父親のベック氏だ。彼の妻、つまりオードリーの母親はカウチにいた。彼女も下はジーンズで、そこに黒いシルクのブラウスがたくしこまれている。きついジーンズに押し上げられた脂肪の層が、シャツの下に盛り上がっていた。彼女の髪もブロンドだが、これは染めた結果のようだ。ピンク色のワインをグラスで飲んでいる。

彼女の横に、灰色のしゃれたスーツを着た年配の男がいた。白髪まじりの髪を短く整え、ゴムボールのような赤い頭皮がのぞいている。顔は平らに叩き延ばしたあと、万力で正常なバランスへ押し戻されたみたいな感じだ。オードリーの祖父かもしれない、とジョージは思った。

部屋に足を踏み入れ、痩せた若い警官のそばをすり抜けて花を差し出すと、ベック氏は腫れぼったい目で彼を見た。「ベックさん、このたびはお気の毒でした。お花を」

スーツ姿の男が肘掛けに右手を置いて、それを支えに立ち上がった。左手にはコーヒーカップが握られている。「この人か、ロビー?」と、彼は制服警官に問いかけた。

「はい」

「きみがメイザー・カレッジのボーイフレンドか?」

部屋にいる全員の視線がそそがれ、ジョージはなんらかの意思表示が必要みたいな感覚に襲われた――オードリーをどんなに愛していたか話したり、心情を激しく吐露したり。かわりに彼はうなずいた。なぜ家に警察がいるのだろう？

「名前は？」

「ジョージ・フォスです」

「そうか。チャルファント刑事だ。こっちはウィルソン巡査。かけたまえ。少し訊きたいことがある」

ジョージは空いている椅子の端に腰かけた。そして、「まだぼくは――」と言いはじめた。

「心配はいらない」と、私服刑事は言った。「一分で全部説明する。どうやってここへ来たのかね？」

「バスに乗って」

「コネティカット州からスウィートガムまで、ずっとバスに揺られてきたわけじゃあるまい」

「バスでタンパまで、そのあとタクシーでこの町へ来て、車を借りました。今日は車で来ています」

「この町に知りあいでも？　ここへ来たことがあるのかね？」

「いえ。一度も」と、ジョージは答えた。「車は〈ダン中古車販売店〉のトンプソンさんから借りました。少し仕事を手伝ったら貸してくれたんです。ぼくは何か面倒なことに巻きこまれているんでしょうか?」

「その心配はない、ジョージ。われわれはオードリーの身に何が起こったのか、可能なかぎり突き止めようとしているだけだ」

ジョージは巨大なテレビのほうにさっと目を向けた。上にフレーム入りの写真がひとかたまりあった。前の真ん中がオードリーの写真だ。卒業式の写真らしい。オードリーの写真を一度も見たことがなかったことを思い出し、ジョージは断りなしに立ち上がってテレビに向かった。近づくうち、写真の女の子がオードリーでないことに気がついた。少し似ているだけだ。ダークブロンドの髪を束ねてお団子にしている。年は十八歳くらい。緑のアイシャドーを少し洗い落とせばそこそこかわいいのかもしれない。口をまっすぐ引き結び、黒い眉毛をしている。

テレビの上の、ほかの写真に目を投げた。学校のポートレート写真で、同じ少女のものだ。しかし、オードリーのは一枚もなかった。

「どうぞ見てやって、ジョージ」と、オードリーの母親が言った。

ジョージはとまどって振り向いた。チャルファント刑事が彼の後ろに来て、小声で、

「写真の女の子が誰かわかるかね？」と言った。

「いえ。すみません。なぜですか？」

「本当か？」刑事は向き直って家族を見た。ジョージの頭をいろんな考えが駆けめぐった。家を間違えたのか？

ベック夫人が「おお、なんてこと」と言い、少し前へふらついて独り言をつぶやきはじめたが、聞き分けられなかった。ベック氏は立ち上がって、三歩で部屋を横切り、そこで足を止めて向き直った。

「どうなってるんだ！」

「すみません」ジョージは言った。「頭がこんがらがっていて。これは誰の写真なんですか？」

「それがオードリー・ベックだよ」と刑事は告げた。

11

「彼女の名前はなんでした？」開いた手帳の上でボールペンを持つ手を止めたまま、ロベルタ・ジェイムズ刑事がたずねた。

彼女はジョージのすすめに応じてカウチに腰を下ろしていた。相棒のオクレアは立っていた。相変わらず足の親指の付け根でわずかに体を上下させながら、ネズミでも探しているかのようにジョージの部屋を見まわしている。

ジョージは二人を招き入れたあと寝室に行って、ジーンズとTシャツを着ながら時間を稼いだ。リアナが置いていった札束をつかんで靴下の引き出しの奥へ押しこむ。睡眠不足に、リアナが突然いなくなったことと、マクリーンが殺されたという知らせが加わって、まだ頭が混乱していた。だが、これは全部どこかでつながっている。それだけはわかった。自分がはめられたのか、マクリーンがはめられたのか。リアナが夜明けとともに出ていったのは、刑事たちがすぐここへ来るのを知っていたからか、少なくともそれを疑っていたからだ。だが、Tシャツをゆっくり頭に引き下ろしながら、依然としてジョージは考えていた。いったん質問が始まったとき、彼女を守ると同時に自分の身を守れる方法はあるのだろうか？　愚かなことだとわかってはいた。唯一の賢明な行動は、二人の刑事とまっすぐ向きあい、知っていることを洗いざらい話すことなのも。だが、ほんの何時間か前、夜明け前の淡い光のなかで間近に見たリアナの顔を頭から振り払うことができなかった。人生最大の後悔は彼とあの正常な一学期を手放すはめになったことだと濡れた瞳で言う彼女を、ジョージは疑うことができなかった。愚かなことかもしれないが。

だから、マクリーン宅を訪ねたのは友人に頼まれてお金を届けるためだったとジェイムズ刑事に話し、刑事からその友人の名前を訊かれたときは、相手の目を見てこう言った。

「オードリー・ベックです。大学一年生のときに知りあい、それからいちども会っていませんでした」真実の交じった嘘だ。警察は確認を取れるし、たぶん取るだろう。そして、オードリー・ベックというのはフロリダ州のスウィートガムで死んだ少女であることを突き止めるだろう。しかし、あらためて質問されても、ジョージはそれが自分の覚えている名前だったと主張できる。彼女を知っていたのは四カ月たらずで、あのときの名前はオードリーだった。ずっと昔の話なのだ。

「では、話を整理しますから、協力してください」と、ジェイムズ刑事が言った。「このオードリー・ベックという、二十年くらい会っていなかった人物が、バーであなたに近づいてきて頼みがあると言ったわけですね?」

「バーで彼女に気がついて、こっちから声をかけました。翌日再会することになって、それで彼女はうちへ、つまりここへ来たわけです」ドニー・ジェンクスが二人いることと、ニューエセックスのコテージの話は割愛することに決めていた。「そのとき頼まれたんです。彼女はジェリー・マクリーンのところで働いていたとき、彼からお金を奪い――」

「彼のお金を盗んだわけですか?」

「彼女の話によればです。複雑な話でしたが、マクリーンのところで働いていて、男女の仲になって、捨てられたんでしょう。だから腹いせにお金を奪った。しかし後悔して、返したくなった。だからボストンへ来たんです」

「盗んだ金額は?」

「五十万ドルくらいです」

オクレア刑事がジョージのほうを向いて、フンと鼻を鳴らした。ジェイムズ刑事が片方の眉を吊り上げる。「それは大金ですね」彼女は言った。「あなたはそれを見たんですね?」

「いまも説明したように、ジムバッグに入ったそれをマクリーンに届けたんです。ざっと見ただけで、数えたわけじゃありません。マクリーンは数えていましたが」

「では、この……オードリー・ベックは……それだけの現金を持って、どこから来たんでしょう？」

「アトランタじゃないですか。マクリーンの会社はあそこにあるそうだから。ぼくもそんなに個人的な話をあれこれ聞かされたわけじゃないんです」

「うーん、かなりいろいろ聞かされているみたいな気がしますけど」笑みを浮かべると、刑事の顔の輪郭が変わった。この微笑がなければ、彼女の顔は下に向かうにつれて細くなっていく木彫りの面のようだった。顔に笑みが広がると琥珀(こはく)色の瞳が明るくなり、それを見た瞬間、ジョージは嘘をついているのが後ろめたくなった。刑事はさらに続けた。

「彼女は奥さんのいる男性との不倫関係をあなたに話し、捨てられた腹いせにその男性からお金を盗んできたと言った。なぜ彼女はニュートンのマクリーン宅に車で乗りつけて、そのお金を返してこなかったんでしょう？　なぜあなたに返してきてもらう必要があったんでしょう？」

「怖いからと言ってました。金を取り返すためにマクリーンが人を雇ったとかで」

「どんな人か、聞きましたか？」

「いえ。しかし、彼女は心底おびえていた。二度とマクリーンとは向きあいたくないという感じも受けました」

「お話を聞いていると、二十年間会っていなかった人がいきなり現れて、盗んだお金を返してきてほしいと頼まれたのを、全然不審に思わなかったみたいに聞こえるんですが？」

ジェイムズ刑事はまた微笑んだ。お気に入りの武器なのだろう。オクレアがつかのま体の上下をやめ、ジョージの答えを待った。

「もちろん、変だとは思いましたよ。日常的に起きるたぐいのことじゃない」

「なのに、あなたは引き受けた」

「退屈な夏だったので」

ジェイムズ刑事の喉がしわがれ声をたてた。咳だったのか、それとも笑い声だったのか。

「なるほど。オードリー・ベックと初めて出会ったとき、彼女と恋愛関係に？」

「ええ」と、ジョージは答えた。

「やっぱり。だったら、進んでこのお使いを引き受けたのは、よりを戻せるかもしれないという願望があったからと考えても勘ぐりすぎではないかしら？　ちょっと表現が控えめかな。これはお礼だったの？」

「どういう意味ですか？」と、ジョージはたずねた。

「オードリー・ベックは昨晩、ここに泊まったのね？」

ジョージは一瞬ためらい、その一瞬で、否定しても意味はないと判断した。「ええ」

「やっぱり。寝不足の顔をしてるから。じつは、わたしは相棒といっしょにこのベックさんを見たかもしれなくて」彼女がオクレアを見上げると、彼は肩をすくめて眉をひそめた。

「今朝、あなたの住まいを見つけるのに車で二周するはめになって、そのときチャールズ通りに向かって歩いていく女性のそばを通り過ぎたんです。緑色の服を着て、髪は肩くらいまでのダークブロンドでしたが？」

「彼女だと思います」

「やっぱりね。日曜日の早朝に着る服には見えなかったから。つまり、みすみす彼女を逃したってわけ」彼女は無念そうにチッと舌を打った。「どこへ行くか、言ってました？」

「起きたときにはもういなかった。いないから、びっくりしましたよ」

「では、さっきの質問ですが、あれは取引だったの？　あなたがお金を届けにいったら、彼女はその恩に報いるという？　それとも、お礼はお金の一部だったとか？　全額返したわけじゃないんでしょう？」

「いや、そんなんじゃない。セックスの話なんて出ていない。もちろん、かつての恋人だし、嫌いになったわけでもないから……頭をよぎりはしましたよ。そう願っていたと言ってもいいかもしれない」

「お金を届けにいったら寝てくれるものと」

「いや、それはこっちの勝手な願望で、お金を届けたのはあくまで好意でしたことです」

「ふーん」ジェイムズ刑事は半信半疑の表情で手帳を見た。ジョージにわかるかぎり、彼女が書き留めたのはオードリー・ベックの名前だけだった。「では、マクリーンのところへ行ったときのことを聞かせてください。ボイドさんの話では、あなたは午後三時四十五分に家に着いています」

「ボイドさんというのは、玄関で迎えてくれた助手の人ですか?」

「ええ。カリン・ボイドはマクリーンの姪でもあります。死体の発見者は彼女でした」

「どこで殺されたんですか? 何があったんです?」

「それをわたしたちは突き止めようとしているんです。だからここへ来て、あなたに質問をしているわけで。ええと、あなたは三時四十五分に到着した」

「そのくらいだったと思います」

「マクリーン宅にはどれくらいいました?」

「だいたいでよければ、まあ、四十五分くらいかな」

ジェイムズ刑事は相棒をちらっと見て、それからジョージに目を戻した。「ボイドさんの話と同じくらいですね。なぜそんなに長い時間いたんですか? お金を引き渡すだけでよかったはずなのに?」

ジョージは二人に説明した。マクリーンに招き入れられ、ボディチェックを受け、マクリーンと二人きりになり、マクリーンの言い分を聞かされたことを。リアナは最初から彼をはめるつもりで、彼の亡くなった妻に似せて髪を染め、バルバドス島で最初から彼を狙っていたのではないかとマクリーンが言ったことは割愛した。しかし、リアナへの怒りがかなり大きそうだった点は伝えた。

「彼はお金を受け取ったわけですね？」と、刑事が言った。

「ええ。そのあと、帰ってくれと言われました。奥さんのところへ戻ると言って。病気が重いらしくて」

「今夜までもたないと、あそこの人たちは考えています。夫に何があったかは伝えないつもりのようですよ」

「はあ」

「マクリーンにはどんな印象を受けました？　何かにおびえているような感じはありましたか？」

「おびえている？　いいえ。いらだっている感じはしました。ああいう形で自分のお金の返却に応じなければならないことに。奥さんのことは悲しそうでした。それと、話を聞いてくれる相手が必要なのかなとも思いました。いろいろ打ち明けられてびっくりしましたよ。どんな状況で殺されたのか教えてもらえませんか？　ぼくが帰った直後のことですか？」

「家のまわりに誰かいなかったですか？　あなたを迎え入れたのはボイドさんでしたね？」

「ボイドさんはいた。ボディチェックをした男も。たしか、マクリーンにDJと呼ばれていました」

「ドナルド・ジェンクス。マクリーンに雇われている男です。あの家で見たのは、それだけですか？」

ジョージは閉じた目に指を押し当てて、つかのま考えた。昨晩のラムとビールによる二日酔いが時間差で回ってきた感じだ。警察にたくさん嘘をついているのも痛いほど意識していた。最初は、リアナの本名以外は正直に話すつもりだったのに、気がつけば、偽のドニー・ジェンクスのような大事な事実を伝えずにいた。「庭師たちがいました」と、最後に彼は言った。

「それはわれわれも知っています」

「でも、あの家を出たとき、もう仕事は終わっていました」

ジェイムズ刑事が手帳に書きこんだ。ジョージが彼女の相棒をちらっと見ると、彼はまだ立ったままで、口がきけないのだろうか、と一瞬ジョージは思った。この男が言葉を発するところをまだ一度も聞いていない。「水を飲んできてかまいませんか？」ジョージは二人の刑事の中間に問いかけた。

ジェイムズ刑事が許可した。

「お二人にも何か持ってきましょうか？　水とか？」

二人とも遠慮した。ジェイムズ刑事は言葉で、オクレア刑事は禅で会得したかのような沈黙をもって。

ジョージはおぼつかない足どりでアルコーブ型キッチンに向かい、背の高いグラスに水をそそいだ。それを飲み干して、もういちど注ぐ。椅子に腰を下ろす前に、ジェイムズ刑事が言った。「あとふたつだけ、質問を。鞄のお金がどんなふうに見えたか、教えてもらえますか？　それと、いくら入っていたのか、正確な額を教えてください」

「自分で数えたわけじゃないが、オードリーは四十五万三千ドルと言ってました。いまも言ったように、数えたのはマクリーンです。黒いジムバッグに入っていました」

「マクリーンの家に届けにいった車で一人になったとき、中を見てみなかったんですか？」

「お金なのは、見ればわかります」

「あるいは、一部を懐に入れようとか？」

「友人のためにひと肌脱ごうとしていたんです。いっそう面倒な状況に追いこもうとしていたんじゃない」

ジェイムズ刑事はほんの少しだけ頭を横に傾けた。首の凝りをほぐそうとしているかのように。「お勤めはどちらですか?」

ジョージが出版社の名前を口にすると、彼女の顔にさっと、知っているという表情が浮かんだ。遠い昔に聞いたことがある、といった感じで。

「オードリー・ベックの連絡情報を知りませんか? 住所とか? 携帯電話の番号とか?」

「知りません」

ジェイムズ刑事はすぐに口を開かず、そのあいだにジョージは水を飲んだ。一気に飲み干さないよう意志の力を働かせながら。ノーラは放置されたままのオリヅルランの鉢植え近くで、窓の下枠に落ち着いていた。

「最後にひとつ。ジェイン・バーンという人物をご存じですか?」

ジョージは否定しかけたが、寸前で思いとどまった。もちろんジェイン・バーンがリアナの通り名なのは知っている。マクリーンが知っていたのはこの名前だけで、助手と思っていた姪が警察に伝えたのがこの名前であることも。

「マクリーンは彼女をその名前で認知していました。彼のところで働いていたときはその名前を使っていたんでしょう」

ジェイムズ刑事は微笑んで、相棒をちらっと見た。「その話はしないつもりだった?」

「すみません。自分の知っている彼女はオードリー・ベックだったんです、彼女のことはその名前で考えるもので」

「気まぐれで名前を変える友だちが大勢いるの?」

「いや、まさか。もちろん、オードリーだけです。ひょっとしたら、オードリーが本当の名前でない可能性だってある。彼女はメイザー・カレッジに四カ月いただけで、二度と戻ってこなかったので。フロリダで何かトラブルに巻きこまれたんじゃないか、名前を偽って大学に来ていたんじゃないかという噂も耳にしました」この刑事たちがどこまでオードリー・ベックとリアナ・デクターのことを調べるかわからないが、少しでも自分の身は守っておきたい。発端になった事件の報告書を彼らが読むことにしたら、ジョージの名前が出てきて、彼が嘘をついていたことがばれてしまう。面倒なことになるだろう。

「また彼女を見かけたり、役に立つかもしれないことを思いついたら、お知らせいただけますね」

「もちろんです」と、彼は言った。

ジェイムズ刑事は立ち上がる前に手帳から名刺を抜き出し、コーヒーテーブルに置いた。ジョージは両刑事を玄関まで送った。ジェイムズが彼に背を向けて出ていこうとしたとき、彼女の相棒が、「もうひとつ、フォス。ボストンの外へは出ないことだ」と言った。鼻にかかった、かん高い声で。意表を衝かれ、ジョージはぎょっとした。

「えっ？」彼は言った。「ぼくは容疑者なんですか？」

「ああ、いまいましい容疑者だよ」オクレア刑事はそう言って、顔の半分に薄笑いを浮かべた。

12

ジョージは会社に電話をして出社が遅れる旨を伝え、シャワーを浴びて髭を剃った。とつぜん殺人の容疑をかけられたというのに、今日が月曜日で、机に向かっていなければならないなんて、現実とは思えない。

職場はバックベイとノースエンドの中間、工場を改装した建物の三階にあり、そこに着くと、奇妙な声に出迎えられた。受付のダーレーンが「はっはあ」と言葉を伸ばし気味にして彼を迎えたのだ。とまどって、気がつくのに少し時間がかかった。遅刻したのはレッドソックスが金曜日から三連敗したせいかしら、と言っていることに。

「シーズンが長いのはいいことだ」とジョージは返し、オフィスへ向かった。

「神様ありがとう」と、離れていく彼の背中にダーレーンが言った。

ここ数年、雑誌の売れ行きは落ちているが、まだ小さなオフィスへ引っ越すには至っていない。市場の下降傾向に臆した地主が賃貸料を下げつづけることで出版社を引き止めているからだ。この不景気で、南向きのオフィスまでの長い道のりには、むきだしの机や誰もいない会議室が次々現れ、わびしさを漂わせている。ジョージはメイザー・カレッジを卒業して一年弱でこの出版社の一員になった。卒業後、ふたつ目の仕事だった。レイチェルという年上のガールフレンドとサンフランシスコで暮らしたときは、書店チェーンで働いた。同棲生活は半年で終止符を打った。ジョージが仕事から早めに帰ってきたら、二人のお気に入りだった近所の酒場のバーテンダーとレイチェルがベッドにいたのだ。

彼は実家へ帰った。母親は元来、前向きな人間ではなかったが、年を重ねるにつれて人生に対する失望を口にすることが増えてきた。妻と母親の役割を果たすために芸術家としての人生をあきらめたという思いがあり、いま残っているのは空になった巣と、仕事中毒の無口な夫だけだ。陶芸家のグループに入って、その一人と浮気しているのではないかとジョージは疑っていた。母親とは逆に、父親はこの数年でめっきり口数が減った。仕事は現役で、身を粉にして働いている。夜はたいてい疲れた赤ら顔で帰ってきて、そのあとは一杯やって、夕食を取って、書斎で本を読むというお定まりのコースに落ち着く。無口でとても社交的とは言えない父親だが、ジョージはなぜか母親といるよりくつろげた。自分のペースを守っているかぎり、父親は居心地がよさそうだった。

二カ月に及んだジョージの滞在中、父親はめずらしくスコッチの水割りをお代わりし、幸せをつかむ秘訣はひとつの仕事を見つけて、可能なかぎりうまくそれをやることだ、と言った。自分の父親にも同じことを言われたという。建設業に就いて釘をまっすぐ打てるようになれば、幸せに事欠くことはない。退職後が不安で仕方がない、とも打ち明けた。これはジョージが父親と交わしたなかでもいちばん示唆に富んだ会話で、彼はこのときのことをよく思い出した。特に、それから何年もしないうちに父親が心臓発作を起こして、六十五歳で他界したあとは。

実家にいるあいだにジョージは新聞の求人欄に隅々まで目を通し、ボストンでいちばん有名な出版社の経理重役補佐に応募して、採用された。「おまえは前から数字に強かったからな」と、彼の父親はコメントした。母親はここの雑誌の文学界でのステータスを知っていて、感激しきりだった。

ジョージはボストン市内にアパートを見つけて引っ越した。チャールズタウンの粗末な三階建て（トリプルデッカー）のワンフロアを、メイザー・カレッジで知りあったカップルと共用（シェア）した。ジョージは仕事に手腕を発揮し、雑誌の事業部長アーサー・スクートにつくことになった。ずっと独身を通してきた人物で、ジョージが入ったときは雑誌のスタッフで最年長だった。アーサーは仕事のノウハウ一切をジョージに叩きこむと、すぐに昇進させ、軽いアルコールつきの昼食に付き合わせた。ジョージはこの仕事に満足と励みの両方を感じていた——決まった時期に予算どおり雑誌を発行するのは、釘を極力まっすぐ打つ仕事に似ていた。文学と知的伝統の一翼を担っている気分も味わうことができる。帳簿の収支を合わせるだけの仕事ではあったが。

夜間授業を受けられるくらいの給料はもらえたから、二、三年後に公認会計士の資格を取得した。昇給のおかげでチャールズタウンから、いま暮らしている屋根裏アパートに移ることができた。賃貸料の変更に制限が課せられる、いわゆるレントコントロールの物件だ。一人暮らしは初めてだったが、やってみるとじつに快適だった。部屋を思いどおりにできる。本を並べ、塵ひとつない清潔な状態に保った。編集補佐をしていたアイリーンと付き合いはじめた。同棲や婚約を急ぐ感じが彼女にはなかったからだ。こうして二十代を楽しく泳ぎ渡り、三十代に突入した。リアナのことを考える時間は日に日に減っていったが、それでもまだ彼の目は彼女の姿を求めていた。気がつくと、彼女の顔や歩く姿が見えないか、群衆を見渡していた。彼女が迫ってきて逃れることができない、強烈な淫夢を見ることもあった。

アーサーが定年退職し、ジョージはその一年後に事業部長に昇進した。雑誌にとっては激動の時期だった。インターネットが爆発的に普及し、オーナーも交代した。スタッフは削減され、雑誌の方向性も文学から政治へと劇的な変化を遂げた。月刊誌から短編小説が切り捨てられ、夏の小説特集号に追いやられる。詩の掲載も取りやめになった。職場は重苦しい空気に包まれた。アイリーンはボストン・グローブ紙に移り、ウェブサイト部門で人もうらやむ好条件の仕事を手に入れたが、ジョージは動かなかった。雑誌が続くかぎり仕事があるのはわかっていたからだ。つねに釘をまっすぐ打った。それに、新しいオーナー・グループは利益を上げている企業を多数かかえていて、雑誌が毎月のように赤字を出してもさほどの痛手ではないらしい。

ジョージは机に向かうと、未決書類箱をざっと調べて緊急の案件がないか確かめ、何もなかったのでインターネットに接続し、ジェラルド・マクリーンの死に関する情報を探した。さほどの情報はなかった。ニュートンの自宅でマクリーンが死亡していて、死因はまだ特定されていないとの記事がいくつかあっただけだ。これを読んだ人間は、マクリーンは老人だから心臓発作でも起こしたのだと思うだろう。写真つきの記事がひとつあった。会社で淡い青色のスーツを着ている写真で、十五年以上前のものと思われた。マクリーンの説明に共通しているのは、〝アトランタに本社を置く家具卸売会社マクリーンズ・ファニチャーの創業者会長ジェラルド・マクリーンは最近ポール・ハルと提携して、がん研究に尽力する慈善団体〈ハル財団〉を設立。妻はテレサ・マクリーン（旧姓リヴェラ）〟という内容だった。

殺害の話は何ひとつ出ていない。フィーダー・ファンドと出資金詐欺の話も。海外口座のことも。現金が詰まったジムバッグのことも。

ジョージは仕事に取り組もうとした。彼の雑誌はマサチューセッツ州西部の大学で夏のコンベンションを主催することになっていた。購読者が集まって有名どころの作家たちと親睦を深める、資金調達の性格が強い催しだ。その大学から、雑誌の入っている保険に大会中、付帯条項を追加してほしいと要求があり、ジョージは気まぐれな大学経営者と怠け者の保険代理店の橋渡し役を務めていた。この保険代理店宛てに、証書にどういう文言が必要になるかを説明するメールを書きはじめたが、結局、書きおえるに至らなかった。週末の出来事と、自分はあそこでどんな役割を演じたのだろうという思いに、たえず心が引き戻された。マクリーンはあの戻ってきた金のために殺されたとしか思えない。だとすれば、リアナが関与していることはありえない。奪ってきたお金をわざわざ返したのだから。そう考えると、いくぶん心が慰められた。

午前中にジョージの机の電話が鳴った。アイリーンからだった。

「忘れてた?」と、彼女は言った。

「かもしれない」

「お昼をいっしょに食べることになっていたのよ」

「そういえば」と、ジョージは言った。月曜日にランチに行こうと約束したのをぼんやり覚えていた。「どこだった？」

「スチュアート通りの、例の新しい店。メキシコっぽい名前だったわ」

ジョージはレストランの外でアイリーンを待った。気温は摂氏三十度台の前半まで上がり、昨夜ボストンを打ちのめした聖書の大洪水のような雨が降る気配はまったくない。入口の外で、フレームに入っているメニューを見た。テクス・メクス料理、いわゆる標準的なメキシコ風アメリカ料理の店で、ポーク・ベリー・タコスとシラントロ・マルガリータといったランチメニューが並んでいる。午前中ずっと二日酔い気味だった。昨夜のビールと脂っこい中華料理のせいかもしれない。ジョージは細切り牛肉のブリトーとLサイズのダイエットコークに決めた。コーラに少しラムを垂らしてもいい。

三ブロック離れたところで、早くもアイリーンを見分けることができた。うつむき加減にゆっくり歩いてくる。腕をぎゅっと体の横に押しつけて。ボストンの冬を二十年経るうちに体質が変わってしまったんじゃないか、氷点下のなかを歩いているみたいだと、冗談半分に言ったことがある。ボストンの蒸し暑い夏でもいつも寒気がする、冬の厳しい寒さが骨の髄まで忍びこんで一年じゅう出ていかないのね、というのが本人の言だ。近づいてくる彼女を見ると、この二日半で起こった異様な出来事がいっそう非現実的に感じられた。

彼女は現実だ、とジョージは思った。好むと好まざるとにかかわらず。アイリーンは彼女としては平均的な輝きを放ちながらジョージに近づいてきた。アイリーンはアイリーンのままだ。本が好きで、皮肉屋で、仕事熱心だが、とても誠実で、くっついたり離れたりのボーイフレンドに失望して見切りをつけたりしない。アイリーンが一ブロック向こうにいる時点で、ジョージは週末の話をしないことに決めた。とりあえず、今日はやめておこう。元の暮らしが一時間欲しい。アイリーンと食べて、飲んで、もういちど正常を感じたい。

ところが、プールのように重い湿った空気のなかをアイリーンが近づいてきて、顔を上げたとき、左目の外側から縦に五センチくらいが白い包帯用のガーゼに覆われているのが見えた。左目の周囲の白い皮膚がうっすら青みがかっていて、目と腫れた唇のあいだにも小さな赤い裂傷が見える。

「いったいどうしたんだ？」

「中で話すわ。見た目ほどひどくはないのよ」

「いや、ここで話してくれ。何があった？」

彼女は肩をすくめて、「ちょっと、路上強盗に遭ったみたいな感じで」と言った。

「〝みたいな感じ〟？」

「何も奪われていないから。手短に言うと、昨日の夜十一時ごろ、帰ってきたときうちの前で男に時間を訊かれたの。腕時計を見て顔を上げた瞬間、殴られていたわ」

「なんてこった」と、ジョージが言った。

「まったくよ。わたしもそう思ったわ。舗道に倒れて、死んじゃうと思ったけど、男はそれだけで立ち去ったの。ハンドバッグも奪わずに」

「警察に通報したのか？」

「あやうくするのを忘れるところだった。現実のことと思えなくて。でも思い直して通報したわ。そいつ、名前を言ったから？」

「どういう意味だ、名前を言ったって？」

「本名かどうか知らないけど、顔を殴って立ち去る前に、すごく丁寧に自己紹介してくれたのよ」アイリーンは微笑を浮かべ、傷のガーゼがずれたのか小さく顔をしかめた。

「自己紹介？」

「地面に倒れて、レイプされるか頭を撃たれるって覚悟したとき、男がわたしを見下ろして、『会えて光栄だ。おれの名はドニー・ジェンクス』って言ったの。そう言い捨てて離れていったのよ」

13

次の十分でチャルファント刑事から何枚か写真を見せられた。ジョージはそのすべてにじっくり目を通した。見せられたオードリー・ベックの写真はメイザー・カレッジで知りあったオードリー・ベックではなかった。ダークブロンドの髪と青い瞳と白い肌は同じだ。人間の差異を測る広いスペクトル上では近いと言えるのかもしれないが、この二人が別々の人間であることに議論の余地はない。写真の女の子——本当のオードリー？——の鼻には、小さなイボがひとつあった。もっと裕福な女の子なら美容整形手術で除去していたかもしれないたぐいのものが。ぼってりした唇も違うし、目は寄りすぎの感じだ。

「きみのガールフレンドの写真はないか？　もちろん、いまじゃなくてもいい。モーテルの部屋とか、大学の寮にでも」

「彼女の写真は一枚も持っていないんです。写真のことは前にも考えました、彼女が死んだと聞いたあと」

「彼女でないのは確かなんだな？」

「確かです。間違いありません」この十五分間で起こったことにまだ困惑しながらも、ジョージのなかには小さな理解と希望が押し寄せていた。自分の恋人がオードリー・ベックでないとすれば、彼女はまだ生きている。刑事に質問し、その点を確認したかったが、本当のオードリー・ベックの家族がそばで悲しみに暮れているのは痛いほどわかっていた。父親は首を振ったりため息をついたりして、部屋を行ったり来たりしている。

「どうしたの？」玄関から新しい声が呼びかけた。部屋にいる全員が振り向いた。十代の男の子がリビングに入ってきた。大柄で髪はブロンド、歯列矯正用のブリッジをはめている。フロリダ大のアメフトチーム、ゲーターズのTシャツにバスケットパンツという服装だ。

「なんでもない、ビリー」と、ベック氏が言った。

〝弟だ。しかし、彼女は弟がいるなんて一度も言わなかった。一人っ子と言っていた〟と、ジョージは胸のなかでつぶやいた。チャルファント刑事に目を向けると、刑事は部屋のみんなにこう告げた。「ここまでにしましょう。ジョージ、差し支えなかったら署まで同行してくれないか。正式な供述調書を取りたい。これ以上ベックさんたちを煩わせる理由もない。ジョージ、車でついてきてくれ、ウィルソン巡査とわたしの車に乗っていくほうがよければそれでもいいが」

ジョージは立ち上がった。「どっちでも——」

「オードリーは大学に行ってなかったということ?」ベック夫人がかん高い声で疑問を発し、手に持ったグラスの縁から少しワインが飛んだ。彼女はジョージと警察官二人のあいだに落ちるよう、部屋の真ん中にその疑問を投げていた。

チャルファント刑事が相手を制するように片手を上げた。「まあまあ、パット。拙速に結論に飛びつくのはやめましょう——」

「拙速に?」

「——しかし、娘さんの名前で大学に通っていたのが何者かについて、混乱があるのは確かです。われわれはこの点を明らかにして、いったいここで何があったのか、真相を突き止めるつもりです。わかったことがありましたら、すぐにお知らせします。その点はお約束しますよ」

「大学に行っていなかったのなら、あの子はどこにいたの?」

「それをわれわれは突き止めようとしているんです」

ジョージはパトカーの後ろについて、ベージュ色にモルタル塗装された警察署に到着した。道中、煙草を一本吸って運転に神経を集中した。手のひらが汗でじっとり濡れている。

チャルファント刑事は彼をしたがえて自分の部屋へ向かった。これといって特徴のない長い廊下にいくつか部屋が並んでいて、そのなかのひとつだった。そこを見て、ジョージは子どものころにちょくちょく通ったアレルギー診療所を思い出した。

チャルファントの部屋は家庭的な感じがした。雑然とした棚にこまごましたものが飾られ、壁には傾いた写真がひしめいている。子どもたちの写真が大半だ。ジョージは背もたれの高い回転椅子をすすめられ、チャルファントは自分の机を回りこんで木のスツールに腰を下ろした。「これだと仕事中に居眠りせずにすむんだ」彼はそう言ってジョージにウインクした。「スツールなら」と言い添え、それから机の電話の受話器を取った。

ジョージは言った。「知っていたんですか？　オードリーがオードリーでないことを？　できたら――」

チャルファントは指を一本立てて質問を制し、電話に言った。「やあ、デニス、ちょっと頼まれてくれないか？　スウィートガム高校の過去三年分の卒業アルバムが必要なんだ……そう……いや、去年のから前にさかのぼって……あるんだな？……だったら、四年前のまであるとありがたい。持ってきてくれないか？　大至急だ……そうか、感謝する」

チャルファントは受話器を置いて、スツールの下の支持部に靴の踵を置いた。刑事というより、シーズン半ばで優勝の可能性がなくなった野球チームの不機嫌な監督といった趣だ。「現時点でわかっていることを教えておこう。関連する事実をすべて明らかにするのがいちばん手間のかからない方法だと、常日頃から思っていてね。本当のオードリー・ベック、つまり、いまきみが会ったサム・ベックとパトリシア・ベック夫妻の娘は、前の学期をマイアミの北のウェストパームビーチで過ごしたことがわかっている——全部ではなくても、その一部を。両親と友人の大半には、メイザー・カレッジに行くと言って出かけていた。セーターとジーンズを車にぎっしり詰めこんで出発し、北へ向かったが、どこかで引き返して南東へ向かったらしい。イアン・キングの話では……イアンのことは聞いているか? いや、知らないはずだな。イアン・キングによれば、彼女はイアンとそのバンドのメンバーといっしょに秋の大半を借家で暮らしている。イアンはゲーター・ベイトというバンドの一員なんだが、聞いたことは……」

ジョージは首を横に振った。

「……まあ、なくてあたりまえか。これがわかったのは、昨日イアン・キングがここへやってきたからだ。わたしのところへ来たのは、オードリー・ベックがサム・パリスという麻薬の売人に殺されたのではないかと思ったからだという。ゲーター・ベイトとオードリー・ベックは麻薬代の支払いが滞っていたらしい。オードリー・ベックが麻薬に手を出していたと聞いても、われわれは驚かなかった、検視結果に薬物反応がはっきり出ていたから。彼女がこの一学期に、大学へ行ってなかった点には驚いたけどね。さあこれからメイザー・カレッジに電話をかけて事情を聞こうという段になって——ああ、デニス、机に置いていってくれないか？」

西洋ナシのような体形をした五十代とおぼしき化粧の濃い女が、机に高校の卒業アルバムを積み上げた。

「さあメイザーに電話をかけようという段になって、ベック夫妻のところへきみから、つまり大学のボーイフレンドから電話がかかってきた。われわれがきみの話に興味津々だったのもわかるだろう」

「誰かが彼女になりすましていたんでしょうか？」

「そんな気がする。同時にふたつの場所にいたのでないかぎり」

「さっき見た写真ですが、あれは絶対に、ぼくの知っているオードリー・ベックじゃありません」

「そのとおり。だから、わたしの代わりに、そこに積んだ卒業アルバムを調べてもらいたいんだ。何者かがオードリーの代わりに入学して、彼女になりすましていたとすれば、高校時代の知りあいである可能性が高い」

「わかりました」ジョージはいちばん上のクッションが利いた模造革のカバーに手を置い

た。「できるかぎり協力しますけど、代わりに、ぼくが探している女の子を見つけるのに力を貸してください。彼女はまだ生きているにちがいない。そう思いませんか?」

「勝手な想像は避けたいが、われわれの目標はどちらも同じだ。きみが協力すれば、こっちも力を貸す。わたしはしばらくこの部屋で作業をしている。ここでいいか? それも別の部屋を用意しようか?」

「ここでかまいません」

ジョージはスウィートガム高校の卒業アルバムを次々めくって、名前のない女の子を探していった。肖像写真に次々目を通していく。逆毛を立てた髪につややかな唇の子、肩越しに振り返って顔が斜めになっている子、厚塗りの化粧でにきびを隠している子、ブラウスの前に十字架のネックレスをかけている子、楽しいことは全部経験ずみといった感じの子。女の子たちのあいだに呆(ほう)けたような顔をした年上の少年たちも交じっている。端正な顔立ちもあるが、大半はそうではなく、スポーツ系の短い頭髪で無表情な目をしている。肖像写真以外も丹念に調べた。クラブ活動の白黒写真、チームの集合写真、文化サークル、卒業ダンスパーティ。ちらっとでもいい、自分の知っているオードリーが写っているかもしれないグループ写真にはすべて目を通した。指先が渇いてくるまで、次々ページをめくった。似たところのある子はたくさんいた。髪形はメアリー・ステファノポリスという子、横顔は学校新聞の割り付けをしているブルネットの子、腰の曲線とすらりとした脚は水泳チームの子。しかし誰一人、彼女ではなかった。

「これで全部ですか?」ジョージは立ち上がり、開いたマニラ封筒をルーペで調べているチャルファント刑事にたずねた。

「そうだ。少し休みなさい。きみの目が心配だ」刑事はジョージの後ろへ来て、思いがけず、大きな手で左の肩をぎゅっとつかんだ。情に淡白な男ばかりの家系に育ったジョージはこの心遣いにとまどったが、それと同時に、たまらないくらいの慰めも感じた。「きみの知っている女の子のことを教えてくれ。どんな子だった?」

ジョージは説明していくうち、二人の出会いと関係がどこにでもある面白みのないものであることに気がついた。出会いの場はパーティ。そこで彼女を好きになった。彼女も彼を好きになった。大学の新入生には世界じゅうで同じような出会いの場が提供されている。

「彼女が別人だなんて疑いもしなかった」と、彼は言った。「大学に来るまでのことはあまり話したがらなかったけど、進んで話す気になれないだけだと思ってました。みんながみんなそういう話をしたがるわけじゃない」

「したがったのは、どんな話だった?」

「ぼくのこと、ぼくの育った町のこと、ぼくの両親のこと。映画や本の話もした。共通の友人のことをあれこれ分析したり。フロリダは好きじゃないと言ってました。殺風景な田舎町だって」

「きみの町は違った？」

「ええ、まあ。ぼくが育ったのは、裕福な人たちが住むこぢんまりとした町でした。自慢に思ったことはなかったけど、彼女は話を聞きたがった」

「それ以外に、彼女が興味を持ったことは？」

「頭のいい子でした。政治学を専攻して英文学を副専攻にしたいと言ってました。法科大学院（ロースクール）に進む計画も立てていた」

「成績もよかった？」

「オールAです」

チャルファント刑事はまた机を回りこみ、スツールに片足を置いて靴のひもを締めなおした。「きみはいつまでこっちにいるつもりだ？　スウィートガムに？」

「もうしばらく。事の真相がわかるまで」

「わかった」チャルファントはジョージの手に名刺をすべりこませた。「モーテルにいるんだったな？　連絡を取りあおう」

外に出ると、綿花の玉をちぎったような細長い雲が青空に市松模様を描いていた。ビュイックに戻ると、フロントガラスのワイパーの下にメモが挟みこまれていた。手帳から破り取った罫線入りの紙だ。ラベンダー色のインクで七桁の電話番号が走り書きされていた。ジョージはメモを注意深く折りたたんで、ポケットに入れた。オードリーの筆跡とは違う気がしたが、断言はできない。

トマトの加工工場から帰る車で渋滞する時間らしく、モーテルへの帰り道はのろのろ運転になったが、気分は高揚していた。彼の知っている女の子がおそらくまだ生きているからだけではない。思いもよらない謎の渦中にいるからでもあった。メイザー・カレッジとボストン郊外の実家がもたらす味気ない現実は、灰色を帯びた平凡な過去へと遠のきはじめていた。

中古車販売店の駐車場にビュイックを乗り入れてダン・トンプソンに返却すると、店主は冷えたビールをすすめてくれ、さらに、明日も同じ取引をしないかと持ちかけてくれた。たぶんまた朝、寄らせてもらうとトンプソンに答え、ビールは断った。飲みたくなかったからではない。葉巻の煙と家庭用洗済のにおいがたちこめるオフィスに必要以上いたくなかったからだ。一本、電話を入れる必要もあった。

部屋の錠につかのま抵抗を受けて、悪態をついたせいで、後ろで車のドアが開閉する音にすぐには気がつかなかった。何かおかしい。危険を察知した次の瞬間、ジョージは後ろから乱暴に突かれ、部屋の床に倒されていた。

14

昼食の時間はのろのろと過ぎていった。

アイリーンを殴った男はジョージにメッセージを送っていたのだが、そこを話すわけにはいかない。レストランに入って接客係に名前を伝え、頭がくらくらしそうなまぶしい窓際の席に着くまでに、彼はそう判断を下していた。彼女を不安に陥れ、一部始終を打ち明けざるをえなくなり、彼女をいっそう危険な状況に陥れることになる。いつもどおり和やかに食事をすませ、仕事を早引けしよう。そのあとは？　リアナなり、ドニー・ジェンクスになりすました男なりがニューエセックスのコテージに戻っていたら、とりあえずアイリーンに危険がないことは確認できる。

急に食欲が失せたが、予定どおり細切り牛肉のブリトーを注文した。ラム・アンド・コークも。胃がしなびたレモンくらいまで縮んだ気がしたが、なんとか半分近く食べられた。ドニー・ジェンクスと名乗ってアイリーンを襲ったのがジェラルド・マクリーンに雇われている太った男ではなく、灰色がかった歯の小柄な男である点を確かめるため、ジョージはいくつか質問した。アイリーンの説明で疑いの余地はなくなった。彼女を襲ったのはニューエセックスでジョージが遭遇した男だ。アイリーンは不思議なくらい落ち着いていた。遅ればせながら都会の闇を目の当たりにしたが、思ったほどひどくはなかったといった感じで。彼女の様子から、この事件はすでに、カクテル・パーティやオフィスの台所で笑って話せるエピソードになっているようだ。彼女がこの話に触れるたび、ジョージの髪の生え際に汗が噴き出してきてチクチクした。

「浮かない顔ね」と、彼女が言った。

「きみのことが心配なんだ」

「正直、二度はない気がする。あれで気がすんだはずよ。わたしを殴って、名を名乗って。舗道に倒れたとき、最初は、殺すならただ殺してって思った。レイプしてから殺すのはやめてって。それはあんまりじゃない？　パニックに陥ったからじゃないわ。誰だってそう思うわよ。〝ただ殺すだけにして、レイプされるなんて耐えられない〟って。あなたの顔も浮かんだわ。もちろん母のほうが先で、次があなただったけど。わたしが死んだって聞いたら、あなたはどうするだろうって思った。不思議じゃない？　五秒のうちにそれだけのことを考えて、男はそのまま何もしないで立ち去ったのよ。死刑の執行を先送りしてもらった感じ。あなたが飲んでいるの、何？　ラム・アンド・コーク？　わたし、マルガリータをもらおうかしら」

ジョージは周囲を見まわし、つかまえづらいウェイトレスを探した。

「冗談じゃなくて、顔色が悪いわ。最後に医者に行ったのはいつ？」

「二日酔いでか？　一度もないよ」と、ジョージは言った。

「月曜日に二日酔い。まだ週末の話を聞いてなかったわね」

「全身がぼうっとしている感じなんだ。うん、たしかに体がだるい。夜、テディの店で食べたカラマリが悪かったのかな。昼食を切り上げてもかまわないか？」

外に戻ったジョージは、職場まで送っていくと言うアイリーンを思いとどまらせた。さよならのハグをし、ふだんより少し長く抱き締めた。アイリーンが体を引き戻し、いぶかしげに彼を見る。彼は額の横に軽くキスした。ダークブロンドの眉毛のすぐ上に。「きみは美しい」と、彼は言った。「片目でも」

「やっぱりぐあいが悪いのね」

「いや、本気だ。本当に、大変な目に遭ったな」

「気分がよくなったら電話して。いい？　よくならなくても電話して。どっちにしても」

離れていく彼女を見守るうち、愛情と守ってあげたい気持ちが複雑にからまりながら押し寄せてきた。いまなら、ドニー・ジェンクスを見ても、感じるのは恐怖ではなく怒りだけだろう。窮地に追いこまれたのが自分だけのときは怖かったが、アイリーンが巻きこまれたいま、彼のなかに残っていた勇気が血管を巡りはじめていた。

ジョージはニューエセックスへ車を走らせた。ほかにどうすればいいかわからない。リアナに連絡を取る方法はないし、ドニー・ジェンクスの居場所を突き止める方法もない。この二人について確かなのは、あの荒れ果てた岸辺のコテージとなんらかの関係があることだけだ。ドニー・ジェンクスはあそこにいたし、リアナもあそこにいたと言っていた。もう彼女の話には半分以上の割引が必要だろうが。

会社に電話を入れ、気分が悪くなって家に帰ったと伝えた。空調を最強にし、ラジオのスポーツ中継をつけて、音を小さくした。車を走らせているあいだは気が楽だ。型どおりの決まった作業しか必要ないし、頭を使わずにすむから考える時間もできる。マクリーンに届けた金がマクリーンの殺害につながったのは明らかだ。それが直接の原因か、間接的な原因かはともかく。それにしても、わけがわからない。小柄なほうのドニー・ジェンクスが何かの拍子でジョージが金を届けにいくことを知り、あの家へ行ってマクリーンを殺害したというのもひとつの考えだ。だが、あの男にはそれ以前にあの金を奪うチャンスがあった。リアナから。彼女の話では、あの男はコネティカット州の〈モヒガンサン・カジノ〉で彼女に接触した。そのとき奪おうと思えば奪えたはずだ。リアナとドニーが手を組んでいる可能性も考えたが、それではいっそう筋が通らない。二人が協力していたのなら、ただ金を山分けにすればいい。なぜわざわざマクリーンにいったん返し、彼を殺してそれを奪わなければいけないのか？　第三者が関与しているのかもしれない。全然知らない人間が。あの家に雇われている人間が金の詰まった鞄を見て奪おうと考えた可能性もある。本物のドニー・ジェンクスか？　妻の終末医療を担当している悪辣（あくらつ）な看護師がいたのか？玄関で出迎えた、あの姪か？

　サーブはニューエセックスのダウンタウンを順調に進んでいった。観光客が大勢外を歩いている。ほとんどはリタイア組で、土産物屋からアイスクリーム売り場へ、また土産物屋へと渡り歩いていく。歩道のベンチに腰を下ろして、妻の買い物がすむのを待っている男たちもいた。緊張感や積極的な姿勢とは無縁の様子だ。もうこの先、自分の身に重大な事件が起こるなんて思っていないのだろう。

　古い石造りの教会にたどり着くまでビーチ・ロードは静かだったが、教会前の道路に車が二重駐車して、早くも道路が狭くなっていた。ジョージがゆっくりそばを走っていくと、黒い霊柩（れいきゅう）車のきらめく車体と黒いスーツで教会の入口に立っている男たちがちらっと見えた。

キャプテンソーヤー・レーンが出てきて、そこに入った。未舗装道路の轍の跡はこの前より深くなっている気がした。昨夜の雨がたまっているところもある。松の樹冠を日射しが何本か貫いて、ニューイングランドの湿地帯にはびこる小さな虫の大群が渦を巻いているのが見えた。コテージに乗り入れると、玄関前に車がないのを除けば、すべて前と同じだった。駐車して正面の階段を上がり、朽ちかけたドアをノックした。ペンキはとうの昔に剝げ落ちている。横の汚れた窓からのぞいてみると、中は蜘蛛の巣に厚く覆われていた。目の調節にしばらくかかったが、目が慣れてくると、このコテージは基本的に人の住まなくなった空き家であることがわかった。壁は黴で黒ずみ、見分けのつく家具は布張りのカウチだけで、縫い目から黄色い中身がはみ出している。後ろで音がして、ジョージはさっと振り向いたが、車のエンジンが冷えていくときのパチッという音にすぎなかった。

コテージの裏へ回りこむと、湿地の水中に腐った桟橋が見えた。いちばんしっかりしていそうな箇所に、ファイバーグラス製の船外機付きボートが係留されている。全長三メートル半から四メートルくらいで、とりたてて新しいものにも高価なものにも見えないが、周囲が周囲だけに目を引いた。初めてこのコテージに来たときこれがあったかどうか、ジョージは懸命に記憶を探った。桟橋を見た記憶はあったが、ボートは思い出せない。

コテージのほうへ向き直った。三方が網戸で囲われた屋根つきのポーチも、網戸の半分は外れていて、片方の側面が地面に沈みこんでいた。ツーバイフォーの木材から大きな白いきのこが生えていた。

ポーチの入口には外れ止めがついていたが、押してみると、腐った木からかんぬきが外れた。ポーチからコテージの中へ続くドアは開いていたが、こっちのほうが動かしづらそうだ。いちばん上の蝶番（ちょうつがい）から外れて、下の隅が床にめりこんでいる。蹴（け）ってみると、枠の木材が剝がれて中へ開き、埃の臭いがうねるように顔へ押し寄せてきた。中へ一歩踏み出したところで、これ以上入れないと思った。床は発泡スチロールの天井タイルに覆われている。長年のうちに黴が生え、ひび割れてふくれたリノリウムの上に落下したらしい。正面の窓から見えたカウチは、こっちから見るといっそうひどかった。野生動物に中身をくり抜かれたような感じだ。黄色い詰め物があたり一面に散らばっていた。

ジョージはきびすを返し、外へ出て、車へ戻っていった。リアナ・デクターのことを知り尽くしているわけではないとしても、彼女がこのコテージでひと晩過ごしたなんてことは絶対にありえない。

小道（レーン）を引き返すあいだに、コテージ以外でこの道にひとつだけある建物を通りかかった。松の木々の暗闇に隠れてよく見えないが、茶色いデッキハウスだ。ビーチ・ロードへ戻りかけたところで考えなおし、サーブのギアをバックに入れて、デッキハウスの車寄せの道まで戻った。最近ペンキを塗り直されたらしい郵便受けに〝22〟と数字があり、郵便受けの上にボストン・ヘラルド紙専用のプラスチック・ボックスが置かれているが、文字はほとんど読めないくらい色あせていた。道を少し進むと、雑草の茂みが車の下部をひっかいた。ガレージの前に車を止める。デッキハウスはレーンから見たとき思ったよりも大きかった。石の噴水がある。ほんの少し傾斜がついた板葺き（いたぶ）の屋根。天井から床まである四角い窓は汚れた下見張りと同じくらい黒ずんでいる。人がいるかどうかわからないが、正面階段を取り巻く低い垣根には最近手入れを受けた形跡があった。ジョージは車を降り、中に動きがあれば玄関ドアの横についている細い窓からわかるだろうと思った。

呼び鈴を押すと、家の中から鐘のような深みのある音がした。十秒くらい待ったところで、ドアチェーンがかけられる音がした。ドアが七、八センチ開く。ぴんと張り詰めたチェーンの上に、ジョージが見たことのないくらい大きく不気味な目があった。瞳の色は極薄の青。脱脂粉乳を思わせるような薄い色だ。

「すみません」彼は言った。「この道で人を探してまして。岸辺のコテージに誰か住んでいるか、ご存じありませんか」

女は半歩下がり、最初より容姿がよくわかるようになった。二十五歳にも四十五歳にもその中間にも見えた。ボリュームのないくしゃくしゃの長い髪を真ん中で分けている。前でファスナーを上げる柄入りの部屋着を着ているが、彼女には大きすぎ、片方の肩がずり落ちそうだ。肌の色は透き通るように白い。かつては美しかったにちがいない。小妖精のような顔立ちで、頬骨がくっきり突き出ている。唇は幅こそあるが厚みに欠け、パサパサに乾いて小さくひび割れ、口の片側の皮膚が白く固まっている感じがした。

彼女は片手で部屋着をつかみ、胸のところで束ねた。「ここに住んでいるわけじゃなくて」と彼女は言い、「家族の別荘なの」と付け加えた。

「ご心配なく。コテージを見て変だなと思っただけで。友だちがあそこに滞在していたと聞いたんですが、行ってみたら、とてもじゃないが人が住めるようには見えなくて。あそこのこと、何かご存じないですか？」

彼女は大きな頭を前に突き出し、コテージのあるほうへ目を動かした。家の中からそこが見えるかのように。頭が間近に来ると、息のにおいが漂ってきた。濡れた穀物のような、酸っぱいにおいだ。「誰も住んでいないわ。わたしの知るかぎり、あそこに住んでた人はいないし」

「持ち主をご存じですか？」

「いいえ」

「ここの持ち主はどなたなんでしょう?」ドアのすきまから痩せた背中の一部が見えた。腫れぼったい垂れ気味の目。ジョージは質問が過ぎたことに気がついた。

「煙草、あります?」と、彼女はたずねた。

「いや、すみません」

「いいわ。じゃあ、これで」彼女はドアを閉めた。雲がひとつ太陽を横切り、ふっと、黄昏(たそがれ)どきに樹冠の下へ入ったような感じがした。静謐(せいひつ)のなか、湿地の上空で二羽のカモメが鳴き交わす。暗い松の木陰で聞くと、なにやら不気味な感じがした。ジョージは車に戻り、ボストンへ引き返した。

ガレージに車を入れ、ゆっくり歩いてアパートへ戻っていった。ひと眠りしよう。呼び鈴やノックの音は無視する。電話が鳴っても取らずにおこう。眠ったあとどうするかは決めていなかったが、それは起きてから心配すればいい。ここへきて疲労がこたえてきたのか、ニューエセックスから車で戻るあいだ、ぬかるみのなかで夢を見ているような心地にずっと見舞われていた。

ジョージはこの近所で長年暮らしてきたから、見慣れない車がいればすぐにわかった。アパート前に白いスズキ・サムライ(スズキ・ジムニーの北米仕様)がいる。着脱可能なハードトップはついたまま。四角い側面に黒と赤のレーシングストライプが入っていて、フロントガラスの上の白いＳＡＭＵＲＡＩの文字もステンシルされたままだ。中に二人見えた。光を反射している風防ガラスの奥に、大柄なのと小柄なのが一人ずつ。自分が目当てと確信してジョージが足をゆるめたところで両側の扉が開いた。運転手側から出てきたのはニュートンのマクリーン邸で会った、西洋ナシのような体形の大柄な男だった。マクリーンが言っていたもう一人のドナルド・ジェンクス、通称ＤＪだ。彼はジョージのほうを見て友だちのように片手を上げ、同乗してきたもう一人、助手席側から降りてきた女性に顔を向けた。こっちもジョージの知っている人間だった。マクリーン邸に迎え入れてくれた若い女だ。刑事たちが名前を言っていたが、なんだった？

「ジョージ・フォス」と、彼女はもどかしそうな声で呼びかけた。

ジョージはうなずいて前に進み出た。彼女はスズキを回りこみ、男のそばに立った。

「ええと……たしかきみは？」と、ジョージは言った。

「カリン・ボイド。昨日、ニュートンで会ったでしょう。ジェリー・マクリーンの家にあなたを通した者よ」

「ああ。たしかに」

昨日ほどかしこまった感じではない。黒いカプリパンツにスクープネックの白いノースリーブシャツ。下ろしたブロンドの髪は湿気のせいか、わずかに縮れた感じがする。目はずっと泣いていたかのような、陰りを帯びた赤い色。たしか刑事たちはマクリーンの姪と言っていた。

「少しお話ししてかまいません？」

運転してきた男が前へ進み出た。「わたしもお会いしています。ドナルド・ジェンクス。DJです」彼は財布から身分証を取り出し、私立探偵であることを示した。近くで見ると、なかなか端正な顔立ちだ。なめし革色に日焼けした顔には毛穴ひとつ見えず、鼻の下の黒い口髭もきちんと整えている。「わたしは私立探偵として故人に雇われていました。ジェラルド・マクリーンが亡くなったのはご存じですね？」

知っている、とジョージは答えた。

「少しお話ししたいんですが」

アパートへ招くのはためらわれ、近くのコーヒーショップを提案した。カウンターからできるかぎり離れた奥の端のテーブルを選んだ。ジョージはLサイズのアイスコーヒーを注文したが、カリン・ボイドとDJは何も頼まなかった。ジョージがテーブル席に着くと、アイスコーヒーのパイントグラスは早くも汗をかいてすべりやすくなっていた。DJが口を開く。「殺人事件の捜査は警察に任せていますが、ミスター・フォス、盗まれたものを取り返すのに力をお借りできないかと思いまして。大金のことでもあり」

ジョージはアイスコーヒーを頼むあいだに、警察に話したとおり話すことに決めていた。ジェンクスを装っている男がいるところだけは割愛しよう。いずれは一切合財を話す必要が出てくるかもしれないが、さしあたり、言わずにおいたほうがよさそうだ。自分がきちんと状況を理解できるまでは。心の一部はリアナのことを案じていたし、それ以上に大きな部分がいまはアイリーンの身を案じていた。

「警察はあまり情報をくれなくてね」ジョージは言った。「何があったんだ？」

ＤＪとカリンはちらっと視線を交わし、カリンが口を開いた。「そもそもどうしてあなたが関わりあいになったのか、教えてちょうだい。ジェイン・バーンが盗んだお金を返すのに、なぜあなたが送りこまれてきたの？」

「警察に話したことを話そう。ジェインとは大学で知りあったが、そのときの彼女は別の名前を名乗っていた――」

「なんていう名前でした？」とＤＪがたずねた。ジョージが警察に話したとおり「オードリー・ベック」と告げると、ＤＪは十代の若者と同じくらいすばやくなめらかに、携帯電話に親指で綴りを打ちこんだ。

「二十年ぶりに会ったんだ。バーで……この近くのバーで会って……この使いを頼まれた。

変な気もしたが、マクリーン、つまりきみの叔父さんと顔を合わさずにお金を返したいのだと説明されて」と、彼はカリンに言った。「そのときはそれで納得できたんだ」

「うちから帰ったあと、どこへ行ったの？」

「ソーガスへ行って、〈カオルーン〉で……ジェインと会った。そこで首尾を説明した。ほっとした様子だったよ。いっしょに夕食を取った。どっちでもかまわないが、頼むから、マクリーンがどうやって殺されたのか教えてくれないか？　それを知ることが、きみたちの力になるとき役に立つと思うんだ。ぼくが帰った直後のことか？」

ふたたび二人はちらっと視線を交わし、カリンがかすかにDJにうなずきを送った。どうやらDJはいま、カリンに雇われているらしい。

「ハンマーで後頭部を殴られていた」DJは体格のわりに小さな手で自分の頭の後ろを軽く叩いてみせた。「場所は彼の寝室。結婚指輪をはめていて、プロの手で磨かれているみたいにきれいな爪をしている。たぶんあなたが帰った直後だ。あなたはじつにラッキーだった、ミスター・フォス。あなたが帰っていくところをカリンが見ていましたからね。さもなければ、いまごろ警察に拘束されているでしょう」

「帰るところを見た？」と、ジョージはカリンに問いかけた。マクリーンの家から出ていくとき、彼女に会った覚えはない。

「二階にわたしの仕事部屋があるの。叔父はあなたと会ったあと、自分の部屋へ向かう前にわたしの部屋に立ち寄って、滞りなく終わったと教えてくれて。仕事部屋から外へ出ると、バルコニーからあなたが見えたわ。玄関ドアの上の窓から。あなたは車に乗って帰っていった。もちろん、だからと言って、叔父の死に関与していないとは思わないけど」彼女の目は訓練を受けた捜査員のように淡々としていて、特定の表情は浮かんでいなかった。「誓って言うが、あのときは友人の代わりにお金を届けにきたという認識しかなかった。今朝、警察がアパートを訪ねてくるまで、殺人事件があったなんて全然知らなかったんだ」

カリンは表情を変えずに彼を見た。皮膚は青白く、わずかにそばかすがのぞいているが、化粧っ気はまったくない。喉の下に薄いピンク色が広がっているが、今日の湿気のせいか、この状況がもたらすストレスのせいだろう。

「信じましょう、ミスター・フォス」法廷に意外な証人を呼び出そうとしている弁護士のような、おだやかな口調でＤＪが言った。「われわれが求めているのは、ジェイン・バーンはどこにいるのか、もしくは、彼女が何者なのかを突き止めるための手がかりです」

「あの金は消えたわけだ？」

「あなたがジムバッグで運んできたお金ですか？」

「そうだ」

「ええ、まあ。たしかにあのお金はなくなっていましたが、当面の問題はそれではないんです。マクリーンさんがあなたと会ったあと寝室に行ったのは、金庫にお金をしまうためでした。彼を殺した犯人はあの部屋で待ち構えていたものと、われわれは考えています。裏手の二階の窓が開いていたから、そこから忍びこんだのでしょう。裏には庭師たちがいて、藤棚があるため、彼らはいつも梯子(はしご)を持ってきます。これは言い訳じゃないですよ。警備はもっとしっかりしておくべきでした。いずれにしても、金庫は開けられ、書類以外の一切合財が消えていた。マクリーンさんは貨幣を信用していなかったんです。あんまり。それでこの何年かは現金を、未加工のいわゆるアンカット・ダイヤに換えていた。珍しい色をした、高価なものに。ほとんど趣味と化していたと言ってもいいんじゃないかな、カリン？　あの金庫には相当な資産が保管されていた。巨額の資産、五十万ドルどころではない大きな資産が。あのお金を返したのは彼に金庫を開けさせるためとしか思えない。その直後に襲われ、中身を奪われたのだから。犯人の狙いはダイヤにあったんです。あなたの友人が犯人と知りあいだったことにも疑いの余地はない。これは容易ならない状況ですよ」

DJから金庫の話を聞かされると同時に、ジョージの目の前で店内の空気が小さく揺らぎはじめた。頭が混乱したからでも、疲れ果てたからでも、多すぎる情報に面食らったからでもなく、とつぜんはっきりしたからだ。最後のピースがはまった。これまでずっと、標的はジムバッグの現金だと思っていた。生まれてから見たことのないような現金が詰まっている鞄が標的だったのだと。ところが、あれは単なるおとりで、特定の時間にマクリーンに金庫を開けさせるための仕掛けだったのだ。

「だいじょうぶですか？」

「すまない」ジョージは言った。「金庫のことは知らなかった。そのダイヤにはどれくらいの価値があったんだ？」

DJとカリンが顔を見合わせ、DJが口を開いた。「正確な額を言える立場にはないが、とにかく大変な額ですよ。五百万ドルは下らないでしょう。あなたにダイヤ強盗の疑いをかけているわけじゃありません。おわかりと思いますが……」

「いや、だいじょうぶ、そこはちゃんとわかっている。すまない。ちょっと思いもよらない展開で。本当に……」ジョージはなすすべなく、半分残ったアイスコーヒーを見つめた。グラスの中で氷がカタッと動く。

「さっきも言いましたが」と、DJが続けた。「ジェイン・バーンに連絡を取る方法をあなたがご存じなのではないかと思いまして。彼女がこっちにいるあいだ滞在していた場所でもいい。どんなことでもかまいません」

ジョージは上の空だった。頭をめまぐるしく回転させ、いま入ってきた新しい情報に追いつこうとしていた。悪い知らせばかりだ。知らないうちに殺人事件に関与していたのだ。時間を稼ぐためにコーヒーを飲んだが、胃が揺さぶられ、口に唾液が湧いてきた。鼻から深く息を吸いこむ。「すまない。話についていこうとしているんだが、ちょっと動揺していて。トイレに行ってくる」そう言って椅子を押し戻し、立ち上がってテーブルを離れた。吐き気に見舞われるにちがいない。コーヒーショップの奥で男子トイレのドアを開けて閉め、鍵をかけた。蛍光灯が不規則にチカチカ明滅している。少し前にモップをかけられたみたいに床が濡れていたが、汚れは落ちておらず、タイルに黒い髪がこびりついている。ジョージは便器の前で膝を折った。古いパイプの臭いが鼻に届き、膝をついた。わき腹にズキッと痛みが走ったが、あえて自分から吐き気をもよおそうとした。だが、何も起こらなかった。胃のむかつきは消え、こんどはめまいが押し寄せてきた。便器の端をつかんで体を押し戻し、立ち上がる。蛇口をひねって冷たい水を出し、手を何回か洗い、そのあと顔と首の後ろに水をはねかけた。鼻からまた深く息を吸いこんで、体を起こし、洗面台に寄りかかる。

鏡のなかの自分を見た。顔から血の気が失せていて、ぎょっとした。髪が汗びっしょりだ。〝なんてまぬけだったんだ〟と胸のなかでつぶやき、鏡に映った自分をしばらく見つめたまま、めまいが引くのを待った。

15

ジョージは仰向けに転がった。男が二人、部屋に入ってきて、ドアを閉めた。小柄な痩せっぽちのほうがジョージの膝を踏みつけようとして失敗した。もう一人の長身で太っているほうが吼(ほ)える。

「立て、この野郎。ぶっ殺してやる」

ジョージは仰向けのまま部屋の真ん中へあとずさり、暗闇に目を調節した。相手は自分と同年齢か年下だろう。まだ十代だ。日曜日の夜に〈バーガーキング〉へ行くために着替えてきた、高校のラインバッカー二人組といった感じだ。どっちもストーンウォッシュのジーンズに〈オーシャンパシフィック〉のTシャツをたくしこんでいる。

「こうしているほうがいいな」と、ジョージは言った。

「腰抜け野郎」まだ口を開いてなかったほうが言った。「立てと言ったら立て」

「少し考えさせてくれ」

ジョージを踏みつけようとした小柄なほうが手を伸ばし、最後のきれいなシャツの胸ぐらをつかんだ。ジョージは鼻へパンチを振るったが、狙いが外れて拳は喉仏を直撃し、相手はぐえっと耳ざわりな音をたてて飛びのいた。首に手を当て、大きく口をOの字に開いている。

「ちきしょう」相手の少年はしわがれ声でなんとか言葉を絞り出した。

ジョージは立ち上がった。恐怖を感じて当然のところだが、生存本能が働きだしたのか、まだ落ち着いていた。両手の手のひらを突き出して、口を開く。「どういうつもりか知らないが――」

そこへ大柄なほうが突進した。ジョージはパンチを打とうとしたが、拳を引く前にタックルを食らい、整えられたばかりらしいベッドに倒された。相手がジョージの手足をねじる。うつ伏せにして動きを取れなくするつもりだ。前腕で首を固められ、背中のくぼみを膝で押さえられた。

「どうだ、この野郎？　どうだ？」

答えを必要としない質問とみて、ジョージは何も返さなかった。喉仏を殴った相手がベッドの端へ歩み寄り、閉まったブラインドのすきまから入ってくる細長い光に足を踏み入れた。呼吸が楽になってきたらしく、指で慎重に首をさすっている。細いあご。赤いにきび面。短い角刈りの白い頭皮に小さなほくろがのぞいていた。

「殺してやる」と、かすれ気味の声で言う。

「ぼくが何をしたんだ」と、ジョージは言った。

「とぼけるな」大柄なほうがそう言って、ジョージの背骨に押しつけた膝に全体重をかけた。みしっと音がして、ベッドのスプリングが壊れた。

「本当に知らないんだ。オードリー・ベックと何か関係があるのか？」

「わかってるじゃないか」気圧の変化でツンとなった耳を正常に戻そうとしている飛行機の乗客みたいに、痩せたほうが口を開けてあごを左右に動かしていた。

「嘘じゃない。おまえたちが知っている以上のことは、たぶん何も知らない。彼女と知りあいだったかどうかも怪しいんだ」

「麻薬に引きこんだのはおまえだろ？」

「ちょっと待て。ぼくが知っているのとおまえたちが言っているのは別人だ。オードリー・ベックは大学に行っていなかった。代わりに別の人間が行っていたんだ。オードリーはイアン・キングというやつとウェストパームビーチにいた。誓って本当だ」

「いったい何を言ってるんだ？」

「ちょっと体を起こさせてくれ。話すから」

「ああ、わかった」と痩せたほうが言い、ジョージを押さえつけていたほうがまたレスリングの複雑な動きをして、ジョージを仰向けにひっくり返した。こんどは膝でみぞおちを押さえる。これで大柄なほうが見えた。長身で肩幅が広い。あごが太く、額が顔の半分以上を占めていた。ブロンドの髪はてっぺんと横が短く、後ろが長い。

「しばらく話を聞いてくれないか？　嘘はつかない。そっちの言うオードリー・ベックには会ったことがないんだ」

小さな子どもに嘘をつかれている親のように、額の大きなほうが信じられないとばかりに首を横に振った。「彼女の事件に関わっていたとわかったら、シカみたいに追い詰めて撃ち殺してやるからな。わかったか？」

「ああ、し――」

「わかったか、くそ野郎？」

「わかった」

「スコット、さっきのお返しだ、こいつの喉を殴らせてくれ」

「おれがやる」とスコットは言い、パン生地のような拳を引き戻した。パンチを受けても上唇と鼻の一部ですむよう、ジョージは肩を丸めてあごを引いた。その両方から血が噴き出し、目から涙が流れ出た。

少年たちは来たときと同じくらいすばやく逃げていった。

ジョージはよろめく足で洗面所に向かい、漂白剤の臭いがする薄いタオルを顔に押し当てた。いちばん痛みが大きいのは鼻だ。次が頬骨と眼窩。五分くらいタオルを顔に当て、そこで、ドアを施錠していないことに気がついた。部屋を横切って錠をかけてからベッドに腰かけ、車にあったメモの番号をダイヤルした。心臓がドキドキする。ちゃんと話せるだろうか?

「もしもし」女の子だ。心配そうな声で、南部特有の間延びした話しかたをしているが、そこ以外にオードリーとの共通点はない。

「メモを置いていった人だよね? この電話番号を書いて?」ひどい風邪を引いているみたいな声になった。

「メイザー・カレッジの人?」

「そうだ。きみは?」

「オードリーの友だちよ」

ジョージが煙草の箱を振り動かすと、フィルター側が一本出てきた。「ぼくもそのつもりだったんだが、どうやら違ったらしい」

「彼女は大学に行っていないのよ」と、女の子は言った。

「ああ、別の誰かが行ってたんだ。きみの名前は?」

「キャシー・ゾウィンスキー」

「じゃあ、オードリーがメイザーに行ってないのを、きみは知っていたんだ?」

「ええ、知ってたわ」

「代わりに行ったのが誰か知らないか?」

「名前は知らないけど、誰かが代わりに行ったのは知ってるわ。チンカピン高校の子だったと思う。あなたはその子に会って、その子のことを知っていたんでしょう?　どんな子だった?」

「付き合っていたんだ。すてきな子だったよ」ジョージは煙草に火をつけた。最初の一服で鼻の詰まりが少し取れて、血のにおいがした。

「付き合ってたのに、その子のことよく知らないの?」と、キャシーは訊いた。

「待った、こっちも質問したいことがいっぱいあるんだ。ぼくがここにいるのをなぜきみが知っているのかも、きみが何を知ろうとしているのかも、さっぱりわからない。どこかで会えないか?」

「いいけど」

「ハイウェイを下りたところに〈ショーニーズ〉という店があるんだけど、わかるかな?」

「もちろん」

二時間後、ジョージはシャワーを浴びて服を着替え、奥のボックス席で待っていた。鼻は傷つき、唇が裂けて、口の中がネトネトしている。前にはXLサイズのコーラが置かれていた。

〈ジョーニーズ〉はカップルで賑わっていた。二人きりの老夫婦もいれば、騒がしい子連れの若夫婦もいる。キャシーは入ってきた時点でそれとわかった――一人だけで、ジョージくらいの年齢で、男物のビンテージシャツに、裂け目と破れの入った細身のジーンズという服装だ。ジョージが手を振ると、やってきて、彼の向かいにすべりこんだ。

「どうしたの、それ？」と、彼女が訊く。

「泊まっているモーテルに帰ったら、男が二人待っていて、オードリーに何をしたと言って襲いかかってきたんだ。この件についても何か知らないか？」

「どんな人たち？」と、彼女は訊いた。赤みがかったショートヘアに青緑色の小さな瞳、平べったい団子鼻の先が上を向き、大きな口に大きな白い歯が並んでいる。細く引いた明るい赤色の口紅も見た目の改善には役立っておらず、八重歯の一本にその紅が少しついていた。

「わからない。運動部っぽかった。片方の名前はスコットだ」

「やだ。スコッティはわたしの兄貴よ。もう一人は、フリスビーみたいな耳をした痩せっぽちじゃなかった？」

「そうだ」

「それはケヴィン・ラインバック。兄貴と仲がいいの。もう、どうしよう。ごめんなさい。あの二人は……わたしがいなかったら、あなたがここにいることさえ知らなかったはずなのに」

「きみがどうやって知ったのか、まだよくわからない」

ウェイトレスが来て、キャシーはドクター・ペッパーを頼んだ。

「今日、ベックの家に行ったんでしょ？」彼女は言った。「ビリー・ベックに会った？オードリーの弟だけど？　じつは、あの子が電話で教えてくれたの。たぶん、あなたが家を出ていって一分くらいしてから。わたし以外で、あの子だけはオードリーが大学に行かない計画を知ってたみたいで、わたしが知ってるのを知ってたから、すぐに電話してきたわけ。あのばか兄貴、ビリーとの電話を立ち聞きしてたにちがいないわ。絶対そうよ。去年の夏、スコットは五分くらいだけどオードリーとデートしたことがあって、いまでも彼女にお熱なの」

「どうしてぼくの車がわかったんだ？」

「刑事たちといっしょに警察署へ行ったってビリーが教えてくれたから。どんな車かも教えてもらったし。電話番号だけ置いていこうと考えたの。それなら、ほかの誰かに見られても余計なことはわからないでしょ」キャシーは手を横に下ろしたまま体を前に倒してストローでドクター・ペッパーを飲んだ。自分のアイデアにご満悦のようだ。

「なら、スコットと友だちはどうやってぼくの居場所を知ったんだ？」

「ビリーと電話中、わたしが話を復唱したか何かしたのね。それをスコットが立ち聞きしたのよ。別の電話で盗み聞きしていた可能性もあるわ。自分の部屋の電話で話していたんだけど、わたしだけの回線じゃないから、家のどこの電話でも話は聞けるの。とにかく、そうやってスコットはあなたが泊まっているところを知ったのよ。で、わたしより先に行動に出た」

「まだよくわからないことがある。オードリーはなぜ大学に行きたくなかったんだ？　自分で出願したんだろう」

「しかたなくね。両親に強制されて。スウィートガムには珍しく、四年制の大学でも通えるくらい経済的な余裕がある子だった。入れるだけの学力はもちろんのこと。とにかく、大学に行かないと許さないって両親に言われたの。メイザーを選んだのは、遠く離れたところだったからだと思うわ。でも、本当は行きたくなかった。全然。イアン・キングって男に夢中で――」

「ゲーター・ベイトの」

「えっ、びっくり。知ってるの？」

「いや、知ってたわけじゃない。今日、刑事から二人のことを聞いたんだ。オードリーはそのイアンという男と逃げたって」

「あの子はそのつもりだった――彼女から聞いたかぎりでは。両親には大学に行くと言っておいて、町から逃げ出す。居場所がわからなければ、親も手の出しようがないって思ったのね」

「そんなとき、代わりに行ってくれる人間が見つかった？」

「ええ。でも、そのあたりはオードリーからちゃんと聞いてないの。わたしたち、つまりオードリーとわたしは友だちだったけど、永遠の親友って感じじゃなかったし。いっしょに育ったみたいなものなのよ。うちのパパが彼女のパパと知りあいで。うちのママも彼女のママの知りあい。だからビリーとわたしも顔なじみで、スコッティとオードリーも顔なじみ。大きな家族みたいな感じで。だから、オードリーから大学に行かないって聞いたときも、わたしはまあ……好きにしたらって感じ。でも、そのあと彼女から聞いたの。ちょっと自分に似ているチンカピン高校の子と知りあった、すごく頭がいいのに、貧しい荒れた家の子で、本人は大学に行きたくてたまらないんだって」

「二人はどこで出会ったんだ？」

「ディベ大だと思うけど？」

「なんだい、それは？」

「ディベートの大会よ。わたしもよくは知らないけど」

「しかし、その子の名前は言っていなかった？」

「わたしにしゃべりすぎちゃって、まずいと思ったのね。いまも言ったけど、彼女とは親友ってわけじゃなかったし。告げ口しないのが身のためだって脅すから、しないって約束したわ。こうなってみると、ちょっと後ろめたい気もする。言うべきだったかもしれない」

「お代わりはいかが？」と、ウェイトレスが声をかけてきた。

二人ともうなずいた。

「食べるものは決まった？」

「じつは、そんなにおなかが減ってなくて」と、ジョージは言った。

「揚げ物をひと皿分ける？」と、キャシーが提案した。「ここの、美味しいのよ」

十分後、楕円形の大皿で波形にカットされた揚げ物がやってきた。キャシーには話したいことがもっといろいろあっただろうが、重要な情報はもう聞き出した。ジョージが探している女の子はチンカピン高校の出身で、そこのディベート部にいたのだ。明日、もういちど卒業アルバムを調べれば名前が見つかるだろう。まだ決めていないことがあった。自力でやるか、チャルファント刑事の力を借りるかだ。

ジョージはキャシーを車まで送った。彼女は星空を見上げ、「見て、北斗七星」と言って指差した。

「このもう一人の子がオードリーの事件に関わっていると思わないか？」と、ジョージはたずねた。

「もちろん、その可能性は考えたわ。でも、オードリーは麻薬にはまっていたから、なんとも言えないわね」

「ほかにわかったことがあったら、連絡してくれるかい？」

「まかせて。それと、もう心配いらないわ――あなたは事件に関与してないってスコッティに言っておくから、二度と手を出したりしない」

「次は油断しないさ」

「あいつ、汚いことするから」

「たしかに」

夜、顔の痛みが引かないまま壊れたマットの上で横になっていると、ぱらぱらと雨の音が聞こえてきた。古さびた建物の継ぎ目がそこかしこで音をたてている。ハイウェイを走る車が投げかける影が部屋をよぎった。灰皿に吸い殻を詰めこみ、テレビを何度か点けては消す。夜明けが来て、風がやみ、昇る朝日の淡い光がすべてを一様に照らしはじめたころ、ジョージは眠りに落ちた。唇がヒリヒリし、口に煙草の味が広がったまま。

朝、チャルファント刑事に電話をかけ、探している女の子は近くの町の子かもしれない、もっと卒業アルバムを調べたいと申し出た。チンカピン高校の可能性があると説明して。昼食をすませたら署に寄ってくれと、チャルファントは言った。

ダン・トンプソンがまた車を貸してくれた。「メキシコの言葉は話せるか?」

「いえ、すみません」

「かまわんが、話せると用事が楽になるんでな。ひとつ頼まれてくれ。〈アベリートス〉というメキシコ料理店があるんだが、わかるか?」トンプソンは昨日と同じ薄茶色のスーツを着ていたが、ネクタイとハンカチは変わっていた。今日はつややかなネオンブルーだ。

「知りませんけど、探します」

トンプソンから店の場所を教わり、サインの必要な書類を手渡された。

お使いのついでに昼食を取ることにし、混みあったメキシコ料理店で食事をした。料理自体は美味しいのだが、食欲がさっぱり湧いてこない。何時間かしたらオードリーの名前で知っていた女の子の正体がわかる。そんな確信に近い思いがあった。そのあと彼女と再会できるまで、どれだけの時間がかかるのだろう？　ジョージは食事代を払い、車で警察署へ向かった。

チャルファントは外出していたが、彼の仕事部屋にデニスがチンカピン高校のものを含めた卒業アルバムを積み上げてくれていた。ジョージは一人になると、いちばん最近のものから取りかかった。個人の肖像写真からではなく、クラブやサークルのグループ写真がある後ろのほうからページをめくりはじめる。〝スピーチ・ディベート部〟が見つかった。七人の生徒が二列に並んだ白黒写真がページの半分を占めている。おそるおそる顔に目を通しはじめた。

いた、彼女だ。髪に違いはあるが――ジョージの知る彼女のより長く、鳥の羽のようにふんわりしていて、色が少し薄い気がするが――そこ以外は同じだ。顔も、姿勢も、微笑も。

写真の下に名前が印字されている。後列、左から三番目。L・デクター。三年生の肖像写真がある最初のほうのページに戻り、彼女を見つけた。リアナ・デクター。スクープネックの黒い服で、一連のパールネックレスを着けている。その写真をしばらく見つめ、彼女が見返してきた。特に新しい情報はない。

アルバムを閉じ、膝に置いたまま考えた。デニスがこの部屋へ案内してくれてから、廊下に活動の音はしていない。ジョージは心を決めた。アルバムを置き、チャルファントの部屋からそっと出て、デニスが背中を向けているすきに受付エリアを通り抜けた。ガラス戸を開け、突風の吹く暖かい日射しのなかへ出た。

チンカピン地域にデクターという名字は六軒。リストのいちばん上から電話番号をダイヤルし、誰が出ても、単刀直入にリアナはいますかと訊くことにした。二軒は呼び出し音が鳴るだけで、応答もなければ、留守番電話に切り替わることもせず、一軒は見込みのなさそうな留守電メッセージが応答した。二度、番号違いと言われた。しかし、最後の六度目の試みで、男の声が「どちらさま?」と返してきた。

「友だちです」

「名前を言ってくれ。それとも、当ててみろってことかい?」気の抜けた年寄りの声で、痰(たん)のからむ音が交じる。

「ジョージ・フォスといいます」

「わかった、ジョージだな。電話があったことは伝えよう。折り返し電話するかどうかは約束できないが、それはこっちの問題じゃない」

「ありがとうございます（サンキュー・サー）」ジョージは誰と話すときもめったに〝サー〟をつけないが、フロリダに来てからその癖がついたことに気がついた。「こっちの電話番号を控えていただけますか？」

「えっ、娘は知らないのか？」

「はい」

「おい、ふざけるなよ、坊主。おれは娘のデート斡旋所（あっせんじょ）じゃない」相手はそう言って電話を切った。

ジョージは太股の上に広げた電話帳を見た。いま電話した番号に、先端が白くなった人差し指が押しつけられていた。住所も載っている。

K・デクターの住まいは八丁目。三十分くらい運転したところで見つかった。荒廃しきった感じの一帯だ。前庭が舗装されている箱形の家が並んでいて、だいたいどこにも、おんぼろの車が二、三台見えた。道路の左右に歩道ではなく排水溝が走っていて、緑色を帯びた水がたまっている。家の裏手にフェンスがずっと続いていて、その向こうによどんだ感じの人工湖が見えた。通りに並んでいる椰子の木までくたびれた感じだ。地面には黄色い木の葉が散っていた。

ジョージは徐行しながら四〇一番地を探していった。いちどUターンするはめになったが、家が見つかった。番地が記されていたからではなく、手前に三九七という数字が見えたからだ。四〇一番地の家はビニールの外壁でできていた。簡易車庫に使い古したピックアップトラックが駐まっている。小さな土の区画にオークの木が一本あり、そこに着生しているサルオガセモドキの汚い灰色の髭が垂れ下がっていた。中にはあの父親しかいないと見て、ジョージはしばらく家を観察することにし、オークの下の道路わきに車を止めた。木陰のほうが涼しいし、人目を引かないのではないかと考えたからだ。

三十分後、どちらも違うことに気がついた。ビュイックの車内は七月の屋根裏部屋みたいに暑くなり、そばを通った何台かの車はみんな速度を落とし、乗っている人たちが窓から顔を出してこの近所への侵入者を見ようとした。フェイクウッドパネルがついた車に乗ってくるなんて、変質者にちがいないと。いずれ時間の問題だと彼は気がついた。そのうち車の一台が止まるか、近くの家から人が来るかして、いったい何をしているんだと詰問されるだろう。

こういう不安が、頭に入り乱れる幾多の考えと競りあっていた。リアナ・デクター（オードリー・ベック）の実家のそばにいることもあり、彼女のことをどう解釈したらいいか、また考えはじめた。彼女はこの通りでたどっていた悲惨な運命から逃げ出すために、あのチャンスを利用してオードリーになり代わったのか？　長期的にはどんな計画を立てていたのだろう？　死ぬまでオードリー・ベックになりすましているつもりだったのか？　長い距離と複数の州を隔てた遠いメイザー・カレッジではそれで通せるかもしれないが、いずれ真実は明らかになっただろう。事実、そうなった。本当のオードリーが死んだことで。ジョージは車内待機を続けながら、この二十四時間で知り得たすべての情報と格闘し、同時に実行計画をひねり出す作業にもいそしんだ。リアナが家から出てくるか、家に帰ってくることを願っていた。まずは彼女の元へたどり着き、彼女の言い分を聞いて、何が待ち受けているか警告し、オードリー・ベックが大学に行っていなかったことを警察は知っていると教えてやりたい。

通りの反対側に黒い車が止まった。車種はわからないが、黒い排気ガスを吐き出している馬力のありそうな車、いわゆるマッスルカーだ。ジョージは火のついていない煙草をくわえたまま、座席で尻の位置をずらした。

車のドアが開き、デニムの服を着たのっぽの男が下りてきた。二十代の後半くらいか。長い黒髪を後ろでぎゅっとポニーテールに結わえ、遠くから見るかぎりでは青白い小さな顔で、レイバンのサングラスをかけている。

男は軽快な足どりで通りを横切り、デクターの家へ向かった。家の玄関とのあいだにオークの木があって、まっすぐ見通すことはできないが、二分くらいでまた男が出てきた。ぶらりとジョージの車へ向かってくる。男がたどり着く前に、ジョージは急いで煙草に火をつけた。口にくわえていたフィルターが湿りを帯びていた。

男は車の屋根に片方の手を置いて、もう片方を窓のフレームにかけ、ぐっと体をかがめて小さな顔を近づけた。車の中へ突き入れようとするかのように。きれいと言ってもいい青色の目が車の中をざっと見まわす。ジョージは先に口を開きたかったが、なんて言ったらいいかわからなかった。

「元気か?」と男が言った。ラジオの声かと思うような、さりげない友好的な声で。血色の悪い唇の上に鉛筆のように細い口髭が見える。男にしては高い頬骨だ。

「まあね」

「ここで何をしているか訊くつもりはないよ、わかっているから。おまえのことはリアナからいろいろ聞いている。良家のお坊ちゃんだそうだな」

「ああ、彼女に会いたいだけなんだ」

「ああ、それはわかってる。まあ、無理もない。こういう状況じゃなければ、彼女だって会いたいだろうさ。しかし、いまはその状況じゃないんだな。こう伝えてくれと頼まれた。

この町を出ていって、大学に戻ってほしいと」

声に感情が表れないよう願いながら、ジョージは言った。「戻らなかったら？」

ポニーテールの男の手が車の屋根からジョージの喉元へ移動するには、それなりの時間がかかったはずだが、ジョージにはまったく見えなかった。質問を吐きおえた次の瞬間には息を求めてあえいでいた。指関節の太い手が喉を絞めると同時に、彼をヘッドレストに押しつけていた。

「もう最近誰かに殴られたようだから、もう一発殴られるくらいたいしたことはないと思っているかもしれない。どれ、見せてもらうか……」男は自由なほうの手でジョージの顔を探り、顔をそっと片側へ向け、そのあと反対に向けた。女の目尻のしわ、俗に言うカラスの足跡を検査している形成外科医のように。「この鼻はさぞかし痛かったろう」男はコーヒースプーンのように広く平べったい親指をジョージの傷ついた鼻に押しつけた。ジョージは身を守ろうと反射的に腕を上げた。

「動くな」男は喉をつかんだ手に力を込め、親指をいっそう強く鼻に押しつけた。新たな血が上唇から口へ伝い、軟骨がこすれあう音がした。「おれにこの鼻を殴られたら、明日一日は起き上がれないぞ。傷は一生残る。顔の真ん中に残るのはたるんだ皮膚だけだ。言ってることがわかるか？」男は人形をつかんだ腹話術師のようにジョージの顔を上下させた。「よし」車が一台そばをゆっくり通りかかったが、止まらずそのまま走っていった。ポニーテールの男はまったく動じていない。

「では、このくらいで引き揚げるとしよう。おまえも早く消えたほうがいいぞ、ジョージ。もう一回見かけたら、激痛に耐えなくちゃならなくなる。おれとは二度と会わないほうがいい。それが身のためだ」

男はジョージの顔を放し、体を起こした。ジョージは流れ出てきた涙を頬から拭い、苦しげに深く息を吸った。いずれどこかの時点で泣くことになり、涙を流すだけでなく、すすり泣いて鼻水を垂らすことになると思ったが、この男が視界から消えるまではこらえられそうだ。男は細身の黒いジーンズのぐあいを直した。いちばん上に〈ジャックダニエルズ〉のロゴがついた大きなバックルが見える。男は来たときと同じようにさりげなく、車高の低い黒い車へぶらりと戻っていくと、体を折って中へ乗りこみ、走り去った。

モーテルに戻ったとき、やはりジョージは泣いたが、思っていたほど長くも激しくもなかった。最悪の状況は過ぎ去っていた――ポニーテールの男に骨の髄まで痛めつけられるという極度の恐怖からは逃れていた。一生残る傷。男のひと言がジョージの頭にこびりついていた。

もうフロリダを離れよう。バスに乗って大学に戻り、そこからチャルファント刑事に電話をして、わかったことをすべて打ち明け、状況を整理してもらおう。リアナが巻きこまれているトラブルの渦は、ぼくの手には負えそうにない。

電話が鳴って、一瞬ためらったが受話器を取った。

「もしもし、ジョージ」と、彼女が言った。

16

ジョージはコーヒーショップのトイレに立っていた。吐き気はおさまったが、まだパニックは消えていない。ドナルド・ジェンクスとカリン・ボイドにどこまで話をするか、決める必要があった。あの二人には全部話すのが筋だと思うが、それでも用心には努めたい。リアナを守るためではなく、自分の身を守るために。警察で聴取を受けたときは、もう一人ドニー・ジェンクスがいることも、ニューエセックスのコテージに行ったことも、ジェイン・バーンの本当の名前を知っていることすら明かさなかった。だがあのときは、どこまでリアナに騙され利用されていたかも知らなかった。自分の果たした役割が殺人につながったことを知らなかった。あれは完全無欠の単純明快な計画だった。人に金庫を開けさせるには、どうすればいい？　金庫に入れるものを与え、あとは開けるのをじっと待てばいい。ジョージが完璧に役割を演じたのは、演じていることを知らなかったからだ。正しいことをしようとしている正義の味方とばかり思っていた。お金を元の持ち主に返しにいく。女を危険な状況から守る。世界を健全な状態に戻す。彼が役割を演じているあいだ、誰かが——おそらくドニー・ジェンクスを装っている男が——二階の金庫のそばでハンマーを手に待ち構えていたのだ。どうやって入りこんだのだろう？　庭師たちに紛れてやってきたのか？

ジョージのなかにはまだ、リアナの無実を信じたい自分もいた。強盗と殺人の裏に彼女はいないと信じたい自分がいた。彼女にこんな犯罪ができるわけないと思っているからではない。そんな目的のために自分を利用するはずがないという願望にすがりたかったからだ。ジョージのなかに小さな恋心がずっと残っていたように、リアナのなかにも想いが残っていることを願っていた。ただ、わかったことをすべて警察に話しにいかないのは、リアナを守るためだけではない。

カリン・ボイドとＤＪにも警察にも全部話したいのはやまやまだが、そこに踏み出せないのは、昨夜アイリーンに偽のドニーの矛先が向いたからだ。あれは誰でもない、ジョージへの警告だった。ジョージが下手に動けば、彼だけでなくアイリーンの身にも脅威が及ぶという警告だ。しかし、なぜ？　マクリーンを殺してダイヤを奪ったあとはリアナと落ちあって町から高飛びすればそれでよかったはずだ。追跡は難しい。ジョージはリアナという本名を知っているが、彼女はもう何年もそれを使っていないし、本当の共犯者が何者なのかもわからない。彼らはなぜアイリーンを脅かしたのか？　どうやってアイリーンの素性を知ったのか？　どこで襲えばいいかまで？　ジョージははっと気がついた。この週末に起こったことはずっと前から計画されていたにちがいない。

少し落ち着きを取り戻し、どこまで話すかの計画をたずさえてテーブルに戻っていった。カリンとＤＪは小声で話をしていたが、ジョージが椅子を引き戻して腰を下ろすと話を中断した。

「だいじょうぶ？」と、カリンが訊いた。

「参ったよ。すべてが周到に練り上げられた計画だったことに、いままで気がついていなかった。それと知らずに殺人に加担したことがわかって、ちょっと愕然としている」

ＤＪの目が明るくなり、鼻の下の薄い口髭がピクッと動いた。「全部話してくれる気に？」

「話そう」と、ジョージは言った。「一切合財を。だが、いまここではできない。少し時間をくれ。ふたつばかり、解決しなくちゃいけない問題がある」

「困ったな」と、ＤＪが言った。論文の提出期限を延ばしてほしいと求められた教授のような口ぶりで。

「ぼくにはそれが精一杯だ。嘘じゃない。いま知っていることを全部話しても、きみたちは落胆するだろう。ジェインの居所もダイヤのある場所も知らないんだから。推理しろと言われたら、とっくの昔にどろんしていると言うしかない。とにかく、きみたちにはあとから電話する」

DJはすぐにあきらめの表情を浮かべたが、カリンは顔を紅潮させていた。胸から首へ赤みが広がっていく。彼女は指輪を回した。「何か知っているのなら、教えてちょうだい」と言い、ジョージとDJを交互に見た。「いいの？　警察に通報するわよ。あなたが殺人事件に関する情報を隠しているって」

「落ち着け、カリン」DJが柔らかそうな手を突き出して、彼女を制した。カリンの声は段階的に大きくなり、カウンターの奥のバリスタが顔を上げていた。

「警察にも、知っていることを全部話すつもりでいる」と、ジョージは言った。「少し時間が必要なだけだ。約束する」

「行かせちゃだめ」と、カリンが言った。

「しかたない。こっちに選択肢はないからね。ミスター・フォス、わたしに電話をくれるんですね？」

「かならず」

「連絡をくれないと、あなたが情報を隠していることを警察に知らせなければならなくなる。それもおわかりですね」

「わかっている」

カリンのハンドバッグで携帯電話が鳴っていた。ジョージが立ち上がると彼女は急いで応答し、すぐかけなおすと相手に告げた。

「名刺はお渡ししましたね」とＤＪが言い、ジョージは名刺の入っているシャツの胸ポケットに触れた。

「電話する」とジョージは言い、きびすを返して立ち去った。

疲労困憊、汗びっしょりで、アパート裏の階段に続く路地を進んだ。入口の前で誰かが待っているかもしれない。ドラマのように頬に涙を伝わせているリアナや、ハンマーを振りかぶっている偽のドニー・ジェンクスや、捜索令状と質問をたずさえてきた刑事たちのチームが。しかし、誰もいなかった。アパートの部屋にも。床に置いていったシャツの上でノーラが眠っているだけだ。彼女を抱きかかえ、赤ん坊をあやすみたいに軽くゆすった。アパートに戻ってきたのがジョージだけとわかり、彼女は満足そうにゴロゴロ喉を鳴らした。ぼくもうれしいよと心のなかでつぶやきながら、ジョージはふと、平穏な暮らしのありがたみを自分は軽んじていたのではないかと思った。

ノーラを下ろし、寝室の窓の空調を最強にした。この古いエアコンにはひとつ利点があった。騒々しい音がするおかげで、電話が鳴ってもドアにノックがあっても気づかずにすむ。服を脱いで、ベッドのシーツにもぐりこみ、まだリアナのにおいがするだろうかと思ったが、なぜかしなかった。すでに彼女の香りはあせていた。それとも、みんな熱にうなされて見た夢だったのだろうか。それが、夢すら見ない深い眠りに落ちる前に浮かんだ、最後の理性的な考えだった。

夕方、ジョージは目を覚ました。何時間かの睡眠でぼんやりとした非現実的な感覚に包まれながら。騒々しい音をたてる空調で部屋は真冬並みに冷えきっていた。汗の乾いた箇所が肌に粘つき、口にはまだコーヒーの苦みが残っていて、歯にもざらついた感じがあった。横たわったまま、天井を照らしている弱い光を見て、いま何時か見当をつけようとしたが、それなら頭を回してベッドわきの置き時計を見ればすむ。

空調のブンブンいう音に交じって、何かを必死に引っかいているようなかすかなリズムが聞こえた。ノーラが施錠されたドアに抗議している音だ。彼女の夕飯の時間、たぶん六時ごろにちがいない。

もういちど目を閉じると、重い毛布のように眠気が押し寄せてきた。朝まででも眠れそうだ。今日は何曜日だ？　明日は仕事があるのか？　この考えが忍びこんだとたん、別の考えも入りこんできた。カリン・ボイドとドナルド・ジェンクスにわかったことを話すと約束してきたのだった。アイリーンのことで心を決めたのも思い出した。何が起こっているのか、彼女に全部知ってもらう必要がある。ふたたび目が開き、こんどは頭を回して置き時計を見た。七時を少し回っていた。

ノーラに餌をやり、留守番電話をチェックした。午後の深い眠りの途中、どこか遠くで電話の音が聞こえた気がしたが、メッセージは入っていなかった。夢だったのかもしれない。シャワーを浴び、服を着て、小さなアルコーブ型キッチンに食べ物を探した。イングリッシュマフィンをトーストし、何も塗ったり載せたりせずに、グラスに注いだミルクで流しこんだ。シャワーと食事で生き返るどころか、いっそう疲れが大きくなった。カウチに寝ころんで野球の試合か昔の映画をやっていないか確かめたいところだが、計画を持って目覚めた以上、それを遂行する必要がある。

アイリーンの住まいはチャールズ川を越えてすぐのケンブリッジにあった。かつて靴工場だった煉瓦(れんが)造り三階建ての建物に、ロフト式のコンドミニアムを所有している。一九九〇年代、ボストン大都市圏に不動産ブームが起きる直前、風通しがよく環境に優しいロフトに改修されたのだ。当時、アイリーンは百平方メートル程度の物件には法外と思われる金額を支払ったが、いま考えると信じられないくらいのお買い得だった。ジョージとアイリーンが付き合いはじめたころ、二人の関係に何度か危機が生じたが、このロフトの購入が最初のひとつの引き金になった。付き合いはじめてまだ二年足らずで、二人とも大学卒業後に住みはじめた汚いアパートに暮らしていた。そんなとき彼女から、コンドミニアムの購入を考えている、いっしょに住まないかと打診された。不動産屋といっしょに二人で空き部屋を訪ね、アイリーンが再生木材とステンレススチールと造り付けの天窓に注目すると、仲介業者は二人を新婚夫婦のようにもてなした。ジョージが見ていたのは、当時の彼には手が出ない住宅ローンの額と、室内ドアがなくて目覚めているあいだずっとアイリーンと顔を突き合わせることになる大人のアパートメントだった。その夜、オールストンでビールを飲みながら、まだ自分の手には余るし時期尚早だと告げた。アイリーンはがっかりしたが、自分一人でもこのコンドミニアムを買おうと、彼女はひそかに決意していた。

ジョージはアイリーンの建物から二ブロックのところに車を駐(と)めた。あらかじめ電話をする必要はない。月曜日の夜だし、アイリーンが帰っているのはわかっていた。彼女は決まった行動(ルーティン)を旨としていて、そのひとつに、月曜日の夜は決して出かけないというのがあった。この時間は、つつましい夕食を取って、公共テレビ放送でイギリスのドラマを見ることになっている。ジョージは建物が密集する近隣を歩いていった。狭い通りに三階建てのアパートが所狭しと並んでいる。彼女の暮らす工場を改修した建物はそれだけでブロックの半分を占領していた。百隻の帆船のあいだにもやわれている大型レジャーボートといった趣だ。彼女のコンドミニアムは最上階で、屋外の中央アーチをくぐったあと、施錠されたドアを通り抜け、そこから階段で上がる。重いドアの横のつや出しされた金属パネルに〈I・ディマス〉という表札があり、ジョージはその横に付いているボタンを押した。応答を待つあいだに、暗くなっていく空を非常階段のすきまから見上げた。まだ暑さは続いているものの、夏は終わりに近づき、日照時間は徐々に短くなってきている。「はい？」と、インターホンから力ない声が呼びかけた。

彼女は短いパジャマパンツと色あせたレッドソックスのジャージーという服装で出迎えた。背中にティム・ウェイクフィールド（ナックルボールを武器にレッドソックスに十七年在籍した投手）の名前と背番号があるのは見なくてもわかっている。布のヘアバンドで髪を後ろにやり、ついさっき洗顔をして夜用の保湿剤を塗ったかのようにつややかな顔をしている。ドニー・ジェンクスに殴られた箇所に新しい包帯用ガーゼが見えた。今朝会ったときに比べ、ガーゼのまわりの皮膚が腫れて黄色みを帯びてきている。

「だいじょうぶ？」と、彼女は言った。

「急に来てすまないが、話があるんだ。おじゃましていいか？」

ロフトの中は外側より暗く、二人でソファに座る前に、彼女は背の高いランプを点けた。やわらかい光のプールがゆがんだ円形を描く。広々としたロフトは冷たい幾何学的な形状だが、彼女は暖かい小部屋のような居心地のいい空間をちりばめられるよう美しいデザインを施してきた。ジョージがここで過ごすことはめったにない――カップルとしての失敗をたえず思い出させる空間であり、彼の不在と献身能力の欠如を実証する博物館の展示物でもあった。アイリーンは十年以上暮らしている場所をそんなふうには思っていないだろうが、ジョージはここへ来るたび、自分の家だったかもしれないのにと思ってしまう。

飲み物は遠慮して、大きなカウチの端に腰かけた。彼女はその向かいに座った。

「金曜日に〈ジャック・クロウズ〉で例の女の話をしたこと、覚えているか？」と、彼は切り出した。

アイリーンはうなずいた。

「あのときも話したが、彼女とは大学時代の知りあいで、じつは付き合っていた。名前はリアナ・デクターという」

「そうじゃないかと思った。ふつうじゃない感じだったもの。引き返して、会ってきたの？　それで、気分が悪いなんて言ったわけ？」

「ああ」

「じゃあ、週末は彼女と過ごしたのね?」

「そうなんだが、ここに来たのはその話じゃない。もっと大変な話があるんだ。昨日の夜、きみに起こったことと関係のある話だ」

これまでの一部始終をアイリーンに話した。話がジェリー・マクリーンのところへ来てようやく彼女は口を開き、今日のグローブ紙で殺人の疑いがあるという記事を読んだとコメントした。

ジョージが話しおわると、彼女は「なんてことなの、ジョージ」と言い、ジャージーの端で目を拭った。

「ショックだったか?」

「ちがうわ、怖いの。あなたの身に何かあったらって。いったい何を考えてたの? 彼女は人殺しなのよ」

「わかっている。ぼくも怖い。心中を察してくれ、きみが殴られた話を聞いて自分のせいとわかっていたのに、ずっと言えなかったんだ」

「どうしてわたしに話せないと思ったの? わたしは大人の女よ。ちゃんと対処できたはずだし、そうしていたら、いまここへ来る必要もなかったのに」

「わかってる。すまないと思っている、何もかも。今日は面食らうことばかりの一日で、自分が何をしなければいけないか、やっとわかったところなんだ」

「で、どうするの？」

「警察にもマクリーンの探偵にも、全部話す。ほかに知りたい人間がいるなら、誰にでも。リアナを守る気も、彼女の正体を隠し通す気もない。もう彼女にはなんの負い目もない気がする。だからまず、ここへ来たんだ、きみのところへ。きみに全部聞いてほしかったし、もうひとつ……きみはしばらくボストンを離れたほうがいい」

「どういうこと？」

「どんな理由か知らないが、ドニー・ジェンクスはマクリーンの金庫からダイヤを奪った夜、きみの前に現れて、きみに危害を加えられることを示し、名前を言い残していった。ぼくの耳に入るのはわかっていたから、ぼくへのダイレクトメッセージだったんだ。正確な意図はわからないが、たぶん口を閉じていろ、余計なことを言うなってことだ。ほかに考えようがない。だから、ぼくが口を開くことに決めたいま、きみはこの街を離れて、サンフランシスコのお姉さん夫婦を訪ねるか何かしたほうがいい。そうしてくれたら安心だ」

「仕事があるし。明日、朝一番で会議があるのよ」

「交渉の余地はない」

彼女は笑った。「本気なの？　そんなことして、本当に意味があるの？」

「愚かなことをしたせいできみを危険に陥れ、すでにきみは被害に遭っている」彼は彼女の顔の打撲を小さく身ぶりで示した。「この小さな頼みだけは聞いてくれ。聞いてくれたら、これ以上心配せずにすむ。旅費はぼくが持つから」

「お金の問題じゃ……」

「それもわかっている。ただ……きみに何かあったら、もう自分を許せない。神経過敏に見えるとしたら、それが理由だ」

アイリーンは口をへの字に曲げた。唇の内側をそっと噛んでいるのがわかった。いまの頼みを考えているのだ。ふだんこってりメイクをしているまぶたは、化粧を落とすと頼りない感じがする。彼女はため息をついて、カウチで体の位置をずらし、右の脚をクッションの上に移動した。くぼみのできた太股にコットンのパジャマパンツが少し広がり、ジョージは目をそらした。太くなってきた脚を気にしているのは知っている。アイリーンはもう片方の脚をカウチに引き上げて、両方をぴたりと合わせた。ジョージのなかにとつぜん抑えがたい欲望が押し寄せてきた。性欲以上にいたわりや安心感と関係のある感覚だ。

「行ってもいいわよ」と、彼女は言った。「姪たちに会うのも悪くないし。それに、命の危険にさらされて、急遽街を離れなくちゃいけないなんて、ちょっと刺激的」

「ありがとう、すまない、感謝する」と、ジョージは言った。

「でも、あなたはどうするの？」

「自分の世話くらいはできる」彼はバリトンの声を模して言った。

「そうは思えないけど」

「たしかに。しかし、警察に身をゆだねるつもりだ。それしかないし、それが正しい行動だと思う。正直言うと、リアナかジェンクスがまだボストンにいるなんて想像もつかない。理屈に合わないだろ。欲しいものは手に入ったんだから」

「どっちかが相棒を裏切ったかもしれない。ドニー・ジェンクスがダイヤを持ち逃げした可能性もあるし、リアナが持って行方をくらまして、それでドニーがまだうろついているかもしれない」

「その線は考えた。その可能性もある。いろんな可能性がある。だからこそきみには街を離れてほしいんだ。何があるかわからない」

「わかった。街を離れましょう。こんな経験めったにないから、せっかくの機会を逃しちゃう気もするけど」彼女はそう言って、にっこりした。

「笑い事じゃない。ぼくにはその傷ついた目しか見えないんだ」

彼女は顔のガーゼに手を上げた。「つい忘れてしまうのよ。毎日かならず電話して、報告を入れるって約束して。わたしだってあなたのことが心配なんだから」

「わかった」とジョージは言ったが、カウチは離れなかった。

「帰らないの？」と、アイリーン。

ジョージは体を傾けて彼女にキスした。次にどうなるかわからなかったが、アイリーンは飢えたように激しくキスを返してきて、ジョージを押し返し、彼にのしかかった。ジョージがウェイクフィールドのジャージーのボタンを外し、手のひらで乳房を包みこむと、すでに乳首は硬くなっていた。「寝室で？」と、ジョージはかすれ声でたずねた。彼女は首を横に振り、彼の短パンのファスナーを下ろした。パジャマショーツを脱がすため、ジョージはウエストバンドに指をすべりこませた。アイリーンはその手を止めて、伸縮性の布を横にずらし、ショーツを着けたまま彼を中へ導いた。たちまち果てそうになるのを、ジョージは唇を嚙んで押しとどめ、アイリーンはいつも以上に激しく腰を動かした。彼の手をつかんで拳に丸め、その拳を自分の体に押し当てる。一分と経たず、二人はいっしょに昇り詰めた。

アイリーンが玄関まで送ってくれた。「もっとたびたび、命を危険にさらしてもらおうかしら」さよならのハグをしながら彼女が言った。

「冗談じゃない」

二人は体を離した。アイリーンは頬を紅潮させ、彼と目を合わせなかった。「本当にすまない、こんなことになって」と、ジョージは言った。

アイリーンは手をひょいと振って、「何言ってるの。あなたが殺人犯をけしかけて襲わせたわけじゃなし」

「それだけじゃない……」

「ああ、感傷的になっているのね。疲れているみたい。よかったら、もう少しいていいのよ」

「警察に行ってくる」

「気をつけてね、外に出たら。旅の計画ができたら電話するわ」

ドアが閉まったあと、ジョージはつかのま途方に暮れていたが、気持ちは固まっていた。

17

外へ出ると、空は青紫色(エレクトリックブルー)だったが、アーチ道は真っ暗だった。非常階段に風鈴(ウインドベル)がチャリッと調子はずれの音をたてる。取り付けられているふたつの照明が煉瓦の中庭に濃い影を交差させていて、影のひとつに男の輪郭が見えた気がした。立ち止まってしばらく動かず、夜の闇に目を慣らす。プリウスが一台、ヒューッと小さな音をたてて通り過ぎ、そのヘッドライトがつかのま中庭を照らした。誰もいないと判断するにはそれだけで充分だった。

サーブに向かうあいだ、心のなかで、用心が過ぎるというつぶやきと用心が足りないというつぶやきを交互に繰り返した。偽のドニー・ジェンクスがまだ近くにいるのなら、なぜここへ来ない？　昨夜あいつはここへ来て、アイリーンを襲った。ジョージに近づきたいなら、ここへ来る確率が高いのは知っているはずだ。足を速め、窓を大きく開け放っている家のそばを通った。巨大なフラットテレビが投稿映像番組〈アメリカズ・ファニエスト・ホームビデオ〉の大きな音を響かせている。その音が小さくなったとき、後ろに足音が聞こえた。また少し足を速めて頭を傾けると、後ろに誰かいるのが、見えたというより感じられた。鼓動の速さが倍になった気がする。車を駐めてきた通りが右に近づいてきた。あそこへ曲がれば、振り向いて、本当に誰かいるのか確かめるチャンスができる。曲がる前にさらに足を速め、曲がったところで、できるだけさりげなく振り返った。半ブロックくらい後ろに誰かいる。大儀そうな歩きかただが、歩道の並木にさえぎられてはっきりとは見えなかった。

選択肢を考えた。車があるのはこの先二百メートルくらいのところだ。尾けてきた人間が自分より不健康なことを願ってそこまで走るか、ただの被害妄想と断じ、後ろの人間は散歩をしているだけという希望的観測でこのまま歩きつづけるか。しかし、ここ何日かの出来事を考えると過剰な被害妄想とは思えない。右前方、一戸建て住宅の先に車寄せの道があり、そこにミニバンが止まっていた。ジョージは何も考えずにその後ろへ駆けこみ、身をかがめた。追っ手がまだ角にたどり着いていないことを願いながら。

呼吸を静めろと自分に言い聞かせながら、ジョージは耳を傾けた。大きな足音が聞こえた。片方の足を軽く引きずっている感じだ。足音がさらに大きくなってきた。そのあと、ためらう感じになった。ジョージの姿が見えなくなって急にとまどったかのように。しかし、なおも近づいてくる。ジョージがしゃがんでいる場所は暗いが、着ているシャツは明るい青色で、ミニバンの色は黒っぽいメタリックグレーだ。運転手側のドアに体を押しつけ、頭がドアハンドルをこすったとたん、車から耳をつんざく警報音が炸裂し、前後のライトが点滅した。

ジョージはぎょっとしたが、絶叫も失禁もしなかった。車がいきなり火を噴いたかのようにパッとバンから離れ、車寄せの道に並ぶ生垣の、とがった枝のなかへ飛びこんだ。歯を食いしばって歩道の男のほうに向き直ると、男が彼のほうへ曲がってきた。ボウリングのピンのような体形から、一瞬で、自分が恐れているドニー・ジェンクスでないのはわかった。私立探偵のほうのDJだ。彼はジョージと同じくらいおびえた顔で、胸の左側に手を当てていた。体の一部はまだ影のなかだが、顔面蒼白で汗まみれなのはわかった。膝に両手をついて、ゼイゼイ息を切らしている。ジョージは「だいじょうぶか?」と声をかけ、歩道に出た。近所一帯に警報音が鳴り響いている。「バンを離れよう」

二人でジョージの車に向かうあいだも、DJは四十ヤード走ったばかりのラインバッカーのように息を切らしていた。「ずっと尾けてきたのか?」

「ええ。あの警報音を聞いたときは心臓発作を起こしかけましたよ」

「本当に起こしたわけじゃないんだろう?」

「と思います。一度、本当に起こしたことがあって、どんな感じかは知ってますから」

ジョージはどう返したらいいかわからず、「どこから尾けてきたんだ？　ボストンか？」と訊いた。

「ええ。ジェイン・バーンのところへ行くのかもしれないと期待して」

「残念だったな」

「訪ねた先はアイリーン・ディマスのところでしたからね。彼女がジェインをかくまっているのでないかぎり……」

「どうやってアイリーンのことを知った？」

「探偵ですから。調べるんです。元同僚との十五年に及ぶ関係を隠そうとしていたんですか？」

「そんな気はない。ずっと外で待っていたのか？」

「ええ。夕食を取りそこねましたよ」

ジョージの車にたどり着いた。後ろからまだかん高い警報音が鳴り響いている。どうしたものか決めかねたように、二人でつかのま所在なげに立っていた。デートを続けるか、おやすみを言うか。「ジェインの居場所は知らないんだ」と、ジョージは言った。

「信じましょう。ボイドさんは信じていませんが。これはわたしもですが、あなたには話していないことがまだいろいろあるとも思っています」

「そのとおりだ。その点もちゃんと考えてきた。きみたちの知りたいことを全部話せる状況になったと思う。警察にも」

「よかった」警報音がぱたりとやんだ。ジョージにわかるかぎり、ミニバンの持ち主を含めて、犯罪が行われているのか確かめに出てきた人間はいなかった。

「この通りじゃまずいな。場所を変えないか？　スズキはどこにあるんだ？」

DJが笑った。「隣の通りです」

「目につきたくないとき最適の車とは思えないが」

「うまく尾行してきたでしょう」

「尾けている相手がハイウェイに乗ったらどうするんだ？　百キロ出せるのか？」

「いまのところ問題ありません。わたしのベイビーの話なら。この稼業で実際に容疑者を尾行するなんてめったにないんです、ハイウェイでも一般道でも。オフィスで過ごすことのほうが多いくらいですよ」

「で、どこにする？」ジョージが言った。「ボストンのうちの近所まで戻る手もある。居心地のいいバーがあるんだ」

「それでかまいません。あなたのアパートの前で落ちあうことにしましょう。ついていけ

ると は思いますが」

ジョージが運転手側に回りこむと、ＤＪは通りを横切る準備をした。暗く静かな通りの左右を確かめている。この用心深さにジョージは微笑を漏らしたが、ＤＪが通りを渡りはじめたとき、白い車がライトを消したまま猛スピードでやってきた。「危ない！」とジョージが叫んだが、ＤＪは半分道を横切っていた。そのまま渡るか引き返すか、彼は一瞬ためらった。その一瞬で車のブレーキがホラー映画の少女のようなかん高い悲鳴をあげ、ＤＪは縁石に向かって一歩踏み出したところで、そのまま進んできた車のボンネットに跳ね上げられた。体重などないかのように、大きな腰が宙に浮く。ＤＪが顔の前に出した前腕がフロントガラスに激突し、ガラスがばらばらになった。ＤＪはくるくる回転して視界から消え、車が止まると同時にブレーキの音もぱったりやんで、ＤＪが舗道に落ちるドサッといういまわしい音がした。

ジョージはＤＪをはねた車の運転手のほうを見やり、ＤＪに向かって足を踏み出したが、そこでぎくりと立ち止まった。車の窓——白いダッジだ——が下り、運転手が短銃身（ソードオフ）のショットガンを持っていた。窓の縁に二連の銃身が突き出された。ジョージは足を止めて、本能的に両手を持ち上げ、逆戻りを始めた。さっきまたいだ縁石に踵が当たり、彼は歩道にひっくり返った。ショットガンの弾を送りこんでいる音がし、ジョージがサーブの陰へ転がりこんだところへ銃声が炸裂して空気を揺るがした。サーブの車体が揺れ、窓が一枚、木端微塵になった。そのあと静かになったところで、ダッジがまたキキッと音をたてて発進した。焼けたゴムと熱い金属のにおいをその場に残して。

「DJ!」とジョージは暗闇に呼びかけたが、返事は返ってこなかった。別のどこかからタイヤがパンクする音がし、仕切り戸が勢いよく開けられる音がし、複数の声が押し寄せてきた。

ジョージはボストン市警で一時間以上取り調べを受けたあと、蛍光灯の下のプラスチック椅子に一人取り残された。コーヒーを飲みおわると、発泡スチロールのカップの縁から少しずつ断片を裂いていった。半分の大きさになるまで。そして十二時前、ドアが内側に開き、ロベルタ・ジェイムズ刑事が入ってきた。ジーンズにボタンアップの半袖ブラウスという服装で、ボストン・セルティックスの緑の帽子をかぶっている。

「ジョージ」と彼女は呼びかけ、マグとフォルダーをテーブルに置いて腰を下ろした。

「刑事さん」と、ジョージは返した。

「危ない目に遭ったそうね」

「ドナルド・ジェンクスは？　ここに来てからみんなに訊いたが、誰も教えてくれないんだ」

「肘を骨折。肩を脱臼。脳震盪(のうしんとう)の症状も。今夜は病院で様子を見ます」

ジョージは吐息をついた。銃撃を受けたあと、彼はゴムのように重い脚を意志の力で動かして、通りの反対側へ向かった。DJの体は半分歩道の上で横倒しになっていて、髪に血がべっとりついていた。意識はあったが、ジョージがだいじょうぶかと訊いても、困惑した目で見上げ、そう訊かれたのを恥じるかのように舗道へ目を戻した。

「どうしたの?」と、後ろから声がかかった。ブロンドの短い髪をした三十代くらいの女性だ。二メートルくらい離れたところで心配そうに眉をひそめていた。

「はねられたんだ」と、ジョージは言った。「車に。逃げていった」出てきた声は硬く震えていた。ショック状態に陥っているのかもしれない、と思った。女はためらいがちに二人のほうへ足を踏み出した。その隣にさっと男が現れ、携帯電話に話しはじめた。人に聞かれるのをはばかるように、ささやき声で。救急車よりわずかに先にパトカーが駆けつけた。近所の住民が通りに出てきて半円を作り、ひそひそ声で話していた。救急救命士たちがDJの処置をしているあいだにジョージは警官に事情を話し、アスファルトについたスリップの跡とショットガンの掃射を浴びたサーブの側面を示した。警官も車好きらしく、厳しい表情で損傷を調べていた。ジョージはありのままを話し、もっと大きく複雑な絵は省いたが、ジェイムズ刑事の名刺を取り出して、ここで起こったことは彼女が捜査している事件とつながりがある旨を伝えておいた。救急車が走り去ったあと、ジョージは警察署に連れていかれ、取調室で待つよう命じられたのだ。

「何があったのか、話してもらえますか？」と、ジェイムズ刑事がたずねた。相棒のオクレア刑事はどうしたのだろう、どこかのモニターで見守っているのだろうか。

「もちろんです」と、ジョージは答えた。

「今夜あなたたちを銃撃したのが誰か、知っていますか？」

「どういう人間かは知っていますが、本名はわからない。ドニー・ジェンクスと名乗っていました」

「いま病院にいるドナルド・ジェンクスのことですか？」

「いや、あれは本物のドナルド・ジェンクスです。彼を車ではねてぼくを銃撃した男は、ドニー・ジェンクスと名乗っているが、もちろん本名ではない。あれが本名だったら、とてつもない偶然ですよ」

「話がよくわかりません」

「やっぱり」と、ジョージは言った。「時間をさかのぼって、ぼくの知っていることを全部話しましょう」

　彼はすべてを打ち明けた。今夜、二度目だ。アイリーンにしてきた話を語りなおしていくうち、自分のことがますますおめでたい役立たずに思えてきた。彼は金曜日からいままでに起こったことを一切合財、ジェイムズ刑事に打ち明けた。自分の過去、つまり二十年前のリアナとのいきさつについては細かなところまで踏みこまずにおいたが、彼女の本名は明らかにした。「彼女の事件簿があるはずです。フロリダ州では殺人罪で指名手配を受けていますから」

「名字の綴りを教えてくれますか？」

「D－E－C－T－E－R」

「なぜ今朝は、この情報をくれなかったんですか？」

　ジョージは肩をすくめた。「あのときは知らなかったので。彼女が……というか、自分が殺人事件に関与していたことを。まだ彼女の話、つまり、ボストンに来たのはお金を返してとりあえず命の危険を逃れるためだという話を本当かもしれないと思っていたからです。どうやら違ったようですが」

「彼女がいまどこにいるかはわからない？」

「見当もつきません。このあたりにいる可能性は低いでしょうね。とっくの昔に高飛びしているはずですよ。相棒のほうはまだこの近くにいるようですが」

ジェイムズ刑事は前に置いたフォルダーを開き、白黒の顔写真を一枚取り出してジョージに向けた。「これがドニー・ジェンクスと名乗っている男ですか？」

写真の男は長い髪を後ろになでつけていて、〝ドニー・ジェンクス〟より十歳以上若い感じがしたが、顔立ちからみてあの男のようだ。顔が上から下に向かって細くなっている。ジョージは鼻を見た。粒子が粗く見分けづらいが、あの男のもののようだ。上向きの短い鼻で、全体的に平べったい。「そのようです」と、彼は言った。「何者なんですか？」

「名前はバーニー・マクドナルド。心当たりは？」

ない、とジョージは答えた。

「しかし、これがニューエセックスで遭遇して、あなたの腎臓を殴った男であるのは間違いない？」

ジョージはもういちど見た。写真の顔はおだやかで、自信満々と言ってもいいくらいだ。これまでの所業にもこの先の運命にも、これといった不安はないみたいに。ドナルド・ジェンクスを名乗っている男にちがいないとジョージに判断させたのは、この落ち着きだった。「ええ、間違いありません。リアナ・デクター、もしくはジェイン・バーンとつながりのある男なんでしょうか？」

「具体的な証拠は何もありませんが、最近までアトランタに住んでいました。リアナが住事をして暮らしていた近くの店でバーテンダーをしていたそうです。市外で盗まれた車にこの男の指紋がついていました。そこから犯罪歴(ファイル)が手に入ったんです」

「何で逮捕されたんですか？」

「重罪はなく、加重暴行罪やこそ泥です。殺人や殺人未遂はありません。とりあえず、これまでの記録では」

「教えてくれてありがとう」

「バーニー・マクドナルドとリアナがニューエセックスのコテージに潜伏している可能性はあると思いますか？」

「ないでしょうね。あんな汚いところで暮らせるわけがない。どうやってか彼らの一人があの場所を見つけ、ぼくがこの男と……つまりこのバーニーと、あそこで遭遇するよう仕組んだ。リアナの頼みを引き受けてやらなくてはと思うくらい、ぼくを怖がらせる計画だったにちがいない」

「その近くに滞在している可能性は？　なぜニューエセックスを選んだんでしょうね？」

「あの小道(レーン)にもう一軒、家がありました。何かわからないかと思って、ノックもしてみました。出てきた女性は麻薬の常用者でした」

「名前は聞きました？」

「いえ。古いコテージに人が住んでいるかどうか訊いてみただけで。あまり協力的じゃなかったですし」

「なるほど」刑事はバーニー・マクドナルドの顔写真をフォルダーに戻して閉じた。彼女が肩を後ろにそらしたとき、パキッと音がした。

「これでおしまいですか？」と、ジョージはたずねた。全身が痛い。昼間ひと眠りしたはずなのに、目を閉じただけで眠りこんでしまいそうだ。

「ほかに話していないことを思い出せないのであれば」ジェイムズ刑事はそう言って背中をそらし、椅子の肘掛けに両手を置いた。筋肉質のしなやかな腕をしていることに、ジョージは初めて気がついた。「もう隠し事はないでしょうね。警察もそこまで寛大じゃありませんよ」

「何も隠しちゃいない。忘れていることがあるとしたら、頭がこんがらがっているからだ。とにかく、帰って眠りたい」

刑事は威嚇(いかく)するようなまなざしとうんざりした表情に努めながら彼を見つめ、テーブルに置いた手で体を押し上げた。「では、お送りしましょう。今日はこれでおしまいです」

ジョージのサーブは川の対岸の修理工場に運ばれたため、一人の巡査が車でアパートまで送ってくれた。

後部座席に座ると、ひび割れたビニールに洗剤のパインソルと公衆便所の臭いがした。巡査は運転中ずっと携帯電話で話をしていて、十代の娘がある催しに付き添いなしで行っていいかどうか妻と議論をしていた。巡査がどっちの側についているのかはよくわからなかったが、彼のほうが劣勢のようだ。〝殺人事件と数百万ドルの強盗事件があり、そこに巻きこまれる自分みたいなまぬけもいるが、それでも世界は回っている〟と、ジョージは心のなかでつぶやいた。

巡査はジョージのアパートの前に車を止め、妻にちょっと待ってくれと言って、振り向いた。「ここでよかったですか？　中まで送りますか？」

ジョージは暗い路地に目を凝らした。バーニー・マクドナルドたちが身を潜めているだろうか？「けっこうです」と答えると、巡査はドアのロックを解除した。ジョージは礼を言って外へ出た。裏の階段で待ち伏せされている可能性に頓着しないくらい疲れきっていた。誰もいない。部屋にも誰もいなかった。腹を空かせた文句の多い飼い猫を除いては。ノーラに餌をやり、グラスで何杯か水を飲んで、よじ登るようにベッドへ行った。体が異常に重い。筋肉痛に見舞われていた。あのショットガンでサーブに穴を開けられたとき、全身が激しく緊張したせいだろうか。

目を閉じたが、すぐには眠りに落ちなかった。頭のなかで疑問がブンブン音をたてていた。いま起こっていることに自分はどう関与しているのだろう。最初にどうやって利用されたかはわかったが、どうやらリアナ・デクターとバーニー・マクドナルドのあいだに何かあって、同盟に亀裂が入ったらしい。そうでなければ、なぜマクドナルドがまだこの辺をうろうろしているのか？　ぼくがダイヤを持っていると思っているのだろうか？

ノーラがベッドの足側に飛び上がり、小さくミャーオと鳴いた。いつもの場所に落ち着くようだ。ジョージは寝返りを打って、うつ伏せになり、眠りに向かってゆるやかに落下しはじめた。リアナのことを考え、このベッドに裸の彼女がいた二十四時間前を頭のなかに再生した。まだ顔を思い出すことができる。夜明けの光を受けて顔が仮面と化したときのことを。目と鼻と口に霧がかかったようだった。手足を絡ませたまま彼女に言った言葉を思い出し、身がすくむ思いがした。「夢のような気がしないか？」と、彼は言った。「大学時代のことが？」

読めない仮面と化した彼女の顔に答えは書かれていなかった。「しーっ」と彼女は言い、彼を引き寄せて、耳に唇を寄せた。そして、首の横に舌先を這わせた。

ここで今夜のアイリーンを思い起こした。いっしょに昇りつめたあと、彼女はつながったまま彼の首に顔を埋め、二人で静かに横たわった。彼女の吐息が鎖骨に温かかった。

頭のなかで映像どうしが戦いを繰り広げ、ひとつに溶けあって絡みあううちに、ジョージは心安らがぬ浅い眠りへ転落していった。

18

「オードリー」と、ジョージは受話器の向こうのリアナ・デクターに呼びかけた。モーテルの部屋に腰を下ろしていたが、まだマッスルカーから降りてきた男と遭遇したときの動揺が冷めやらず、声が震えていたにちがいない。

「死んだと思った？」

「どう思うと思ったんだ？」

「ごめんなさい」

ジョージが何も言わなかったから、彼女は言葉を継いだ。「昼間、デールに怖い思いをさせられたんでしょう。それもごめんなさい」

「心底おっかなかったよ」

「ええ、あの男はおっかないことをするの。それが仕事なのよ。でも、タンパへ戻っていったから、今夜はあなたに会えるかもしれないと思って。事情を説明したいし」

ジョージは一瞬言いよどんだが、「いいよ」と答えた。

「チンカピンに〈パームス・ラウンジ〉というバーがあるんだけど、わかるかしら」彼女は所在地の住所を告げた。

時間は夜九時に設定した。ジョージにはまだ訊きたいことがあったが、その前に彼女が電話を切った。ベッドの端につかのま腰を下ろす。まだ、さっきまでの計画にしたがうこともできる。フロリダを離れ、路上からチャルファント刑事に電話して、洗いざらい話し、オードリーには——本当の名前が何であれ——二度と会わないこともできる。しかし、いまの電話ですべてが変わった。彼女が会いたいと言うのだ、行かないなんてありえない。真実を求めてこのフロリダまで来たのだ。それが手に入ろうとしている。

シャワーを浴び、きれいな服は使い果たしていたが、ダン・トンプソンを訪ね、もうひと晩車を貸してほしいと頼んだ。明朝八時に返却してくれるぶんには自由に使ってかまわないと言ってくれた。

夕刻前でまだ外は明るかったし、気になることが多すぎて部屋にいられず、すぐに車で出かけた。ダフーン川を渡ってチンカピンに入り、コルテス・アヴェニューからはるばるセントアンナ島へ向かった。ビーチが出てくると、そばに車を駐めた。メキシコ湾は深いメタリックブルー。傾いてきた太陽が空を赤く染め、白くまばゆい光を海に広げている。

ビーチを歩いていると、古い木造の桟橋が出てきた。端に建物がある。釣り人や年配の観光客のそばを通りながら、そのまま桟橋を進む。端に屋外バーがあり、風雨にさらされて色の剝げ落ちたスツールが三つ空いていた。〈バドワイザー〉を瓶で頼むと、出してくれた。バーで飲むのは初めてではない――大学の近くに、地元の学生には身分証の提示を求めない店が何軒かあった――が、あの区域以外のバーに入るのは初めてだ。一本目はたちまち飲み干し、お代わりをして、煙草に火をつけ、二杯目は薄れゆく光のなかを出入りする船をながめながらゆっくり飲んだ。

一時間半後、約束の時間までまだ一時間半あったが、〈パームス・ラウンジ〉の砂利敷きの駐車場にビュイックを乗り入れた。店は交通量の少ない二本の平らな道路が交わるところにあった。古い農家風で、ペンキを塗った椰子の木は横の色が剝げかけている。入口の上にはビールのネオン看板。ファストフード店で買ったチーズバーガーを車内で食べてきた。駐車場には、彼のビュイック以外に二台しかなく、どちらもトラックだ。マッスルカーは見えず、ほっとした。

〈パームス・ラウンジ〉の店内は列車一車両くらいの大きさで、天井からぶら下がっている蛍光灯で入口近くはまぶしいくらい明るいが、奥へ行くにしたがって暗くなっていた。従業員一人と客一人がカウンターの暗い端でそれぞれカクテルを飲んでいた。従業員は五十がらみの男で、濃い口髭をたくわえ、髪が薄くなりはじめている。客も同じくらいの年齢だが、こっちは女性で、つばの短い麦わらのカウボーイ・ハットをかぶっていた。

ジョージはカウンターの真ん中へ向かい、肘をのせた。バーテンダーがやってくると〈バドワイザー〉を注文した。

バーテンダーがビールを持ってきて、ジョージから二ドル受け取り、「ジュークボックスは壊れているんだ。曲をかけても金はかからんよ」と言った。

ジョージはビールを手に、奥の古いジュークボックスへ向かった。曲面ガラスの向こうに四十五回転レコードが積み上がっている。小さなカードに曲名が記されていた。タイプされているのもあれば、手書きのものもあり、大半がカントリーだ。ジョージは適当にひと束つかみ取り、知名度を頼りに何枚か選んだ。たとえば、ハンク・ウィリアムズという名前には覚えがあった。パッツィ・クラインも。

ビールを手に奥の隅のテーブルに落ち着き、そこでリアナを待った。

九時一分、彼女がドアから入ってきた。ジョージが席に落ち着いたあと、ナイロンジャケットを着た背の低い男が入ってきて、麦わらのカウボーイ・ハットをかぶっている女の横に座り、ジャック・アンド・コークを注文した。もうひと組、別のカップルが入ってきた。丸々と太った男に、刺青を入れた痩せぎすの妻という取り合わせだ。彼らはウイスキー・サワーをふたつ注文し、それを持って正面に近いテーブルへ向かい、黙って飲んで帰っていった。

オードリー（リアナ）が正面のスイングドアを通り抜け、ドアが元に戻って閉まった。頭上の蛍光灯のまぶしい光に包まれた彼女はジョージに気がつかないまま、一瞬カウンターの奥に視線を投げた。ウェイターやウェイトレスがよく着ている黒いコットンパンツに、彼女のお気に入りの色でもある緑色の半袖ブラウス。記憶のなかの彼女そのままだ。小さな肩に、張りのある尻、魅惑的な目。息をのんだ。そこでリアナがジョージに気がついた。入口のまばゆい照明の下を出て、薄暗い奥へ向かい、横目でさっとカウンターを見てから彼の肩に手を置き、わずかに体を寄せた。前と同じ、シナモン・ガムのような香りがした。ほんの何週間かでこの香りのことを忘れていた。

「身分証の提示、求められた？」彼女はビールを指差してたずねた。

「いや。心配いらないと思うよ」

「お代わりは？」

「もらおう」と、ジョージは言った。「座れよ。ビール？　それとも、別のもの？」

「ビールにする」

彼女がテーブルに着くあいだに、彼はバーテンダーのところへ行ってビールをふたつ頼んだ。

戻ってくると、彼女は開いた両手をテーブルに置いていた。食事を待ち構えている子どものような期待の面持ちで。こういう彼女を前にも見たことがあった。身分を偽ってはいても、リアナは彼の知っているオードリーだ。ほろ酔い加減のせいか、手を伸ばして肩を抱き寄せたくなった。キスしたい。

「信じられないわ、こんなところまで来るなんて」ボトルの首から立ち上る泡を口で吸い取ってから、彼女は言った。

「ぼくより先に、〝信じられない〟から始まる文章は口にできないはずだけどな」

彼女は微笑んだ。「たしかに」

「死んだと思っていた。いったい――」

「待って、ストップ。その点は心苦しく思っているわ。少し説明させて、わかってもらえるかもしれないから。家を見たから、うちが裕福じゃないのはわかったわよね。大学に行けるような家庭じゃないって。こまごま説明はしないけど、同居人は父親だけ。わたしの父親にしては年寄りで、七十近いわ。三十年前はカリフォルニア州でテレビの脚本を書いていたそうよ。〈トワイライト・ゾーン〉を一話書いたって言っているけど、本当かどうか。いま彼がしたいのは、ビールを飲んでマリファナを吸って博打を打つことだけ。まったく、なんか……かわいそうでしょ、わたし？　とにかく、手短に言えば、母親はいない、借金を作ってばかりの老いぼれ親父、そして、高校を卒業後に運がよければコミュニティ・カレッジで学位が取れるかもしれないと思っている、なんの芸もないわたし」

「そんなとき、きみはオードリー・ベックと出会った。スピーチ・ディベート部の活動で」

彼女は大きく息を吸った。「そうよ。全部お見通しね、フォス刑事。オードリーと友だちになったの。知りあいに、というのが本当かな。弁論大会で話をするようになったの。彼女がわたしのイヤリングを見て、すてきと言ったり、わたしが彼女のジーンズを見て、すてきと言ったり。ぼやきも聞かされたわ。両親に大学へ行かされる、恋人と彼のバンドが借りているビーチハウスに行くことしか頭にないのにって。わたしは死ぬほど大学に行きたいのにお金がないって話した。うちの父なら娘が寝室に男の子を引っ張りこんでも気がつかないかもしれないって。そのあと、二人で計画をもくろんだの。いえ、ちょっと違うわね。夢物語を紡いだの。入れ替われたらいいのにって二人で言って。わたしの親が彼女の両親みたいだったら、大学に行けて、みんなが幸せになれるのに。彼女の父親がうちの父親みたいだったら、恋人とビーチで暮らせるのにって。これは五月のことよ。そのあと二人とも高校を卒業して、八月まで彼女からはなんの音沙汰もなかった」

「夏のあいだ、きみはどうしていたんだ？　どうするつもりだったんだ？」

「〈リヴァーヴュー〉というレストランで接客の仕事をしていたわ。二年前からやっていたの。コミュニティ・カレッジの履修登録もすませていたのよ。気分は最悪だったけど、どうにもならないことだし。そんなとき、オードリーから電話があって。大学には行かないことに決めたって言うの。ウェストパームビーチに行くつもりだけど、学校に顔を出さなかったら、両親に何もかも知られてしまう。だから代わりに行ってくれないかって。わたしには自分の車があった。父親には、一人暮らしすることにしたって言えばすむ――どうせ、気にもしないだろうし。遠く離れたコネティカット州だし、わたしがオードリー・ベックと偽って入学しても誰にもわからない。彼女は時間を決めて毎週両親に電話し、大学にいるふりをする。彼女の両親が寮に電話してきたら、ルームメイトのふりをして伝言を聞いて、フロリダのオードリーに中継する。うまくいきそうな気がした……つまり、それで通せそうな気が。二人でそれを実行に移し、うまくいっていたのよ」リアナは歯を食いしばって、まっすぐジョージを見た。「そのままうまくいくはずだったのに――」

「なのに、オードリーが死んだ」

「そうよ。オードリーが死んでしまったの。つまり、わたしが死んでしまったの」リアナの片目がジュークボックスの光を受けてきらりと光った。パッツィ・クラインが〈ウォーキン・アフター・ミッドナイト〉を歌っていた。

「何があったんだ？」

「オードリーに？」

「ああ」

「フロリダに帰ったら、彼女から電話が来たの。スウィートガムに帰っていたのよ。それで、会うことになって。じつは、この店で会ったの。彼女、ショックを受けてた。無理もないわね、恋人はろくでなしとわかったんだから。彼女によれば、彼が夢中だったのは麻薬とセックスだけだった。彼女を言いくるめて、バンドのメンバーみんなと乱交させようとしたそうよ。麻薬の売人たちに金を払えと迫られた時点で、我慢が限界を超えたんでしょう。悪夢のような状況よ。メイザー・カレッジのことを訊かれたから、どんな感じか教えてあげたわ。ありのまま、充実した一学期だったって。あなたのことも話したわ。とんでもない間違いをやらかしたと彼女は考えていたみたい。わたしも同感だったけど。彼女、あの夜もまだ麻薬をやっていたのよ——ここへ来たとき、何かやってるってピンときたわ——そのあとさらに、お酒で酔っ払っちゃって。とにかく、彼女が言うの。人生を交換しなおしたいって。二学期は大学へ行きたいって」

「誰も気がつかないと思っていたのか？」

「思わないのがふつうだけど、彼女はそう思っていたみたい。言ったわよ、そんなこと不可能だって。ひょいとあそこへ行って、自分が本当のオードリー・ベックだと言っても、そんなの通用しっこないって。本当に大学に行きたいのなら、わたしがあそこをやめて、彼女が別の学校に行くしかないって。二人でそういう状況にしてきたんだから。彼女、取り乱しちゃって。売り渡した人生にひょいと飛び戻れると、本気で思っていたのね。二人が瓜二つならやりようもあったでしょうけど」

「瓜二つではなかった」

「そういうこと。彼女、車で家に帰っていったから、わたしも帰ったわ。その夜よ、彼女が死んだのは」

「つまり、自殺したってことか？」

「すごく酔っていたから、ガレージに車を入れて、そのまま眠りこんだのかもしれない。二日経ってからよ、彼女が死んだって聞いたのは。もちろん、わたしはもうメイザーには戻らないと決めていた。あなたとエミリーには電話で伝えるつもりでいたの。ところが、そこで彼女が死んでしまって、どうしたらいいかわからなくなった」

「なんてこった」とジョージは言い、煙草に火をつけた。すでにビールは空になり、少し頭がくらくらしていたが、彼女の話にはどこか腑に落ちないところがあった。「彼女が自分の名前を取り戻したいと言ったとき、きみはどう思った？　学校に戻るつもりだったんだろう？」

「まあね。だけど、いつまでも続きはしないって思ってた。いつまでもオードリーではいられないって。別人になって、夢見ていた人生を――つまり、大学に行って、いい成績を取って、ボーイフレンドが、あなたみたいなボーイフレンドができて――そんな夢の人生を送っていたけど、秘密の病気をかかえているみたいな感覚もあった。自分の胸のなかに時計があって、心臓みたいにカチカチ時を刻んでいて、いつなんどき警報音が鳴りだし、オードリー・ベックが消えてなくなるかわからない。彼女が死んだら、リアナ・デクターに戻らなくちゃいけないのよ。いまでも夢みたいな気がするわ、あの一学期が」

「さぞかし、落ち着かない感じだっただろうな」

「それでも、楽しかった。楽しい時間だったわよね？」

「戻ってこられるかもしれないじゃないか。きみ自身として。成績もすごくよかったし」

リアナは笑った。「身分の詐称を許してくれるはずないでしょう。オードリーの両親が許してくれると思う？　他人の学費を払っていたのよ」

「彼女の両親はもう、オードリーがメイザーに行ってなかったのを知っている。というか、みんなが知っている。警察も」

「ええ、そのようね。ばれるかもしれないとは思ってた。それでも小さな希望はあったのに――」

「なのに、ぼくのせいで――」

「あなたと、あなたの揺るぎない熱意のおかげで」彼女は手を伸ばして彼の頰に当てた。つかのま沈黙が下りた。彼女がすぐそばにいることにビールが加わり、現実感が抜け落ちていた。ジョージがいまいる場所からも、ここまでしてきた話からも。

「恋しかった。きみのことが」と、ジョージは言った。

「わたしも」

「キスしていいか?」

「ええ」

「ちょっと唇を怪我している」

「ええ、気がついたわ。でも、かまわない」

二人はカウンターの暗い片隅でそっと唇を重ね、パッツィ・クラインの曲がアップテンポのロカビリーに切り替わった。

「まだ話してもらってないことがある」と、ジョージは言った。

「わかってる。でもその前に、大学の様子を教えて。みんなの反応はどうだった?」

彼はメイザーでの二日間について語った。エミリーから知らせを受け、〈バーナード・ホール〉でかりそめの追悼式が行われ、学生部長と面談し、危うくケヴィンに叩きのめされそうになったことを。リアナはじっと耳を傾けていた。唇をわずかに開き、目をふだんより大きく見開きながら。「自分のお葬式を見ているみたい」と、彼女は言った。「ぞっとするけど、ちょっと刺激的」

このあとジョージはフロリダへの旅と、この二日間にどんなことがあったかを話した。リアナの家の前で待機していたところまで来ると、ジョージは言った。「あそこにいた男のことを教えてくれ」

「デールのことね」

「そう、デールのことだ」

「いいわ。教えてあげるけど、あまり気持ちのいい話じゃないわよ」

「友だちなのか?」

「うーん、まあ」

「付き合っているのか?」

「そうじゃないけど、まあ、ある意味では。とにかく、説明させて。まず、さっきも言ったけど、うちの父親は賭け事にはまっているの。どっぷりと。前は競馬やドッグレースだったけど、しばらくすると、タンパの賭け屋（ブックメーカー）でスポーツの結果に賭けはじめて。なんていう賭け屋かも、わたしは知らないんだけど、しょっちゅう電話していたわ。中学生のわたしより頻繁（ひんぱん）に。たくさん借金ができて、払えなくなったら、怖い人たちが来るようになったの。その一人が——」

「デールか」

「ええ。お金の回収が仕事で、何度もうちに押しかけてきた。跡を残さず人に苦痛を与えるのが得意で——」

「ぼくには違うことを言った。一生傷が残るぞって」

リアナが彼の前腕をつかんだ。「ごめんなさい、あんなのと関わりを持たせてしまって。怖い思いをしたんでしょう。ここしばらくは寄りつかなかったのよ。大学が始まる前の夏は来てなかったの。父親が〈賭博常習者更生会（ギャンブラーズ・アノニマス）〉に通いはじめたから。家を離れてメイザーへ行ってもだいじょうぶと思ったのは、それもあったからよ。友だちと車で全国を横断してくる、ときどき電話するって言ったら、心配いらないって言ったし。更生会で自助努力を続けるって約束させたんだけど、結局挫折しちゃったのね」

「それでデールがまたやってきた」

「それもあるけど、彼が来るのは、わたしが目当てでもあるの。一本いい？　切らしちゃって」ジョージは煙草を渡して火をつけてやった。「これを話すのはつらいんだけど」彼女は話を続けた。「いっとき、とんでもない状況になって、うちは巨額の借金を背負った。父の作った借金だけど、自分は関係ないって突き放す気にはなれなかった。デールは脅してきたわ。五体満足じゃすまさない、死んでもらうかもしれないって。家によく来てたから、わたしのことも知っていた。わたしに気があったの。それでとうとう、ある取引が交わされた」

「取引って、どんな？」

「どんなだと思う？」

「まさか」

「そうなの」

「きみは何歳だった？」

「始まったのは十六歳のときよ。その後、父に賭け事をやめさせたから、高校三年の年はあまりまとわりつかなかったけど」

「なんてこった」

「愛想が尽きた?」

「そんなことはない……そりゃ、その状況にはぞっとするけど。デールにむかつくし、きみのお父さんにもむかつく。ひどいじゃないか。なんてことを。気の毒でならない。きみが」

「まあ、〈大草原の小さな家〉みたいにはいかなかったってこと。でも、もう終わったことよ。父はギャンブルをやめると言ってるし——もう足を洗ったの。デールがうろつくこともなくなるはずで——」

「きみとあいつは、このクリスマス——」

「ええ、そのために現れたんだけど、何もなかったわ。不思議な話ね、仕方なくしていたことなのに、あいつはわたしを自分の女だと思っている。人に渡そうとしない。だからなの、午後にあなたを狙ったのは。車の中にあなたがいるのを父が窓から見て、デールに電話して、デールは行動に出た。今日はわたしが家にいなかったし」

「何か打つ手があるはずだ」

「心配しないで。もう終わったことよ。ほかの話をしましょう、それとも、出る? ここにいると気が滅入ってくるわ」

二人は店を出て、暗い駐車場に立った。頭上には満点の黄色い星空。リアナの車はジョージの車の隣に止まっていて、二台のあいだで抱擁とキスを重ねた。数日前までの人生から百万キロと百万年遠ざかった気がジョージはした。

「明日会えるなら、今夜はおやすみだけ言おう」と、彼は言った。

「わかった。でも、あなたはいずれメイザーに戻らなくちゃ」

「どうかな。このままここできみといてもいい」

「ここにいちゃだめ。どんなにわたしのことが好きでも。暮らすのにふさわしい場所じゃないわ」

「えっ？　フロリダが？　それとも、きみと暮らすには？」

「両方よ」

「フロリダはそんなに悪くない。ほかのどこで花火とオレンジをいっしょに買えるんだ？」

「ああ、花火とオレンジ。この州の完璧な定義よね。でも、わたしに言わせれば、オレンジなんて評判ほどのものじゃないのよ。ジュース工場のそばをよく車で通りかかったけど、どんなに臭いか知ってる？　二度とオレンジなんか見たくなくなった。オレンジジュース一杯だって飲もうとは思わなくなった。花火にいたっては、話す気にもなれない」

「花火の何がいやなんだ？」

「意味のないところ。空の爆発を見て、人の群れが〝わあ〟とか〝おおっ〟てばかみたいに歓声あげて。閃光三回でIQは二十ポイント低下よ」

「きみがこんなに皮肉屋とはね」

「いま見ているのが本当のわたし」

ジョージは彼女を抱き締める腕に力を込め、彼女は彼の頬骨にキスした。「明日、モーテルに来てくれるか？」と、ジョージは訊いた。

「約束する。何時がいい？」

「できるだけ早く」

「じゃあ、お昼の十二時に。いっしょにお昼を食べましょう」

「わかった。どんな選択肢があるか、可能性を検討しよう」

「そうね。可能性を。選択肢があるって、すてきなことよ」

「いっしょにどこかへ行くこともできるけど、いますぐってわけにはいかない。警察もきみとオードリーに何があったのか確かめたいだろうし」

「でしょうね。その話にも対処するわ」と、彼女は言った。

「いっしょにだ」

「ええ。いっしょに」

リアナがまず車に乗った。窓を下ろした彼女にジョージは体をかがめ、さよならのキスをした。「まだ本当の名前で呼んでくれてない」

「おやすみ、リアナ」車が発進する前にジョージは言った。「なんか不思議な感じだ」

「あら、それが本名なのに。じつを言うと、わたしもオードリーのほうが好き。なんなら、まだオードリーでもいいわよ」

「いや、やっぱり本名で呼びたいよ」

車のテールライトが砂利道を弾むように遠ざかり、徐々に暗くなっていく牧草地の道を走っていくところを、ジョージは見守った。後刻、ジョージは思いめぐらした。彼女はあの夜、あのままずっと走りつづけたのだろうか？　それとも、父親の家にもういちど立ち寄ったのだろうか？

19

ドアをコツコツたたく音で目が覚めた。ジョージはとまどって、しばらくそのまま起き上がらずにいた。ここ数日の出来事がたちまち頭によみがえってきた。夢の残滓（ざんし）のようだが、これは現実だ。もうひとつの部屋から聞こえているノックの音がその証拠だ。これまでは予告なしに部屋を訪ねてくる人間などいなかった。火曜日の早朝ならなおさらだ。

部屋は蒸し暑く、まだ肌にじっとり粘つくような感じがあったが、それでもローブを羽織った。昨夜はよほど疲れていたのか、空調も点けずに寝たらしい。部屋じゅうにサウナのような濃密な空気がたちこめていた。リビングを横切るあいだ、頭にふらつきを、胃に空腹を感じた。最後に何か食べたのがいつだったか思い出せない。また大きなノックの音がした。憤慨したように、七度。仕事のケリをつけにきたバーニー・マクドナルドやリアナではなく、警察ならいいが、と思った。

「どなた？」と、施錠されたドア越しにたずねた。

「カリン・ボイドよ」一瞬遅れて、誰の名前か思い出した。マクリーンの姪を忘れていたからではなく、昨夜の汗まみれの眠りにまだ半分つかまっていて、そこから泳ぎ上がろうとしているところだったからだ。ドアを開けて、カリンを招き入れようとしたが、彼女は勝手に押し入ってきた。「もうここに来て二十分になるのよ」と、彼女は言った。

「それはすまなかった。どうぞ」と彼は言い、ドアを閉めた。

カリンの顔は紅潮していた。例によって、奥歯をぐっと噛みしめているようだ。「聞いたんだな、DJに何があったか」と、ジョージは言った。

「今朝、面会してきたわ。命があったのが幸いよ」車で轢いたのがジョージであるかのような声音で、彼女は言った。

「脳震盪を起こしているそうだな。何があったか、本人は覚えているのか?」

「あなたを尾けて見つけたまでは覚えているそうよ。あなたが知ってることを全部話すと言ったのは覚えているけど、そこから先は何も覚えていないって。警察の話では、二人そろって襲われたそうだけど」

「襲ったのは、きみの叔父さんを殺したと思われる男だ。ところで、コーヒーを淹れて座りたいんだ。入って、かけていてくれないか。話をごまかす気はない。いまはきみと同じ陣営にいるんだから」中学校のとき一学年上に女のいじめっ子がいて、ジョージはその暴君的支配に丸一年のあいだ苦しめられた。カリン・ボイドがいま浮かべているような喧嘩腰の目で、よくにらみつけられたものだ。彼女から離れ、キッチンへ向かった。「どこでもいいから、座っていてくれ」と言い、カリンが指示にしたがって、ノーラがズタズタにした安楽椅子の端に腰かけたのを見て、とりあえず安堵した。「何か持ってこようか？　水でも？」

カリンは遠慮し、ジョージはキッチンでパイントグラスに水を満たして、それを飲み干した。ホットプレートに載ったコーヒーポットに、何日か前に淹れた黒い液体が指四本分くらい残っていた。それをグラスにそそぎ、氷とミルクを足してリビングへ戻った。カリンは見下したような表情で彼の部屋を見まわしている。あるいは、これがふだんの表情なのかもしれない。

「叔父さんの家みたいだろ」と彼は言い、直後に後悔した。

彼女は眉を吊り上げたが、冗談の試みに動じた様子もなく、「いい立地ね」と言った。

「ああ、たしかに。DJの件はどうやって知ったんだ？」ジョージはそうたずねて、腰を下ろした。

「昨日連絡してくるはずがいっこうに来なかったのよ。しびれを切らして、夜、ジェイムズ刑事に連絡したら、詳しく教えてくれたわ。あなたを連行して取り調べをしたけど解放したって。あなたがドナルドにするはずだった話を聞かせてもらいに、病院から直行したってわけ」カリンは話しながら、二度、三度と足を組んでは組み替えた。前回よりカジュアルな服装だ。短めの黒いスカートに、薄い青色のポロシャツ。髪をポニーテールにまとめ、顔はすっぴん。話しているうちに、胸と頰が赤く染まっていく。肌は脱脂粉乳のように白く、ほのかに青みがかっている。日焼け対策に努めているのだろう、とジョージは想像した。

「がっかりするかもしれないよ。そんなにたくさんあるわけじゃないが、知ってることを話そう。警察にはもう全部話してきた」

「ジェイン・バーンの居場所は言わなかったそうね」

「知っていたら話したさ。見当もつかない。たぶん、きみの叔父さんの金庫にあったものを全部持って、もうはるか彼方だろう。そうでない理由がひとつだけあるとしたら、彼女の相棒がまだこの辺をうろついていることだ」

「昨夜あなたたちを襲った男？」

「だと思う。つまり、そうとしか思えないんだが、顔は見えなかったからな」

「ジェインだった可能性はないの？」

「その男が前に乗っていた車だった……最初から話そうか？」

「お願い」

この二十四時間で三度目になるが、ジョージは一部始終を話した。金曜の夜にリアナと会ってから自分の身に起こったことを、全部。ジェイムズ刑事と同じく、カリンはニューエセックスの遺棄されたコテージと、ジョージが瘦せさらばえた女に会った同じ小道のもう一軒に、とりわけ興味を示した。

「彼らはそこに身を隠しているのかしら？」と、カリンが言った。まだ椅子の端に腰かけたままだ。話をしているうちに太陽が少し西へ移動し、その光がリビングの細い窓をすり抜けて彼女の顔の半分を照らすと、小さな耳の片方が半分透き通って見えた。

「さっきも言ったけど、彼らがなぜこの辺をうろうろしているのか、さっぱりわからない。どっちか片方が裏切ったのでないかぎりは。コテージの近くのデッキハウスにいる可能性はあるだろうな。それなら筋も通る。例えば、二人のどっちかがあそこの住人の知りあいで、二人はあの朽ちかけたコテージに気がつき、きみの叔父さんが雇っている人間になりすましたバーニー・マクドナルドがあそこでぼくと遭遇する。そしてリアナに……ジェインに力を貸してやらなくてはと思うくらい、ぼくを震え上がらせる」

「そこへ連れていってくれない？」

この要望が来るのはわかっていたが、どう答えたものか、ジョージはまだ決めていなかった。ひと晩寝たのにまだくたびれ果てているし、神経はズタズタだ。リアナがどこにいて金庫のダイヤがどこにあるのか、知りたい気持ちは依然としてあるが、知っていることを捜査当局にすべて委ねたことでほっとしてもいた。「場所は教えてやってもいいが」と、彼は言った。「いっそ、ぼくらの考えを刑事たちに話してはどうだろう。警察にあそこへ行ってもらうんだ」

「でも、警察にはもう全部話したんでしょう？　コテージとその近くの家のことも？　行く必要があると警察が思えば、行くでしょうし」

「だから、ぼくらの代わりに行ってもらえばいい」と、ジョージは言った。

「警察が腰を上げるとは、とても思えない。でも、わたしたちで調べるだけ調べてみる価値はあると思うわよ」

「場所は教えてやってもいい」

「一人で行くのはちょっと。二人のほうが安心だわ」

「あのね——」

「わたしには借りがあるはずよ。わたしの叔父が亡くなった責任の一端は、あなたにもあるんだから。ドナルドが元気なら彼と行くけど、あれだってあなたの責任でしょう」彼女の声が高くなってきた。主張の是非はさておき、彼女のなかでジョージはこの犯罪の主要登場人物なのだと気がついた。

「わかった、付き合おう」と、彼は言った。「ただし、あそこに誰かいたり、怪しい車が見えたりしたら、即刻引き返して警察に通報する」

「いいわ」

「少し準備に時間がいる。二本、電話をかけなくちゃならない」

求めに応じるべきかどうか判断しているかのように、カリンは腕時計を見た。そして、「どうぞ」と言った。

ジョージは洗面所で歯を磨いて、濡れた手を髪に走らせ、シャワーを浴びるかわりにデオドラントを多めに振りかけた。寝室で着替えながら、まず職場に電話をし、受付嬢をつかまえて、まだぐあいが悪くて出社できないと伝えた。次に、アイリーンの携帯電話にかけた。何度か呼び出し音が鳴ったあと、彼女が出た。「いま、どこだ?」

「車の中よ。姉が子どもたちとロチェスターの父を訪ねることになって、そこへ向かっているところ。いいタイミングだったわ、わたしの命を危険にさらしてくれるには」やけに声がはずんでいる。昨夜、彼女のコンドミニアムの外で何が起こったかは話さないことにした。

「安全運転を」

「そうする。そっちは何も問題ない？」

「退屈なくらい。職場に病欠の連絡は入れたけど、くたびれ果てて行く気になれなかっただけでね。ご家族によろしく」

「わかった」

カリンのメタリックグレーのアウディはジョージのアパートの前、居住者専用の駐車スペースに駐まっていた。バーニーに殴られたところがまだ触れると痛むため、ジョージは助手席側のバケットシートに用心深く乗りこんだ。非の打ち所のない晩夏の一日で、気温は五度くらい低くなり、湿度も一転して不快なものでなくなっている。カリンは車を発進させ、駐車スペースを出る前にパワーウィンドーを下ろした。

「ニューエセックスへの行きかたはわかるのか？」と、ジョージはたずねた。

「町の中心まではだいじょうぶよ。そのあとは指示して」

蟻（あり）の巣のようなボストンの道路網を走り抜けていくあいだ、二人はずっと黙っていた。九三号線の北方向が九五号線に合流するあたりで渋滞があり、カリンはニューエセックスがいまにも消えてしまうかのように悪態をついて、シーッと怒りの音を発した。しかし、無事九五号線に乗ると道路は空いていて、車内の沈黙がいっそう際立った。

「マクリーンの奥さんの容態は？」と、ジョージはたずねた。「すまない。名前を思い出せなくて」

「テレサよ。少し持ち直した。危篤状態に変わりはないけど、一時的に意識もはっきりして。忸怩(じくじ)たる思いもあるわ、夫が亡くなったことは話すしかなくて。自宅で殺害されたのは言わないことにした。死因は心臓発作ということにして。もう、彼女が新聞を読むとかテレビを見るような気力が湧くくらい回復しないことを祈るしかないわね。苦痛にさらされ、死にかけているだけじゃなく、悲しみにも打ちひしがれることになっちゃう」

「奥さんとも親しいのか?」

「叔父とは仲が良かったわ。叔父にはわたしみたいな頭のいい子がいなかったの。MBAを取得するような子は。じつは経済恐慌のとき、わたしは〈リーマン・ブラザーズ〉に勤めていてね。叔父はたぶん罪悪感からだと思うけど、仕事が見つからないわたしにアシスタントの仕事を申し出てくれたの。おかげで急場を乗り切れたわ」

「〝罪悪感〟というと?」

短い沈黙のあと、カリンは口を開いた。「叔父が違法行為に手を染めていたかどうかは知らないけど、彼はサブプライムローン危機前の経済環境で巨万の富を手に入れている。彼が財を築くのと反対に、ひどい目に遭った人たちがいたはずよ。だから、それなりに罪悪感があったのかもしれない。ちょっと、しゃべりすぎたかしら」

「ねずみ講か？」

「どこで聞いたの？」

「聞いたわけじゃない」ジョージは嘘をついた。「いま聞いていて、その手の話じゃないかと思っただけで」

「まあ、そんなところ。全部、オフレコにしてくれるわね」

「利害関係があるわけじゃないからな。きみの叔父さんがどうやって財を築こうと、ぼくには関係のないことだ」

開けた窓から風が勢いよく吹きこむなかで、二人は話していた。カリンがボタンを押して、両側の窓を閉めた。ぱたりと音がやんだ。カリンは空調を調節し、温度を下げた。それからまた黙りこんだ。叔父の財産のことは話しづらいのだろうと察したが、ジョージのほうは関心をそそられていた。煎じ詰めれば、今回起こったことはすべて、マクリーンの財産から始まったのだ。「叔父さんはダイヤを全部、ニュートンの金庫にしまっていたのか？」と、彼はたずねた。

「まさか。といっても、少なからずだけど。後生だからこんなことはやめて、銀行の貸し金庫に入れてほしいって言ったのよ。でも、叔父はあれが、あのダイヤが情熱の対象になってしまったの。取り出しては、うれしそうにながめていたわ。色別に収集して。いろんな色があるのよ、無色透明のだけじゃなく」

「ダイヤのことで知っているのは、高価なことくらいだ」

「それと、ダイヤは盗むのが簡単で、売りさばくのもすごく簡単なの」

「資産を隠す簡単な手段でもある」

「ひとこと言っていい？　叔父のやりかたには倫理にもとるところもあったけど、合法的に稼いだお金だってたくさんあったのよ。家具の販売と投資で。まさか、金庫の財産が理由でわたしが犯人を追ってるなんて思ってないわよね？」

「理由の一部とは思った」

「叔父ははめられて、強奪されて、殺された。犯人は人間のくずよ、絶対突き止めてやらなくちゃ。金庫にあったのが子どものころの列車セットだけだったとしても、わたしはこうしているわ」

「気持ちはわかる。ぼくがきみの立場でも同じ義憤を感じただろう」

「取り戻したところで、わたしのお金じゃないし。お金は奥さんのもので、彼女の遺書に何が書かれているかは神様しか知らないことよ」

カリンの声が高くなるにつれてアウディの速度が上がることにジョージは気がついた。彼がニューエセックスの出口を指差したときには、時速は優に百五十キロを超えていた。

彼女は三車線を巧みに車線変更し、ギアを低速に切り替えて、出口ランプのヘアピンカーブに入った。ニューエセックスの中心部に向かい、そこからはジョージが指示をした。ビーチ・ロードに乗ったところで、石造りの教会に注意をうながす。カリンが両方の窓を下ろすと車内に海辺の潮の香りが満ちた。大西洋に目を向けると、くっきりとした青色に陽光がきらきら輝いていた。火曜日というのに多くの帆船が海に出ていて、一週間分の窒息しそうな湿気を押し流してくれた高気圧を、このときとばかりにプレジャーボートの人々が活用している。

ジョージは急に怖くなった。キャプテンソーヤー・レーンの家とコテージを訪ねたところで埒(らち)は明かないと思っていたが、バーニー・マクドナルドがショットガンで武装して待ち構えている可能性はないだろうか？　あの家かコテージに人のいる形跡――たとえば、バーニーの車――があったら、引き返して走り去ろう。そう自分に言い聞かせた。警察に通報するのだ。しかし、ジョージを駆り立てている別のものがあり、それがリアナであることに彼は気がついた。彼女にもういちど会える可能性がある。小さいながら、彼女が意思に反してバーニー・マクドナルドの支配を受けている可能性だってある。なんの確証もないが、リアナには本当に自分の救いが必要なのかもしれないというかすかな望みをまだいだいていた。

この二十年間、養い育ててきた希望でもあった。

教会と、車のいない小さな駐車場を通り過ぎた。ジョージがキャプテンソーヤー・レーンを指差すと、カリンは減速して急カーブを切った。明るい日中にもかかわらず、樹冠に覆われた小道は暗い。轍のひとつに深くはまって、道路が車体をこすった。カリンがのろのろ運転にまで速度を落とす。

「コテージを見たいか？」と、ジョージはたずねた。

「あばら家？」

「そうだ、水辺の」

「いいえ。若い女性がいたというデッキハウスに直行しましょう。そこに誰もいなかったら、コテージを調べてみてもいいけど」

ジョージが車寄せの道を指し示すと、カリンはそこへ折れた。前と同様、砂利と土の上には雑草の茂みがあった。デッキハウスは相変わらず暗くて中の様子をつかみづらい。ガレージは閉まっているし、車寄せにも車はなかった。窓も壁と同様、茶色く無表情で、比較的いい状態であることを除けば、水辺のコテージと同じくらい荒れた感じがした。

「前回ここへ来たときもこんな感じだった？」と、カリンがたずねた。わずかながら声が震えている。暗い森を見て怖じ気づいたのだ。

「うん。こんな感じだ」

車を止め、二人で外へ降りた。松の木々がつくり出す暗がりはもっと涼しいだろうとジョージは思っていたのだが、思いのほか蒸し暑い。この一週間の湿気が何かの拍子に、緊密な木々の下に閉じこめられてしまったかのように。海のそばにもかかわらず、感じられるほどの風もない。二人で歩いてドアに向かい、ジョージが呼び鈴を押した。前回同様、家の中から鐘のような深みのある音がした。無言で三十秒くらい待つ。もういちど呼び鈴を鳴らし、ドアのそばの細い窓に顔を押しつけた。家は乱平面構造で、絨毯敷きの踊り場に短い階段がふたつ見え、ひとつは上、もうひとつは下へ続いていた。動くものはない。

カリンがドアの取っ手に手を伸ばしたが、施錠されていた。二人で顔を見合わせる。

「別の窓からのぞいてみるか?」と、ジョージは言った。

「侵入を提案しようとしていたんだけど」

「とりあえず、家の周囲を歩いて、どこか開いているところがないか、誰か中にいないか確かめよう。きみはあっちから、ぼくは反対側から回って、合流するというのは?」

「いっしょがいい」カリンが言った。「気味が悪いわ」

二人で時計回りに家の外を回りはじめた。ガレージの扉は施錠されていたため、その角を回った。家の暗い側面と侵入しようとする森を短い庭が隔てているが、冬から手入れはされていないようだ。膝のあたりまで草が伸び、雑草の花に覆われている。ジョージは草のなかに分け入り、歩きながら草を下へ押しつけていった。下生えから虫の小さな群れが舞い立つ。すぐ後ろからカリンが、「自然なんか大っ嫌い」と言った。

「何もかも？」と、ジョージが返す。

「見るのはいいけど、中に入るのはいや」

家の側面には窓が一枚だけあった。横長の長方形で、その前に苔むした木の植木箱が置かれ、ところどころから植物が突き出している。建物の基礎づたいに色あせたプラスチックの牛乳箱がいくつか置かれ、腐って黴で黒ずんだ木のパレットが立てかけられていた。

「牛乳箱に乗れば、窓から中が見えるかもしれない」と、ジョージが言った。

箱のひとつを持ち上げると、長年覆われていた湿った黒土が現れた。小さな緑色の蛇があわてて基礎のすきまへ逃げこんでいく。カリンが喉を絞めつけられたような悲鳴をあげ、ジョージの腕をつかんだ。「ただのガータースネークだ」と、彼は言った。「うちの州の正式な州爬虫類にも指定されている」

「そんなの関係ない。わたしが履いてるのはサンダルなのよ。裏に回って、もっと低いところにのぞける窓がないか見てみましょう」

ジョージは同意して、牛乳箱を置いた。

裏側の小さな庭もやはり草が伸び放題で、家の長さに合わせた煉瓦造りのパティオがあった。煉瓦の大半は割れていて、上には家具の残骸も見える。ガラス張りの丸いテーブルは黒い水の幕に覆われていた。椅子の二脚は横倒し。〈ウェーバー〉の大きなバーベキューグリルは何年ものあいだ出しっぱなしのようだ。金属の取っ手と脚に点々と錆が浮き、脚の支持部に蜂の巣箱が置かれている。パティオと家のあいだに一対の大きなガラス戸があった。カリンが近づいて試してみたが、鍵がかかっていた。二人でガラス越しにリビングをのぞきこむ。パティオの状態から、家の中も廃屋状態かもしれないとジョージは思ったが、リビングを見るかぎり充分暮らせそうな感じだ。天井が低く、布張りの大きな家具がいくつかあって、壁の一面には書棚が置かれ、煉瓦造りの暖炉もある。ソファの前の低いテーブルに眼鏡と灰皿と汚れた皿が雑然と散らばっていた。

「少し動くわ」とカリンが言い、ドアをもういちど引いた。

「このくらいで帰ったほうがいいんじゃないか」と、ジョージが言った。

「なぜ？　ここには誰もいないのよ。あの二人がここに滞在していたことを示すものが見つかったら、警察にも通報できる」

ジョージはドアの取っ手をつかんで力を込めた。歯が立たない感じではない。一センチくらい引き開けられた。掛け金はかかっていない。しゃがんで、内側のレールを見た。細い木のダボが差しこまれている。ドアの手に力を込めるようカリンに指示すると、ダボが曲がって、レールから外れそうな気がした。愚かなことをしている気もしたが、少し中を調べるくらいは問題ないだろうとジョージは判断した。「外れそうだ」と、彼は言った。「いっしょに力を込めたら」

それぞれドアの取っ手をつかんで足を踏ん張り、体重をかけて細長い木材を折りにかかる。しばらく持ちこたえていたが、バキッと驚くほど大きな音がして、ドアが開いた。勢いでジョージは仰向けにひっくり返り、カリンも重なるように倒れた。彼女は手足をばたつかせながら彼から転がり落ち、二人でばつが悪そうに笑い声を洩らした。

誰もいないと思っていたが、ジョージは薄暗い部屋に「こんにちは」と大声で呼びかけた。カリンをしたがえて足を踏み入れ、暗闇にしばらく目を慣らす。黴臭いにおいがたちこめていて、腐臭のような鼻をつくにおいも感じられた。低いコーヒーテーブルに歩み寄る。汚れた皿が散乱していた。皿自体も食べ物のかすや煙草の吸いさしや灰らしきものにまみれている。葉巻入れ(シガーボックス)の上にスプーンが二本置かれ、どちらにも黒ずんだくぼみが見えた。ヘロインかコカインをあぶったものだろう。スプーンをどけて箱を開けたい誘惑に駆られたが、どこかで本能が、部屋のものにはいっさい手を触れるなと命じていた。

カリンはリビングの隣のキッチンにいた。ジョージの目が壁の開口部から彼女をとらえた。立ったまま周囲を見まわしている。「何かあるのか？」とたずねた。

「おぞましいものばっかり」と、彼女は言った。

「ダイヤはないんだな？」

「見るかぎりでは」

ジョージは照明のスイッチを入れて、電気が通じているか確かめた。頭上のファンが動きだし、彼はスイッチを切った。「電気は通っている。きみが上を調べているあいだに、下を調べてこようかと思うが？」

カリンがリビングに戻ってきた。持ち上げたら最後、不潔なものに触れてしまうとばかりに、腕を体の横にぴったりつけている。「どうして二手に分かれる提案ばかりするの？一人でこの家を歩きまわるのはいやよ。まず上を調べましょう」

リビングの外に廊下があった。窓はなく、真っ暗だ、ジョージがスイッチを入れると、低い天井に埋めこまれた三つの照明のうち、ふたつが灯った。壁はインダストリアルグレーに塗られ、絵は掛かっていない。上の階の床全体を覆っている絨毯は森のような深い緑色。暗い色のなかに隠れている埃と煤を想像せずにいられない。廊下の端に、向かいあっているふたつのドアが見えた。開いている片方にジョージは体を傾け、中をのぞきこんだ。寝室だ。小さな花をプリントした壁紙が張られ、ピンナップポスターとフレーム入りの写真に覆われている。ジョージが足を踏み入れると、カリンもあとに続いた。十代の女の子の部屋のような感じだ。ポスターはどこかのバンドのもので、フレームに収まっているのは、卒業ダンスパーティ用のドレスや陸上ホッケーのユニフォームを着た女の子たちのグループ写真。隅のひとつに松材の小さな机があり、その上に掛かっている掲示板は芸能ファッション誌から切り抜いた写真に覆われていた。反対側の隅に細いシングルベッドがあるが、シーツと毛布は見えず、ふくれた寝袋とカバーの取れた枕がひとつあるだけだ。

「ここにいる女の人を見たのよね」カリンが言った。「歳はいくつくらいだった？」

「判断しづらかった。麻薬の常用者で、二十代の前半に見えたが、四十歳でもおかしくない。しかし、十代じゃない。それだけは確かだ」

カリンは机に向かっていた。螺旋綴じのノートを持ち上げ、その表紙を見ている。「ケイティ・オラーという名前に心当たりは？」

ない、とジョージは答えた。

カリンはノートを置いた。「調べを再開しましょうか？」

二人で廊下に戻り、ジョージが向かいのドアを開けると、たちまち悪臭が襲いかかってきた。小さな洗濯室のようだが、ここまで見てきたなかでいちばん汚い。タイル張りの部屋には埃まみれの洗濯機と乾燥機のほかに、大きな樽形のごみ箱が何個かあり、どれもごみ袋が詰めこまれて外にあふれていた。はみ出た袋のひとつが床に落ちて、ぱっくり口が開いている。その裂け目から黒いジクジクしたものが広がって、まわりを大きな蠅たちが取り囲んでいた。「ごみの保管室らしい」と、ジョージは言った。

「どうして外に出さないの？」

「わからない」

足を踏み入れる気になれず、ジョージは部屋をしっかり見ようと、手で鼻を覆ってから上体を中へ傾けた。洗濯機と乾燥機のあいだに立方形の深いプラスチックの流しがあり、黒い黴の跡がまだらについている。まわりに蠅がブンブン音をたてていた。反対側の壁に、カーペットを丸めたような、円筒形に巻かれたビニールシートが立てかけられていた。長さは百八十センチくらい。黄色いナイロンのひもで両端がぎゅっと縛られている。包装紙にくるまれたトゥッツィーロール（米国のチョコレート味のソフトキャンディ）の巨大版といった趣だ。流しの上に窓がついていて光は充分だが、ジョージはとりあえず壁に手を這わせて照明のスイッチを探した。見つからなかったので、息を止めたまま少し足を踏み入れ、頭上の蛍光灯から下がっているひもを引いた。強い光に照らされた部屋はいっそうおぞましかった。「何をしているの？」カリンが後ろからたずねた。彼が部屋に入ったのに対し、彼女は廊下へ後退していた。

「このカーペットみたいなものが何か確かめたい」

ジョージはビニールシートの筒のそばにしゃがみこんだ。平穏を乱された蠅たちが小さな部屋を飛びまわり、ブンブン送電線のような音をたてた。ビニールシートは幾重にも巻かれていたが、芯に黒っぽい形状が見えた。長さは百六十センチか百七十センチくらい。これが何か、とつぜん彼は確信した。

「どう?」と、カリンが廊下からたずねる。

「まだわからない」口を開いたせいで空気を吸ってしまい、うっと吐き気をもよおした。意を決して筒に顔を近づけ、中の黒っぽい形状に手を押しつけた。半透明のビニールシートを通して中にあるもののイメージが浮かび上がってきた。黒ずんだ顔。額が見える。眼窩(がんか)の影も。顔のまわりに扇形に広がっている頭髪も見分けられた。ジョージはビニールから手を引っこめたが、かりそめの棺(ひつぎ)に収まった死体を動かしたせいか、小さな洗濯室に腐臭がどっとあふれ出た。体を起こして、急いで廊下へ駆け戻ろうとしたが、間に合わないとわかって足を止めた。プラスチックの深い流しに体を折り、胃の中身を吐き出した。廊下のカリンはなぜかずっと押し黙っていたが、彼が吐きおえたあと、「何が入っているの?　死体?」と、つぶやくようにたずねた。

「ああ」と、ジョージは答えた。「ビニールシートにくるまれている。警察に通報しないと」

水道の蛇口をひねると、ゴボゴボッと何度か音がして、水がちょろちょろ流れ落ちてきた。犯罪現場に手を出してはならないとわかってはいたが、この家から可能なかぎり離れる前になんとしても口をゆすぎたかった。体を折って、錆びた味がする水を口に含み、流しに吐き出す。洗濯室から廊下へ出た。カリンは二、三歩離れたところにいた。目がどんよりしている。ショックに打たれているのか？

「警察に通報しないと」彼はもういちど言った。

「そうね」カリンが廊下を見まわした。魔法のように電話が飛び出てくるかもしれないとばかりに。

「携帯は？」

「車に置いてきちゃった。ハンドバッグの中よ」

「キッチンに電話があった。試してみよう」

ジョージに続いてカリンもキッチンへ向かった。胃が空っぽになると、ジョージのなかから吐き気だけでなく、なぜか不安も消え失せていた。次の行動がはっきり見えた。これ以上現場を乱さないよう注意して、警察に電話をかけ、車内で彼らの到着を待つ。ロベルタ・ジェイムズ刑事にもできるだけ早く連絡を取ろう。手つかずの殺害現場を見たいはずだ。キッチンの電話は壁掛け式だった。ジョージはピンク色の受話器を耳に当てたが、発信音が聞こえない。驚きはしなかった。「きみの携帯からかけるしかないな」とカリンに言った。開放的なキッチンの光で見る彼女の顔は青ざめていた。自分の姿を見ている金魚のように、口を開けては閉じている。彼女は向き直って、階段を四歩下り、正面のドアに向かった。来た道を戻るのが最良とは思ったが、ジョージもそのまま彼女に続くことにした。カリンがドアチェーンを外して重いドアを引き開けると、カリンのアウディの後ろに白いダッジが駐まって退路をふさいでいた。バーニー・マクドナルドが長いライフルをぶらりと提げて、二人に向かってきた。

20

〈パームス・ラウンジ〉でリアナに会った翌日、ジョージは夜明けの直後に目覚めた。リアナが来るのは十二時だ、そんなに長く待てるだろうか？

シャワーを浴び、服を着ると、歩いて〈ショーニーズ〉へ行き、Lサイズのコーヒーとデニッシュをテイクアウトした。煙草も買った。まだあと五時間あるが、会いそこねては元も子もない。部屋のブラインドを引き開け、ドアを開けた。コーヒーを飲んでデニッシュを半分食べ、〈キャメル・ライト〉の箱からセロファンをはがす。正午が過ぎたところで、彼は思案した。中古車販売店へ行って、自分のものみたいに思えてきた例のビュイックを借り、リアナの実家へ行くべきか？　午後一時ごろになると本格的なパニックに陥り、モーテルの部屋を歩きまわるうちにキャメルの箱から半分くらいが消えていた。リアナの実家に電話してみたが、応答がない。

車を借りてくることに決め、暖かな曇天の下へ足を踏み出したとき、暗い灰色のクラウン・ヴィクトリアが駐車場にすべりこんできた。運転席にチャルファント刑事の顔が見えた。

チャルファントは車を止めてエンジンを切り、舗装の上に足を踏み出した。彼一人だ。

「ジョージ、ちょっといいか?」

二人でモーテルの部屋に戻ると、煙草と洗濯していない衣類の臭いがむっとたちこめていた。ジョージは寝乱れたままのベッドの端に腰かけ、チャルファントは部屋にひとつだけある椅子に座った。ズボンのしわを伸ばして膝から何かつまみ上げ、「猫の毛だ」と言って、ジョージに微笑を向けた。「二、三、訊きたいことがあって、そのあとひとつ頼みたいことがある。時間はあるか? 出かけるところだったみたいだが?」

「お隣さんに車を借りにいこうと思って。ちょっとその辺を走ろうかと」

「チンカピンの八丁目に戻って、リアナがいないか確かめようと思っていたんじゃないか?」

ジョージは答えなかった。

「まあいい」少し間を置いて、チャルファントは言った。「すでにわかっていることを話す必要はない。礼を言うべきだろうな。うちの代わりに足を使う仕事をしてくれたんだから。自分たちでも突き止めることはできたと思いたいが、ウィルソン巡査が昨日、署からチンカピンまできみを尾行した。どこへ行ったか連絡が入り、デクターという名前をつかんだ。あとは卒業アルバムを調べればよかった。きみに訊かなくちゃならない。リアナと接触したのか？　彼女と会ったのか？」

ジョージはためらい、どこまで話したものか必死に考えた。「話はしました。ここに電話をかけてきたので。今日、正午に会う予定でした」

「今日、電話は？」

「ありません。昨日から。彼女はおびえているんです。オードリー・ベックと入れ替わっていたことをみんなに知られたのがわかって」

チャルファントは鼻から息を吸いこんだ。「ジョージ、残念だが、警察は彼女の逮捕状を取った。彼女の居場所について何か知っているのなら――」

「逮捕状？　彼女が身分を偽っていたのは確かだけど、それは学校の問題じゃないですか？」

「その問題じゃないんだ。そこはきみの言うとおり、警察の関知するところじゃない。逮捕状を取ったのは殺人容疑だ。われわれはオードリー・ベックの死を自殺ではなく他殺と考えている。彼女が死んだ夜、ガレージの車内に別の誰かがいたという確かな証拠があるんだ」

「それはリアナじゃない。その点は彼女に質しました。あの日の夜、彼女はオードリーとバーで会って、そのあと別々に帰っていったんです」早口になり、声がかん高くなっていることにジョージは気がついた。

「落ち着け、ジョージ。その点はきみの言うとおりだとして、そうであることを願ってもいるが、リアナの潔白を証明するには、彼女を見つけるのがいちばんの早道だ。ガレージの車内にリアナがいたという具体的な証拠があるわけじゃないが、オードリー以外の誰かがいたのは確かだ。その点は間違いない。リアナとオードリー・ベックが車に同乗して〈パームス・ラウンジ〉へ行ったのもわかっているから、二人はいっしょに帰ったと考えるのが自然だ」

「二人が同じ車で来たって、どうしてわかるんですか?」

「二人で出かけるところを、オードリーの弟のビリーが見ている。卒業アルバムの写真で、相手がリアナだったことも確認してくれた。ジョージ、ここはきみに協力してもらいたい。リアナが無実であることにそれほど自信があるなら――きっとそのとおりだとは思うが――彼女にとっては自ら出頭してこの混乱をすっきりさせるのが最善の道なんだ」

「お父さんの家へは探しにいったんですか?」

チャルファントの目がちらっと動き、窓ガラスにブンブン音をたてている黒い蝿を追った。「彼女は昨日の夕方から家に帰っていない。逃走したと信じるだけの理由がわれわれにはある。さあ、彼女の居場所や、行くかもしれない場所について何か知っているなら、その情報を提供してくれ。さもないと、幇助罪に問われるぞ。その点はわかっているか？」

「居場所は見当がつきません。なぜとつぜん逃げ出さなければいけないのかも」

「話をしたとき、彼女は何も言わなかったのか？　誰かのことも、これから行きそうな場所のことも？」

「はい。いまも言いましたが、十二時にここへ来ることになっていたし」

「きみのことは信じている、ジョージ。きみがそう思っていることは信じよう。しかし、彼女はすでにこの一帯にはいないとわれわれは確信している」

「なぜ彼女はそんなことを？」

チャルファントの目がまた動いた。ほんの少しだけ。チャルファントがずっと正直に話してきてくれたのは確かだ。なのに、いまは違う気がするのはなぜだろう？　「彼女は無事なんですか？　デールと関係があるんですか？」と、ジョージはたずねた。

チャルファントは目を上げた。「デール・ライアンの何を知っているんだ？」

「あまり多くは。ライアンという名字なのもいま知ったくらいで。昨日、チンカピンの家の前にいました」

「わかった、ジョージ。これからどうなるか教えよう。署に同行してもらって、いくつか質問に答えてもらう。心配はいらん。きみが容疑をかけられているわけじゃない。ここでどんな話をしたかだけだ。荷物をまとめて大学へ戻ってほしい。リアナがここへ戻ってくることはないだろうが、コネティカット州へまっすぐ向かう可能性はある。きみにはあっちにいてほしい。彼女が連絡してくる可能性に備えて。そして、連絡があったらすぐわたしに連絡してもらいたい。いいな？」

刑事の話に耳を傾けながら、ジョージはここ数日なかった心の安らぎを感じはじめた。チャルファントは大人で、何をすべきか教えてくれている。判断は自分の手を離れたのだ。急にメイザーへ帰りたくなった。矢も盾もたまらないくらい。リアナが彼を探しにくる可能性があるだけではない。たとえリアナがいなくても、メイザーはわが家のような気がした。背中と首の筋肉からこわばりが引いていく心地がした。ジョージは「わかりました」とチャルファントに言い、立ち上がった。

そして二人でまたスウィートガム警察署へ向かった。

そのあとジョージは大学へ戻った。リアナ・デクターを待つために。

21

バーニー・マクドナルドがよどみのない動きですっとライフルを持ち上げた。音はなかったが、猛スピードで近づいてくる飛翔体があった。赤い一本の線と化して、カリンとジョージに向かってくる。と思った瞬間、小さな斧（おの）を木に打ちつけたようないやな音がして、横でカリンがへたりこんでいた。マクドナルドが銃口の向きを変えたのを見て、ジョージは急いでドアを閉め、掛け金をかけた。

膝をついてカリンを見た。喉を引っかき、小さなあくびを連ねたような音をたてている。ジョージはその手を喉から外した。真ん中に、ゴルフのティーよりほんの少し大きいくらいの矢が刺さっていた。円錐（えんすい）形の赤い尾部をつかんで引き抜く。跡がぷくっとふくれ、地図の押しピンくらいの小さな血が湧き出てきた。カリンは耳ざわりな音をたてて息を吸いこみ、うめきながら頭を前後に動かした。

「矢だ」と、ジョージは言った。「鎮静剤（トランキライザー）だな。だいじょうぶか？」

カリンは上半身を起こして首に手を当てた。ふくれた箇所がたちまちミミズ腫れになり、さすると血のしみが広がった。リビングの引き戸が施錠されていないことにジョージは気がついた。あのガラス戸にたどり着かないと、マクドナルドの手を逃れられない。「静かにしていてくれないか」彼はカリンに言った。「裏のドアに鍵をかけて、電話をかける方法を探してくる。いいな？　とりあえず、この壁に寄りかかっていろ。だいじょうぶだから」ジョージの耳にも理性的でおだやかな声に聞こえた。ファクスを送ってすぐ戻ってくると、職場の同僚に伝えるときのような声だ。

廊下の壁にもたれられるよう、カリンの体を動かした。目に興奮した獣のような表情が浮かんでいたが、まぶたが落ちかけているようにも感じられた。「撃たれたの、わたし？」と、カリンが訊く。

「トランキライザーを矢に仕込んだ一種の麻酔銃だ。眠りこむかもしれないが、命に別状はない」

カリンは首から指を離し、指先についた血のしみを見た。「すぐ戻る」とジョージは言い、上の階へ急いで階段を上がった。リビング一帯を見渡し、ガラスの引き戸から外を見た。裏庭にもパティオにも、マクドナルドのいる気配はない。戸をしっかり引いて掛け金をかけ、リビング中央まであとずさった。無駄な抵抗かもしれない。このビニールシートにくるまれた死体には、マクドナルドとリアナが直接関わっているはずだ。マクドナルドは鍵を持っているだろうし、持っていなかったとしても、ガラス戸だから割って入ればいい。

ジョージはカリンのところへ駆け戻った。まださっきと同じ姿勢で力なく沈みこんでいるが、目は閉じられ、半開きの口が早くも荒い息をついている。さっき見ていた手、指に血のついた手は、顔の前に持ち上げたままだ。あのときのまま、腕が曲がって上を向いている。糸の切れた操り人形のように。

ジョージは身をかがめた。洗濯室で死体を発見したのは一時間も前のような気がしたが、おそらく二、三分しか経っていないのだろう。音は聞こえない。家の中にも、外からも。マクドナルドは何をする気だ？　中へ入ったらジョージがその音を聞きつけ、別の出口からさっと外へ出て、一目散に逃げてしまうかもしれない。車寄せのカリンの車はマクドナルドの車にさえぎられて使えないが、森へ駆けこんで隠れることは可能だ。成功の可能性は低くてもゼロではない。

家に出口がいくつあるか数えてみた。少なくとも三つはある。正面玄関のドア。リビングのガラス戸。寝室のガラス戸もある。ここから階段を下りれば、たぶんガレージの出入口があるだろう。なぜバーニー・マクドナルドは行動に出てこないのか？

ジョージはマクドナルドから見えない上の階の暗い廊下に位置を定めることにした。立ち上がるとき、膝の関節がポキッと音をたてた。カリンはさきほどの姿勢のまま、肘が固まったかのように腕を持ち上げている。ジョージは体を折ると、彼女の手首をそっとつかんで下ろし、体の横に収めてやった。結果、パーティで立ったまま眠りこんで壁をずり落ちた酔っ払いのような格好になった。小さな前進だ。

上の階へ行くときは、速すぎず、遅すぎず、さりげない歩きかたに努めた。ガラス越しに裏庭をまたちらっと見たが、何も見えず、廊下に入って照明のスイッチを切った。壁に寄りかかって、再度耳を澄ます。一分経過。さっきまで感電したようにビリビリしていた皮膚が、たるんで冷たくなってきている。髪に手を走らせ、汗びっしょりなのに気がついてぎょっとした。家のなかで何かがカチッとかすかな音をたて、膝ががくんとくずれそうになった。ここまで自分を支えてきた勇気と知略が、流しから排水される水のようにあっさり流れ落ちていく。頭のなかにはこの家から逃げ出すところではなく、バーニー・マクドナルドが廊下の暗闇からパッと飛び出してくるところが浮かんでいた。バーニーが矢を放つところが、いやそれどころか、彫像のように固まってその矢を首に受けている自分の姿までが見えた。

なぜバーニーは警察への通報を心配していないんだ？　固定電話が使えないのは知って

いるだろうが、こっちに携帯電話はないと、なぜ思える？　海辺の深い森の中で電波が届かないのを知っているのか？　だとすれば、バーニーのほうに急ぐ理由はない。逆にこっちは長くとどまるほど平常心を失う確率が高くなる。

ジョージは裏か表かどちらかいっぽうを選んで、脱出を試みることにした。それなら助かる可能性は五分五分だ。裏側の利点は森が近いこと。パティオのすぐそばにある。ジョージは森の状況を思い出そうとした。家の側面はシャクナゲとバラの茂みになっていて通り抜けられないのは思い出せたが、パティオの向こうがどうなっていたか、よく思い出せない。側面と同じなら絶望的だ。

表側の利点は、どこへ向かえばいいかわかっていることだ。多少なりと木々が姿を隠してくれる森の境界にそって、車寄せの砂利道をまっすぐ進み、キャプテンソーヤー・レーンにたどり着く。正面側は相手の目に姿をさらす危険が大きいが、速く移動できるのはこっちだ。

ジョージは計画を立てた。正面玄関へそっとすばやく移動して、窓から車寄せの道を見渡し、マクドナルドがいないか確かめる。まだライフルを携えて車のそばにいたら引き返し、急いで裏から出て、一か八かその向こうの森に賭けてみる。正面にあの男がいる気配がなかったら、掛け金を外してさっとドアを通り抜け、全速力でキャプテンソーヤー・レーンを目指す。

意を決し、自分を励ましながら玄関へ向かった。階段を用心深く踊り場へ下り、さっきと同じ姿勢でだらんと壁に寄りかかっているカリンのそばまで来た。顔が土気色に変わっているのを見て、ジョージはぎょっとした。玄関の横の細い窓の前で足を止め、外をのぞく。マクドナルドは見えない。ダッジはまだアウディの後ろにある。カラスが一羽、砂利道を飛び移って何かをつついた。左右をできるかぎり見渡したが、何も見えない。

ドアの錠を開け、手前に引いた。足を踏み出し、左右を確かめる。バーニー・マクドナルドの姿は見えない。ジョージは車に向かって駆けだした。カラスがタタッと小走りに移動し、ギザギザの羽根で飛び立つ。ジョージはまずカリンのアウディを通り過ぎ、マクドナルドのダッジの横に来て、ちらっと車の中を見た。後部座席に女が見えた。そこで足を止め、もういちど中を見た。リアナだ。仰向けで両脚を曲げ、座席の端まで体を横たえていた。座席の背に頭をつけ、髪が片方の頬に張りついている。ジョージの影が彼女をよぎったとき、青白いまぶたがピクッと動いた気がした。ジョージはドアに歩み寄った。苦しそうな体勢だが服装に乱れはない。見覚えのあるネイビーブルーのスカートに、タートルネックと思われるコットンセーター。そのセーターが少しずり上がって、お腹の白い肌がちらりとのぞいている。フラットシューズの片方が床に落ちていて、もう片方は細い足に引っかかっていた。ドアハンドルを引いてみたが、ロックされていた。音をたてないようそっと車を揺すぶってみたが、気を失っているようだ。マクドナルドの麻酔銃で眠らされたにちがいない。まぶたがピクッと動いたことで、とりあえず生きているのはわかり、ジョージはほっとした。

肩にチクッと痛みが走った。小さな矢だ。ジョージはつかんで引き抜き、スズメバチだったかのように投げ捨てた。マクドナルドが余裕たっぷりに悠然と近づいてきた。もうライフルは体の横に戻っている。家の横を回りこんできたのだ。やっぱり裏だったか。ジョージは小道(レーン)を目指し、あらためて駆けだした。森にたどり着いたら、隠れられる場所を見つけ、そこへ這って入りこむ。見つからずにすむかもしれない。毒が回る前に矢を引き抜くことができた可能性もある。

しかし、木漏れ日のなかを出入りするうち、足元がぐらつきはじめ、体ががくっと右へ傾いた。バランスを取り戻そうとしたが、足がもつれ、前のめりに森の地面へ倒れこむ。両膝で体を起こしたが、また世界がぐらりと傾き、早回しのフィルムのように木々がぐるぐる回りはじめた。仰向けに倒れる。松葉が落ちた地面は柔らかいベッドと化していた。目を閉じたところで、すーっとめまいが消えた。

22

自分の限られた記憶容量はリアナに関する詳細で埋め尽くされてしまったのだろうか？　ジョージはときどき、そんなふうに思い巡らすことがあった。大学一学期の、あのめくるめく十六週間で容量を使い切ってしまったのだろうか？　写真がなくても、リアナの服装の大半をはっきり思い出すことができる。寮の部屋がどんな寸法でどう装飾されていたかも、そっくり覚えていた。彼女のペンの持ちかたや煙草の吸いかたも思い出せる。唇の味も、はっきりと。こんな詳細を覚えているのは、頭のなかで繰り返しああいう瞬間に戻り、あれ以降に起こったことは観察も分析もせずにほとんど素通りさせてきたからだ。リアナの記憶に戻るたびに頭のなかで思い出を創りなおしたり、手を加えたり、改竄（かいざん）したりしているのもわかっている。そうした記憶はもはや信用が置けないこと、伝言ゲームで受け渡されるフレーズのように時間のひずみを通して語りなおされた物語であることもわかっていた。

しかし、ひとつだけ揺るぎのない記憶があった。十二月初旬の暗い夜のことだ。何度思い返しても、あの夜交わした会話だけは変わらない。だから、あの記憶に誤りはないと信じていた。あの日、二人で〈トランブル・アーツ・シネマ〉に行った。学生が運営するこの映画館は、中庭の東側で凝った造りに改築された講堂の中にあった。見たのはジョナサン・デミが監督でジェフ・ダニエルズ、メラニー・グリフィス主演の〈サムシング・ワイルド〉だった。あれ以来あの作品は見ていないが、シーンのひとつひとつを思い出すことができるほどだ。二人で座ったみすぼらしいバルコニー席や、映画のあいだずっと握っていた彼女の手のひらの感触を思い出せるのと同じように。

金曜日の夜で、映画のあとはパーティに行く予定だった。ザック・グロスマンの四人部屋が会場だ。二人ともザックとは友だちで、あのときザックはリアナのルームメイトのエイミーと付き合っていた。地元出身で三人兄弟の末っ子だから、新入生がパーティを開く際にはビール樽の提供を頼られていた。会場の近くまで来ると、開いた窓からＵＢ40（ユービーフォーティ）の重低音が大音量で流れていた。そこでリアナがジョージの手をぎゅっと握り、「もっといい考えがあるんだけど」と言った。

「うん？」

「新しい科学研究棟に行ってみましょうよ」

肌を刺すような寒風に向かってキャンパスの北端へ行くと、四階建ての科学研究棟はすでに工事が始まっていた。大学でいちばん大きな駐車場と隣りあう、なだらかな斜面の上だ。基礎工事が終わり、梁(はり)や桁(けた)もすべて所定の位置に配置されて、四階までそびえていた。これを見て、ジョージは巨大な組立玩具(エレクター・セット)で創られた作品を連想した。建設現場の周囲にはオレンジ色をしたプラスチックの柵が場当たり的に巡らされている。

リアナが先に立ち、杭(くい)が地面から抜かれてフェンスが傾いている箇所へ向かった。彼女はそこをまたぎ越して、ジョージの手を引いた。

「どこへ行くんだ？」と、彼はたずねた。

「中に入りましょうよ。ずっとやってみたかったの」

ジョージも彼女に続いて中へ入った。打ちっ放しのコンクリートの上で暗闇に目を慣らす。段になる厚板を置いただけの、未完成の階段が最上階まで続いていた。床には一部仕上げがすんでいる区画もあったが、大半はまだ未完成で、ジョージが見上げると、星の瞬く紫色の夜空が見えた。

「上には行かないよ」と、彼は言った。

「どうして？」

ジョージが止める間もなく、リアナは厚板をガタガタいわせながら階段を勢いよく駆け上がった。ジョージは恐怖をのみこんで、あとに続いた。リアナは三階に上がると仮設通路を南西の隅のフローリング区画らしきところへ向かい、そこで腰を下ろした。ジョージはほっとして、隣に座った。壁の代わりに青いよれよれの防水シートが掛けられていて、肌を刺すような冷たい風がそこをバサバサ鞭打っていた。「船の上みたいだ」と、ジョージが言った。

「ほんとね」とリアナが応じ、仰向けになって空を見上げる。ジョージはキャンパスのほうに目を向けた。中庭を囲んでいる学生寮の低いスレート葺きの屋根が見え、青白いスポットライトが照らし出す礼拝堂の尖塔も見えた。遠くに街の灯がちらちら瞬いている。

「なるほど、名案だったな」と彼は言い、リアナの横に寝ころんだ。風の音と防水シートのバサバサいう音がキャンパスの音を全部消し去っている。

「ルルは誠実じゃなかったと思う？」と、リアナが言った。

ジョージは一瞬とまどったが、見てきた映画の話だと気がついた。

「まあ、そうだな」と、彼は言った。

「別人になりすましていたから？　彼に何もかも打ち明けようとしなかったから？」

「両方だ」

「それじゃ、誰かに出会うたびに自分の過去を明かす義務があるみたい。そうしないと誠実じゃないみたい」

「過去を明かさないのと偽の名前を使うのには大きな違いがある」

「だけど、ほら、あなたの寮のあの子。チェヴィって名乗っている子だけど、あれは入学時に自分でつけたニックネームだったわよ。あれだって、映画でルルがしていたことと変わりないじゃない」いつも淡々と話すリアナが早口になっている。警戒を呼び起こすほどではないが、そうと気がつくくらいに。このときジョージはなんとなく、彼女は何か打ち明けようとしているのではないかと思った。体を起こし、両手を丸めて、ライターで煙草に火をつける。

「かもしれない」と、彼は言った。

「わたしはこう言ってるだけなの。あの映画のルルみたいに、人が自分を作り変えるとき、変わったあとの自分のほうが元の自分より真の姿に近くて……自分らしいってこともあるんじゃない？　生まれる境遇を選べる人はいない。自分の名前も、自分の見かけも、どんな両親の元に生まれるかも選べない。でも、年を経るにつれ、わたしたちは選べるようになる。自分の目指す人間になれるのよ」

「きみの本名はボブで、カナダの出身だって言うつもりかい？」

「そうじゃないけど、わたしは自分の両親にも生まれ育ったフロリダにも、全然つながりを感じられないの。名前を変えてしまいたいくらい。言ってること、わかる？」

「わかるよ。百パーセント同意できるかどうかはともかく、言ってることはわかる」

「同意できないのは、なぜ？」

「いまの話を聞いていると、人は気まぐれで自由に自分を変えられるみたいだ。そんなにうまくいくものかな。生まれた境遇に不満を感じるのはいいけど、だからといって何が変わるわけじゃない。自分は自分なんだ」

「変わる自由とは関係ないわ。わたしは、変わった自分こそ本当の自分かもしれないって言ってるだけ。あの映画みたいに……あの人格こそ本当のルルなんだわ。全部自分で作り出したものだとしても」

「でも、あの映画の趣旨は違った。あの映画が言っていたのは、自分の過去から逃げ出すことはできないってことだ」

「わかってるわ。わたしの思うところを話してるだけ」

「うなずけない点はまだある」

「あなたは議論のための議論をしているのよ」

「違う。きみの言っていることはわかるんだ。年を経るごとにぼくらは自分のあるべき姿になる機会を得るってことだろ。ただ、ぼくは思うんだ。総じて、自分の過去から逃げたり親と縁を切ったりしようとする人間は現実から目をそらしている。そんなものじゃない。外面はともかく、誰でもその根っこは過去からできているんだ」

「じゃあ、人は変われないってこと？」

「そうは言ってない。最初の自分を捨てることはできないと言ってるだけだ。好むと好まざるとにかかわらず」ジョージは建物の端から吸い殻を投げ捨てた。オレンジ色の火花が風にさっと吹きさらわれるのを見て、腹から少し力が抜けていく心地がした。昔から高いところが苦手だった。

「血は争えない、か」と、リアナはつぶやくように言った。あきらめたような声で。

「そんなとこかな」

骸骨のような骨組みの向こうをリアナは無言で見上げた。ジョージは体を横たえ、駐車場の照明が投げる遠い光に黒く浮かび上がった彼女の横顔を見つめた。

「あなたは自分の境遇を気に入っているから、そんなことを言うんだわ」と、リアナは言った。「あなたは自分の両親と故郷の町とニューイングランドが好き。大学まで実家から二時間もかからないところを選ぶんだもの。家族を家族と思えない境遇がどんなものか、想像がつかないのよ」

「わかった。それは認める。落ち着け。きみの言うことにケチをつけているわけじゃない。

ただ……あとの自分のほうが元の自分より本当に近いという点に首を傾げているだけだ。いや、待った。最後まで聞いてくれ。あとの自分と元の自分、どっちにも真実はあるとは思う。ただし、捨てたくても、生まれた境遇は捨てられやしない。どこへ行ってもついてくる。それがぼくたち人間の真実だ」

リアナはまた黙った。いまにして思えば、あきらめたのだ、とジョージは思った。ここで議論は打ち切りになったが、ジョージは長年のあいだに頭のなかで繰り返しあの場面に戻り、ずっと前に気がついていた。リアナ・デクターは許可を求めていたのだ、ずっとオードリー・ベックでいる許可を。彼女が新しい人間になったのは四カ月たらずのことだったが、それまでの自分から完全に脱皮して新しい人生のスタートを切れる可能性はあると思っていたにちがいない。

あの未完成の建物に二人はあと一時間くらいいたが、さすがに寒くなってきた。二人で体を横にし、相手を抱き寄せて温まった。腰が痛くなったこと、リアナのほうが先に寒さで震えはじめたことをジョージは覚えている。キスしたとき、リアナが開いた目の片方がきらりと光ったことにジョージは気がついた。服の上から触れあった。どっちかの寮に戻らないか、とジョージが提案した。

「いや」

彼女は体を下へずらし、彼のジーンズのファスナーを下ろして、彼を口に含んだ。初めてではなかったが、いつもは別の行為に移る前のつなぎだった。果てないようジョージはこらえた。あの夜はその感触を楽しめるくらいリラックスしていた。冷たい床に頭をつけ、夜空を見つめていた。射精したあとも、リアナは柔らかくなっていく分身をそのまま口に含んでいた。以来あの行為は、その前に交わした会話といっしょに彼の記憶バンクにずっとしまわれていた。

リアナはすっと体を起こし、彼にキスをした。このあたりでジョージも寒さに震えはじめたが、我慢できなくなるまでさらに十五分くらい体を寄せあっていた。

そしていま、トランキライザーで眠らされたあと目を覚ましたジョージは吐き気と意識の混濁に見舞われながら、体を横にしてリアナと向きあっていた。最初は、夢を見ているのだと思った。それとも死んで、人生でいちばん幸せな瞬間に戻ったのか。だが、そのあと気がついた。リアナの目が開いていて、その目が恐怖をたたえていることに。自分の手首と足首にロープが食いこんでいて、体の下の硬い表面が上下に揺れていることにも。ガソリンのにおい。モーターがうなるリズミカルな音と、水のはねる音。二人の上には緑色の防水シートがかかっていた。半透明の材質で、上の日光が感じられ、リアナの顔の陰影も見分けられた。

「どこだ、ここは？」ジョージは自分のものと思えないようなざらついた声で言った。しゃべるという行為で頭のなかの何かがゆるみ、上下に揺れていた世界がいっそう危うく傾いた。体が固定されていない状態で空間をごろごろ転げまわっているかのようだ。激しい上下動とともに、彼を縛っているものがぐいぐい食いこんできた。手首に鋭利なガラスを押し当てられているような心地がする。

吐き気をもよおしたあと、突如、激しい咳に見舞われ、閉じた目から涙が流れ落ちた。咳がおさまり呼吸が正常に近くなったところで、もういちどリアナを見た。どうやってか少し体をずらして、彼から離れていた。そこでわかった。彼女も同じように手足を縛られ、防水シートの下で身動きできないことが。

「だいじょうぶ？」と、彼女はたずねた。

喉と口が胆汁にべっとり覆われているような心地がする。吐き気の波がふたたび全身を駆け抜け、ぎゅっと目を閉じてそれを払いのけた。

「麻酔銃で撃たれたのよ」と、リアナが言った。

「わかってる」と彼は言い、もういちど目を開けた。「ここは？」

「ドニーの船の上。もう彼の本当の名前は知ってると思うけど」

「バーニーか」

「そうよ。殺されるわ、わたしたち」

船が波頭に持ち上がって勢いよく着水し、大きく傾いた。ジョージの背中に別の人間らしき体が転がってぶつかった。頭を回そうとしたが、かぶせられた防水シートしか見えない。「後ろにいるのは誰だ？」

「あなたの友だちよ、女の人。誰かは知らない」

「カリン・ボイドか。ジェリー・マクリーンの姪だ。ちきしょう」

「死んでるわ、彼女」

「なぜわかる？」

「三人が船に引きずり上げられるところを見たの。トランキライザーで死んだって、バーニーが。何で死のうが同じことだけど。どのみちあの男はみんな殺す気だから」

「もう一人は？」

「ケイティ・オラーのこと？」

「あの家に住んでいた女か？」

「ええ、それがケイティ・オラーよ。昨日の夜、バーニーが殺したの」

「彼女は何者なんだ？」

「話すと長くなるし、時間がないわ。あなたに試してほしいことがあるの。あなたの手は前で縛られているでしょう?」

「うん」

「わたし、捕まる前にステーキナイフをつかんで、なんとかスカートの下にすべりこませることに成功したの。下着のゴムの下に。ただ、努力してきたんだけど手が届かなくて」

「前か?」

「ええ」

二人の膝が触れ、顔がそばに来るまで、ジョージは懸命に前へ体をずらしていった。いっしょに防水シートも動いたが、まだ二人ともすっぽり覆われている。どんな縛られかたをしているのかわからないが、足首が動かないのはわかった。手首も同様だ。腰に巻きつけたうえで手首を縛っているらしい。それでベルトのバックルあたりに手が固定されているのだ。指は痺(しび)れているが、動かすことはできる。リアナの指に触れられるくらいまで体を寄せた。彼女の手首がナイロンのひもらしきものできつく縛られているのも感じ取れた。彼女の皮膚が汗か血でべとついていることも。「下へ体をずらして」と、彼女は言った。

ジョージは指示にしたがった。重労働だ。どこもかもきつく縛られていて、足首も手首も傷ついている。リアナの手の下に彼の手が来ると、リアナが体を寄せて、彼の指を自分の太股に押しつけた。ジョージの指はスカートの繊維を感じ、腰にそって下着の線も感じられた。ナイフはまだ出てこない。

「右よ」と、彼女が言った。ジョージが体を前へ揺らし、手を股間に向けて二センチくらいすべらせると、そこに突き出ている硬いものに指が当たった。ナイフの柄の先端のようだ。

「スカートを引き上げる必要がある」と、ジョージは言った。「腰を浮かせられるか？」指先でスカートの布を少しつまんでいるから、腰が持ち上がれば引き寄せられる。リアナが甲板から腰を浮かせた。また少し布をつかんで束にした。船がとつぜん揺れ、リアナの腰がどさりと落ちた。うめき声が漏れる。思うにまかせず三分くらい四苦八苦したが、二人は頑張った。リアナが体をそらして腰を浮かせるあいだに、ジョージは少しずつ自分のほうへ布を引き上げた。手首が悲鳴をあげ、指はひきつっていたが、弱音を吐くわけにはいかない。甲板から腰を浮かせることでリアナがどんな苦痛を味わっているかわかっていたからだ。荒い息から苦痛が伝わってくる。ようやく指がスカートの裾に触れ、最後に一度ぐっと引き寄せると、指が裾を越えて太股の素肌に触れていた。「やった」と彼女は言い、体から力を抜いた。

　太股は汗で湿っていて、ジョージは下着の端に向かって指を少しずつ進ませた。「苦労のしがいがあったよ」とジョージが冗談めかすと、リアナは一度だけ疲れた笑い声を漏らした。

コットンの下着の端に指を引っかけ、布越しに茂みを感じながら少しずつ上へ進ませ、さらに体を寄せて、手を持ち上げると、ナイフにたどり着いた。下着のゴムの下に収まっている。下着を引き下げ、むきだしの木の柄にたどり着いたところで、親指と人差し指をしっかりかけた。体を後ろへ転がすとナイフが外れ、スカートに引っかかりそうになったが、柄を離さず、握りを変えて、右の手のひらでしっかり包みこんだ。

「取れた?」と、彼女が訊く。

「ああ」

「ロープ、切れる?」

「きみのか? こっちのか?」

「まず、あなたのから。そっちのほうが簡単。わたしの腕は力が入らないし」

「待ってろ」船がコースを変えた結果、二人を覆っている緑色の防水シートを真昼の強烈な光が直射しているようだ。髪の生え際から汗がぽたぽた落ちていく。体臭に恐怖のにおいが混じっていた。潮の香りにも別の何かが混じっている——腐臭だ。キャプテンソーヤー・レーンの家の洗濯室で嗅いだにおい。ビニールの埋葬布に包まれたケイティ・オラーの腐臭だ。

ギザギザの刃が下になるようナイフを動かし、右手の指四本で木の柄を握りこむ。手首を手前に振り動かすと、手首に巻かれたロープを刃がとらえた。同じ動作を何度か繰り返すと、抵抗が少し小さくなり、切れ目がついた。

「いけそうだ」と、リアナに言った。

「よかった。手が自由になったら、床をすべってはわたしの頭に当たっているプラスチックの釣具箱があるの。そこに銃が入ってるはずよ。リボルバーが」

「バーニーを撃てというのか？」わかりきったことのような気もしたが、質問を発すると同時に、胃にむずがゆいような恐怖のおののきが走った。デッキハウスの玄関先で、ライフルを持ったバーニーがゆっくり向かってきたときの戦慄が甦る。自分にはどれだけの勇気が残っているだろう？

「銃を手にしたら、バーニーに向けて、海へ飛びこむよう命令して。したがわないと思うけど、チャンスを与えたことになるわ。向こうはあなたをうまく丸めこんで、ミスを誘おうとする。それにはまってはだめ。海に飛びこめと命じるの。あいつがためらったり、別の行動に出ようとしたら、体の真ん中を狙って撃って。殺るか殺られるかよ、ジョージ。わかるわね。ロープは？」

「もう少しだ」船のモーターの回転数が落ちて蚊の鳴くような音になった。こっちがロープを切る前にバーニーがぼくらを投げこむ場所にたどり着いたのかと、心臓が早鐘を打ったが、そこでまたモーターの回転数が上がった。「やつは何をしているんだ?」

「今日は船がたくさん出ているんでしょう。周りに船のいない水域を探しているのよ」

「どうしてこんな状況になったのか、説明してくれないか?」

リアナはふーっと長い息をついた。生臭い、温かな息を。「あまり威張って話せることじゃないけど」

「そもそも、きみがこっちへ来たのは、マクリーンの金庫からダイヤを奪うためだった」

ジョージは質問の形ではなく断定した。この期に及んで嘘は聞きたくない。

「そうよ」と、彼女は言った。「でも、バーニーがマクリーンを殺してしまうとは思わなかった。それは誓って本当よ。気絶させて、ダイヤを奪って、逃げるだけの予定だったのに」

「屋敷にはどうやって忍びこんだんだ?」

「日曜日に庭師たちが来るのはわかっていたから、その時間を狙ったの。わたしが通りまで車を運転して、そこからバーニーは歩いて森を抜けて敷地に侵入した。庭師みたいな服装で行ったから、森から来るところを見られても不審はいだかれずにすむ。事前に偵察して、裏手の二階に半分開きっぱなしの窓があることも知っていた。バーニーは短い脚立を持っていったの。簡単だったわ。二階にあるジェリーの書斎に侵入して、彼を待つ。金庫からダイヤを奪ったら、森を抜けて、わたしのところへ戻ってくる」

「なぜぼくを使う必要があったんだ？」

「自分でマクリーンの家に行くのはまずいと思って。あなたに話した彼との関係は本当よ。奥さんがいつ死んでもおかしくない状況だから、カッと頭に血が上るかもしれない。第三者を送りこむほうが賢明だと思ったの。それに、あなたが行ってくれれば、わたしが運転できるでしょう。ニュートンの高級住宅地に見慣れない車を三時間も放置するのはまずいって、バーニーが言うの。目立ちすぎるから。ロープはどう？」

ジョージはまだ刃を引いていたが、おそらくリアナと同じ不安を感じていた。バーニーが船を大きく旋回させ、モーターの回転数が落ちてアイドリングに入ろうとしている。ぼくらを投げこむ場所が見つかったのか？

「ロープは切れそうだが、まだ手は動かない。きみはなぜ〈カオルーン〉へ来たんだ？そんな必要はなかったのに」

「朝、バーニーと逃げ出す前に、もう一度だけあなたに会って状況を確認するのが賢明だと思ったの。ところが、それがバーニーを逆上させてしまった。あなたと共謀して自分を騙す気だと思いこんだのね。それであなたのガールフレンドを脅しにいって、証人になりそうな人間を始末しはじめた。キレてしまったの」

ナイロンのひもがゆるんできた気がした。手首を引いてみたが、まだ動かない。ナイフの角度を変え、別のひもに刃を当てて、また引きはじめた。

「きっと逃げ出せるから」とリアナは言ったが、声に自信は感じられなかった。

「説明を続けてくれ。理解に役立つ」

「どのあたり？」

「昨日は一日どこにいたんだ？」

「ほとんどはニューエセックス。あなたが見つけて訪ねていった家よ。早く遠くへ逃げようってバーニーを説得したんだけど、犯行の跡を残しすぎたと言って。あなたはもちろん、ケイティ・オラーも……」

「彼女は何者なんだ？」

「彼女とは西インド諸島で知りあったの。親のお金を食いつぶしている麻薬の常用者だった。あのキャプテンソーヤー・レーン全体が亡くなった両親の土地で。二軒の家もそう。バーニーとこっちへ来ることになったとき、彼女に連絡したの。そしたら泊めてくれて――」

「コテージも使わせてくれた」

「ええ、コテージも使わせてくれたし――」

「これは彼女の船なんだな」

「そうよ。ねえ、ジョージ、一千回でも言えるけど、千回でも一回でも同じだから一度だけ言うわ。今回、あなたを巻きこんだこと、本当に申し訳ないと思ってる。危険があるなんて全然思ってなかったの。わたしは今日死んでも文句は言えないけど、あなたは違うわ」

ロープがゆるんできた。指に血液が流れこんでくる。右の手首を四十五度以上回すことできた。新たな自由を得てナイフの角度を変え、しっかり柄を握ることに成功した。力を込めて二度切りつけるとロープが大きくゆるみ、右手が自由になった。左手はまだ、胴を縛ったロープに縛られている。

「手が自由になった」と、ジョージは言った。

「両方？」

「右手だけだが――」

船にドスンと音がした。側面に何かがぶつかったような音だ。「なんだ、いまのは？」と、ジョージは言った。片手が自由になって、そのぶん不安の強度も一段上がっていた。絶望的な状況に小さな希望の光が射していた。アドレナリンがどっと押し寄せ、頭がくらくらする。ぎゅっと目をつむり、その感覚が通り過ぎるの待った。

リアナが「くそっ」と言い、ジョージは目を開いた。リアナは懸命に頭を後ろにやって、上を見ていた。防水シートの向こうが見えるみたいに。どうしたのか訊こうとしたところで気がついた。船が減速して止まりかけている。モーターのうなりがやんでいた。途切れ途切れにプップツ音がして、やがて船が完全に止まった。前に揺れ、後ろに揺れて、ふっと深い静けさに包まれた。ジョージはもう一度、かくれんぼをしている子どものように目をつむり、しばらく音をたてずにいた。防水シートの下に二人がいることをバーニーが忘れてしまったかのように。

「朝だ、起きろ!」おとずれた静けさのなかに、ぎょっとするくらい大きな鼻声の命令がとどろいた。バーニーがシーツをめくるみたいに防水シートを半分めくった。ジョージは目を凝らしたが、真っ青な空の真上から照りつける太陽の光に目がくらみ、二人の上にぬっと立つ人影しか見えなかった。チラチラ光る黒い輪郭が二人の小さな希望を消し去ろうとしていた。

23

「お別れを言いな、二人とも」と、バーニーが言った。

「バーニー、お願い、ちょっとだけ待って」リアナが不自然なくらいかん高い声で言った。「自分が何をしているかよく考えて。あなたらしくもない」

真昼の太陽をさえぎって逆光に黒く浮かび上がったバーニーの体が、背中の凝りをほぐそうとしているみたいに腕を扇形に広げた。「この旅に付き合えと言って、おれを口説いたときのことを覚えているか?」と、彼は言った。「家に忍びこんで、男を気絶させて、ダイヤを奪ってくるだけだ、赤子の手をひねるようなものだと、おまえは言ったな? 厄介なのは庭師に紛れこむ最初のところだけだと? たしかにそのとおり。家に侵入するのはなんてことなかったが、ハンマーで殴るのは思いのほか難しかった」

バーニーが不自然な笑い声をたてた。カクテル・パーティで下手な冗談を言って、自分で笑うときのように。「人の頭も木の塊みたいなものだと思っていたら、とんでもない」

と、彼は続けた。「果物を打ったような感触だった。ハンマーの頭がめりこむんだ。はね返りもせずに。どんな感触かわかるか？」

「そんなことを頼んだ覚えはないわ」

「気絶させろと言っただろう」

「ハンマーでなんて言ってない！　ねえ、バーニー、ちょっと状況を考えて。ダイヤはあなたのもの。姿を消すのも簡単よ。ここで死体を始末する。誰も気づきはしない」

「ああ、死体は捨てるさ」バーニーはそう言って、太陽をさえぎっている場所から離れた。真昼の光に顔を直撃されて、ジョージはたじろぎ、サングラスがどこかにないかと一瞬ばかげたことを考えた。バーニーが体を曲げ、何かを引きずる音がした。床の上で重い家具を引きずるときのような音だ。さえぎるものもなく燦々と降りそそぐまぶしい光にようやく目が慣れてきて、バーニーがリアナの横に重いものを引っぱってきたのがわかった。リアナが体を後ろにそらして、何をしているのか確かめようとしている。

「やめなさい、バーニー」これまでとは口調を変えて、母親のような威厳を込めようとしたが、ジョージには――おそらくバーニーにも――何か新しい試みに出よう、必然の結果を食い止められる可能性があるならどんなことでもしようという、必死の声にしか聞こえなかった。

ジョージは自由になった右手で必死にナイフを引いて、左手首をきつく縛っているナイロンのひもに取り組んだ。海が急に静かになったのを痛いほど意識していたし、音をたてず、注意を引かずに縛めに取り組む必要があることもわかっていた。

バーニーがリアナの手首を縛っているロープをつかんで、彼女を少し持ち上げ、うつ伏せに転がした。うっと彼女がうめく。下半身から防水シートがすべり落ち、バーニーがめくれ上がったスカートに気がついた。むきだしになった脚と尻に。「なんだ、これは？」

バーニーが言った。「最後にもういちど触らせてやったのか？　まったく、ジェイン、倒錯してるな」彼は頭をのけぞらせて高笑いした。何日か前、ニューエセックスのコテージで初めて遭遇したときにジョージが聞いたのと同じ笑いかただ。リアナのことをジェインと呼んだのを聞いて、ジョージは気がついた。バーニーはこれから殺そうとしている女のことをあまりよくわかっていないのだ。

「いったい何をしているの？　よく考えてみて」ふたたび声の調子を変えて、リアナが言った。

「考えたさ。あの爺いと同じようにおまえの頭もハンマーで殴って、海に沈めてやろうかって。しかし、それじゃ優しすぎると思ってな」バーニーがリアナの体の上に身をかがめた。何をしているのか、ジョージにもわかった。引きずってきた三十センチ四方くらいの大きなコンクリートブロックをリアナに結びつけようとしているのだ。「だから、こうやって海に沈めて、溺れていくあいだに自分の罪深さを考えさせてやるのさ」バーニーは作業の手を速めて、話しおわると体をまっすぐ起こし、作った結び目をぎゅっと縛った。リアナがジョージのほうへ首をひねる。髪で顔が半分隠れているが、片方の目は恐怖におびえ、赤く泣きはらしていた。バーニーが船縁に向かってリアナを引っぱり、リノリウム甲板にむきだしの肌がキュッと音をたてた。

左手のロープはもう少しで切れそうだが、それだけではだめだ。リアナが海へ投げこまれる前に切り離せたとしても、まだ足首が縛られている。手が自由になっても、下半身が動かなくては、釣具箱にたどり着いて銃を取り出してバーニーを撃てる可能性はゼロに等しい。

バーニーがまたリアナを乱暴に引いて、船縁へ引き上げた。

「やめろ」とジョージが叫び、バーニーが振り向いた。これは意外とばかりににやりと笑い、灰色めいた紫色の歯をむきだす。

「ボーイフレンドの口上だ」と、バーニーは言った。

「おまえに撃たれる前に警察に通報した」と、ジョージは言った。「海に投げ捨てる気でいると。おそらくもう、警察は航空機でこの一帯を捜索しているはずだ」

「へえ、そうかい。おれがこうするつもりだったのをどうやって知ったんだ？」

「コテージで船を見たからな。海以外、どこに死体を捨てるというんだ？」

バーニーは興味深げにジョージを見た。持ち上げていたコンクリートブロックを船縁から投げ落とした。リアナにつながっているロープがぴんと張り詰めた。あとは彼女を持ち上げて海に転落させるだけだ。「なら、いっそう仕事を急がないと。その捜索機が頭上に飛んできたとき、船に証拠が残っていてはまずいからな」

バーニーはリアナに向き直った。彼女はもがいていた。縛めにあらがおうと体を前後左右に曲げながら。バーニーが頭のそばに足の位置を定め、身をかがめて持ち上げにかかった。ジョージは見込みが薄いのを承知で、別の船が近くにいる可能性に賭け、声を限りに「助けてくれ！」と叫んだ。返ってきたのは、頭上を旋回しているカモメの鳴き声だけだった。バーニーがリアナをつかみ、持ち上げようとしたところで、ジョージはもういちど叫んだ。バーニーの広げた脚のあいだからおたがいの姿が見えた。リアナがジョージを見て、首を横に振る。潮風が髪を顔から引き離し、両方の目が見えた。パニックで赤く泣き腫らした目に絶望の表情が宿っている。ジョージの叫びが途切れた。

「ジョージ、ごめんなさい」と、彼女は言った。「愛してる！」

「オードリー！」

ジョージが左手首のロープを切ろうと必死に努力しているあいだに、リアナの体が船縁を乗り越えた。バシャンと水のはねる大きな音がひとつして、あとは何も聞こえなかった。コンクリートブロックの重みで瞬時に水中へ引きずりこまれたのだ。

バーニーは向き直って船縁を背にし、手を太股に置いた。そして、息を切らしながら「思ったより苦労したぜ」と言った。ジョージは目をそむけた。疲労の極みに達し、べとつく床に額をつけたまま、タッセルのついたバーニーのローファーをぼんやりと見つめていた。スーツのズボンの折り返した裾(すそ)が風にはためいている。鼻から深く息を吸いこむと、甲板に銅のような刺激臭がした。虚脱感が大きくのしかかってくる。死が近いのをさとり、深い孤独にさいなまれた。父親の顔が脳裏をかすめる。

バーニーが体を起こし、何かがこすれる音がした。防水シートを剝(は)がされる、とジョージは思った。むくんだ指でナイフを握っているところを見つかり、取り上げられる。あいつは切断されたロープを見て、脱出のあがきを笑い、ロープを縛りなおして、コンクリートブロックを結びつけるだろう。

甲板に頭をつけて横たわったまま、バーニーが船の前方へ向かうところを見守った。あごを引くと、前方の座席の後ろにあと三つ、ブロックが見えた。バーニーが片手でひとつを持ち上げ、ジョージの視界から消えた。「やけに静かじゃないか、ジョージ。おまえはいちばん最後だから、少々時間がある。言いたいことがあるなら遠慮するな。少しくらい話に付き合ってやってもいいぞ」

バーニーの足が甲板を移動していく。防水シートはパタパタ音をたてているが、まだ剝がされてはいない。ドンとやわらかい音がして、ブロックを置いた音だと思った瞬間、防水シートの上からふたつの手がジョージの体に触れた。片方は腰、もう片方は太股の裏に。その手が彼を五十センチくらい前へ押しやる。右手に握られたステーキナイフがざらついた甲板材にこすれ、音を聞かれたにちがいないと思ったが、バーニーは「動くんじゃないぞ」としか言わなかった。

ジョージは自分の体を見下ろした。まだ防水シートに覆われている。バーニーはこのあとしばらく、カリン・ボイドとケイティ・オラーにコンクリートブロックを結びつける作業にいそしむだろう。ロープを探ると、四分の三くらい切れている箇所が見つかった。そこにナイフの刃を当てなおし、引きはじめた。

「この女は予定外だったぜ」と、バーニーが言った。「マクリーンの姪だ。なぜだか、おまえにはきれいな女が引き寄せられてくるようだ。矢にはおまえを眠らせられるくらいの量を仕込んできた。おれも専門家じゃないからな、こいつには量が過ぎたようだ。永遠に眠らせちまった」

　左手首のロープが切れ、力の萎えた腕がどさりと甲板に落ちた。咳の発作を装ってその音を隠し、体を丸めて、痺れる手をこすり合わせた。咳きこむまねをしていると、そのうち本当に発作に襲われ、横隔膜が痙攣して、空っぽに近い胃から酸っぱいものが少量湧き出した。それを甲板に吐き出す。

「もう少しだ」と、バーニーが言った。ジョージから彼の姿は見えなかったが、音から判断して、カリン・ボイドを船縁へ持ち上げているのだろう。バーニーが向こうを見ていることを願いつつ、両手をすばやく胴の真ん中へ移した。比較的ゆるやかに腰を二重の輪が縛っている。左の腰に拳大の結び目があった。ひもの結びかたについてはなんの知識もない。指を走らせてみたが、おそろしく固く、ほつれた端もないことしかわからなかった。膝の動きを奪っているこのロープを切断できれば、足首を縛られていても体を伸ばせるし、両手は自由だ。釣具箱の銃をつかむチャンスが出てくる。

　水のはねる音がした。カリン・ボイドが水中の墓場へ向かった音だ。そこでバーニーが大きく息をついた。疲れてきたのか？　力の強さはジョージも身にしみているが、比較的涼しい一日とはいえ、太陽はいちばん高いところにあるし、スーツの黒いズボンにチラチラ光る灰色のシルクシャツという服装だ。

「よし、次はケイティだ」とバーニーが言い、ビニールがガサガサ音をたてた。キャプテンソーヤー・レーンの家で見たときのまま、絨毯を丸めたような形で簀巻きにされているのだろう。「ケイティのことはよく知らないんだったか？」

「会ったことはある」と、ジョージは言った。このままバーニーにしゃべらせておきたい。ナイフの刃が腰と足首を結んでいる張り詰めたロープをとらえた。

「だったら、わかるだろう。少し死期を早めてやっただけだって。こいつが何歳か、知っているか？　二十二歳のくせに、まるで八十二歳だ。麻薬中毒になって一年たらずというが、いったいどんな一年だったんだろうな」と言って、バーニーは高笑いした。「麻薬を教えたのが誰か知っているか？　おまえの愛しいジェインだ。あいつもおまえと同じく、女のあしらいがうまかったからな」

力が抜けていく心地がした。頭がくらくらし、全身汗びっしょりで、ロープを何カ所か切断するだけでありったけのエネルギーを集めなければならない。強烈な日射しが顔に照りつけ、肉焼き器の肉になった心地がした。

バーニーが小さくうめき、またビニールのこすれる音がした。「死んだ人間は生きてるときより重く感じるんだ。知ってるか？　生きているうちに二回投げたが、そのときはぬいぐるみくらいの重さしか感じなかったのに、いまはこうだ。やれやれ、おれも年かな」

ジョージの取り組んでいたロープがふたつに切れ、脚が自由になった。まだ足首は縛られているが、もう七面鳥みたいに脚ごとではない。萎えてこちこちになった脚の筋肉を伸ばしたいところだが、バーニーがどこで見ているかわからない。頭をできるかぎり後ろへ動かしたが、空しか見えず、そこにはいま、ちぎれ雲がいくつか浮かんでいた。ケイティ・オラーが海に投げこまれて水がはねる音がした。これで船の上にはバーニーと自分だけだ。足首のロープは間に合わないと判断した。頭を逆にひねり、リアナが寝かされていた場所へ目を戻した。舷側にぶつかっているのは彼女の言っていた釣具箱だ。その横に明るい赤色の救命胴衣が見え、あれをつかんで一か八か海に飛びこんだほうが賢明ではないだろうか、と考えた。

後ろで音がした。バーニーの靴が甲板をこする音だ。ジョージは大きく息を吸いこもうとしたが、肺に入ってきた空気は質・量ともに足りない感じがした。いつ防水シートを剝がされるかわからない。ロープが解けたのを知られたら、そこで行動に出ざるをえない。このナイフで切れるのはニューヨーク・ストリップ・ステーキくらいのものだが、これで打ちかかるしかない。

後ろでバーニーが音をたてた。短く咳払いのような音をたててから、操舵装置に向かって三歩進む。体を折ってコンパートメントの掛け金を外し、双眼鏡を取り出した。それを目に当て、遠くを見つめる。チャンスだ、とジョージは思った。

急いで体を回して四つん這いになり、釣具箱に向かって膝から前へ体を押し出した。数時間ではなく何日か縛られていたかのように筋肉がこわばって、思うにまかせない。箱の蓋を外し、中身を甲板に空けた。工具と釣具がこぼれ落ち、いっしょにリボルバーも転がり出た。油じみた布にくるまれている。右手でつかみ、体を元へ転がして、座りこんだ。バーニーはまだ双眼鏡を持ったまま操舵装置の前で静かに立っていた。その口元に怪訝そうな笑みが浮かび、目がジョージの顔から手に持った銃へ移って、また顔に戻った。

「弾は入ってないぞ」と、バーニーが言った。

「本当か?」ジョージは撃鉄を起こした。カチッと、思ったより楽に所定の位置に収まった。恐怖と疲労で狙いは震えていたが、かまうものか。

「遠慮するな。さあ、撃ってみろ」と、バーニーが言った。「マジで弾は入ってないからな。それより、その救命胴衣をつかんで――」

ジョージは引き金を引いた。わずかに反動が来て、爆竹のような鋭い音がした。バーニーが双眼鏡を甲板に落とし、右手を首へ持ち上げた。口からゴボゴボッとおぞましい音がして、体の前に黒い血の染みが広がり、つややかなシャツを濡らしていく。バーニーは首をつかんだ手にさらに力を込めたが、血は拳を流れ落ちて、手の甲を濡らしていった。彼はもう片方の手を伸ばして操縦士用の回転椅子をつかみ、関節に問題がある老人のようにぎくしゃくとした動きでそこに体を沈めた。

目はまだジョージにそそがれていた。恐怖や怒りは見られない。ただとまどいだけをたたえていた。なぜ自分の首からいきなり血が噴き出したのか、そのこととジョージが持っている銃にどんな関係があるのかと、いぶかしむように。椅子に収まった体から力が抜け、顔をジョージに向けたまま、血まみれの手がすとんと太股に落ちた。シャツの前全体が血に染まり、顔から血の気が失せて幽霊のように青白くなっていた。目にはもう、とまどいの表情は浮かんでいなかった。なんの表情も浮かんでいない。事切れていた。

ジョージは目をそむけて周囲の海を見まわした。水平線に船が見えるものと思っていた。船でなくても、バーニーの注意を引いたものがあるはずだ。なのに三百六十度、水平線しか見えない。二十メートルくらい先でうねる青波の上をカモメがさーっと上下したが、生命の気配はそれだけだった。

目をつむり、一瞬でも頭をすっきりさせて、いま起こったことを理解しようとした。強烈な日射しで肌がむずむずし、甲板が傾いた。意識の縁に夢のようなおぼろなイメージが浮かび、幻覚を見ている心地がして、彼は一瞬、眠りに落ちそうになった。

目を開いても、何も変わってはいなかった。船の甲板には釣具箱からこぼれ出た中身と、ジョージのために用意されたコンクリートブロックがあるだけだ。手のなかでリボルバーが単調な音をたてた。バーニーは力なく操縦席に収まったまま、海のおだやかなうねりに合わせて前後に揺れていた。

24

ジョージはメイザー・カレッジに戻った。スウィートガムの旅は一生涯くらい長く感じられたが、現実には、寮を出発してから一週間たらずで戻っていた。ルームメイトのケヴィンをはじめ質問してくる人には、実家に帰っていたと答えておいた。マサチューセッツ州の両親のところだ。誰も疑問には思わない。

嘘をつくことに抵抗はあったが、リアナを守るためだと自分に言い聞かせた。

チャルファントの言ったとおりだ。リアナがジョージを探しにメイザーへ戻ってくる可能性はある。彼女はフロリダに戻れない。ほかに家族もいない。ほかのどこへ行くというのだ？　リアナが来たら力になろう、どんな犠牲を払っても。ジョージはそう決意していた。自首するよう説得を試みるかもしれないが、だめだったら、彼女が捕まらずにすむためにできることをなんでもしよう。彼女が生きていく力になろう。

一学期のジョージは――リアナという恋人がいたこともあり――それほど社交に積極的

でなかったが、二学期は輪をかけて消極的になった。パーティにはまったく出ず、寮の端の四人部屋で学生たちとたむろすることもなくなった。学内新聞を後ろポケットに突っこみ、一人、学食で食事した。冬のコートで背を丸め、一人で講義を渡り歩く。たえず煙草をくわえていた。自由な時間は図書館地下の決まった特別閲覧席で過ごした。図書館内でも特別静かな場所で、古い放熱器がときおりたてるカチッ、シューッという音しかしない。ぱっとしなかった一学期の成績を埋め合わせるために猛勉強した。同じ寮の新入生たち、なかでもケヴィンは、とつぜん距離を置くようになったジョージに気分を害しているようだ。それでも、彼にはオードリーの死という盾があった。悲しみに沈んでいるのだと、みんなが解釈してくれる。

五十年ぶりの寒い冬とかで、気温は何週間も続けて零下十度を下回った。日照時間の短い日々がのろのろ過ぎていくあいだ、その寒さと暗さもあって、フロリダで過ごした時間——と前の学期——が、別の世界で見た夢のように思えてならなかった。それでも、ケヴィンとシェアしている寮の部屋で電話が鳴るたび胃がぐらりと揺れ動き、リアナが連絡してきたのではないかと思った。だが、電話の主が彼女だったことは一度もなかった。

二月の休みに実家へ帰った。母親はオードリーの話に触れなかったが、父親は違った。悲報を聞いたあとどうしていたのかと訊く。鬱々（うつうつ）していたと答えると、父親はウイスキーの水割りをすすめてくれた。自宅で酒をすすめられたのは初めてだ。ジョージはすすめに応じ、父親の書斎で二人静かに飲んだ。

「どうだ、この酒は?」

「癖になるかもしれない」

父親は笑い声をあげ、パイプによる長年の喫煙で黄色くなった歯をのぞかせた。「ジンジャーエールで割るべきだったな」

「いや、これがいいよ。どんどん好きになってくる」

学校に戻ると、日照時間が少しずつ長くなり、気温も徐々に上がってきた。冬のフード付きコートが提供してくれる無個性さが恋しくなった。キャンパスを歩くとき、人の視線が必要以上に長くとどまる気がした。彼らが何を考えているかはわかった。〝ジョージ・フォスだ。恋人がクリスマス休みに自殺して、いまはほとんど誰とも口をきかないらしい。人付き合いを避けているんだ〟。特別、気にはならなかった。孤独だったが、いつかリアナが現れるかもしれない、電話をかけてくるかもしれないという思いで希望を持ちつづけた。

ようやく電話が来たとき、かけてきたのはチャルファント刑事だった。土曜日の午前中で、ジョージは食堂にいたためケヴィンが受けた。

「刑事からなんて、何かあったのか？」伝言と電話番号を伝えてケヴィンがたずねた。

「家族の友人なんだ。〝刑事〟と名乗っているけどね。ちょっとしたジョークだよ」

部屋の電話からかけなおすことはせず、テレホンカードを持って学生センターの電話ボックスに向かった。ここの電話を使う者はめったにいないから、誰にも聞かれずにすむ。

煙草に火をつけて深々と吸いこみ、それから番号をダイヤルした。

二度目の呼び出し音でチャルファントが出た。

「ジョージ・フォスです、お電話いただいたそうですね」

「やあ、ジョージ。元気か？」

「ええ」

「共通の友人から、何か連絡は？」

「ああ、ありません。彼女のことでしたら。そちらで何かわかったんじゃないんですか？」

「残念ながら、違うんだ。まだ何もつかめていない」

チャルファントがもう片方の手に受話器を持ち替える音がした。「ジョージ、きみに警告しておきたい。こっちのローカルニュースを追っているかどうか知らないが、リアナ・デクターの父親が死んだんだ。リアナがチンカピンから姿を消した夜。あのときは頭を混乱させたくなかったから言わなかったが、正直、あの時点ではどういうことかわかっていなかった。しかし、いまリアナに二度目の逮捕状が出ている。父親殺害容疑で、第一級殺人の逮捕状だ」

「なんだって？」

「疑いの余地はない。現地のマスコミは大きく取り上げはじめているし、全国的なニュースにもなるのではないかと思っている。だからきみに知らせておきたかった。そうなる前に、わたしの口から」

「なぜ彼女が父親を殺したりするんですか？」

チャルファントがため息をついた。「二度目の逮捕状に時間がかかったのは、父親のカート・デクターは借金していた賭け屋に始末されたものと信じられるだけの理由があったからだ」

「デールに」

「そう。デール・ライアンに。忘れていたよ、きみはあの男のことを知っていたんだな。尋問のためデールを拘束したところ、デクターに貸しがあったことは認めたが、殺害にはまったく関与していないと言い張る。確かなアリバイがあったし、法医学検査でも彼に不利な証拠は何ひとつ出てこなかったから、放免した。われわれはいま……もちろんまだ仮説にすぎないが……リアナが逃げ出す前に父親を殺害したのは、デールから自分を守るためだったという前提で捜査を進めている。リアナはときどき、父親の借金の一部を肩代わりするために性的サービスを提供していたらしい」

チャルファントはいちど言葉を切ったが、ジョージは何も言わなかった。この話は本人から聞いていたが、別の情報源から聞かされると、きゅっと胃が縮む心地がした。

「リアナが町から逃げ出すことを決意したとき、父親は借金をしている男たちのなすがままになるとわかっていた。ああしたのは、いずれ殺されるとわかっていたからだ」

「どんなふうに死んでいたんですか？」

「自宅でだ。喉をナイフで切られていた」

チャルファントはそれ以上詳しい説明をしなかった。彼はリアナから連絡があったら警察に知らせる法的責任がある点をあらためてジョージに指摘し、ジョージはリアナが現れたら連絡すると刑事に約束した。

その年、ジョージは大学図書館の定期刊行物コーナーを何度か訪れ、そこであの事件に関する長い記事を発見した。フロリダの大手新聞社の雑誌に掲載されたものだ。スウィートガム警察を離職したというロバート・ウィルソン巡査へのインタビューを基にした、かなり推測的な記事だった。

ジョージはその記事を暗記するくらい繰り返し読んだ。

カート・デクターの死体は八丁目の自宅リビングで発見された。「みすぼらしい家屋が並ぶ通りの中でもいちばんみすぼらしい家でした」と、ウィルソンは語っていた。チャルファント刑事とウィルソン巡査がこの家を訪れたのはリアナ・デクターの逮捕状を執行するためだった。ドアを押し開けて鼻に刺激臭が届く前から、何かあったのはわかっていた。チンカピンの住民が午前中、家を施錠せずに出かけるはずはない。

中は暗く、目が慣れるのに少しかかった。死体はリビング中央の色あせた茶色いカウチに腰かけ、上半身はまっすぐ起きていた。頭を垂れて、あごを胸につけた状態で。だぶだぶのカーゴ・ショーツで脚を開き、手は太股の横に垂れていた。二人は最初、黒いタンクトップを着ているものと思ったが、その後ショルダーストラップの下を見て、白いシャツの前が血で暗い褐色に染まっていたのだとわかった。死体に黒い蠅がブンブンたかっていた。

脈を確かめるまでもない。下あごの両側あたりまで、喉が深々と切り裂かれていた。血はシャツをずぶ濡れにしただけでなく、膝にも溜まっていた。動脈から噴き出した血がガラスのテーブルを飛び越えたらしく、ベージュ色のシャギーカーペットに跳ね散っていた。チャルファントもウィルソンもカート・デクターの容貌は知らなかったが、痩せさらばえて肝斑の浮き出た腕と日に焼けた禿げ頭から、七十歳くらいと判断した。腰のそばにリモコンが押しこまれ、足は裸足。コーヒーテーブルには〈クアーズ〉の空き缶がいくつか載っていた。体を丸めたワニを模した大きな陶器の灰皿に、煙草の吸い殻とマリファナ煙草の吸いさしが詰まっていて、灰皿の横にマリファナの蕾の入った小さな袋が口を開いていた。

カウチのバッククッションの上に包丁があり、暗い茶色の柄が格子縞模様の生地に溶けこんでいた。鑑識班の到着までどこにも手を触れないよう注意して、二人でカウチを回りこみ、後ろに立った。ウィルソンは記者にこう語っている。まな板のみじん切りにした人参の横に置かれた包丁のように犠牲者のかたわらに注意深く置かれた包丁を見たときは、切り裂かれた喉を見たとき以上にぞっとしたと。

チャルファントがほかの部屋を調べているあいだ、ウィルソンは死体の後ろに立って現場の状況を確認していった。大きな箱型テレビのスイッチは入っていないが、安っぽいエンターテインメントセンターから引き出され、デクターの目線に合わせて傾けられたままだ。埃じみたゴルフバッグが壁に立てかけられている。床に水の容器がひとつ置かれ、その横のテレビディナー・トレーにドライタイプのキャットフードが山盛りにそそがれていた。壁の下に開いた大きな亀裂からそのキャットフードまで蟻が列を作っている。テーブルの上にTボーンステーキの食べ残しが載った汚い皿があり、明るい赤色の果汁にまみれていた。大きな黒い蠅が一匹、死んだ男の膝から優雅に弧を描いて骨に降り立った。

麻薬と酒に酔い高価なステーキの切り身を胃に詰めこんで死んだカート・デクターを、幸せな男だと思ったと、ウィルソンは振り返っている。

リアナが父親を殺した理由を、ジョージも理屈の上では理解できた。もちろん、あんな人間だったことへの罰もある。借金のかたに娘を差し出すような意志薄弱で堕落した人間だったことに対する罰だ。だが、あれは一種の安楽死でもあった。リアナは二度と町に戻らないつもりだったし、父親とも二度と会うことはない。父親がギャンブルを続けて負けつづけるのもわかっていた。守ってくれる娘がいなくなったら、デールの訪問を受けてずっと痛めつけられる。カート・デクターは生ける屍（しかばね）となり、苦しみながら死ぬだろう。リアナはそのプロセスを早め、包丁のひと切りで命を絶ってやったのだ。

それでも、オードリーが死んだ夜のことは理解に苦しんだ。雑誌の記事には、リアナがオードリーと車の中にいた確かな証拠があると書かれていた。二人はバーで口論になったのだろう、とジョージは想像した。リアナが語ったとおり、オードリーがあの取り決めを翻して、自分の人生と名前を取り戻したいと言ったのだ。たぶんオードリーは〈パームス・ラウンジ〉で前後不覚に陥ったのだろう。リアナはオードリーの車に彼女を乗せて、自分が運転し、自分の車が待っているベックの家へ戻った。ガレージに車を入れて、扉を閉めたところで――エンジンはかかったまま、オードリーは横で意識を失っている――リアナはオードリーを置き去りにして窒息死させることに決めたのだ。オードリーが死ねばオードリーとして生きていけると思ったのだろうか？　いや、それはないだろう。理屈に合わない。ひょっとしたら、こう考えたのかもしれない。オードリーが死ねば新たなスタートを切れる。心臓の代わりに胸に納まっている例の時計が完全に停止し、捨てた人生とついた嘘にこれきり向きあわずにすむ、きれいさっぱり過去と縁を切れるかもしれない、と。

ジョージがチンカピンに現れたせいで、その計画は水泡に帰してしまったのだ。

25

ジョージは運んできたコーヒーを、テーブルのアイリーンの前に注意深く置いた。やはりテーブルの上にいたノーラが飲み物のにおいを嗅いだが、気に入らなかったようで、ぷいと顔を引き戻す。トンと優雅に床へ飛び下り、気取った足どりでキッチンにある自分の食器を調べに向かった。

「ありがとう」と、アイリーンが言った。「コーヒーなら、外へ飲みにいってもよかったのに」

「かもしれない」と、ジョージが言った。

「コーヒーを飲みに出かけるくらいはできるわよね」すぐに見せかけとわかる大げさな口ぶりで彼女は言った。「完全に引きこもってるわけじゃないんでしょう?」

「外には出るよ」と、彼は答えた。

いちおう事実ではある。バーニー・マクドナルドを撃ってからの十日間、ジョージはときどきアパートの外に出た。立ち寄る先は角の食料雑貨店か、その隣にある便利な酒屋がほとんどだ。要請に応じていくつかの警察を訪ねることもあった。広場恐怖症に陥りかけているわけではない。少なくとも、自分にはそう言い聞かせていた。ただ、ふつうの人たちがふつうに過ごしているのを見ると――それだけでなく、楽しく過ごしているところを見ると――恐怖めいた不安に満たされた。自分の心が一本の映画しか映らない映写幕と化しているのはわかっていた。心に映るのは、バーニー・マクドナルドと船にいた火曜日の午後のことだけだ。冷や汗をかいて目を覚ましたり、睡眠中に叫んだり、聞きなれない音に身をすくませることはないが、あのときのことがいやでも繰り返し浮かんでくる。大学二年のとき、一年くらい、コンピュータゲームのテトリスにはまったときのことが思い起こされた。あの六色のブロックが心の目にたえず浮かんで、夢に出てくるほどだった。

「ときどきコーヒーを飲みにいきましょうよ」アイリーンが眉間に深いしわを寄せて、哀れむような顔で言った。

「その顔で言われてもな」と、彼は言った。「そもそもぼくは外へコーヒーを飲みにいきたいと思ったためしがない。知ってるだろ」

「会いにいくって言ってくれたら、こんなにしつこく言わないわよ」アイリーンはいまが冬であるかのように両手でコーヒーカップを包みこんだ。八月は終わったが、ボストンの街はまだ、どうかすると夏に逆戻りしてしまう。窓の空調しか冷やすものがないジョージの部屋はいま、二十五度を超えていた。彼女の言う〝会いにいく〟相手とは、ジョージに診てもらうようすすめている療法士のことだ。あれこれ調べて、最適と思える人物を見つけてくれたのだ。ジョージはいちおう同意したものの、まだ実現には至っていない。

「行くさ」と、彼は言った。「心の準備ができたら。まだ二週間しか経っていないんだ。きみが『羊たちの沈黙』のショックを乗り越えるにはもっと時間がかかったぞ」

彼女は微笑んで、コーヒーをテーブルに戻し、カウチに体を伸ばした。黒のカプリパンツに水玉模様のノースリーブシャツ。バーニー・マクドナルドの拳が残した打ち身の跡はほぼ完全に消えていた。ジョージが見るかぎり、ほんの少し黄色いところが残っている感じもするが、ただの気のせいかもしれない。「いいわ。くたくたで議論する気になれないから、今日は勝ちを譲っておく。ところで、わたしを取り巻くささやかな問題だけど、聞きたい?」

「ぜひとも」と、彼は言った。

離婚した編集長にデートを申しこまれて受けたときの悲惨な顚末を、彼女は語った。編集長は彼女を地ビールの小規模醸造所に連れていき、バーレーワイン(度の強いビール)の喜びについて講釈を垂れた挙げ句、酔っ払って、帰りの車中ですすり泣いたという。ジョージは耳を傾けながら皮肉のこもったコメントを口にしたが、最近ずっと彼の心に浮かぶのは、テトリスのピースのように回転して落ちてくる一連の死亡事件の心像だけで、今日も例外ではなかった。

バーニーを撃ったあと、ジョージは足首のロープの切断に注意を転じた。乱気流にもまれている飛行機でプラスチックのコップを口へ持ち上げようとしているみたいに、手が激しく震えはじめていた。頭を下げて作業に集中し、なんとか切断に成功した。ようやく足が自由になると、体を後ろへ押して船尾に寄りかかった。バーニーはピクリとも動かず、ゆるやかに回転する操縦席の椅子に座ったまま、眠っているみたいにあごを胸につけていた。ただしその胸は血塗られていて、色も鮮やかな赤から濁った茶色へ暗くなりかけていた。垂れた頭のまわりに大きな蠅が一匹ブンブン音をたてて飛んでいる。どうやってこんなに早く、こんな海の真っ只中へたどり着いたのだろう？　足の縛めを切るのに数分ではなく数時間かかったのだろうかと、とつぜん不安に駆られた。太陽を見つめ、いまが何時ごろか推測に努めた。夜まであとどれくらいあるだろう？　夜になってもまだ死体といっしょに船で揺られているのか？

彼を行動に駆り立てたのはその考えだった。麻痺（まひ）して力の入らない脚で立ち上がり、船首に向かおうとしたが、筋肉が震えてがくりと膝をつき、そのままバーニーのほうへ這い進んだ。死体にたどり着いて、指で恐るおそるすねをつつき、恐怖に身をすくませて体を引いた。まだ、生きているかもしれないという不安があったのだ。何も起こらないとわかると、なんとか立ち上がってバーニーを椅子から押しのけ、代わりに操縦席に座った。死体が甲板に落ちてドサッと大きな音をたて、ガスが抜けていく恐ろしい音までした。目には見えないが、塩水と血のにおいに脱糞の鼻をつく悪臭も混じっていた。

船の外の海原を見やる。おだやかな一日だが、あちこちで水面が波立ち、日射しのなかに白い波が砕けてきらきら光っていた。ジョージは全方向を見渡した。どこも同じ。海の果てに地球の曲線が見えるだけだ。いつまでも陸が見つからず、この広漠とした海原で死に果てるのではないかという考えが浮かんだ。天空の高みにあって昇っても沈んでもいかない太陽が、意味もなく彼を嘲笑っている気がした。船の操縦装置を見ると、制御盤にコンパスがあった。カブスカウトに所属した悲惨な一年以来、久々にお目にかかる道具だ。塩水をかぶっている。それを拭うと、矢印から見て船は北を向いているようだった。陸地へ戻るには西へ向かう必要がある。それだけはわかっていた。ほかの船から見える範囲にたどり着くだけでいい。日常社会に戻れば殺人罪で逮捕される可能性があったが、この船から逃れることもできる。気持ちの悪い船の上下動からも逃れられる。自分の流した血と排泄物のなかに倒れているバーニーからも。

イグニションキーが見つかった。コイルコードでマカジキの形をしたフォームラバーに取り付けられていた。そのキーを回す。反応がなく、恐怖に胸を締めつけられた。スロットルをいじくり、ニュートラルに入れて、再度試す。こんどはモーターが咳きこむような音をたてて、エンジンがかかった。船を操縦した経験はないが、スロットルを操作するうち、なんとか満足のゆく速度で進むことができた。そこでコンパスの針が西を指すまで舵輪を回し、方向を安定させた。

十分くらいすると北の方角にそこそこ大きな船が見えてきた。このまま陸に向かおうかとも考えたが、燃料がどれだけ残っているかわからないし、バーニーの死体から離れられる最初のチャンスをつかみたい。舵輪を速く回しすぎ、船が平らな水面を軽くかすめ飛んだ。はね上がった水しぶきに日射しが虹をかける。

見つけた船に近づくにつれ、船が動いていないことがわかり、ジョージはほっとした。真っ白に輝く船体。スポーツフィッシング用の大きなボートで、船室の屋根に衛星アンテナらしきものが見える。甲板に人影がふたつ。その前に長い釣り竿が立ち上がっていた。五十メートルくらいまで近づいたとき、二人の男がジョージのほうを向いた。女が二人、何が近づいてくるのかと椅子から立ち上がる。ジョージは減速して、〝助けてくれ〟と〝危険な人間じゃない〟の両方が伝わることを願いながら両腕を振った。そこでふと、バーニーの死体に防水シートをかぶせておくべきだったと気がついた。

さらに近づくと、男は二人とも中年で、真っ黒に日焼けしたなめし革のような肌をしているのがわかった。どちらもくつろいだ感じで缶ビールを手にしている。女二人も同じく褐色の肌をしていたが、あわててビキニトップを着けはじめた。トップレスで日光浴をしていたのだ。

ジョージは船にじわじわ近づき、衝突を避けようとスロットルのトグルスイッチを切り替えた。残り十メートルくらいでエンジンを切ったが、ジョージの船はそのまま水面をゆっくり進み、ゴツンと釣り船の側面に当たった。メディシンボールくらいの大きなお腹を突き出した男が、「何するんだ、この野郎！」と怒鳴った。

ジョージはふたたび腕を持ち上げた。「すみません。助けてください」

黒と金色のビキニを着けた女が釣り船の縁から目を凝らし、バーニーの死体を見て、かん高い叫び声をあげた。「事故がありまして」と、ジョージは言った。この表現ならまんざら嘘でもない。「沿岸警備隊を呼んでもらえませんか？」

「その人、死んでるの？」やはり手すりに来ていたもう一人の女がたずねた。ほかの三人より二十歳以上若い感じで、新しい煙草に火をつけたところだった。煙がジョージの元へ漂い、神々しい香りが船上に漂っている血と塩の悪臭をいっとき覆い隠してくれた。

「死んでいる」と、ジョージは答えた。「沿岸警備隊を呼んでくれたら、説明します。そっちに乗せてもらえませんか？」

腹の突き出た男が舵（かじ）に向かい、複雑そうな制御盤から無線の送信機をつかみ上げた。ほかの三人が顔を見合わせた。気の狂った殺人者としか思えない男を乗せてやるべきかどうか、無言で相談しているかのように。彼らはジョージの甲板を見まわし、若い女の目がジョージの捨てたリボルバーをとらえた。「武器はない」と彼は言い、手のひらを向けて両手を掲げた。「あの男に誘拐されたんだ。船に乗せたくないなら、せめて水だけでももらえないか？」

飲み物を求めたところで、初めて、どんなに喉が渇いていたかに気がついた。金属と血の味が口に広がっている。明るい黄色のビキニを着けた若い女が、まだ一度も口を開いていないもう一人の男に顔を向けた。そして、「乗せてあげたら？」と言った。

男は送信機をいじっている仲間を振り返り、それからジョージに顔を戻した。「そうだな。梯子（ドロップラダー）を取ってこよう」

〈リール・タイム〉号に乗りこむと、十五分以内に沿岸警備隊が到着した。それを待つあいだに、すすめられたデッキチェアに座って水を一気に飲み干し、手首と足首をさすっていると、それが事態を悪化させていることに気がついた。ゆるんだ皮膚が破れて出血し、船の甲板に飛び散っていたのだ。男たちは距離を保っていたが、メラニーと名乗った若い女が、何があったのか訊いてきた。ジョージは説明しようとしたが、体が激しく震えだし、水のボトルを下に置かなければならなかった。急に悪寒がして、自分の声が遠く聞こえ、ショック状態に陥りかけているのがわかった。湾岸警備隊の船が到着してそこへ乗り移ると、毛布をくれた。その小さな思いやりに触発され、発作に見舞われたように嗚咽(おえつ)が止まらなくなった。

その後の何日かで、ジョージは無数の法執行機関に数えきれないくらい話をした。機関ごとに態度は異なり、質問もさまざまだったが、彼を逮捕すべきかどうかについて議論があることは感じ取れた。バーニーの首を撃っていたし、ほかの四人の死にも直接関与し、大がかりな窃盗事件にも直接関与していた。質問を受けているうち、マクリーンの金庫から奪われたダイヤはまだ行方が知れないことが徐々にわかってきた。彼を擁護(ようご)し、彼の話を一言一句信じてくれているのがロベルタ・ジェイムズ刑事であることも。彼に定期的に情報を提供し、大西洋の深海から死体はひとつも上がっていないことを教えてくれ、マクリーンの妻がとうとう息を引き取って、妻は夫が殺されたことを知らないまま逝ったという情報を進んで教えてくれた刑事は、もちろん彼女一人だった。

いま振り返れば、絶え間ない取り調べも苦にはならなかった。何度も繰り返し話をすることでうまく状況を乗り切れる気がした。警察から連絡がなくアパートから外へ一歩も出ずに丸一日が過ぎた時点で、ようやく起こったことの恐ろしさを実感しはじめた。ある種の心像が繰り返し頭に浮かんでくる。操縦席の椅子に座ってだらんと前かがみになっているバーニー、ケイティ・オラーの家で顔が土気色になっていたカリン・ボイド、海に投げこまれるときリアナが浮かべた表情。本を読んでもテレビを見てもおさまらない。アパートから外へ出ると、比較的おだやかな気がしていた世界が、いつ惨劇が起きてもおかしくない場所のように思えてきた。建物はいつ倒れるかわからないくらい不安定で、車は危険なスピードで角を曲がってきて、凶暴な人々が彼の頭のなかに浮かんでいる恐ろしい思いを読めるかのように彼を見る。海で起こった出来事を考えるたび、言いようのない恐怖に包まれた。

会社の人事部に話をすると、〝健康上の問題〟という名目でしばらく休むことを条件付きで認めてくれた。必要なのはかかりつけ医が必要事項を書き入れ、会社にファクスしてくれることだけだ。医者に電話して予約を取ろうかと毎日考えた。しかし、毎日かけずに終わった。職場から電子メールが送られてきたが、返信しなかった。

アイリーンの訪問もとりたてて薬になるわけではなかったが、毒になるわけでもない。彼女の訪問は日中の時間を埋めてくれたが、最大の問題は日中を乗り切ることではない。

終わりの来ない夜を乗り切ることだ。

「彼は奥さんのことを憎んでいたんじゃなかったのか?」

「あら、ちゃんと話を聞いてたのね」とアイリーンは言い、体を起こしてコーヒーの残りを飲んだ。「本人はそう言っているけど」と、彼女は肩をすくめた。

「じゃあ、二度目のデートはないわけだ」

「絶対にお断り。壊れた男との実験は、これにて正式に終了」と言った直後、彼女はしまったという表情で顔を紅潮させた。「そういう意味じゃ……」

「もちろん、ぼくを除いての話だ」

「あなたが壊れているなんて思ってないわ」

「ありがとう。ちょっとやそっとじゃへこたれない男。それがぼくだ。試練は人を強くする。ちなみに、いまの台詞を吐いたやつは、バーニー・マクドナルドの亡霊といっしょに海に投げこんでやるべきだな」

「言った人を見つけて、かわりに投げこんであげる」彼女は肩についたノーラの毛を一本つまみ取って、前へ体をずらした。

「きみが?」と、ジョージはたずねた。

「やめてくれってお願いされないかぎり」

アイリーンを玄関まで送ると、そこで彼女はいつものように彼の唇にキスをした。「信じているわ、元気になるって」

アイリーンが帰ったあと、ジョージは寝室のクロゼットの整理をし、二度と着そうにないシャツを紙の買い物袋に詰めこんだ。あとで二ブロック先の〈グッドウィル〉（不用品を集めリサイクルして再販する非営利団体）に持っていこうか。それを本日の外出にしてもいい。

カップにコーヒーを注ぎなおし、バーボンを加えたい衝動にあらがってリビングに戻り、ひそかに〝死の日誌〟と呼んでいるものに取り組んだ。前回ジェイムズ刑事と話したとき、勧められたのだ。彼女はいつもどおり警察署の出入口まで彼を送ってくれた。灰色の黄昏（たそがれ）のなかに二人でしばらく立ち、ジョージは彼女の厚意に感謝した。

「厚意？」と、彼女はたずねた。

「話を信じてくれたこと、逮捕しないでくれたこと、ほかの警察官みたいにぼくを見ないことですよ」

「恩に感じることなんて全然ないわ。だって本気で信じているんだから、あなたの話を」

「でも、ここへ呼び出すのはやめない」

「何か新しいことを思い出してくれないかと願っているの。まだ疑問な点がたくさんあるのよ」

「ダイヤはまだ見つからないそうですね?」

「ええ」

ジョージは煙草に火をつけた。陸に戻って以来、また煙草に手を出すようになった。肺を広げるように深々と吸いこみ、ジェイムズ刑事から離れたところへ吐き出したが、夕刻の風が煙をさらって彼女の顔に吹きつけ、ジョージは謝った。

「心配ご無用。いい香りよ。わたしも以前は吸っていて、いまでも煙がたちこめる場所が好きなのよ。バーに行って、あれがないと寂しいわ」

「ときどき、あなたが理想の女性に見えてきますよ、刑事さん」

彼女はぷっと吹きだした。「めったに聞けない褒め言葉だわ」

「付き合う人間を間違っているんだ」

「それはおっしゃるとおり」

ジョージはまた深々と煙を吸いこんだ。「また呼び出されることになりますか?」

「たぶんね。あなたが思い出せることを全部思い出してくれたという確信が、まだ持てなくて」

「忘れられることは全部忘れようとしているから」

「ひとつ提案があるんだけど」と彼女は言い、首の後ろをさすって、シャツの襟をまっすぐ伸ばした。爪にマニキュアはしていない。それだけでなく、ロベルタ・ジェイムズは口紅以外の化粧をいっさいしていないようだ。

「提案？」

「あらゆることを書き出してみたらどうかと思うの」

「それは警察がしているんじゃないんですか」

「書いてみたらまだいろいろ出てくるんじゃないかしら。どんなことがあったか、細かなところまで全部書き出してみるの。どんな小さいことでもいい。まだ何か見逃していることがあるにちがいない。起こったことの整理・分類に役立つし、あなたのためにもいいかもしれない……頭のなかが整理できて」

「ぼくの頭は混乱していると？」

「そうは言わないけど、あなたに降りかかったのは尋常なことじゃない気がするから。書き出すだけ書き出してみたらどうかしら？　あなたのためになると思ったから勧めているのよ」

この提案を受けて、ジョージは書棚にしまってあった無地のノートを見つけ、ミミズののたくったような判読不能に近い筆記体で起こったことを記しはじめた。起こった順にではなく、ただあったことを思い出して書いてみるだけだ。楽しい作業ではないが、暇つぶしにはなる。

このところ照準を定めているのは、ケイティ・オラーの家でバーニー・マクドナルドの脅威から脱出を試みたときのことだ。家の中がどんなだったか、ケイティの死体が置かれていた洗濯室はどんな様子だったかを細かく書き出していく。あそこで自分はどんなことを考えたか、どんな疑問をいだいたか、思い出そうとした。バーニーはぼくらがここにいるのをどうやって知ったのか？　ダッジで尾行してきたのか？　だとしたら、なぜ麻酔銃を持って近づいてくるまであんなに時間がかかったのか？　なぜ家の中から携帯電話で警察に通報される可能性を心配していなかったのか？

家の正面側から逃げ出すことに決め、玄関でカリン・ボイドのそばに来たときの彼女の様子を記した。土気色の顔をして、だらんと不格好な姿勢で床に沈みこんでいた。すでに死んでいたか、死にかけていたにちがいない。あの華奢(きゃしゃ)な体にはトランキライザーの分量が多すぎたのだ。そのあとジョージは、ダッジの後部座席にリアナがいるのに気づいたときのこと、彼女が気を失って横たわっていたところを記した。生きているとわかったのは……まぶたがピクッと動いたからだ。あの場面を何度も繰り返し思い起こしてきた。自分の目がとらえた、あのかすかな動きを。無意識にピクッと引きつっただけなのか、それとも、誰かがそばを通りかかるのに気がついたリアナが急いで目を閉じたところだったのか？　あのときは、無意識の動きに思えた。殴られて昏倒したか、彼女もトランキライザーで眠らされていて、まぶたは無意識のまま引きつったのだと。それがなぜいまは、ダッジの後部座席に横たわっていたリアナにはちゃんと意識があり、気を失っているふりをしていたのだと心のなかでつぶやいているのだろう？

ずっと考えていたことと辻褄が合うからか？　リアナとバーニーは最初から手を組んでいて、船で海に出ることも含めて、全部最初から筋書きができていたという仮説と？

それなら、なぜあの二人は死んで、自分はまだ生きているのだろう？　なぜリアナはバーニーに海へ投げ捨てられることになったのだろう？　なぜバーニーは釣具箱の銃に弾が入っていないと思いこんでいたのだろう？

あらゆることを書き出してみる作業が役に立つことだけはわかった。細かく書き出せば書き出すほど、あの数日に起こったことが明らかになってきた。真実に近づいてくる気がする。

スケッチを始めた最初のところまで日誌をめくった。船上で起こったことを全部思い出そうと、絵をいくつか描いてきた。今回は船上に囚われていた四人の位置関係を明確にした。二人は生きていて、二人は死んでいる。焦点がぼやけてくるまでじっと目を凝らし、遠くで教会の鐘が正午を告げたところで目をそむけた。

立ち上がってキッチンに行き、ポットからコーヒーの残りをカップにそそぐ。今回はそこに少しだけバーボンを足した。

26

翌朝、水曜日の九時過ぎに警察がやってきた。ジョージがポットでコーヒーを淹れはじめ、長い一日をどう過ごしたものか考えているときだった。

ドアを叩く大きな音が三度して、そのあと「警察だ。開けろ」と大声がした。男の声だ。逮捕されるのだと思ってジョージがドアを開けると、そこには制服警官二名をしたがえたオクレアが立っていた。「ジョージ・フォス。ボストン市警のジョン・オクレア刑事だ。この建物の捜索令状を取っている」と彼は言い、折り畳まれた二枚の紙を掲げた。スクラッチカードの大当たりを見せびらかしているような風情で。

ジョージがカウチに座ってコーヒーを飲み、彼用にコピーされた令状に目を通すあいだに、二人の制服警官がキッチン方面からリビングを経て寝室へと調べを進めていった。好奇心をかき立てられたノーラが彼らのあとに続き、二人の足のあいだをジグザグに進んで、開けられた収納棚を見つめていた。オクレアはこの捜索に加わらず、リビングに立っていた。光沢のある灰色のスーツに身を包み、足指の付け根で体を上下させながら、ときおり携帯電話を調べている。「ジェイムズ刑事は?」と、ジョージがたずねた。

「ああ、この状況は知らされている」

「いったい何を探しているんだ?」

オクレアは答えなかった。

ジョージはリアナから受け取った謝礼のことを思い出した。警察にはまだ話していない。建物の地下に移し、ぼろ切れに包んで乾燥機の下に押しこんであった。あのときは用心しすぎかとも思ったが、こうなってみると、一万ドルの現金の説明をせずにすむのはありがたい。

「刑事、見てください」制服警官の一人が寝室から声をかけた。

オクレアは喜びの表情を抑える努力を何ひとつせず、ジョージに動くなと命じて寝室に向かった。これ以上自分を巻きこむようなものがあっただろうかと、ジョージは懸命に記憶を探った。ベッドを整えて、隅に積み重なっている汚い服の山を片づけておけばよかった。寝室でカメラのフラッシュが焚かれた。ジョージが立ち上がったところへ、オクレアが部屋から戻ってきた。フリーダ・カーロのような眉毛をした小柄なヒスパニックの女警官がいっしょだ。彼女が白いゴム手袋をはめた手で、折り畳まれていない白い紙を一枚差し出した。小さな石がふたつ載っていた。ひとつは緑っぽく、もうひとつはピンク色だ。

「何かわかるか?」と、オクレアがたずねた。

「見たことがない。どこにあったんだ?」石のように見えるが、ダイヤにちがいない、とジョージは思った。ぞわっと首の後ろが総毛立つ。

「証拠として押収する。署まで同行願おう」

ジョージは取調室のひとつで一人待っていた。弁護士を呼ぶ権利を放棄するとオクレアに告げてから、もう一時間以上になる。もうボストン市警の取調室には全部入っただろうか、と思い巡らした。この部屋には鉄格子のついた窓があった。ザキム橋が見え、遠くにチャールズタウンのバンカーヒル記念塔が見える。空は薄青色だが、窓が煤けているせいでそんなふうに見えるのかもしれない。

「ジョージ」

聞き覚えのある声がして振り向くと、ありがたいことにジェイムズ刑事だった。シルキーホワイトのシャツの上に黒いスーツを着て、スーツの下襟の上にシャツの襟が広がっている。どうせ逮捕されるなら、手錠をかけるのは、したり顔を浮かべているにちがいないオクレアではなく彼女であってほしいと願っていた。

「刑事さん」と、ジョージは答えた。

「弁護士を呼ぶ権利を放棄していると相棒から聞いて。いまもそのままなの？」

ジョージはそうだと答えた。

「いいわ。座って。手続き上言っておくと、この会話は記録されています」彼女は部屋の隅に取り付けられている小さなカメラを指差した。ジョージがうなずく。

ジェイムズが自分の身分と名前を名乗り、ジョージもそれにならった。最後に取り調べの時刻と場所をジェイムズが告知した。「見つかったダイヤについて、何か言いたいことはありますか？」

「初めて見るものでした」

「では、なぜあなたの衣服の引き出しに入っていたんでしょう？」

「あれはマクリーンのダイヤなんですか？」

「わかりません。知りたいのはこちらです」

「ぼくにもわからない。しかし、マクリーンのでないとしたら、とてつもなく大きな偶然だ」

「では、あれはどうやってあなたの引き出しに入ったんでしょう？」

「リアナ・デクターが入れたんでしょうね。マクリーンが殺害された日の夜、ぼくのアパートで過ごすあいだに」

「そのときはこのことを知らなかった？」

「はい」

「彼女が黙ってそんなことをしたのは、なぜ？」

「考えつける理由はふたつあります。ひとつ、現金とダイヤの略奪に力を貸してくれたことに感謝していた。加担していることをこっちは知らなかったにせよ」

「もうひとつは？」

「ぼくを陥れようとした」

「なぜそんなことをするんでしょう？」

「しばらく時間はありますか？」

ジェイムズ刑事は微笑んだ。「丸一日ありますよ。リアナ・デクターがなぜあなたを陥れようとするのか、ぜひ聞かせてもらいたいわ」

「彼女がぼくを陥れようとするのは、彼女がまだ生きていることを知っているのはぼくだけで、投獄されたらぼくは彼女を追えないからですよ」

「前にあなたは言いましたね。リアナ・デクターがバーニー・マクドナルドの手で殺されるところを目撃したと」

「供述内容を変更したいんですが」

「彼女がコンクリートブロックを結びつけられて海に投げこまれるところを、あなたは見ていなかったということですか？」

「いや、それは目撃したが、それでも彼女はまだ生きていると思うんです」

「そんなことがありえますか？」

「どういう手を使ったのか、正確なところはわからないが、あの日彼女が溺死したとは思えない」

ジェイムズはボクシングの試合に臨む準備をしている選手のように、首をいっぽうへ伸ばし、それから反対に伸ばした。「最初から話してもらえます？」

「いいんですか？」

「いまも言ったけど、丸一日、時間はありますから」

「では」と、ジョージは語りはじめた。言葉は自然に口をついて出てきた。ここ何日か、頭のなかで反芻してきたからだ。「どの時点から始めるのが最適かわからないから、すべての始まりはバルバドス島としましょう。リアナ、つまり当時の通り名で言えばジェイン・バーンが〈コックルベイ・リゾート〉で働いていて、そこでジェリー・マクリーンと出会ったのは確かな事実ですから。マクリーンが金持ちで、不正な取引をしていることを彼女は知る。だったら、おそらく現金資産があるだろう。いい標的とにらみ、うまく近づいた。一人目の妻と二人目の妻の容姿が似ていることもつかんでいた。二人の見かけを真似て彼をたらしこみ、結果、マクリーンは彼女を愛人としてアトランタへ連れ帰る。そのうえで彼女に仕事を与えた。彼女から仕事をしたいと求めた可能性もあるが。おかげでリアナには彼の事業記録を目にするチャンスが生まれた。その後、何かの拍子に、彼が巨額の現金をダイヤに換えてマサチューセッツ州の自宅金庫に保管していることを知る。

では、その金庫を破るにはどうすればいいか？　そこで彼女は完全無欠の計画を思いついた。まずマクリーンの現金を盗む。彼は定期的に島へ現金を輸送していたから、そこに手をつけるのは簡単だった。札束をひとかたまり奪って高飛びする。彼は激怒するだろうが、奪われたものの性質が性質だけに、警察に通報できないのもわかっていた。出入りの私立探偵ドニー・ジェンクスを送り出してくることも、たぶんわかっていたんでしょう。あとは、隠した現金をこのボストンで返す算段をつければいい。現金が――大量の現金が――家に届けられたとき、受け取った人間はどうするか？　金庫を開け、そこにしまう。かならずそうすると彼女は踏んでいた。

手伝ってくれる人間が必要だから、アトランタでバーニー・マクドナルドというバーテンダーを引きこんだ。そのあとケイティ・オラーも引き入れた。計画は教えず連絡を取っただけかもしれない。ケイティとはカリブ海のリゾートで働いているときに知りあったそうです。彼女についてはいろんなことがわかっている。一人っ子で、両親はケイティが十八歳のとき船舶事故で亡くなった。ケイティは裕福な親から財産をそっくり受け継いだ。ニューエセックスの土地といっしょに家とコテージも所有していて、フロリダとメキシコにも土地と家屋を所有していた。父親はフロリダのフォートローダーデールで豪華なヨットの販売業をしていたそうです。ケイティは麻薬中毒で、リアナが手ほどきした可能性もあるが、そこは断言できない。ボストン近辺に自分とバーニーの滞在する場所が必要とわかったところで、リアナはケイティに連絡を取った。おそらくリアナはケイティをこっちへ連れてきて、彼女がご機嫌で過ごせるくらいたっぷり麻薬を用意して、あの古いデッキハウスに滞在してもらい、コテージも使わせてもらった。あそこはぼくをバーニーと、つまり最初ドニー・ジェンクスと思っていた男と、遭遇させるのにうってつけだった」

「なぜ彼はドナルド・ジェンクスを装ったの？　ばれるのは目に見えていたのに？」

「最終的には、ぼくにばれても問題はなかった。マクリーンのダイヤを強奪するために利用したと気づかれるのも、最初から織りこみずみだったんです。ドニー・ジェンクスの名前を使ったのは、すでにマクリーンに雇われていたから、いちばん使い勝手がよかったんでしょう。お使いを引き受ける前に、あいつのことをぼくが確かめようとするかもしれないし。とにかく、マクリーンに現金を届けてほしいと説得するのに利用できればそれでよかった。頼んだだけで引き受けてもらえるかどうか自信がなかったから、彼女は考えたんです。ぼくとバーニーを遭遇させ、あの男は心底恐ろしい人間だと思わせたら、ぼくの保護本能にスイッチが入り、マクリーンに現金を届けようという気になるだろうと」

「バーニーが必要だった理由と、ケイティが必要だった理由は理解できるけど、なぜ彼女はあなたが必要だったの？」

「べつに必要だったわけじゃない。少なくとも、計画の第一部には。たぶん自分でマクリーンの家へ届けることもできただろうし、ケイティを送りこむことだってできたはずだ。ぼくに現金を運ばせたかったのは、ぼくを巻きこむ必要があったからにほかならない。自分が海に沈められたことを証言する人間として、ぼくが必要だったんです。すべてはそこにつながっていたんだ。マクリーンから現金を奪うのは始まりにすぎず、彼女にはもっと大きな計画があった。ダイヤが欲しかっただけでなく、跡形もなくきれいに逃亡したかった。自分が死亡したことになっている解決ずみの事件が欲しかったんだ」

「それじゃ、あなたはあの日、生き延びることになっていたということ？」

「そのとおり。生き延びることになっていただけでなく、バーニーもそれを承知していた。そういう計画であることを。ただ、バーニーの知らないことがあった。自分が死ぬことになっていたことだ」

「ちょっと話を戻しましょう。なぜバーニーはあなたの友だちを襲ったの？……アイリーン、だった？　なぜ彼女を襲って、車からあなたを狙い撃ちしたの？」

「バーニーが被害妄想に陥っているような状況を作る必要があったんでしょうね。ちょっとおかしくなって、ぼくの口を封じようとしていたり、強奪に関わった人間をみんな始末しようとしているという。リアナはダイヤを奪ったあとすぐバーニーと高飛びせず、ぼくにもういちど会いにいき、これがバーニーを被害妄想と憤激に駆り立てた、というのが基本的なストーリーです。かなり無理のある筋書きだと、いまはわかりますが、しばらくぼくはその話を信じていた。虚栄心につけこまれたんですよ。すぐに逃げていかず、もうひと晩ぼくと過ごしにくるという話を、ぼくが信じたがると踏んだんです」

「それは日曜日の夜のことね？」

「そう。バーニーがダイヤを盗んだあと、二人はできるかぎり遠くへ逃げるのが自然だ。リアナはそうせず、〈カオルーン〉でぼくと会って、そのあとぼくのアパートで一夜を過ごした。出ていく前にダイヤをふたつ、引き出しの、すぐには気がつかない奥にこっそり隠していく。マクリーンが死んでいるのがわかれば警察はぼくを訪ねてくるに決まっているから、かなり危ない橋だった。そんな危険を冒すくらい、ぼくと一夜を過ごすことは許画にとって重要だったんです――ぼくの心を虜にしたまま、ダイヤをこっそり置き、バーニー・マクドナルドが前後の見境をなくす理由をつくり出すことが。

計画の後半には、このバーニーの自制を失ったふりが欠かせなかった。第一部はマクリーンのダイヤ強奪で、こっちは簡単に運んだが、第二部ではリアナが死んだことにして、そのうえでバーニーを消さなければならない。それができたらダイヤは全部彼女のものになり、警察も捜査を打ち切る。彼女は死んだのだから。最初の計画はうまくいくとわかっていたし、ふたつ目の計画はうまくいったら万々歳。ここが大事なところなんです、事の真相、つまり、ぼくの考える真相を理解するためには。強盗事件以降に起こったのはみな、エンドゾーンを狙って一か八かロングパスを試みた感じかな。チームがリードして試合終了を迎えた状況でのヘイルメアリー・パス。言ってること、わかります？」

「なぜここでフットボールの話が？　ああ、なるほど。つまり、成功すれば儲けものってことね。話を続けて」

「では続けます。こっちの計画は複雑すぎて、彼女にもうまくいくかどうかわからなかった。あれはヘイルメアリーで、うまくいかなくても――たとえば、ぼくが船でバーニーを殺せなくても――ダイヤは自分の手にあるし、姿をくらますこともできる。こう考えないと、話の筋が通らないんです」

「じゃあ、船での出来事は？」

「ぼくはこう理解しています。リアナはバーニーに伝えておいたにちがいない。自分が死んだことを証言させる必要があるから、ぼくを生かしておきたいと。なぜバーニーが同意したのか、正確なところはわからないが、やはり彼女にちょっと気があって、歓心を買いたかったんじゃないでしょうか。存在しない人間になる必要があると言って、リアナは彼を説得したにちがいない。つまり最初から、コテージのそばに係留されていたオラーの船にぼくを乗せて海に出るつもりだったんです。ぼくがオラーの家に来たおかげで二人の手間は省け、いっしょに来たカリン・ボイドは運悪く巻き添えになった」

「あなたがあの家に来ていなかったら？」

「そのときは、バーニーがぼくを誘拐する方法をひねり出していたでしょう。あの男がぼくを尾行していたのは間違いない。ケンブリッジのアイリーンのところを訪ねた夜も、本物のドナルド・ジェンクスを車ではねてショットガンを発砲した夜も、ぼくを尾けていた。あのときぼくを殺す気なら殺せたはずだが、そういう計画じゃなかったから殺さなかった。台本どおりに芝居をしていたんです。生け捕りにする予定だったから。オラーの家に麻酔銃を持ってきたのも、だからですよ。それ以外にあんな武器を持ってくる理由がありますか？」

「ちなみに、警察であの銃の出所を追跡したところ、アトランタの動物園に行き着いたわ。盗難届が出ていたの。バーニーの友人があそこで働いていたのかもしれないわね」

「この計画がしばらく前から始まっていたことの証明でもある。あの銃ならぼくを生け捕りにできるし、そこが計画の肝(きも)だった。カリンが来たのは予定外だったが、ぼくといっしょに昏倒させればいい。矢にはぼくを眠らせられるくらいの分量が仕込まれていたから、カリンには多すぎて過量摂取で死んでしまった。どのみち、あそこに来た以上、始末するつもりだったのだから、同じことだけど。

このあいだ、つまりバーニーがケイティ・オラーの家でぼくを追い詰めているあいだ、リアナは車の中で待っていた。いまになってわかることだが、彼女にはちゃんと意識があって、後部座席で気を失っているふりをしていたんです。ぼくが車のそばを通りかかって彼女に気づいたときのために。実際、ぼくは気がついた。気を失っているものと思いこんでいたが、たしかに目が動くのは見えた。あのときは、薬の副作用か、昏倒のダメージが引き起こした痙攣のたぐいだろうと思ったが、いま振り返るとそうじゃなかった。ぼくが窓のそばを通りかかったとき、急いで目を閉じたんだ」

「宣誓書の内容と異なりますね」

「わかっています。考えなおした結果です。彼女は車の後部に横たわっていただけだった。

バーニーがぼくを捕獲するのを待っていたんです」

「でも、彼女を見ていなかったら、あなたはためらわずにそのまま逃げていったかもしれない」

「おっしゃるとおり。首尾よく森へ逃げこんで、道路にたどり着けたかもしれない。その場合、リアナとバーニーはあきらめて高飛びしたでしょう。思い出してください、後半部分は全部ヘイルメアリーだったことを」

「そして、リアナがクォーターバックだった」と、ジェイムズは言った。

「そのとおり。リアナがクォーターバックで、バーニーはせいぜいラインマンといったところかな」

刑事が笑った。「なるほどね。あなたは優秀なラインマンの価値を軽んじている気がするけど、言ってることはわかります。話を続けて」

「だから、いったんぼくが気を失ったら、あとは全員を船に乗せればいい。ぼくとカリンを船が係留されているコテージへ車で運ぶ。リアナがぼくらを乗せるのに手を貸し、そのあとバーニーに自分を縛らせる。二人は向かい合わせで防水シートの下に横たえられる。バーニーは外海へ船を出し、ぼくが意識を回復するまでそのへんを回っている。ぼくが目を覚ましたところで、リアナが計画に着手する。下着にナイフを忍ばせていることを教え、まずぼくのロープを切断させる。ここからはタイミングがすべてだ。ぼくは最終的にロープを逃れるが、リアナが海に投げこまれるまでは自由になってはならない。いつ船を止めて彼女とふたつの死体を投げこみはじめるか、リアナからバーニーに知らせる何らかの合図があったんでしょう。船の舷側をリアナが蹴るのがそれだったんじゃないかな。あのときは船が止まるときの音だと思った。直後にバーニーがリアナを引きずっていって船縁から投げ落としたから。でも、船が止まるときにドスンという音はしませんよね。何かが倒れでもしないかぎり。リアナがバーニーに合図を出す。自分が死ぬところをぼくに目撃させるときが来た。リアナが投げ捨てられるのは止められなかったが、依然としてナイフはある。バーニーはふたつの死体を、時間をかけて投げ捨てていく。ゆっくり時間をかけて、ぼくに残りのロープを切断する時間を与えながら」

「銃にたどり着く時間も」と、ジェイムズ刑事が言った。

「いや、それは違うな。バーニーは銃のことを知らなかった。釣具箱にあるのは知っていたかもしれないが、弾は入っていないと思いこんでいた。だから、ロープを脱出したら、ぼくは救命胴衣をつかんで一か八か海に飛びこむものと思っていたんです」

「そんなことしたら格好の標的になるわ。バーニーには船があるんだから。ぶつければ一巻の終わりじゃないの」

「しかし、ぼくに船をぶつけることにはなっていなかった。逃がすことになっていたんだから。ただ、バーニーは知らなかった。彼女がぼくに彼を撃ち殺す手段を与えたことを。弾の入った銃を置いていったことを。ぼくがバーニーを撃ち殺すことを彼女は願っていた。自分がまだ生きていることを知る者は、一人もいなくなりますからね。彼女は死んだとぼくが報告すれば、死体が見つからなくても――ついでに言えば、ダイヤが見つからなくても――警察が彼女の捜索を続ける理由はなくなる。完璧だ」

「あまりに荒唐無稽な話だわ。うまくいかない可能性が大きすぎる。カリン・ボイドと同じように、あなたもトランキライザーで死んでしまっていたら？　あなたがロープから脱出できなかったら？　バーニーが死んでなかったら？　ほかにもまだまだあるわ」

「バーニーが生きていても、リアナの世界が破滅するわけじゃない。バーニーのほうに彼女を裏切る気はないんですからね。金を分けてやればなんの問題もない。断言はできないけど、あとで彼女はあいつを始末する方法を見つけたんじゃないかな。バーニーは彼女を信用していた。そんなに難しいことじゃない」

ジェイムズ刑事は唇をぎゅっと結び、疑わしそうな顔をした。

「ぼくも最初は同じような疑問をいだいていたが、別の角度から考えはじめたんです」と、ジョージは言った。「さっきも言ったように、計画はふたつあった。ひとつ目は失敗の恐れがないもの。まあ、何百万ドルもの強奪だから絶対はないにせよ、まずしくじりようのない計画だったんです、マクリーンのダイヤを奪う計画は。ふたつ目の計画は、うまくいけば儲けもの。ダイヤを手に入れたあと、バーニーを厄介払いし、実在しない人間として永遠に姿をくらます計画だ。後者はうまくいかない可能性があった。あなたが挙げた以外にも、失敗する可能性がたくさんあった。ぼくがボストンから逃げ出したかもしれない。アイリーンのコンドミニアムの外でバーニーが誤ってぼくを射殺していたかもしれない。そういう事態がひとつでも起きたら、リアナは計画の後半部分から手を引くつもりだった。ボストン市警が名前もろくに知らないうちに、この街から消えていたでしょう。しかし、彼女は粘り強く最後までやり遂げた」

このあとジョージは、「ダイヤはどこからも見つかっていないんでしょう？　おかしいと思いませんか？」と言葉を継いだ。

「あなたも知ってのとおり、一部は見つかりました」

「あれ以外のダイヤのことです。絶対ふたつだけじゃない」

「あなたの言うとおりで、この計画は全部リアナが練り上げたものとしましょう」と、ジェイムズが言った。「バーニーに海へ投げこまれたあと、彼女はどうやって脱出したの？縛られていたはずよね。バーニーがコンクリートブロックを結びつけるところを見たんでしょう」

「そこは断言できません。縛られていたんじゃなく、そう見せかけていただけかもしれない。コンクリートブロックは本物だったと思うけど、海に入ると同時にほどけるようになっていたのかもしれない」

「水のはねる音が一回して、あとは何も聞こえなかったんでしょう？」

「記憶にある限りでは。しばらく水中を潜水して、ぼくから聞こえないくらい離れたところで浮き上がったのかもしれない。近くに別の船がいたり、浮き具のたぐいがあったのかもしれない。この時点でぼくはまだ甲板で縛られていたんです。船の外で何か起こっていても何ひとつ見えなかった」

「そんなこと、ありえるかしら」と、ジェイムズ刑事。

「正直、ここの解釈にはぼくも苦しんでいます。あそこは大海原だった。リアナが水中に沈んでしばらくしてから船上に立ったけど、何も見えなかった。しかし、リアナなら、なんらかの手段で新しい人生へ泳ぎ着いてのけてもおかしくない。どんな奇策を使ったかは知らないが、彼女はやってのけたんです。手品を使って」

「想像がつかない。船は陸から何キロも離れていたのよ」

「ばかばかしいと思うかもしれないが、どう見てもあの状況はおかしいですよ。ぼくは頭のなかであの船上へ何度も引き返してきたんです。すべてがぼくを目撃者にするために仕組まれていたとしか思えない。都合がよすぎるじゃないですか。リアナはぼくの手が届くところにナイフを忍ばせている。ナイフをつかんだとき、どっちを先に切るかと訊くと、ぼくのほうと言う。ぼくの手が自由になった直後に、バーニーがじゃま者を投げこみにかかる。まずリアナを海に投げこむが、そのあとすぐにはぼくを投げこもうとしない。どう考えてもおかしい。生きている二人をまず始末して、それから死体を捨てるのがふつうでしょう。ぼくがロープを切って自由になって脱出を果たせるように、すべてが仕組まれていたんだ。ぼくを目撃者にするために」

「だけど、海に飛びこんだところで、生き延びられる保証はどこにもなかったのよ」

「保証はどこにもなかった。全部ヘイルメアリーだったんだから。信じがたい話だろうけど、リアナがむざむざバーニーの手に落ち、二人とも死んで、ダイヤはどこにも見当たらないなんて、ありえますか？」

「どれもありえない気がする。これを……考えているのはわたし一人じゃないけど……あなたがダイヤを全部持っている可能性だって、ないわけじゃない」

「ぼくが全部持っているのなら、なぜ下着の引き出しにふたつだけ置いておくんです？」

「自分の主張を裏づけて、陥れられたように見せかけるためかもしれない」

「ぼくがそんな知能犯なんて、お門違いだ。買いかぶりすぎですよ、刑事さん」

「そう思っているのはあなた一人じゃないわ」

取り調べのあとジョージはまた一時間ほど一人にされた。防音室の外で交わされている会話を想像した。いま逮捕すべきか、あとにすべきか、判断が下されているのだ。その心配をしようとしたが、引き出しに置かれていたダイヤのことが頭から離れなかった。あれはリアナからの〝感謝の気持ち〟だったのか？　それとも、最後の〝くたばれ（ファック・ユー）〟だったのか？

ジェイムズ刑事が部屋へ戻ってきて、「ミスター・フォス、帰っていただいてけっこうです。とりあえず、これで取り調べは終了です」と言った。

ジョージは立ち上がった。「送ってくれますか？」

外に出ると、ジョージは煙草に火をつけた。「逮捕されるものと思っていました」市警本部の煉瓦階段まで来てくれたジェイムズ刑事に、彼はそう言った。

「あなたのおかげでうちは大混乱。でも、いずれ逮捕されますよ。容疑の種類と時機の問題だけで」

「警告に感謝します」

「あなたの先にリアナ・デクターがいる、というのが市警の大半の見かたなの」

「彼女は海で溺死していないというぼくの説に同意している人がいるわけだ」

「そうじゃなくて、彼女は船に乗っていなかったというのが大方の見かたよ。彼女が乗っていたという証拠はどこにもないんだし」

「ぼくの話以外には」

「あなたの話以外には」

「まだあるうちに自由を楽しませてもらおうかな」

「ああ、それと、ボストンから出ないこと。正式に警告しておきますよ」

「どうしてまだ、ぼくを信じてくれるんですか？」と、ジョージはたずねた。

「信じているかどうかわからないけど、あなたは嘘をついていない気がするの。仕事柄、大勢の嘘つきからごまんと嘘をつかれるのよ。善意でお金を届けにいったのも、リアナとバーニーにはめられたのも本当でしょう。自分の寝室にダイヤがあることを知らなかったのも。リアナはまだ生きていると、あなたが思っていることも」

「しかし、あなたはそうは思わない？」

「オッカムの剃刀（かみそり）という言葉は知っている？」

ジョージはうなずいた。物事はできるだけシンプルにとらえるべしという哲学的な思考法のことだ。

「今回、いちばんシンプルなのは、こう考えることよ。ダイヤをごっそり強奪したのはリアナ・デクターとバーニー・マクドナルドだった。バーニーが欲に駆られたのか、嫉妬に駆られたのか、あるいはその両方かで、関係者を全員始末することにした。ところが、成功を目の前にして、逆に自分が殺された。ダイヤの行方は……誰にもわからない。どこにあってもおかしくない」

「それなら、なぜぼくはいまここにいるんです？　バーニーが本気で殺す気だったら殺せたはずだ。本気のあいつをぼくが倒せたと思いますか？」

「運がよかったのね」と、彼女は言った。「ものすごく」

27

アパートに戻ったとき、これから何をしなければいけないかわかった。もう夕刻だ。ノーラに餌をやり、サーブのキーをつかんで、玄関から外へ出た。ニューエセックスに戻るのだ。リアナは何か残していったにちがいない。探し物がどんなものかは、見つかったときわかる。

町の中心のロータリーを通り抜けると、心拍数が倍に上がった感じで、めまいがしてきた。キャプテンソーヤー・レーンにたどり着く前にビーチ・ロードで教会の駐車場に乗り入れた。窓を下ろし、潮風を胸いっぱい吸いこむ。あのコテージに初めて車で向かったとき、教会のベンチに座りこんでいる人物がいたことを、ふと思い出した。眠りこんでいる男を見て、あのベンチで死んでいるのに、日向ぼっこをしている年老いた教区民らしく見えるせいで誰も気がついていないのかもしれない、と考えたのだ。

動悸がおさまると、ジョージは車のギアを入れなおし、教会の駐車場を出た。右折してキャプテンソーヤー・レーンに入り、右に出てくるオラーの家の、轍がついた車寄せの道に入る。日が傾いてきて、松の木の森は暗かったが、いまも敷地を囲んでいる警察の黄色いテープがはっきり見えた。

メキシコの絵はがきが挟みこまれたリアナの『レベッカ』を見つけたあと、ジョージは暗い道をボストンへ戻った。空調はつけたまま、煙草の煙が外に吐き出されるよう、窓を少しだけ開けて。あの本にどんな意味があるのか――ダイヤと同じく彼のために置かれたものなのか、それともただの置き忘れなのか――は、よくわからないが、自分にとってどんな意味があるかはわかった。自分以外に誰一人つかんでいない手がかりだ。

アパートに戻るとカウチに腰を下ろし、本をめくった。しるしのついた箇所がたくさんある。どれも青いペンで囲われていた。リアナはいつも自分の本に青い囲みを入れていた。ジョージはペンのしるしに指を走らせた。ゆがみのないまっすぐな線に。マヤ遺跡の絵はがきが挟まれていた六ページを開き、しるしのついた一節を読んだ。「浮世のドラマは充分すぎるほど味わってきたし、いまの平穏と安心を保証してくれると言われたら、この五感と引き換えにしてもいいとさえ思っている。幸福は後生大事にかかえこむものではなく、精神の状態、心のありようなのだ」

その夜、ジョージは眠れなかった。何か考えるたびにリアナの顔が浮かんできて、やがて彼は確信した。この頭にたえず彼女が現れるのは、彼女がどこかで生きているという、さらなる証拠だと。しかし、海から生還したあと彼女はどこへ行ったのか？　彼女はダイヤを持っている――それだけは間違いない。そして、新しい身分を手に入れる。新しい名前を。新しい髪を。どこか遠くで暮らしている。あれは天賦の才なのだ。変身は。特異技能、生まれ持った才能なのだ。ほかの誰かになることができる。そのあと、その誰かを殺すことも簡単にできる。じゃまになったらみんな始末する。変身がリアナの才能だとすれば、彼女がジョージに引き寄せられてきたのは、ジョージが決して変わらない人間だからだ。いつも同じだからだ。

だから彼女はボストンでぼくを探していたのだ、とジョージは思った。けじめをつける必要があったからでも、彼にもういちど会いたかったからでも、困っていて彼の助けが必要だったからでもない。彼女がジョージのところへ戻ってきたのは、彼が役割を――ちょっとした通行人役を――演じることができ、その役目を演じさせるのは、きれいな見かけでバーに現れておびえているふりをするのと同じくらい簡単だったからだ。

夜明けの光が寝室の窓に射しこみはじめた。ゴトゴトと、グローブ紙の配達トラックが下を通る音がする。一睡もしていないのに、すっかり目が冴えていた。自分が何をしなければならないか、ジョージにはわかった。

「アイリーン・ディマスですが」

「やあ、ぼくだ」

「あら、わたしの知らない番号ね。どこにいるの？」

「じつは、遠いところに。しばらくこっちにいる。ひとつ頼みがあって」

「そう。いいけど」アイリーンの声の向こうから職場のにぎやかな音が聞こえた。木曜日の五時を回ったところだが、なんとか職場でつかまえることができた。

「ノーラの世話をしてもらう必要があって」

「いいわよ。いつ帰ってくるの？」

「できたら、きみのところで預かってもらえないか。しばらく戻れないかもしれないから」

アイリーンの声の調子が高くなった。「逮捕されたの？　どこからかけているの？」

「いや、そうじゃない。とりあえず、まだ逮捕はされてない。市外にいるんだ。帰りがいつになるか、よくわからない。ノーラがきみのところにいるとわかれば安心だ」

「お願いだから、彼女を探しているなんて言わないで」

「わかった。彼女を探しているんじゃない」

「信じられない。こういうことは警察にまかせなくちゃ」

「警察はリアナを探しているんじゃない。ぼくを見張っているんだ。行方不明のダイヤがいくつか、ぼくのアパートで発見された」

「いつ？　どうやって？」

「もう行かないと。とりあえず、ノーラの世話は引き受けてくれるな？」

「もちろんよ。まかせて。どこにいるか言えないの？」

「言えないんだ。すまん」

「彼女が見つかったら、どうする気？」

「もう行かないと。ノーラを頼む。またかける」

アイリーンが質問を投げかける前に、ジョージは電話を切った。

リアナが見つかったらどうするのか？　じつは自分でもよくわかっていなかった。罪を償わせる、と言えたらどんなにいいだろう。しかし、彼は決めかねていた。それでも、リアナ・デクターが見つからず、彼女が犯人であることを証明できなければ、自分が逮捕され、しばらくどこかに収容されるのはわかっている。彼女が〈ジャック・クロウズ〉に現れてからバーニーの船で大量の血が流されるまで、ボストン周辺で起こったことはすべて、リアナの思惑どおり展開したことになることも。

ジョージは使い捨ての安い携帯電話を買ったときの袋に戻し、ピクニックテーブルの横のゴミ容器に押しこんだ。食べ物を捨てたのかと、黄色い目をした黒い鳥がさっと舞い下り、容器の端にとまった。ジョージは立ち上がって、メッセンジャーバッグを肩にかけた。昨日のボストン・グローブ紙に包んだ現金一万ドルがバッグの内ポケットに収まっている。パスポートと多少の着替えを除けば、前日アパートを出るときに持ってきたのはそれだけだ。警察に見張られている可能性もあるから、大きな鞄で出かけるわけにはいかない。

夜明けが来て、アパートから涼しい外へ出たとき、黄色いタクシーがエンジンをかけたまま角に止まっているのを除けば、不審なものは見当たらなかった。それでも彼は、サーブを置いているガレージまで歩いて、正面入口から入り、机で眠りこけている当直員のそばをそっと通り抜けて、裏口からゴミの散乱している外の路地へ出た。そこから最寄りのT駅まで歩き、地下鉄でサウス駅まで行った。ローガン国際空港まで行って飛行機に乗ろうとすれば、制止を受けるだろう。だが、カナダの空港からなら可能性はある。モントリオールまで行く鉄道はないから、バスの片道切符を買った。

カナダ国境の管理官はパスポートにスタンプを押し、ほとんど顔を見ようともしなかった。カンクン行きの航空券を買ったモントリオール－トルードー空港でも同じだった。空港のセキュリティで質問を受けると思っていたし、四分の三くらい埋まった飛行機が飛び立って、モントリオールのダウンタウンを越えセントローレンス川を越えてメキシコへ向かったときは、ほとんど信じられない気持ちだった。

おんぼろバスに一時間揺られて、カンクンの南にあるトゥルムの町に着いた。ホテルに部屋を取る必要がある。何も訊かず、現金払いに応じてくれるような安ホテルに。しかし、まずは携帯電話を買って、マヤ遺跡へ向かった。

断崖絶壁に広がる灰色の遺跡と、その向こうの静かな海に太陽がきらきら輝いているところを見たとき、ジョージは〝絵はがきそっくりだ〟と思った。そして、リアナが大西洋の海底に眠っていないのは確実との思いを新たにした。彼女は生きている。

謝辞

大学一年生のカップルの物語を読み、彼らが二十年後に出会ったらどうなるだろうと言ってくれたエージェントのナット・ソーベルがいなかったら、本書は存在しなかっただろう。彼の導きによって物語はゴールにたどり着くことができた。これで完璧と自分で思うたび、ナットはもっとずっとよくなるはずだと指摘してくれ、毎回彼の言うとおりだった。

文芸誌ミステリカル・Eで最初に本書を短編小説の形で活字にしてくれたジョー・デマーコにも心から感謝したい。一万ワードちょっとの話に興味を示す文芸誌は皆無に近く、オンライン雑誌となればさらに少ない。ジョーはわたしが送った長い物語を読んでくれただけでなく、それにゴールを与えてくれた。また、わたしの物語を〈オンザウェブ最優秀短編〉賞にノミネートしてくれたスパインティングラー誌にもお礼を述べたい。

ウィリアム・モローの編集担当者デイヴィッド・ハイフィルに感謝の意を捧げたい。デイヴィッドの知性と情熱のおかげで、編集過程の苦しみは思っていたよりずっと小さくなった。フェイバー・アンド・フェイバーの編集担当者アンガス・カーギルの的確な提案は本書にいっそうの磨きをかけてくれた。そして、プロ魂とそれを上回る思いやりで貢献してくれたソーベル・ウェーバーのチーム——ジュディス、エイディア、ジュリー、カーステン——のみなさんにも、ありがとうを言いたい。

ミリアム・スタインベックは非常にまれな組み合わせで、素晴らしいボスであると同時に親友でもある。一致協力して教員訓練に取り組んできた十六年以上に及ぶ歳月で、彼女はわたしのスケジュールを調整して執筆の時間を与えてくれ、プロジェクト・マネジャーとしての仕事と空き時間に行う執筆の両方を、たえず励ましてくれた。心から感謝している。

そして最後に、わたしの最初の読者であり、最大のファンであり、もっとも厳しい批評家であるシャーリーンに、ハート形の〝ありがとう〟を。たびたびオフィスのドアをわたしに閉めさせてくれてありがとう。

訳者あとがき

アメリカの人気ミステリ作家ピーター・スワンソンの長編ミステリ第一作『時計仕掛けの恋人』（原題：*The Girl with a Clock for a Heart* 二〇一四年）をお届けする。

話はアメリカ東海岸のマサチューセッツ州ボストンに始まる。季節は夏。街は例年どおり猛暑に見舞われていた。湿気の高い粘つくような空気。この季節特有の臭気にも覆われている。主人公のジョージ・フォス（独身、三十九歳）はそんな気候にうんざりし、同時に自分の人生にも鬱々としていた。全国的に有名な文芸誌の管理職にあり、安定した収入もあり、「くっついては離れ」ではあっても特定のガールフレンドがいて、そこそこ満足のゆく住まいも手にしている。しかし、とりたてて刺激もなく同じように過ぎていく日々を漠然と憂えていた。典型的な「中年の危機」だ。

そんな彼の前に、かつての恋人リアナが現れる。大学時代、めくるめく日々をともにした初めての女性（ひと）だ。ある事件を境に二十年ほど消息を絶っていた彼女が突然、彼の前に姿を見せ、頼みがあるという。何の刺激もなく退屈なまま過ぎていこうとしていた夏。街灯の光に吸い寄せられる蛾（が）のように、ジョージは思いがけない状況へ巻き込まれていく……。

本書を初めて読んだときの印象は鮮烈だった。この作家は読書好きを夢中にさせる力を秘めている。そう確信させるものがあった。何より、風景の描き方がすばらしく秀逸だった。物語の情景はもちろん、特筆すべきは心象風景だ。揺れる思い。知と情の交錯。迷いと決意、そして、また迷い。さらにその心象を舞台の情景に重ねていく筆致が新人離れしていた。物語を動かしながら、読み手の心を揺らし（ロック）、転がす（ロール）力、場面のひとつひとつを鮮やかに浮かび上がらせるイメージの喚起力は、詩人としても活動していた彼ならではの資質なのか。読み手にもどかしい思いをさせながらページをめくらせる「筆力」に感嘆したものだ。

もちろん、ミステリという点では、さまざまな書評者が指摘しているように、これまでに書かれた秀作の数々を咀嚼（そしゃく）し養分として蓄えていたこともあるだろう。金庫にまつわるトリックなどじつに気が利いていて、格言にしたいくらいだった。

使い古されたフレーズではあるが、デビュー作にはその作家のすべてが詰まっているという。本書に詰めこまれたその才能のきらめきをスワンソン・ファンのみなさんにご堪能いただけたら幸いだ。

彼のデビュー作は私の拙訳で二〇一四年にヴィレッジブックスから出版されたが、不幸にして読者の手に届けきることができなかった。この作品を最後に担当編集者が同社を離れてしまったことをはじめ、当時の翻訳ミステリ出版にまつわる諸事情が重なってのことだ。

ところが二〇一八年末、突如、スワンソンの名が脚光を浴びる。第二長編『そしてミランダを殺す』(原題:*The Kind Worth Killing*/東京創元社刊)が「このミステリーがすごい!二〇一九年版」海外部門で二位を獲得したのだ。作家の力量を確信していた私にとってうれしい驚きであったと同時に、この状況には複雑な思いも禁じ得なかった。デビュー作の出版直後、私はこの第二長編の版権獲得をプッシュすべく、作品の内容をまとめたレポートをヴィレッジブックスに提出していたからだ。出版は実現せず、四年の空白を経て一八年末の朗報に接する。

以降、新たな訳者を得たスワンソンの作品は順調に翻訳されていった。『ケイトが恐れるすべて』『アリスが語らないことは』と、登場人物の女性の名前をタイトルに挿入する「スタイルの統一」もあり、一種の「シリーズ化」を実現している。本書をその系列に連ねるなら、さしずめ「オードリーの巻き戻した夏」とでもなろうか。スワンソンは年一作のペースで作品を書き上げていて、この先には、*Before She Knew Him*（二〇一九年）、*Eight Perfect Murders*（二〇二〇年）、*Every You You Break*（二〇二一年）、*Nine Lives*（二〇二二年）と、二二年七月現在未訳の作品も残っていて、今後の出版にも期待が増すばかりだ。

え？　悔しくないか？　それを聞くのは野暮というもの。ただ、訳者としての私は本書の主人公ジョージほどには過去を引きずらないタイプのようだ。その質問を受けたときには、日本におけるスワンソンの「最初の人」になったこと、今回ハーパーコリンズ・ジャパンのご尽力を得て再度本書をご紹介できる運びになったことで充分だと、にっこり笑って答えようと思っている。

二〇二二年七月

訳者紹介　棚橋志行
東京外国語大学英米語学科卒。出版社勤務を経て英米語翻訳家に。主な訳書にカッスラー＆バーセル『ヴァンダル王国の神託を解き明かせ！』(扶桑社)、グレイシー他『ヒクソン・グレイシー自伝』(亜紀書房)、ホーガン＆センチュリー『標的：麻薬王エル・チャポ』(ハーパーコリンズ・ジャパン)など。

ハーパーBOOKS 

時計仕掛けの恋人

2022年8月20日発行　第1刷

著　者　ピーター・スワンソン
訳　者　棚橋志行
発行人　鈴木幸辰
発行所　株式会社ハーパーコリンズ・ジャパン
東京都千代田区大手町1-5-1
03-6269-2883（営業）
0570-008091（読者サービス係）
印刷・製本　中央精版印刷株式会社

この書籍の本文は環境対応型の植物油インクを使用して印刷しています。

ISBN978-4-596-74728-0

光文社文庫

かきあげ家族

中島たい子

光　文　社

目次

かきあげ家族

「この夏！」

光る刀をふりあげて宿敵を斬る、ヒロイン。

「全世界を泣かせた！」

桜の花が散る中、余命わずかの妻を抱きしめる夫。

「あいつが、帰ってくる！」

ロボットだか人間だかわからない、未来のタフガイ。

「アカデミー賞、驚異の全部門ノミネート！」

ミュージカル風に、カメラ目線で歌って踊る群衆。

「○月×日、全世界同時公開！」

暗闇でふりかえる、白塗りの顔のピエロ。

「劇場内での映画の撮影・録音は犯罪です。法律により十年以下の懲役、もしくは一千万円以下の罰金、または――」

目まぐるしい予告編が流れ、映画を盗む「カメラ男」が踊る公共広告で終わると、一瞬照明が落ちて闇になった。明かりと一緒に自分も消しなさい、という合図だ。そして改めて映写室から光が放たれる。大きなスクリーンの上でそれは跳ね返り、いよいよ本編が始まった。ドーンと、お馴染みの配給会社のマークが現れ、ジャーンと製作会社のロゴが浮かび上がる。次には監督の名が——。

「おじいちゃん」

スクリーンの世界に今、入ろうとしていた中井戸八郎は、孫の声で現世に引き戻された。

「だいじょうぶ？」

隣の席の吾郎が囁くように聞いて、闇の中でつぶらな瞳を光らせている十歳の孫に、八郎は声小さく返した。

「なにが？」

職業柄、あまり観たくないものも含め何千という作品を映画館で観てきた八郎であるが、本編が始まるこの瞬間は、どんな作品であっても、勝手に体が前のめりになる。たとえそれが、自分が監督をやる予定だった……要は、降ろされた作品であってもだ。最も観たくないものではあるが、観ないでもいられない。さあ、来い！　とばかりに身構えたタイミングで孫に割り込まれて、八郎は眉間にしわをよせているが、吾郎はわかっているような口ぶりで続けた。

「この映画、ホントはおじいちゃんが撮るはずだったんでしょ？」

「なんで知ってる？　誰が言った？」

八郎は声をひそめるのも忘れて問う。

「おばあちゃん」

　吾郎はさらに声を落として教えた。

「おじいちゃんが観てる途中で『映写機止めろ！』って騒ぐかもしれないから、一緒に行けって」

「それでついて来たのか？　アニメでもないのにおかしいと思った」

　八郎は憤慨して孫に言う。

「んな、イカれた真似するわけないだろ。それに、今どき映写機なんかまわしてない、プロジェクターだ」

「知ってる」

「いいか、六十九年生きてておれが映画の途中で席を立ったのは、Ｏ１５７で腹を下したときと――」

「ちょっと、うるさい」

八郎と吾郎の後ろに座っている男性客が指を口にやって身を乗り出してくる。

「あ、すまん」

と八郎はどこか偉そうに後ろの客に謝って、吾郎に前を向くよううながした。が、またすぐに口を開き、

「あとは、おれの映画のクライマックスで隣の若造がスマホをいじりだしたとき、外に出ろと――」

「しーっ！」

今度は吾郎が指を立てて、八郎は黙って、スクリーンに目を戻した。

二時間後、流れるエンドロールを八郎は見つめていた。せっかちな客は立ち上がって帰っていくが、まだ多くの客が席に残っていて、余韻を味わいながら洟をすすっている。八郎は鼻水も涙も流していないが、瞬きを忘れたように目を見開いたまま、やはり席を立てないでいる。客電が点いて、ようやく我にかえった八郎は、孫がいることを思い出してそちらを見た。さすがに大人の映画すぎたのか眠りこけている。ゆすられて起きると、吾郎は寝ぼけまなこのまま聞いた。

「おじいちゃん、騒がなかった？」

八郎はそれには応えず、何も映っていない白いスクリーンに目を戻した。そして、

「今の映画は……コメディじゃ、ないよな？」

確かめるように吾郎に聞いた。

「笑いはあったけど……違うと思う」

吾郎は、ハンカチを目にあてて帰っていく客を見ながら答えた。

「……そっか」

孫と一緒に席を立った八郎は、ロビーに出ると、今観た映画のポスターの前で、足を止めた。『しあわせ家族』というタイトルの上に『速報』と書かれた紙が貼ってあり、海外の映画祭でこの映画が賞を受賞したことを告げている。

「おじいちゃん……」

ポスターをじっと見つめている最近白髪が増えてきた祖父を、吾郎は見上げて、だいじょうぶ？　と、また言おうとしたが、やめて代わりにコメントした。

「……でも、ぼくは寝ちゃったよ」

「おれの孫だからな」

と八郎は微笑んで、気遣う孫の手をとった。

「帰ろう」

八郎はそこを離れたが、ロビーを出るとき、チケット切りの男が、「あれっ？　中井戸監督？」

と声にして、八郎に気づいたようだった。珍しいことではなく、会釈を返すこともあるが、さすがの八郎も今日はそのような気分にはなれず、帽子のつばを下げて、吾郎と一緒に速やかにそこをあとにした。

再び闇の中に八郎はいた。自分の存在を消したいがために。

「途中で帰ってくると思ったけど」

しかし妻の声がして、八郎はしかたなく目を開けた。書斎の安楽椅子で寝ているふりをしていたのだが、元女優である百合子を騙すことはできない。

「おれが映画の途中で帰ったのは、Ｏ１５７で……」

その先を言う気力はなく、八郎は書斎の入口に立っている百合子を見た。細身のパンツにカーディガンを羽織り、ショートカットで化粧っ気もないが、ひいき目に見れば、六十代後半のわりにはプロポーションも維持し、可愛さも残っている。一方、八郎も装いで言えば、現場でも家でもジーンズで通し、歳のわりにはカジュアルであるが、長年のロケで浴びた紫外線や寒風、かきまくった冷や汗などで、顔はお世辞にも艶やかとは言えず、逆に老けて見られることが多い。また、学者風のもさっとした大きな頭や、もの言いたげな顔が普通の職種ではないことを匂わせ、年齢職業ともに不詳な印象だ。

「あの三木香林が主演なら、そりゃ、賞だって取るわよ」

百合子は吾郎が持って帰ってきた『しあわせ家族』の映画のチラシを見て言う。八郎は首をよこにふった。

「原作者が正しいよ。『中井戸が監督じゃ、嫌だ』と、はっきり言った作家が。おれが撮るんじゃや、三木さんは出ない。結果、賞も取れない。爆笑映画にしちゃって、それで終わりだ」

「確かに」

と速やかに同意する百合子に、八郎は自分で言っておいてムッとするが、机の上に放り投げてある本を取った。先ほど観た映画の原作小説である。

「……おれは、笑える映画にした方がいいと思ったんだがなぁ」

ページの枚数を超える勢いで貼ってある付箋を指でなでる八郎を、百合子は半ば哀れみの目で見ている。

「でも、吾郎は寝てたな」

負け惜しむ八郎に百合子は、吾郎はあなたの孫よ、と指摘してから、それでも励ますように言った。

「べつに賞なんかもらわなくたって。この歳まで監督を続けてこられたってことが、賞みたいなものじゃない」

もの憂げに八郎は目を細める。

「おれもそう思ってきたさ。でも、人に言われると、なんか傷つくな」

妻は、めんどくさいという顔で天井を仰ぐ。

「じゃ、次の映画でまたがんばれば、いいじゃない」

「………」

八郎はしばらく沈黙していたが、聞こえなかったかのように窓の方を見た。

「パチパチやってるが、植木屋が来てるのか？」

百合子は、八郎の様子に驚いて問う。

「まさか……次の仕事、ないの？」

八郎は立ち上がり、妻に背を向けて窓に向かった。

「決まってない、だけだ」

そう言って黙ってしまった夫の背中に、

「ってことは……いよいよあなたも、おはらい——」

と百合子は言いかけて、口を閉じた。

「……悪いが」

窓から庭を見下ろしている八郎は、妻に頼んだ。

「少し……一人にしてくれないかな」

そしてチラッと肩越しに妻の反応をうかがうと、すでに百合子はいなかった。言われる前に消えていた。

「……ありがと」

八郎は、誰もいないドア口に礼を言った。やるせないまま、また窓に向き直り、ため息をついて自宅の庭を見やった。

確かに賞とは縁がなかったが、このような植木屋が入るような一軒家を都内にかまえている監督というのは、けして多くはない。コメディシリーズをヒットさせた絶頂期がバブル期と重なったこともあるが、百合子が言うようにこの歳まで、とにかく数は撮ってきたという自負もある。充分撮った。ここらでフェイドアウトしても誰も不思議には思わないだろう。惜しまれながら消えるのもありかもしれない。……惜しまれる、のだろうか？　と八郎が自問したそのとき、
ウィーン、ウィンウィンウィーン！

音にびっくりして、八郎は目が覚めたように植木の剪定(せんてい)をしている男を見た。よく見

れば白髪まじりで八郎とたいして歳も違わなさそうだが、ホラー映画のアイテムにも似た植木用電気バリカンをおかまいなしにふりまわしている。

「なにやってるっ、止めろ！　カァーッ、カッ！」

八郎は咄嗟に窓から顔を出して男に向かって怒鳴った。職業柄よく通る声は届いたようで、作業着姿の男は、バリカンを持ったまま八郎を見上げた。

「カット？　もっとってこと？」

男は電気バリカンのパワーをさらにあげて、八郎は慌てて両手をあげて、それを制した。

「違う！　逆！　おれがカットって言ったら、止めろってこと！」

意味がわからんという顔をしている男に、八郎は言った。

「切ればいいってもんじゃないだろ！　だいたいなんだ、その凶器みたいな道具は？　あんた植木屋じゃないな？」

「ないよ」

電気バリカンを止めて、男は平然と返した。

「この程度の庭なら、シルバー人材センターで充分でしょ」

「この程度？」

八郎は反論しようとしたが、眼下にあるそれを改めて観察すれば、建てたときこだわって調えた竹林も、贅沢して造り込んだ生け垣も、手入れが必要な草木はいつの間にかほとんど消えて、代わりにアロエと紫蘇がやたらと植わっている。あとはビワの木。かろうじて残っている風情のある木は、実家から持ってきた沙羅の木ぐらいだ。

「食えるもんばっかりだな。おれが知らぬ間に、ひどいことになってる」

「五年前からうちのセンターで切ってるけど、ずっとこんな感じよ？」

「あ、そう……」

確かに、このように庭を見下ろして立っていることは多いが、常に頭の中は仕事のこと——役者より日当が高いライオンがちっとも動かない、とか、対照的にテンション高すぎる助演男優が公開が終わるまで捕まらないでいてくれるか心配、とか、その男優とライオンがからむシーンをどうにか撮ったけど、結局、尺の都合でカットするかも、とか——でいっぱいで、庭そのものなど目に入ってない。

「そうだった、ご主人は監督さんだったよね？　だから『カット』か」

人材センターの男は思い出したように言った。

「なんだっけ、テレビで観たことあるよ、監督の映画……なんだっけ……なんとか」

結局タイトルは出てこないが、八郎は少し態度を変えて聞いた。

「まあ、なかなか映画館には行かないでしょう？」

しかし彼は得意げに否定した。

「いや、シルバー割引になってから、けっこう映画館で観るようになったね。先週も『しあわせ家族』っての観たけど、泣いちゃったね」

八郎は無言で返したが、話の矛先を変えた。

「……洋画なんかは、観ます？」

のってきた相手は持っている電気バリカンを下に置いて語った。

「洋画はね、アカデミー賞を取った『グリーンブック』っての観たよ。あと『ジョーカー』ってのを、『バットマン』が好きな孫と一緒に。あれも賞を取ったらしいね」

「………」

「あれ、なんか悪いこと言ったかな？」

「ご苦労さん。おれも近々、センターに面接に行くかも」

人材センターの男は首を傾げているが、八郎は不機嫌な顔のまま窓から離れようとした。そのとき、勝手口のドアが開く音がして、反射的に八郎はそちらを見下ろした。

そこから出てきたのは百合子ではなく、驚いたことにもう一人の身内だった。二十年近く家にひきこもっている、今年三十六歳になる次男の真太郎だ。

「あいつ、こんな日中に出かけるのか……」

ガレージを抜けて寝癖がついた頭のまま通りへと出ていく、冬眠から覚めたばかりの熊のような息子を、八郎は庭と同様、久しぶりにまじまじと見た。同じ屋根の下に暮らしながら、話すことも顔を合わせることも、ほとんどない。むしろ、所帯を持って他で暮らしている他の子供たちの方が、盆暮れに訪ねてくるから顔は合わせている。とはいえ庭と同じく、彼らのことも目には入っていても、見ていないのかもしれないが……。

ひきこもりの息子の姿が見えなくなると八郎は、安楽椅子へと戻ってきて、また目を閉じた。驚くほど殺風景になった庭と、若くはないひきこもりの息子を久しぶりに見て、八郎は自分が『2001年宇宙の旅』のボーマン船長のように、ワンシーンで一気に老け込んだ気持ちになるのだった。そろそろ「ぬり壁」のような四角い物体モノリスが出てくるかな、と物思いにふけっていると、

ピンポーン。

玄関のインターホンが鳴った。約束はないから、自分の客ではないはずだ。勝手口というものを知らない若い配達員のたぐいだろうと、八郎は目を開けずに思う。ちなみにホラー映画で考えれば、表玄関から入ってくるのは「悪いヤツ」と決まっている。裏口や窓から侵入してくるより、真っ正面から堂々と入ってくる方が、心理的に恐く感じる

からだ。呼び鈴やドアノックの音がして、扉を開けるまでの間、観客はもれなく緊張する。そして、殺人鬼、変質者、人間に化けたエイリアンが「こんにちは」と笑顔で入ってくると、安全地帯であるはずの家は一変して恐怖の場となる。そのオーソドックスな手法はヒッチコック前史から使われているもので――。

「こんにちは」

その声に、八郎はびっくりして安楽椅子から跳び上がった。書斎の入口に若い男が立っている。

「監督、お休みのところすみません」

「びっくりした！　森くんか。おれを殺す気？」

心臓を押さえて言う八郎に、大手映画会社の若手プロデューサー、森陽一は、

「三年前、監督の映画で大赤字を出したときは、ちょっと考えましたけど」

笑顔で入ってきた。奥様が出かけるところで、勝手に上がってと言われましたと頭を下げる彼は、ワイシャツにノーネクタイ、清潔感のある眼鏡をかけていて、三十代半ばだが新入社員のようである。八郎に勧められるまま、森はソファーにひざをそろえて座った。酒も飲まず、未だ独身だが、家事も好きで不便は感じないと言う。

「映画業界も、変わったもんだな」

庭と息子に続いて、仕事相手のことも八郎は改めてまじまじと見た。

「昔の仕事相手なんて酒臭いか、博打好きか、挙動不審かのどれかだった」

「ほぼ犯罪者ですね」

そんな連中はここに来ても、まずはトイレを借りて、机の上にある脚本をタイトルから五枚程度パラパラと読んで、

「……一杯、やりに行きますか？」

と言ってくるのが普通。そんなのはまだいい方で、会うたびに違う病気にかかっているプロデューサーや、着るものがなくてと母親の花柄のブラウスを着てくる脚本家、ふるえる手でタバコの火を毎回絨毯に落とすプロダクション社長は、愛人のプロモーションビデオを内々に撮ってくれないかと頼んでくるし、ろくなもんじゃなかった、と懐かしむように八郎は言う。

「クランクアップ前の現場につきものの、家に帰ってない臭、すら近頃はしない。漂ってくるのは、ハリウッド進出をした女優が差し入れてくれたケータリング車がふるまう芳しいコーヒーの香りだ。ワイハの朝かっ」

「ワイハ、久しぶりに聞きました。そうですね。この前、新人女優に『○○組で仕事してたとき』と話したら、『反社だったんですか？』とひかれましたよ」

歳をとったもんだ、と八郎はため息をついた。

「ところでなにしに来たの？　約束してたかな？　ボケ老人だから忘れてるだけかもしれんが」

森は八郎を真っ直ぐに見て、しかし言いにくそうに告げた。

「部長が、中井戸監督のことを心配してまして、様子を見てこいと。『しあわせ家族』がここまで話題作になってしまうと……」

八郎はそのタイトルを聞いて、自然と険しい表情になる。

「そりゃ、わざわざどうも。よかったじゃないか、賞も取れて大ヒット御礼。おれを降ろしたことで部長は出世すんじゃないの？」

「やはり、怒ってらっしゃる？」

「怒ってないよ。『しあわせ家族』の原作を最初に見つけて映画化しようと言ったのはおれだけど」

「怒ってますね」

「怒ってないよ。バブル期におれのコメディ映画で散々儲けておいて、老人になったらポイ。でも、怒ってないよ」

森はため息をつく。八郎は立ち上がり、窓に向かうと、作業を続けている人材センターの男を指した。

「でもね。もしおれが撮ってたら、あの人材センターのじいさんは『しあわせ家族』を観てなかったと思うよ。おまけに最近観た洋画は、『グリーンブック』と『ジョーカー』だそうだ」

森は黙って八郎の背中を見ている。

「おそらく皆は知らんだろう。『グリーンブック』のピーター・ファレリーも、『ジョーカー』のトッド・フィリップスも、大爆笑のコメディ映画を撮り続けていた監督だってことを」

庭を見やって、八郎は不満げに続ける。

「そんときは見向きもしなかったくせに。シリアスな問題作、感動作を撮ったとたん急に注目されて、たいそうな賞をもらって、世界的大ヒット！　あんなじいさんまでが絶賛してる」

八郎は首をよこにふり、

「そう、コメディじゃ、評価されない。どんなに人を笑わせても。たぶんピーターもトッドもその限界を嫌というほど味わって、それでシリアスな――」

と言いながら森をふりむいたが、若手プロデューサーは八郎の話を聞かず、スマホをフリックしている。

「怒ってるよっ！」

と八郎は呼びかけて、森は顔をあげた。

「すみません。ピーターとトッドのことを調べてました」

と謝ったが、スマホを置くと、八郎の顔を見て言った。

「だったら中井戸監督も同じように、シリアスなものを撮られたらいいじゃないですか」

嫌味ではなく純粋に言っている相手を八郎は見つめたが、無言のまま安楽椅子に戻って、やる気なく身をよこたえた。

「今本当に、怒ってます？」

森が低姿勢で聞くと八郎は、いや、と静かな口調で返した。

「すみません。おじいちゃん、微妙なお年頃なんです」

と言いながら入ってきたのは、八郎の孫の吾郎だ。百合子に頼まれて、お茶のセットを盆にのせてきた吾郎は、慣れない手つきでビショビショにこぼしながら湯のみに茶を注いで、うやうやしく森にすすめた。

「B級……じゃなかった、粗茶ですが」

八郎はすかさず孫につっこむ。

「なんだそのギャグは？」

「おばあちゃんが、いつもそう言ってお客にお茶出してる」

「なにっ？　知らんところで、おれをネタにしやがって」

「でも、そこそこ笑いとってるよ」

「……なら、いいか」

「えっ、いいの？」

テンポよくやりとりする老人と小学生を、森は笑って見ている。若きプロデューサーの彼は思う——。

映画監督、中井戸八郎、六十九歳。昭和××年に本編映画『アホもやすみやすみ』で監督デビュー。以降もコメディ映画を中心に撮ってきた監督で、森が生まれて初めて地元の小さな映画館で観た映画が、八郎の『モチは餅屋シリーズ』だった。廃品回収業、細胞培養士、レフェリー、飛脚など、異色な職業にフォーカスした、歌あり踊りあり時代劇バージョンありのコメディ映画で、テンポのよさと飽きさせない展開が当たり、シリーズ化して人気は続いていた。が、バブルの崩壊とともに映画界も空気が変わり、森が観た『エピソード6霊能者編』を最後に、そのシリーズは惜しくも終わった。

八郎の作品をきっかけに映画ファンになった森少年は、映画もピンキリであることをすぐに知るようになるが、それでも原点である中井戸作品に対する想いは強く、八郎の名を見つけると、必ず映画館に足を運ぶようになった。餅屋シリーズのような大ヒットは以降はなかったが、森はコケた作品も温かい心で受け取め、何がまずかったかを――犬の映画なのにキャスティングした犬が酷く可愛くないという致命的なミスなどを――笑いにして、学生の頃からネット上で語って楽しんできた。確かに賞とは無縁の監督ではあるが、八郎はもっと評価されるべきだと森は思っている。監督経験三作目でカンヌのレッドカーペットの上を歩くような新人監督の秀作より、アイドルを使って夏休みに公開する八郎のコメディ作品の方が、実のところ動員数だって多かったりする。

そう断言する森も、彼女とデートで観る映画に中井戸作品は選ばないが……。つれあいを亡くしたばかりのほうけている老人や受験に失敗した学生などに薦めるにはもってこいの映画だし、薦めた相手からは必ず「笑ったよ、おもしろかった」と返ってくるから馬鹿にしたもんじゃない。そんな言葉を聞くと「映画って、なんだろう」と興味がより深まって、親の反対も無視して、この業界へと就職した森だった。八郎がメインで撮っている映画会社に晴れて入社して、いざ本人に会うと自身がコメディをやってるような人間で、このおもしろさをなんでもっと映画に反映できないのかと、また不思議に思うのだった。

褒めてる……のか、森自身もわからないが、とにかく大御所の監督が次々と逝く中で、年功序列的に八郎が大御所枠に入ってきている……ようにも見える。業界の人間も、とはいえ黄金期を知っている八郎の存在は貴重なものだと渋々ながら認めている。だからこそ、ここで一発、皆を唸らせるような、巨匠と言わしめるようなものを撮るべきだと森は思うのだが。最近はテレビやユーチューブなどでお笑いが溢れているぶん、昔ながらのコメディ映画というものの需要がなくなり、企画を立ててもボツになることが多く、八郎本人もいかんせんやる気をなくしているようで、森は真剣に心配しているのだが——。

八郎は、孫の淹れた茶をすすっていたが、こちらを見つめて何か考えている森に聞いた。

「森くんは、なんでこの業界に入ったのかな?」

森はしばらく沈黙したのちに、答えた。

「……映画が、好きだったので」

八郎はその回答に不満げな表情を浮かべたが、森は問い返した。

「監督は?」

「それは……映画が、好きだったから」

と同じくつまらん回答をしてしまった八郎は、何か付け加えようと言葉を探した。

「なんで今、映画業界？　とまわりには言われたよ。テレビが絶頂期の頃だったからね。金があって好きなことができるのはそっちだった。ネット配信の時代に、わざわざ映画業界に入る君と、似たようなもんだ」

八郎は森を指して、相手もうなずいた。

「あの黒川治(くろかわおさむ)監督も自伝に、『映画界なんて斜陽だからやめろ、と親に反対された』と書いてましたよ。監督よりは先輩ですが」

「世界のクロカワも親に反対されていたのか」

八郎は感慨深い顔でうなずいた。

「つまるところ、映画界に入るヤツなんて、変わりもんしかいないってことだ」

「あっ、そうだった！」

森が急に大きな声を出して、八郎はビクッと、のけぞった。

「忘れてた。その黒川監督のことで、今日はうかがったんです」

ここに来て初めて、森は前のめりに話しだした。

「おれを励ますために来たんじゃないの？」

と言う八郎を無視して森は、スマホを取った。

「映画ファン向けのネットオークションがありまして。それに『故黒川治監督の絶筆脚本』というものが、最近出品されてたんですが——」

森は八郎に画像が見えるよう、それを差し出した。

「ぼくの記憶に間違いなければ、これ、中井戸監督の所蔵だったと思うのですが？」

八郎は眉間にしわをよせて森のスマホをのぞいた。

「監督が、あの黒川監督から譲り受けたものを、まさか売るわけがないので、ぼくもにわかに信じられなかったんですが。今日はそのことを確認しに」

「……よく見えない、大きくして」

八郎は乗り出して、森が拡大する画面を見た。次の瞬間、八郎は目を大きく見開き、

「うそっ！」

慌てて、尻でつぶしても壊れない老眼鏡を取ってくるとかけて、オークションサイトに出品されているものの画像——紐綴(ひもと)じされた高級原稿用紙の厚い束と、マスに並ぶ達筆な文字——を再度確認して、目を疑うように瞬きをくり返した。

「えっ、そうだよ、これ。おれが保管させていただいてる、黒川さんの絶筆の脚本だけど？　世界のクロカーワの。それと、同じ……なぜここに？　ええっ？　どゆこと？」

あきらかに動揺して八郎は、森のスマホの裏側をのぞくというアホな動きをしている。

「やはりそうでしたか」

と森は深刻に返した。八郎はしつこく画面をのぞき、表紙にある『黒川治』の字をさらに拡大して確認した。映画を観なくなった現代の若者でさえも、その名を一度は耳にしたことはあるはずだ。むしろ外国人の方が、その名に通じているかもしれない。知っている日本語は？　と聞けば「スシ、ポケモン、クロカーワ、ウォシュレット」と出てくるぐらいだ。八郎がようやく監督デビューした頃には、すでに黒川は海外から声がかかるような売れっ子で、もはやライバル視するような相手ではなかったが、所属する映画会社も異なるので、役者の結婚式で挨拶をするぐらいのつきあいしか八郎はなかった。相手はどんどん雲の上の人になってしまったが、晩年になってからは、知り合いのプロデューサーに頼まれ、痛風持ちの黒川に代わって足場の悪いロケのサポートに二、三度入ったことはあった。作風こそ違えど、先輩に学ぶことは多く、いい経験だったと今でも思っている。けれど、それ以上のつきあいがあったわけでもなく、黒川が本格的に体調を壊してからは、一度だけ馴染みの俳優と一緒に病院に見舞いに行ったぐらいだった。

「だから、びっくりしたんだよ」

八郎は、森にそれを手に入れた経緯を改めて話した。

「亡くなったあと『お別れの会』に出たら、黒川さんの遺族に呼び止められてさ。黒川さんが最期に書いたと思われる脚本、いわゆる遺稿ってやつを、もらってくれと言われて」

そのようなものをもらう関係でもないので、何かの間違いでは？　と八郎は何度も遺族に確認したが、黒川の遺言書には確かに、『遺稿は中井戸八郎監督に譲渡されたし』とあるという。

「遺言にそうあってもね。もっと親しい同期の監督や弟子がいるのに、おれなんかが世界のクロカワの遺稿をもらっていいのかと」

「もらっても迷惑だ、って言ってたよね、おじいちゃん」

と吾郎がよこから口を出して、八郎は孫の口をおさえた。

「百合子が黒川さんの作品に出たことがあるんで、そちらの線もさぐったが、百合子は『貸しも、借りもない』と言うし……。とりあえずは、しかるべき行き場所が見つかるまで、おれが大切に保管しておくってことにしたんだが」

「金庫かなにかに入れてあるんですか？」

森に問われて、八郎は曖昧に返した。

「……いや、書庫に」

「って呼んでる物置だよ」

と吾郎がまた暴露した。

「とっちらかってるが、一応は『お宝コーナー』に――」

やはり今は亡き俳優の中倉譲からもらったクラブセット（ゴルフやらないのに）や、八郎の映画でアダルト系からメジャーにデビューした女優がくれたバカラの灰皿（タバコ吸わないのに）や、喜劇役者の桜山寛三から還暦の祝いにもらった、尿瓶（……）、などのお宝と一緒に、黒川の「遺稿」は一番上座に並べてあるはず。なのになぜ、オークションサイトに出品されている？　と八郎は物置の方を指した。

「――厳重に保管してあるはずだが？　尿瓶のとなりに」

「本当に、ありますか？」

森はまずは確かめることを勧めて、八郎も、そうだよ！　見てくりゃいいんだよ！　と気づいて、足をからませながら慌てて部屋を出ていった。

数分後、物置からあがる悲鳴が家中に響いた。

「なないっ！　世界のクロカーワの遺稿がっ！　一番、おおお値うち品の、おたおたお宝が、ないっ！　そのス、スマホの、おれのだ！　どっどっ、どどぼ……」

パニック状態で書斎に戻ってきた八郎は、安楽椅子につまずき、そこに座っていた吾郎はじいさんにつぶされて、ギャーと騒いでいる。

「監督、落ち着いてください」

展開を予想していたように森は冷静に告げた。

「信じられなかったんですが、念のため、とりあえず落札して自分が買い戻しておきましたから」

八郎は、がばっと起き上がり、

「えっ、ホント？」

「ええ。なので安心してください」

八郎は、よかったー、と森に後光を見るように手を合わせた。

「どうしましょう、警察に通報しますか？　他に盗られたものはないですか？」

森が今にも警察にかけようとスマホをタッチすると、安堵（あんど）の顔から一転して真顔になった八郎は、

「待った！　警察は」

と制した。森はスマホから顔をあげた。

「通報は、しないでくれ」

八郎は頼んで、その理由を告げた。

「……家族が、売った可能性がある」

森は目を大きくして、

「ご家族が？」

と言いつつも、すぐにスマホを置いた。

「ぼくじゃないよ」

すかさず吾郎が口をはさみ、わかってる、と八郎。

「財布から五百円玉をくすねてくのは、おまえだけどね。……で、いくらで脚本は落札してくれたのかな？」

八郎は感謝している表情で森に聞いた。

「すごい安値からのスタートで、二十八万九千八百円で落としました。本物で、よかったですよ」

ちょっと高級な羽毛布団ぐらいの値段で売りやがって！　と八郎は憤慨する。

「証明書的なものも付いてないですし。ファンも用心してる感じでした」

実物を見たことがあるのは、遺族とおれだけだしな、と八郎はあごに手をやった。

遺族から譲り受けたその遺稿に日付けのようなものはなかったが、後になるほど筆跡は弱々しくなっていき、それが「遺作」であることはほぼ間違いなさそうだと、八郎も見て思った。一応、原稿は仕上がっていて、表紙には、『花見（仮）』と、題も付けてあった。もちろん未発表のもので、そのような映画の企画があったことも、噂ですら八郎は聞いたことがなかった。長年、黒川と組んで仕事をしていたプロデューサーや共同脚本家にそれとなくさぐってみたが、彼らもその脚本のことは初耳で知らないようだった。

なぜ黒川（巨匠と言われている）が、同業の八郎（B級と言われている）に、それを託したか？

ますます謎になってきて、八郎は念のため火にあぶってもみたが、隠されたメッセージも出てこなかった。ちょっと焦げてしまった脚本を見つめて八郎は、

「まさか、おれに撮ってくれ、ということじゃないよね？」

監督として一番最初に思いつくべき言葉を、ようやく口にした。しかし冷静な八郎は、その可能性はやはり低いと判断した。コメディ作品であったならまだその可能性もあるが、もちろんそんなことはなく、読めば巨匠らしい文芸的な作品であるし、これを八郎に撮らせることで黒川の得になることなど、なに一つない。業界で一番くすぶってる監督を選んで、勉強のためにくれてやった、というのならわかるが。こうなると逆に、

「嫌がらせか？」

とさえ八郎には思えてきた。撮影の手伝いに入ったとき、黒川がカニアレルギーとは知らず、打ち上げの鍋にそれを入れてしまって殺しかけたことを、最期まで根に持っていたとか？　いや、ありえる。黒川最期の作品、そんな世界が欲しがる貴重かつ金になるものを、八郎が譲り受けたと知れたら大騒ぎになることは黒川本人も想像できたはずだ。なぜ中井戸なんかに？　と誰もが不満に思い、八郎から脚本を取り上げる理由として、どれだけ中井戸が「凡才」であるかを、皆が声を合わせて言ってくることは、火を見るよりも明らかだ。

「なんでそんな目にあわなきゃならん！」

黒川がわかっていてそれをやったとしたら、嫌がらせ以外のなんであろう！　と八郎は真面目に身震いした。なので、そうならないよう遺稿を譲り受けたことは極秘にして、極々親しい関係者にしかそのことは話さなかった。が……ネット上にあげるよりも早く、そのことは業界中に広まった。予想どおり、映画会社の重役やプロデューサー、没後にオープンした『黒川治記念館』の館長などがこぞって八郎を訪ねてきて、

「とにかく見せろ（そして、よこせ）」

「譲ってくれ（人類のために）」

「おまえが撮っていいから（と今は言っておいて、早々に降板させる）」

「無駄な抵抗はよせ（まわりは完全に包囲されている）」

と、さっそく詰め寄ってきた。彼らに八郎は、

「落ち着けって！　おれは、撮る気ないから！」

と返したが、騒ぎは収まらないので、とりあえずは遺稿はしばらく「封印」すると八郎は宣言した。当面は物置にしまっておいて、少し落ち着いた頃にでもどうするか考えるつもりでいたのだが、まさか家族が金欲しさに売り飛ばすとは……。

「とにかく、赤の他人に買われなくてよかった」

八郎は森に感謝するように言って、

「で、ブツは送られてきたか？」

それをくださいと言うように、手を差し出した。

「まだです」

「届いたら持ってきて。その金額を払うから。手数料付けていいよ」

と言う八郎に、森は首を傾げた。

「なんで？」

「なんでって、脚本を買い戻してくれたから」

「えっ、監督には戻しませんよ。ぼくが見つけて、自費で買ったんですから、ぼくのも

のです」

八郎は耳を疑うように、森の顔を見た。

「なに言ってんの？　おれのものなんだから、返すだろ！」

「嫌ですよ！　ぼくだって黒川監督の大ファンなんですから。今はぼくのものです。ということは、その脚本の著作権、映画化権も、持ち主のぼくにあります。それを考えてもいい買物ですよね」

嬉しそうに言う森に、八郎は声を大きくして抗議する。

「それは違うだろっ！　倍の値段払うから返せよ！」

「保管を怠った責任は監督にあります。だいたい盗まれてたことにも気づいてなかったじゃないですか」

うっ、と八郎は言葉をのんだが、

「それは……でも、まさか勝手に……」

と八郎は壁に視線をやって、森もつられてそちらを見た。その壁をはさんだ隣の部屋に、自分と同じぐらいの歳の次男が長いことひきこもっていることを、森も知っている。

八郎はため息をつき、それきり空の湯のみを見つめて黙り込んでいるので、森は急須を取った。ポットからしょぼしょぼと湯が落ちる音だけで、人材センターの男が使う電気バリカンの音がいつの間にか消えていることに八郎は気づいた。

「粗茶ではないと、B級ではないとぼくは思います。なかなかのお茶だと思います」

森は新しく淹れた茶を八郎にすすめ、そして確かめた。

「黒川監督の遺稿、脚本を、ご自分で撮る気は、本当にないんですか？」

「……ないね」

「ぼくは、黒川監督が、同業の中井戸監督に託したのだから、それは撮ってくれ、ということだと思いますが？」

八郎は首を傾げた。

「どうかな。ジョン・レノンが、ケニー・ロジャースに曲は託さないだろ」

「キッスに託さない、ぐらいでは？」

「がんばってる痛々しい老人、って言いたいの？」

「褒めてるんですけど」

八郎は首を傾げたままだ。

「監督に託した理由が、なにかあるはずです。とにかく、ぼくのところに届いたら読んでみます」

それで、と森は続けた。

「これは中井戸監督には撮れないなと、ぼくの方でも判断したら、他の監督のところに話を持っていきますよ」

八郎はじろっと森を睨む。その顔を見て森は聞く。

「他の監督に撮られるのは、やっぱり嫌ですよね？」

「いや……いいんじゃないの、べつに」

興味ないように言う八郎に、森はため息をつく。

「でも監督に撮れると思ったら、すぐにでも企画会議にかけます。嫌でも撮らせますからね。中井戸監督だって、黒川監督の脚本を立派に演出できるんだと、皆に知らしめる絶好の機会になるかもしれない」

「おれは引き受けない。何度も言うが、撮る気はない」

「コメディの監督であることに、こだわりたいからですか？」

「もちろんそれもあるが。……これでも、落ち込んでんだよ」

八郎は、窓の方を見た。

「庭を見ていても、家族の顔を見ていても……常に頭の中は撮ってる映画のことでいっぱいだった。おれなりに犠牲をはらって人生かけて撮ってきたつもりだったが」

遠い目で八郎は問う。

「そこまでして〝観なくてすむ映画〟を作る必要があったんだろうか、ってね」

森は驚いて聞き返した。

「〝観なくてすむ映画〟なんて、誰が言ったんですか？」

「ネットのコメント」

「中学生ですか。そのぐらいで、なに落ち込んでるんですか」

「いつか報われると思って、撮ってきたんだと思うよ。だが……それもなさそうだし。この歳で降ろされることにも、けなされることにも正直疲れた」

と言ったきり八郎は窓の方を向いたまま黙り込んでいる。しばらく森も沈黙につきあっていたが、また口を開いた。

「映画なんて言ってしまえば、全て〝観なくてすむ〟ものです。最近は『アベンジャーズ』みたいに、しばらく観てなくてもまとめてヒーローが出てきてくれますしね。でも、ぼくは」

森は向こうを向いている八郎に、熱い口調で告げた。

「子供の頃から監督の作品を毎夏かかさず観てきたので、それを年に一度必ず観ないと、映画を観たって気がしないんです」

八郎は黙っているが、耳だけを犬のようにこちらに向けているのがわかる。

「このままフェイドアウト、引退するのは簡単です。でも、ここでもうひと踏ん張りして、皆を見返してやるような作品を撮ってみようとは思わないですか？」

「……引退するとは、まだ言ってないけど」

と八郎は窓の方を向いたまま聞こえない声で呟いたが、吾郎がダメ押しで意見した。

「でも、それで失敗したら、もう完全に復活できないね」

八郎はふりかえり孫を睨んだ。そのとき、
ピンポン、ピンポン、ピンポン！

階下で今度はインターホンがリズミカルに鳴り、続けて通る声が聞こえてきた。

「やだ、開いてるじゃない、不用心ね！　吾郎？　いい子にしてたぁ？」

「ママが帰ってきたっ！」

吾郎は急に甘ったれた子供の声になると、祖父から逃げるように階段を駆け下りていった。

「……娘だよ」

八郎は、意味ありげに森を見て言った。

「これまた問題ありの……。なんだか最近、よく来るんだよな。吾郎をうちにあずけちゃ、どっか出かけて、なにしてんだか」

パタパタと妻の百合子とは違う、階段を上がってくる音がして、吾郎が開け放したドアから、八郎の娘、美子が入ってきた。

「お父さん――」

森より少し若いぐらいの歳で、すらりと背があり、センスのいい装いも母親に負けていない。髪はアップにしているが後れ髪をかきあげて、美子は八郎に言った。

「――ようやくかたがつきました。晴れて私、離婚しましたので、高田と。あっ、お客様だ、ごめんなさい」

森がいることに気づいて美子は謝り、声小さく父親に言った。

「ということで、しばらく吾郎と一緒にここに住むから。今のアパレルの仕事だけじゃ食べてけないから、ちゃんとした就職口が見つかるまで。私の部屋、まだ残っててよかった」

美子は、どうぞごゆっくり、と森に微笑むと、また軽い足取りで階段を下りていった。八郎は娘の言葉にぽかんとしている。

「おい、なんて、言った？　離婚？　ええっ？」

その情報が八郎にとって寝耳に水であることが、森にもわかった。

「監督、ご存知なかったんですか？」

八郎は驚きの表情のまま、森をふりかえった。

「……なんで、君が知ってんの？」

「高田さんから、ちらっと聞いてます。一緒に仕事してるんで」

美子のつれあいである高田圭は、そもそも八郎が育てたと言ってもいい脚本家で、最近は八郎よりも仕事を抱えているぐらいの売れっ子だ。

「ホントか？　おいっ、美子っ！」

八郎は、よろけながら娘を追いかけて書斎を出ていった。森はスマホの画面にある黒川の脚本を見つめて、

「出直すか……」

ため息をついた。

箒のすじを残してきれいに掃除された地面に、真っ白な沙羅の小さな花が一つ、落とし物のように落ちている。植木の枝は、限界までバリカンで払われているが、花がついている沙羅の木だけが唯一、遠慮がちに切られている。吾郎を連れて外の空気を吸いに出てきた八郎は、庭に面しているリビングの窓の向こうをうかがい見た。奥のソファーで美子と、先ほど帰ってきた百合子が、顔をつきあわせて何か話し込んでいる。これ

からのことでも相談しているのだろう。離婚と聞いて八郎は驚いたが、あえて多くを語らない美子は、どこかホッとしているような表情もしていて、長い葛藤があった上での結果であることが察せられた。吾郎も動じている様子はなく、そうなることを誰より予想していたのだろう。

八郎は空を見上げた。枝が払われてすっかり広くなったそれは薄紫に暮れ始めている。夕飯は馴染みの寿司屋に行くことにして、先ほど八郎が四名で予約しておいた。真太郎は、家にいても予約の人数には入れないのが習慣になっている。帰りに百合子がいつものように、上にぎりを一人前折詰(おりづめ)にしてもらうだろう……。

「おじいちゃん、なに考えてるの？」

ぼんやり夢想していた八郎は、すぐ目の前にいる孫に問われて、我にかえった。下草も抜かれ、黒い土がしっとりと顔を出した地面に吾郎はしゃがんで、一緒に掘り出されてしまったミミズやダンゴムシを見つけてはつついている。それを見守っていたつもりが、いつものようにまた思考が遠くに飛んでいた。

「今夜、寿司屋に行くだろ？　あの店も土産用の折詰をプラスチック容器に変えちまったなぁ、って考えてた」

「前はなんだったの？」

「経木(きょうぎ)の折、薄い木で作った箱だ」

ふーん、と興味なさそうな孫に、八郎は語り始める。

「木の香りがしてね、フタについた飯つぶをこうやって食べるのが、またうまい」

そこらの落語家より上手にフタの裏を嘗(な)める仕草を演じてみせて、

「この前の撮影で、小道具に『折詰』を用意してって言ったら、若い連中がわからなくてな。昔の酔っぱらいが持ってるヤツって言って、ようやく伝わったよ」

と語る八郎を、吾郎は半ばあきれ顔で見た。

「こんなときに、よくお寿司の箱のことなんか、考えてられるね」

八郎は慌てて、

「いや、吾郎のことも考えてたさ。ちゃんと見てるように、おばあちゃんとママに頼まれてるしな。もしおまえが一人になりたいと言うなら、おれは消えるが？」

と言うが、吾郎はしらけた感じで、

「どっちでも。ここにいたって、いないんだから、おじいちゃんは。いつも」

と返し、八郎がショックを受けていると、吾郎は一段と紫が濃くなってきた空を見上げた。

「ぼくは、だいじょうぶ。こうなるってわかってたし」

「……そうか」

八郎はしばらく吾郎を見つめていたが、ちょっと微笑んで言った。

「おまえ、『クレイマー、クレイマー』のビリーみたいだな」

「なにそれ？」

「昔の映画だよ。おまえんとこみたいに……親どうしがうまくいかなくなって、お母さんが、お父さんと五歳の息子をおいて家を出ていっちゃう、という話だ」

吾郎は八郎の方を見た。

「お母さんが？　出ていくの？」

「そう、お母さんの方が。それで、お父さんと息子だけで暮らすという話なんだ。その息子のビリーに顔もちょっと似てるよ、吾郎は」

「お母さんが出ていって、どうなるの？」

「昔の話だから、息子と一緒に残されたお父さんは、朝ご飯一つ、まともに作れないんだ。もう大騒ぎさ。フレンチトーストを作ろうとするんだが、わかんないからマグカップに卵を割って、パンを二つ折りにして無理くり押し込んで――」

何度と観た映画のシーンが自然に自分の動きとなって八郎は、フレンチトーストを焦がした上にフライパンまで落として気まずい顔をするダスティン・ホフマンを見事に真似る。

「父親役のダスティン・ホフマンの演技が、これでもかと輝きまくってる。まあ、素晴らしい作品だ」

と孫を相手に八郎は熱く語る。

「母親は、一度は家を出ていくが、戻ってきて息子のビリーを取り返そうとするんだ。その少し病んでる母親を演じてるのがメリル・ストリープ。こっちに関しては、若干、役柄に疑問を持ちながら演じているのがなんとなく伝わってくるんだが、それが逆に緊張感を生んでいる」

「カントクは？」

「監督は、日本じゃそこまで有名じゃない。でもニューヨークの街の映し方がいいんだなぁ。なんてことないが、観てると自分がそこで暮らしてるかのように思える映像でね」

「その映画観たい！」

吾郎がのってきて、八郎は慌てて首をよこにふった。

「今のおまえに、あんなドンピシャなの観せたら、おばあちゃんとママにじいちゃんは殺されちまうよ！」

「なに観たって、これ以上傷つかないよ」

八郎は言葉なく、しばらく孫を見つめていたが、うなずいた。

「……ごめんな。一番つらいのはおまえだ」

吾郎は小さくうなずく。ため息をついて八郎は孫の肩に手を置いた。

「でもな、ママたちが悪いわけじゃない。……じいちゃんが忙しくて、ママを小さいときからちゃんとかまってやれなかった。その結果だよ。だから、じいちゃんのせいだ」

「ぼくも、まともな結婚はできないかも」

冷静に言う吾郎に、八郎がコメントできないでいると、

「で、ビリーは、最後はどうなるの？」

吾郎は興味深そうに聞いた。

「ビリーは、お母さんも大好きだけど、がんばってるお父さんとも別れたくない、って思うんだ。最後には、お母さんもその気持ちをわかってくれて、ビリーのことを一番に考えてくれる」

「じゃ、ハッピーエンド？」

「まあ、そこまで甘くはない。でも、フレンチトーストは上手に作れるようになる」

「フレンチトースト、こないだママと食べたよ、銀座で」

「銀座？　あれは、そんなに高級なもんじゃないさ！　明日の朝飯に、おれが作ってやる」

やった、とあまりありがたみなく言う吾郎の手をとり、そろそろ寿司屋に行くか、と八郎はガレージの方へと歩き出した。吾郎は祖父を見て聞いた。

「おじいちゃん……今、なに考えてる？」

「ん？　名画には、フレンチトーストみたいに気のきいた小道具が必ず出てくるんだよな、ってね。寿司の折詰だって、うまく使えばいい味出せる」

やっぱりぼくたちのことじゃないんだ、と吾郎は呟き、聞こえていない八郎は、歴代の名小道具というものにすっかり思いを馳せている。さすがにあきれた吾郎が、

「じゃ、次の映画で使えば、それ」

と投げやりに返すと、その言葉は届いたようで、

「次の映画……」

八郎はぴたりと足を止めた。吾郎は、言っちゃいけないこと言っちゃった、と口に手をやるが、八郎は今や暮れようとしている空を見上げた。

「……引退か」

吾郎がフォローするように言った。

「おじいちゃん色々できるから、シルバー人材センターで喜ばれると思うよ」

八郎はさらにそこから動けなくなるのだった。

駅前商店街のはずれにある喫茶店のガタつく扉を引いて入ってきた森は、窓際の席にその人を見つけると、呼びかけた。

「監督っ」

こちらを見た八郎は、黒いサングラスに黒いスーツ、黒ネクタイを締めている。珍しく頭髪をちゃんと整えているが……ボリュームはあまり変わらない。前にはレモンスカッシュのグラスがあり、のどかな店内で一人浮いている八郎に、森は印象を述べた。

「どこの組の人ですか」

「中井戸組」

八郎は間を空けずに返した。

「そういう君も、充分に舎弟だけど」

森は自身も喪服を着ていることを思い出して、

「ぼくは、『メン・イン・ブラック』のウィル・スミスのイメージです」

「じゃ、おれはトミー・リー・ジョーンズね。記憶消されてるから、君が誰だかわからない、ごめん」

と八郎。森はため息をつき、まさにスミスの気分でジョーンズの前に座った。

「尿瓶の桜山さんが心配してましたよ。監督が来てないって」

「行くつもり、だったんだが……」

「その格好を見ればわかります」

ゲプッ、と八郎はすでに三杯目のレモンスカッシュをストローでかきまわし、言い訳した。

「亡くなった船山さんは、黒川映画の名脇役だったから、その関係者もいるだろう。例の脚本のことを聞かれると、色々面倒だから……」

「『しあわせ家族』の林田監督が来て、弔辞を読むってわかったからでしょ」

と言う森に、ずばりの八郎は、

「百合子には、葬儀サボったことは黙ってて」

と頼んだ。だから中学生ですか、と森は返して、老いたマスターにコーヒーを注文すると、テーブルの上にある日焼けしてページがデコボコの文庫本に目をとめた。

「ずいぶんと古い本ですね」

「『クレイマー、クレイマー』の原作本。どんな小説だったかなと読み直したくなってね」

八郎に差し出されたそれを、森は興味深げに開いた。

「原作は読んだことないです。あの映画から裁判映画というものが生まれたそうですね。低予算で、誰もアカデミー賞を取るとは思っていなかったと」

「この原作を、よくあそこまでの映画にしたと思うよ。脚本の起こし方が素晴らしい。もちろん演出も。ダスティン・ホフマン演じるテッドが、公園でケガをした息子のビリーを抱えて走る、あのロングカット」

「名シーンですね」

「ロングカットがなぜ必要かを思い出させてくれるから、観るたびに反省するよ」

「ある意味、名場面だらけの映画ですが」

「シンプルだからこそ、それが生まれるんだよなぁ。あの時代だからというのもあるが」

八郎は呟いて、グラスの中に残っている赤く着色されたサクランボを細いストローでつついた。昔は全てがシンプルだったと、八郎は思う。撮影所のよこにあった喫茶店にある飲み物も、アイスコーヒーかクリームソーダか、このレモンスカッシュ。これを飲んで休憩してると、百合子にとっつかまったもんだ。自分は当時まだ下っ端で、子役から役者をやっているキャリア的には先輩だった百合子に、あの監督は説明が下手だの、メイクの時間が短すぎるだの、女優どうしの軋轢で十円ハゲができただの、愚痴を聞かされたもんだ。なんで自分がとっつかまったのかはわからないが、八郎は害も将来性もないように見えて、好き勝手なことが言えたのだろう。サクランボをつつきながらいつの間にか郷愁にふけっていた八郎に、

「だったら、ああいう感じの、いい映画を撮りませんか?」

若いプロデューサーは改まった口調で、提案した。

「『家族』をテーマに、オリジナルでもいいです。今までとは違うシリアスなものを。ぼくが企画を出しますから。それなら部長も興味を持つかもしれない」

八郎は手の動きを止め、相手を見た。

「考えたんですけど、やはりここで中井戸監督はシリアスなものを一度、撮るべきです」

森は至極真面目な顔で説得する。

「スコセッシだって、監督と同じ歳で初めて3Dの子供向け映画に挑戦してます」

「デヴィッド・リンチだって、一度は作風を変えて『ストレイト・ストーリー』を撮ってます」

「じじいが旅するだけの映画ね、ファンもがっかりの。ちなみに『ヒューゴ』も『ストレイト・ストーリー』も、興行的には失敗に終ってる」

「ぼくは、『マルホランド・ドライブ』より『ストレイト・ストーリー』の方が好きです」

と言う森を、八郎はじっと見た。プロデューサーとして、この男は大丈夫か？　と時々心配になる。自ら言うのもなんだが、八郎のファンであるところからして正直どうかと思う。

「『ストレイト・ストーリー』も、絶縁している兄に会いに行くという家族をテーマにしたいい話です。監督もここで本気出して、家族ものを」

「本気？　おれはいつだって本気で撮ってるよ」

八郎はムッとして返した。

「いえ、本気で『家族』を撮るということです。もう、家族のみの話」

八郎にしゃべらせず森は続けた。

「いつも評論家に『とってつけたような家族』『コメディとはいえバックグラウンドが描けてない』『泣けない』ってディスられて、頭にくるじゃないですか」

ときにファンの方が評論家よりも傷つくことを言う……。八郎が胸に手をやってダメージに耐えていると、森は追い打ちをかけるように言った。

「ぼくは嫌いではないですよ、監督の映画に出てくる家族。笑えるし、主軸を邪魔しないので」

八郎はその手を今度は額にやったが、森はかまわず持論を述べる。

「ここで、ちゃんと『家族』を主題にしたもの撮って、観客や評論家を号泣させてやりましょう。おれだって撮れるんだって、『しあわせ家族』を見返してやりましょう!」

「おれをツブしたいの? はげましたいの?」

八郎は必死で反論する。

「号泣って言うけど、おれの犬の映画は、みんな泣いてたじゃないか」

「あれは……あまりに犬が、なんていうか惨めで……」

森は遠慮がちに返して、泣きそうになっているのは八郎だが、店内に響く声で反撃した。

「おれだって、コメディを撮ってても、家族や人間関係の物語だと思って、え、描いてる！　つもりだっ」

　森は少し驚いたように、数度、瞬きをしていたが、

「……すみません」

　シンプルに謝ると、腕を組んでそれから黙り込んでしまった。

「とってつけて、なんか」

　未だ抵抗するように八郎は続けた。

「いくらなんでも、馬鹿にしすぎじゃない？」

　ここまで言えば森がもう少し謝ってくるだろうと、八郎はしばらく両手をひざにおいて待っていた。レモンスカッシュのグラスの中で溶けた氷が、からんと音をたてたが、森はあごに手をやり、何か考えにふけっている。

「……聞いてる？」

　八郎が聞くと、彼は、ああ、はい、と気がない返事をした。相手が何も言ってこないので、あきらめて八郎は自ら話を変えた。

「ところで、あれは届いた？」

「あれ？」

「ほら、売りに出されてた、君が競り落とした」

「あ、黒川監督の遺稿……」

森の表情が変わって、言いにくそうに告げた。

「それが……『都合で売ることができなくなった』と、出品者から連絡が」

ええっ！　と八郎は驚いて、

「どういうこと？」

「もっと高額で買ってくれる人が現れたのかもしれません」

「じゃ、脚本はどこに？」

森は首をよこにふった。

「わかりません。サイトからは完全に消えてるので」

八郎は呆然としている。

「ちなみに、コピーなどは……とってないですよね？」

森の問いに、今度は八郎が首をよこにふった。八郎の顔が陰るのを、森はうかがうように見ていたが、

「逃げた魚は惜しいですか？」

「……いや、べつに」

と八郎は口ごもる。やはり、真太郎にさぐりを入れるべきか。しかし、あいつが売っ

たと決めつけていいのだろうか？　そういえば最近よく来る美子も、百合子の着物を借りたいとか言って物置を長いことあさってたな……などと八郎が思い出していると、

ゴンゴン！

何者かが八郎のよこの窓ガラスを、通り側から叩いた。

「わっ！」

八郎は椅子から飛び上がってびっくりして、窓の向こうにいる男を見た。森も一緒に驚き、窓越しに手をふっている四十代半ばぐらいの背の高い男を見て、聞いた。

「お知り合いですか？」

びっくりさせるなよ！　と八郎はその男に向かって言ってから、森にうなずいた。

「家族だよ。新潟に住んでる長男」

入ってくるよう息子にうながし、教えた。

「おれの子供で唯一普通に、まともに生きてるやつで、章雄っていう」

旅行用キャリーケースをガラガラと引きずって店内に入ってきた章雄は、黒いスーツの八郎と森を見ると言った。

「『男たちの挽歌』かと思った。今度は香港映画でも撮るの？」

「そうきたか。さすが監督の息子さん」

と森は自分の名刺を章雄に渡し、自己紹介をした。章雄は、

「長男の章雄です。父がお世話になってます」

とだけ言って、名刺を返す様子はない。森は自分より上背がある相手を見上げた。

「デカイだろ？　おれはチビなのにな」

八郎が代わりに言葉にする。

「真太郎の方は、おれとそっくりだがな」

背だけでなく、顔も面長の章雄は黙っているが、ご出張ですか？　と森に聞かれて、

「いえ……違います」

と語尾弱く返して、八郎も怪訝な顔で、章雄のキャリーケースを見た。服装も平日なのに普段着である。

「なんの用で来たんだ？　一人か？」

章雄は、それには答えたくないようで、逆に聞いた。

「美子も、戻ってきてるんだって？」

「も？」

八郎は逃さずその一音をとらえた。おおいに不穏なものを感じ、助けを求めるようにこちらを見る八郎に、森は言った。

「……記憶、消しましょうか？」

「ピッツァが来たよ！　お寿司にピッツァ、ここんとこ金持ちの家みたいだね」

玄関から平べったい箱を重ねて運んできた吾郎に、黒ネクタイを取ったワイシャツにスエットパンツ姿の八郎は、テーブルを台布巾で拭きながら言った。

「ピッツァじゃないピザだ、アメリカンピザ。本当の金持ちはこんなもん食わん」

五人家族用のテーブルが未だにあるダイニングキッチンに章雄も入ってきて、続きのリビングをのぞき、

「母さんと美子は？」

と他の家族を探した。

「知らん。おれが家にいるもんだから、吾郎の面倒を見させて、二人とも出かけてばかりいる」

「ぼくは、おじいちゃんの面倒を見とくように言われてる」

章雄はうなずいてテーブルにつき、吾郎は待ちきれないように箱を開けた。

「うっまそー」

ピザでもとるか、と言ったのは八郎だったが、いざそれを目にすると、八郎は偉そう

な監督口調で語り始めた。

「六本木のイタリア料理屋で、ピッツァってものを初めて食ったときは、こんなに美味いもんがこの世にあるのかと感動したけどな。あとになって『E．T．』を観たら、それを車で運んでくるじゃないか？　見るからに冷えきってて不味そうで、アメリカ人ってのは考えることがアホだと思ったよ」

甥っ子と一緒にピザに手をのばす章雄は、どこまでものびるチーズをたぐりながら、

「おれは運んでくるピザで育ってるから。『E．T．』のピザは、エリオットがE．T．に驚いて踏みつけちゃうけど、それでも美味そうに見えたな」

「おまえだって六本木で美味いピッツァを食ってるはずだぞ？」

記憶にないね、と言う章雄に、連れてったのは真太郎だったかな？　と八郎は首を傾げる。その名に章雄は訊く。

「その真太郎は？　いるの？」

「いるだろ」

章雄はピザを指した。

「あいつの分もあるんだろ？　持ってかないの？」

「腹減ってりゃ、出てくるだろう、夜中にでも」

「野生動物か。声かけてみたら？」

「『ピザが冷めるぞ』って呼んで、あいつが部屋から出てきたら、びっくりだ。本土でイリオモテヤマネコが出たぐらいの騒ぎだ」

「冷たくない？」

「チンすりゃいいだろ」

「ピザじゃなくて、人として冷たくない？　って言ってんの」

「おまえこそ、なんだ急に？　いつもは真太郎のことなんか、聞きもしないじゃないか？　家の恥だとか、前は言ってたよな？」

八郎が眉間にしわをよせると、そんなこと言ったかな、と章雄は口ごもって、その口にピザをつっこむ。それきり、父、息子、孫の三人は黙々とピザを食んでいたが、またいつものように八郎の想いは映画の世界へと飛んでいき、八郎はピザの箱を取り上げると、まじまじとそれを鑑賞しながら語りだした。

「ウマいマズいは別として、『E.T.』の冒頭のシーンでは、この箱入りのピザが小道具として素晴らしい役割を果たしている。こいつで全ての流れが作られているんだ」

八郎は自分で撮った映画のように、滑らかに解説する。

「まずファーストカットで、ピザ屋の車が主人公の家に配達に来る。その引きの絵で、新興住宅地にある普通の家だと舞台が説明されていて、次に主人公のエリオット少年が、それを受け取りに出てくることで父親不在の家庭の事情がわかる。エリオットは庭の物置に何かがいることに気づき、驚いてピザの箱を落とす。さらにそれが未知のものだと認識したことを表して、ダメ押しでそれを踏む。頭から終わりまで無駄のない使われ方をしていて、小道具ってのはこうでなきゃ」

八郎のうんちくを聞き飽きている章雄と吾郎は、無視してひたすらピザを食べ続けている。章雄のスマホが横でピコンピコンと鳴っているが、彼はそれもチラッと見るだけだ。

「ラインきてるよ、家からじゃない？」

吾郎がコーラを飲みながら、伯父（おじ）のスマホをのぞき、章雄は大きくため息をついて、甥っ子に言った。

「吾郎くん。実は伯父さん……会社をクビになっちゃったんだ」

甥っ子はコーラをブッと吹く。

「家族はまだ知らない。新しい仕事が見つかってから話そうと思ってたんだけど、さすがにもう騙すのも限界で」

章雄は吾郎に話しているが、明らかに八郎に対して語られているものである。

「みんなに黙って、東京に来たの？」

問う吾郎に、伯父はうなずき、

「家出？」

と吾郎が決定づけた言葉に、章雄は無言で肯定する。八郎も嫌な予感が当たって、口を半開きにしている。

「だから真太郎にやさしいのか」

八郎が言うと、章雄はチラッとだけ父親を見た。フッ、と八郎は笑いのような、ため息のようなものを吐いた。

「そろそろマンションにでも引っ越そうと思ってたが、この家を売らないでよかったよ。元祖ひきこもりに、出戻り、おまけに家出、満員御礼だ！」

吾郎が自ら手を挙げる。

「不登校も！　それと、新ひきこもり！」

「それ誰？」

と章雄が言って、吾郎は八郎を指す。

「仕事に行かないで、ずっと家にいる」

「ほされてるの？」

と章雄は吾郎に訊ねて、八郎は横目でそれを睨み、自分のスマホを孫に渡すと、これで章雄の家にメッセージを送っとけ、と指示した。

「『お父さんはすぐ帰るから、心配するな』って」

いいよ、自分で言うから、と章雄も自分のスマホを取って先を争うようにメッセージを入れ始めた。八郎は改めてため息をつく。

「家族に黙ってるってのが、わからん。かみさんは、そりゃ怒るだろうよ。それを落ち着かせる、安心させるために人間にはコミュニケーション能力ってものがあって、口はそのために使うものだ。メシを食うためだけにあるんじゃない」

「……次の仕事が、ちゃんと決まってから話そうと」

「一緒に暮らしてて、そんな大事なことを教えてくれない方が、かみさんからしたら逆に傷つくと思うがね」

指摘されて、章雄はおし黙っている。

「で、なにをやらかしたんだ？　会社の金にでも手をつけたか、社長の女にでも手を出したか――」

八郎は笑って言うが、章雄は笑わない。

「まぁ、ないな。その度胸があったら出世してるもんな」

と続ける八郎は、おじいちゃん、と孫に注意されて、ようやく暗い顔をしている章雄に気づき、黙った。

「そう、口は人を傷つけることもできる」

章雄は冷ややかに述べて、

「いや、おれと似てるから言ってんだよ」

八郎が言い訳していると、玄関がガチャリと開く音がした。家出してくる家族がまだいたっけか？　と冗談で言いたいのを、八郎が自制していると、

「章雄兄ちゃんが、帰ってきてるんだって？」

美子の声がして、パタパタとリビングに入ってきた。ハンドバッグとカーディガンをソファーに投げると、ダイニングに来て、美子はピザを食べている吾郎のよこに、ドカッと腰をおろした。

「おかえり。早かったね」

と嬉しそうに言う吾郎の口についてるトマトソースを指でぬぐって、美子はため息をついた。

「わかってたけど。『離婚した美子を励ます会』なんて言って、ただの口実で、みーんな飲みたいだけ。いいの、それは。みんな家族のことや仕事でストレスたまってて発散

したいのも、よーくわかる。私も慰めてほしいわけじゃないし、少ない友人たちが心配してくれてるから、じゃあ行くよ、って感じ」

美子は普段より派手なネイルをほどこした手で長い髪をくるくるとまとめてアップにして、肩をすくめた。

「いいよ、いいんだけどね。乾杯のあとに、ってか『ヨシコの離婚にカンパーイ！』ってのもよくわからんけど、いきなりカオリが『豊胸手術に失敗したぁ！』って叫んでもいいよ、べつに。個室なのをいいことに、どれどれってカオリのひよこ饅頭みたいになっちゃったオッパイをみんなで見るのもいいよ、べつに。そのあとも、ジュンがカレとデートしてるとこ同僚に見られて大騒ぎ、って話になって、ミッちゃんは、相変わらず女と見合いしろ、って親に言われるって愚痴話。わかるよ気持ちは。でも、どうやって解決しようっていう話にはならないの。『おまえは間違ってない』って言ってほしいだけ。ってか、離婚した私の話を聞いてあげる会じゃないの？　間違っとるよ、すべてが！　親も世間も、自分も。正しいものなんてね、この世にはないの！　あるのは明日という現実、私は一人でこの子を育てなきゃいけないのっ。今日だってあんな高い店を予約されて迷惑！　延々とバカ話を聞いて、飲み代払うのも嫌だから、吾郎が風邪ぎみだからって先に帰ってきちゃった。そしたら私を見送るときだけ、みんな口そろえて

『がんばれー』だって」

美子はしゃべりたおし、吾郎からコーラを取り上げるとそれを飲み干した。うんざり顔で八郎はうなずいた。

「確かに、使えばいいってもんじゃない」

「なにを？」

「口！　なんのために口があるかって話！」

「んなの、ごはん食べるためでしょ。あとは、それがマズかったときに吐くため」

美子は言って、残ってるならピザもらっていい？　とテーブルの上を見ている。章雄は、違う方向を見ながら返した。

「……たぶん、残らない」

「たぶん、ってどういう意味？」

章雄の視線にうながされて、美子、吾郎、そして八郎も、そちらを見た。時代遅れのパーカーにジャージ、寝癖頭に無精髭（ひげ）、やけに凝ったデザインのブルーライトカット眼鏡が肥満気味の顔にやや食い込んでいるという姿で、ひきこもりの次男、真太郎がリビングの入口に立っているではないか。まったく予期していなかった家族の登場に、全員が言葉を失っていたが、美子が静寂をやぶって声をかけた。

「真太郎兄ちゃん……お久しぶり」

章雄も、弟を見つめたまま言った。

「おお、出て、きたか」

しかし緊張しているのはまわりだけで、当の本人、真太郎は臆することなくダイニングテーブルの方にやってきて、空いている椅子に小太りな腹をぶつけることなくスッと座った。

「兄貴がピザがあるって言うから。ラインで……」

真太郎はピザを見やった。そして何かに気づいて、

「……タバスコ、あるよ」

と、すぐに立って冷蔵庫に取りに行くと、それを持って速やかに戻ってきて、ピザにふりかけ、ためらうことなく食べ始めた。しかし考えてみれば、誰よりも彼は長時間この家で過ごしているわけで、身のこなしが滑らかなのも、動きが自然なのもあたりまえであると、八郎は納得した。まさに天然記念物の動物に山中で出くわして、こっちが勝手にびっくりしているのと同じだ。こちらが「珍しい」と思っているだけで、向こうにしてみりゃ、普通に自分の庭を歩いているだけのこと。逆に、こちらの方が向こうのテリトリーを侵している侵入者とも言える。八郎は驚きつつも、

「こんなに集まるのは……久しぶりだな」

と、改めて子供が全員そろったダイニングテーブルをぐるりと見渡した。妻の百合子が加われば、奇跡のフルメンバーだ。

「美子、ピザ食べていいぞ」

八郎は娘にすすめた。

「いいの？」

「おれはいい。アメリカンピザは、そんなに好きじゃない」

私も、と言いながら美子の手は早くもピザにのびている。

「ジュリア・ロバーツの『食べて、祈って、恋をして』みたいに逃避行して、ナポリでピッツァを食べまくりたい」

その映画おもしろいの？　と章雄が聞いて、八郎が代わりに首をよこにふる。

「離婚した女が旅して、食いまくって、新しい男を見つけるだけのバカ映画だ」

その言葉に美子はムッとする。

「あなたには、わからんでしょうよ。原作は実話なんだから。離婚訴訟で一文無しになった女が、やけくそで自虐ネタ書いたらベストセラーになって映画化までされて、やってみるもんだよね。私も離婚の顚末(てんまつ)を書いて出そうかな」

「売れても、おれは撮らないからな」

と八郎は即座に反応し、

「頼まないわよっ。コメディ映画になんかされたくもないっ」

美子も速攻で返して、打たれ弱くなっている八郎は、またグサリときて胸に手をやる。

「離婚って、やっぱりダメージが大きそうだな」

話を聞いていた章雄が不安げに言って、美子は笑う。

「お兄ちゃんとこは、大丈夫だって」

「そうでもないみたいだぞ」

と八郎は、こそっと呟いた。

「章雄おじちゃん、会社クビになっちゃったんだって」

と吾郎が教える。

「マジで?」

美子は声を大きくして、真太郎もピザをくわえたまま兄を見る。そりゃ驚くだろう、と八郎は思う。小、中、高校と皆勤賞をもらい、成績は普通だが、バスケ部の主将も務め、大学卒業後は大手菓子メーカーに就職。本社のある新潟に移り、同僚と結婚、子供も二人もいる章雄は、誰が見ても幸せにやっているという印象だ。

「お兄ちゃんにも、そういうことが起きんだ……」

美子は言ったが、真太郎は何もコメントはせず、やや冷え始めたピザをまた口に運ぶ。

「おれも、自虐ネタ書いて一発儲けるかな」

と言葉とは違って覇気なく言う章雄を、八郎は見つめた。とはいえ八郎は美子たちほど驚いてはいない。難なく育ってきた人間こそ、社会に出てから苦労するというパターンを、自分の業界でもゴマンと見てきた。八郎自身は父親が早くに亡くなり、母子家庭でそこそこ苦労して育っているから、ハードなこの業界に入ってもやってこられたというのがある。タイミングは人それぞれで、何があったか知らないが、章雄にとって初めて壁にぶちあたったのが四十半ばの今だったのだろう。

「まあ、いろいろあるさ」

という言葉が自然と八郎の口から出た。

「しかし、庭だけじゃなく、家の中まで荒れてきたな。知らぬ間にこんなことになってるとは……」

自分もまた、ちゃんと見てこなかったそれと今、向き合うときなのかもしれない。そのように思い至った八郎はキッチンに行って、冷蔵庫からビールの缶を何本か出してくるとテーブルに置き、皆にもすすめ、改めて上座に腰をすえた。

「ちょうどいい。正月だって、こんなにそろわないからな。ちょっと話したいことがある」

「遺産相続のこと？」

美子がすかさず言って、

「口を閉じてろ、少し」

八郎はムッとして、もったいつけてビールを一口飲んでから、神妙な口調で話し始めた。

「今まで、ちゃんと話したことはなかったが、皆も知ってはいるとは思う。あの巨匠、黒川治監督が亡くなったとき、おれが遺族から遺稿を託されたことを。言うまでもなく貴重なものだから、書庫に大切に保管しておいた。桜山さんからもらった尿瓶のよこにな」

子供たちは無言で父親を見ている。

「それが驚いたことに、ネットオークションに出てた。プロデューサーの森くんが偶然見つけて、わかったんだが」

三人は何も反応を見せない。無関心に近いような表情をたたえている。八郎は手がかりになるものを、並んでいるその顔から引き出したい思いで続けた。

「とにかく誰かが無断でそれを持ち出し、ネットで売ったということだ。この家の書庫はもはや物置みたいなもんだから、みんなが好き勝手にあるものを使ったり処分したりしてるのは、わかってる。だが、ちょっと見れば、それがおれにとって大切なもんだってことは、さすがにわかるだろ？」

ちょっと待って、と無表情のまま美子が遮（さえぎ）った。

「私たちの誰かが、それを売ったみたいな言い方だけど？」

「いや、そう決めつけたわけじゃないし、だとしても、売ったことを怒ってんじゃない。言いたいことは他にあって」

八郎は、ビールを注（つ）いだばかりのグラスを脇にやった。

「おれが大切にしているものだと知っていて、それでもそれを売って金を作らなきゃいけないぐらい、この中の誰かが……もしもの話だが、金に困ってるのならば、正直に言ってくれ。売ったことを責めはしないから」

言いながら八郎は、真太郎を見ないようにしている自分に気づいたが、さらに続けた。

「ただ、これからは金が必要ならば相談してくれ。おれも親らしいことをしてこなかったから、その償（つぐな）いを今からでもしなきゃと思う。だから、黙って物置の物を売ったりしないで、直接おれに助けを求めてほしい」

結局、と美子は言った。

「疑ってるんじゃない。私たちを」

「違うって。もしも、って言ってるだろ。念のためだ」

「警察に届けたの？」

八郎は首をよこにふった。美子は八郎を指した。

「ほらね！　最初から私たちだって思ってるのよ。この家に出入りしている人は他にもいるし、近所に泥棒が入ったこともあるじゃない。なのになんで警察に届けないのよ？」

「それは……」

「そもそも、家族を信用してないのよね」

「だから、そうじゃないって」

「おばあちゃんが、売ったんじゃない？」

と吾郎が言って、全員がそちらを見た。

「ネットで？　いまだにガラケーなのに？」

「でも、新しい指輪買ってたよ」

なにっ？　いつ？　と八郎と吾郎がやりとりしていると、

「お母さんじゃないわよ！　家族の誰でもないわよっ！」

かん高い声で美子が遮った。そして正面切って八郎を見た。

「私も、言いたいことがある。あなたの映画を観てね、私いつも思うの。もうちょっと考えて脚本を書いたらいいのに、って。ものを言うときも、少し考えてから言ったら？　偉そうに正論を語るけど。『ものごとは、いろんな方向から見ろ』とか。一方からしか見てないのはお父さんじゃない。人の気持ちってものを考えて話すことはないの？」

その語尾がうわずっていることに、そこにいる全員が気づいた。

「……今夜だって、久しぶりに全員そろったんだから。真太郎兄ちゃんに会うのなんて私、五年ぶりよ？　すごく驚いてるけど、あんまり騒ぐと絶滅危惧種のエゾナキウサギみたいに、また引っ込んじゃいそうだから、章雄兄ちゃんも私もできるだけ普通に話して、これでも気をつかってるんだよ？」

真太郎は微かに驚きの表情を浮かべ、美子を見た。妹は涙声で続ける。

「そういう私だって、離婚してボロボロよ。病みきってるわよ。でも今夜は偶然みんなそろって……久しぶりに顔が見られて、アホな友だちなんかといるよりホッとできて……がんばろうって……思えたとこだったのに……なのに」

涙目の美子の表情は、突如として険しくなり、八郎の顔をガン見した。

「脚本を売ったヤツは、名、乗、れ、だぁ？」

美子は、テーブルをバーン！ と叩いて立ち上がった。

「驚いたわ！ 犯人探しですか？ なんで今、このタイミングでそれをやる？ みんなそろって嬉しくないの？ 楽しくピザを食べることはできないの？ そう、私たちのことなんか結局、見えてない、シースルー！ 巨匠の脚本の方が大事なんだろっ！」

「だから、そうじゃ――」

と八郎は否定しようとしたが、美子の耳には届かず、今や野太い地声で父親に向かって言い放った。

「こんな、こんな家に育ったから、こんななのよ！ 私だって幸せになりたかった！ でも男の体じゃ幸せになれなかった！ だから、だから女になった！ けど、見た目は女になれても……それでも幸せになれないっ！ か、家族がいても――」

と美子は吾郎を見た。

「――幸せになれない、なぜなら」

そして自分の胸を指した。

「ぶち壊してるのは、わたしだからっ！ あんたと同じ！」

華奢（きゃしゃ）ではあるが、やはりサイズは大きい両手で美子は自分の顔をおおった。父親と兄たちは、かける言葉もなく、以前は「三男」だった美子を見つめた。中井戸家のダイニングはしんと静まり、古い冷蔵庫のコンプレッサーの低音だけが響いている。八郎はその音を、いい効果音だな、と一瞬思ってしまってから、慌てて思考を止める。沈黙が続き、ずびっ、と美子が洟をすする音でようやく静寂が破られた。美子は顔をあげて、ティッシュで鼻をかむと、自分の荷物をつかんで、

「行くよっ！」

と吾郎に言って、大股に部屋を出ていった。吾郎は冷静で、

「だいじょうぶ、慣れてるから」

と祖父と伯父たちにうなずいて、彼にとっては生まれたときから「母親」である美子を追って出ていった。

「んな、今さらなにを親父に求めてんだ、あいつは？」

章雄が誰にでもなく呟いた。真太郎は無言で、いつの間にかビールを開けて缶から飲んでいる。八郎は、ピザが一切れだけ残された油染みだらけの箱を見つめて、

「父親としてもB級、いや、それ以下だな」

自己評価した。章雄も、ぐるりと部屋を見て言った。

「まあ、普通の家庭じゃないとは思うけど。おれは、文句は言わないよ、美子みたい

に」

そして八郎の顔を、意味ありげに見た。

「……育ててもらったことには、感謝してる」

立ち上がり、章雄はテーブルの上のグラスなどを片付け始めて、とりあえず今日は上の和室で寝るから、と言い残して出ていった。

章雄を無言で見送った八郎は、引き続きコンプレッサーの音にぼんやりと耳を傾けていたが、コン、とビールの空き缶をテーブルに置く軽い音で、我に返った。

「まだ一人いるよ」

真太郎に言われて、八郎は彼と二人きりでテーブルをはさんでいることに気づいた。この期に及んで「シースルー」な自分自身に八郎もほとほと嫌になったが、できるだけ穏やかに、次男に言葉をかけた。

「悪かったな、せっかく、その……出てきてくれたのに」

真太郎はそれには返さず、何か考えているような表情で一点を見つめている。八郎は、真太郎の白い顔を見つめた。幼児の頃の顔とそれは重なった。しかし、まるまるとして愛嬌があったのは小学校低学年までで、保健室に通うようになってからは痩せ始め、帰宅しても部屋に閉じこもるようになった中学では、育ちざかりなのに頬骨が目立つ顔になり家族を心配させた。その頃からどこを見ているのかわからないような目つきになり、じきに家からも出なくなり、徐々に肥満という形で体にボリュームは戻ってきたが、あきらめたような目は、三十半ばを過ぎた今も変わらない。

「……なんか」

真太郎が言葉を発して、八郎はなぜかドキッとした。ひきこもりの次男は、微かに自虐の笑みをふくんでいるような表情で呟いた。

「出てこない方が、よかったかな」

「…………」

八郎は、咄嗟に言葉に詰まった。真太郎の目の透明感が一瞬消えたように感じたが、気のせいかもしれなかった。

「いや、おれが悪かった。たまに親になろうとするから、こんなことになるんだ」

八郎は、ようやく頼りない言葉をこぼした。真太郎はもう父親を見てはいなかったが、口を開いた。

「美子が……今さらなにを求めてたか、わかる?」

兄の言葉を借りてそう問うと、真太郎は、チラッと八郎を見た。

「えっ……」

八郎はその問いに驚いて、真太郎を見つめた。

「ただいまー」

玄関から百合子の声がしても、八郎は真太郎から視線を逸らさないでいたが、

「お父さんいるの？　これ、誰の靴？」

百合子に問われて、一瞬、玄関の方をふりかえり、

「あ、章雄が、来てるんだ」

と教えて、顔を戻すと、真太郎は消えていた。まさに天然記念物の野生の動物のように、姿を消していた。残されているのはビールの空き缶とピザの空き箱だけ。

「あら、ピザとったの？　珍しい。美味しかった？」

ダイニングに入ってきた百合子は、テーブルの上をぼんやりと見ている八郎に聞いた。

夫は、ゆっくりとうなずいた。

「ああ。みんな喜んでたのに。おれが、それを思いっきり踏みつぶした……」


懐かしいアメリカのドラマに出てくるような濃褐色の板壁の八郎の書斎は、どこか映画館に通じる薄暗さがある。「映画を観るなら、映画館」が八郎の口癖ではあるけれども、仕事上、ここで映像を観る必要もあり、そのために選んだ暗さでもある。造り付け

の棚には55インチの大型モニターが収まっており、それで編集中の素材や、初号などを見てチェックしたり、参考になる過去の名画や、映画館で観るほどでもない作品をここで観ることも多い。自分だって映画館で観てないじゃん、と孫にはつっこまれるが。

「ほら、始まるぞ」

その吾郎が『E.T.』を観たことがない、と言うので、八郎は棚からモニターを引き出すと、ブルーレイでそれを鑑賞することにした。冒頭から吾郎は身を乗り出して観ている。子役だった頃のドリュー・バリモアが、E.T.を見てびっくりして叫ぶところでは、一緒に口を開けてその世界にすっかり入り込んでいた。

「E.T.の目は、アインシュタインの目をモデルに——」

と八郎が教えようとすると、

「んなの誰でも知ってるよ。それより、エリオットの家もママしかいないんだね。この家も離婚協議中？」

と吾郎に言われて、また美子に怒られそうなものを観せてしまったと気づいたが、八郎はひらきなおって返した。

「だから、昔からアメリカじゃ珍しいことじゃないんだよ。スピルバーグ自身、親が離婚してるからな」

「そうなの？」

「ああ、自分のことを映画にした、と言ってもいい」

ふーん、と吾郎は親近感を持ったように画面に目を戻した。

映画後半、Ｅ．Ｔ．が冷凍マグロのように真っ白になって危篤状態になる辺りから、八郎の予想どおり、吾郎は目をこすって涙を拭き始めた。ストーリーはそれこそシンプルで、主人公の少年エリオットが、宇宙から来た彼と仲良くなって、自分の星に帰れるよう助けてやるだけの話だが、クライマックス、息を吹き返したＥ．Ｔ．をエリオットが自転車のカゴに乗せて空を飛ぶシーンでは、

「はい、おじいちゃん」

と泣いてる吾郎にティッシュの箱を渡されて、八郎は自分も目に涙をためていることに気づいた。久しぶりに観て、八郎も柄にもなく胸にきてしまったわけだが、その理由は孫とは少し違う。

「いや、なんともシンプルで」

ブルーバックで撮ったこの名場面は、当時としては最新鋭で、観客を圧倒させた映像であった。八郎もやられたと思ったものだ。その後、デジタル技術が花開いてからの視覚効果の進化は、デミ・ムーアの劣化と同じく一気に進んだが、ＶＲに行き着いてから

も留まるところを知らない。観客の欲求に応えるには、画面の隅から隅までを情報で満たさないと済まされないのが、今日の映像作りだ。

「必要なものしかなくて。空間ってのが、やたらある」

八郎は画面を見つめて言った。

「なのに、これしかない、と思わせる」

デジタルに頼らなかった頃の創作、作り込み方には、人を魅了する何かがあった。単なる郷愁だろうかと思いつつも、八郎は吾郎とエリオットと一緒に、宇宙に旅立つ船を、また新たな感動とともに見送った。エンドロールも大量の情報を義務的に詰め込んでいる最近のものとは違って、黒画面で余韻を楽しむように、文字も少なくゆったりとしている。フィルム会社のマークが最後に出て、ティッシュで八郎が鼻をかんでいると、吾郎が質問した。

「自分のことを映画にした、ってことは、スピルバーグは宇宙人に会ったことがあるのかな？」

八郎は微笑んだ。

「かもな。吾郎と同じように、親が離婚して寂しいなぁ、と思っているときに、スピルバーグはなにか〝スゴイもの〟に出会ったのかもしれない」

吾郎はため息をついて、うなずいた。

「ぼくも、なんか大事件が起きたらいいのに、って思うよ。嫌なこともぜーんぶ忘れるぐらいの大事件が」

「たぶんスピルバーグも、おまえと同じことを思ったんだよ。だから、この映画を作ったんじゃないか？」

八郎は、吾郎の目を見て語った。

「宇宙人っていうスゴイもの、桁違いのものがいるんだ！　と思えば、悲しいことも少し小さく見える。それで元気が出たエリオットは、お父さんなんかいなくても独りでE.T.を助けてあげることができた。スピルバーグは、吾郎みたいな子たちにそれを伝えたかったんだな、きっと」

吾郎は真剣に聞いているが、少し不満げに返した。

「でも、E.T.も最後は、『ゴー、ホーム』って、自分の星に帰っちゃうよ」

八郎は、吾郎の額を人差し指でさした。

「だから『いつでも、君のここにいる』と、言ってたじゃないか。さよならしてもE.T.は、ずっとここにいる。それはエリオットのパパもだ。映画には出てこないがエリオットのパパも、ここにいるってことなんだ」

額を指されたまま吾郎は、八郎を見上げて聞いた。

「さよならしても、ここに、いんだ？」

八郎は大きくうなずいた。

「だから大丈夫」

吾郎もうなずいて、嬉しそうに聞いた。

「ママにも、ここにいるって話、してもいい？」

「『また余計なことを！』って、美子に怒られそうだな」

と八郎が困ったような表情をしたそのとき、二人の耳にバタバタと階段を上がってくる足音が聞こえてきて、バンッ！　とドアを開けて髪をふりみだした美子が入ってきた。

「わっ！　ごめんなさいっ！」

八郎が条件反射で謝ると、美子はいつもとは違うドスのきいた声で頼んだ。

「ちょっと、ここに隠れていい？」

はっ？　と八郎が意味がわからないでいると、

「アレが、突然、訪ねて来たの。ちょっとだけ、ここに隠れさせて」

「高田くんか？」

察して八郎が、別れたばかりの伴侶の名前を出すと、美子はうなずいた。その名前を聞いて飛び上がって喜んだのは吾郎だ。

「ママ、おかあさんが来てるの⁉」

やったぁ！　と飛んで行こうとする吾郎を、美子はつかまえて、言い聞かせた。

「いい？　リビングでおばあちゃんとお話ししてるから、おじいちゃんと一緒に行って、私は出かけてていない、って言いなさいよ」

わかった、と吾郎は言って、八郎の手を引いて行こうとするが、

「……おれも、あまり会いたくないな」

今度は八郎が尻込みする。

「高田くんには、おれも色々と迷惑かけてるから。『しあわせ家族』の企画も、おれと一緒に降ろされちゃって――」

「んなことはどーでもいいから、早く行って！　とにかく私はいないって言ってよ！」

と美子は急かすが、階段を上がる足音が聞こえてきた。

「もぉ、ぐずぐずしてるから、来ちゃったじゃない！」

美子は動揺しながら、身を隠す場所を探して、八郎が座っているソファーの後ろにしゃがんだ。開いているドアの隙間から、

「監督、いらっしゃいますか？」

と、美子の元妻の高田圭が、遠慮がちにのぞいた。

「おかあさんだっ！」

吾郎は待ちきれなかった様子で、恐縮している表情で入ってきた高田に飛びついた。

ショートカットでTシャツにジーンズ、というボーイッシュなスタイルの高田は、美人というほどではないが少女のような整った顔をしていて、アラフォーのわりには若く見える。

「監督、ご無沙汰しております」

義父である八郎に、高田は深く頭を下げた。

「お聞きになっていると思いますが、正式に、美子さんと離婚することになりました。ご挨拶をしなきゃと、ずっと思ってて」

「いや、おれも会いたいと思ってたんだが」

八郎も三男の元嫁に頭を下げて、歯切れ悪く言った。

「忙しくやってるようだから」

最近は脚本家として腕をあげて、映画やドラマのクレジットで名前をよく見るようになった高田だが、八郎は、駆け出しの頃から彼女の肚の据わったところや、器の大きさには感心していた。しかし、自分の夫が突然「女」になってしまっても、それを許容できるほどのデカさだとは、さすがに八郎も想像していなかった。驚いたことに、高田は女になった夫を受け入れ、離婚もせず、生まれたばかりの吾郎を一緒に育てる道を選んだ。それを見て八郎は、むしろ美子よりも高田の方がよっぽど進化系の人間だと思ったぐらいだ。

「離婚のことは、二人のことだから……」

と八郎は高田に言った。とはいえ、進化系にも限界はあるのだろう。八郎は、吾郎と手をつないでいる高田を見つめた。『クレイマー、クレイマー』ならば、ストリープ演じる母親の立場なのか、ホフマン演じる父親の立場なのか。高田が吾郎を身ごもったときは、美子は対外的にはまだ男性だったが、吾郎が物心ついたときにはすでに「ママ」になっていた。なので吾郎にとっては、「ママ」と「おかあさん」の二人の母親がいるのが日常である。

「とにかく、吾郎が幸せでいられるよう、努力してくれ」

八郎の言葉に、高田は息子を見つめて、うなずいた。八郎は真剣な面持ちでさらに言った。

「君の幸せも、もちろん大事だ。美子……一美(かずみ)の我がままにつきあってくれて、今までがんばってくれて本当にありがとう」

深く頭を下げる八郎を、高田は止めた。

「いえ、すべては私の力不足で」

「いや、充分にやってくれた。これからは自分のために生きてほしい」

八郎が高田に告げると、

「なにそれ！」

ヒステリックな声をあげて、ソファーの後ろに隠れていた美子が立ち上がった。

「聞いてりゃ、私だけが悪者みたいじゃないっ！」

なぜそこに？ と高田は現れた元妻（夫）にびっくりしているが、美子の怒りは八郎に向いている。

「あんたに、とやかく言われたくないっ」

「違うって。お義父さんは――」

高田はなだめるように言ったが、美子は耳を貸さず八郎を指した。

「そもそも！ このクソじじいが、圭を紹介したんだからねっ、私に！」

「そうだよ。おれが結婚させたようなもんだ」

八郎は落ち着いた口調で元息子に返した。

「させたからわかったんだろ？ おまえが言ったんだよ？ 結婚してみて、吾郎が生まれて、強く確信したと。自分は女だと。今までのもやもやが霧のように晴れて女になれたって。自分はトランジスターだと、わかったと」

トランスジェンダー、と吾郎がよこから訂正した。

「おれが結婚させなきゃ、未だもやもやしたままでいたかもしれないじゃないか」

「……ま、確かに、ここまでは、ふりきれなかったかも」

美子は、にわかに客観的口調になって返した。聞いていた高田は静かな口調で二人の会話に入ってきた。

「確かに監督の紹介で、私たちは出会いました。けど、結婚させられたなんて一度も思ったことはないです」

高田は美子を見て、気持ちを伝えた。

「一美さん、いえ、美子のことは好きです、今も。女でも男でも、どちらでもいいです。でも夫婦という形でこれ以上一緒にいるのが、彼女のためにいいかは……。結婚していると戸籍も女に変えられないですし」

美子は、高田と目を合わさずにその言葉を聞いていたが、無言のまま、大股に部屋を出ていった。高田は吾郎に、それについていくようながして、吾郎は後ろ髪をひかれながらも美子を追った。部屋には八郎と高田が残り、

「すみません」

「すまない」

同時に美子のことを謝って、二人は苦笑した。

「許してやってくれるかな、美子を、一美を」

「私です、許してもらいたいのは。別れる時期を間違えました」

八郎は首をよこにふった。

「ああ言ってるが、やつも、どこかでホッとしてるんだと思う」

「だと、いいんですが」

「あいつが、つらいのは」

八郎は美子に代わって、告げた。

「とはいえ君のことを……男とか女とか関係なく、愛してたからだと、思う」

高田は少し救われたように、八郎に微笑んで返した。

「ありがとうございます。そのセリフ、いつか使わせてもらいます」

するとと、吾郎がため息をつきながら戻ってきた。

「『一人にしてほしい』って。そう言ってるけど、ぼくが短い時間でもおかあさんといられるよう、あれでも気をつかってるんだよ」

「わかってる」

高田はうなずき、吾郎はから元気を出して、八郎に言った。

「おじいちゃんも覚えておいたらいいよ。誰も悪くないのに悲しいっていう、このシチュエーション。いつか映画に使えるから」

「……はい。どうもありがとう」

八郎は複雑な表情で孫に礼を言った。

「おじいちゃんと『E.T.』を観てたんだ?」

高田は話を変えるように、メニュー画面に戻っているモニターを見た。久しぶりに観てね、と八郎は微笑んだ。

「二人で泣いちまったよ。大人が出てこないのがいい」

「いいですよね、子供目線の作品。『友だちのうちはどこ?』とか、大好きです」

イランの映画だよ、と八郎は吾郎に説明した。

「ちょうど吾郎ぐらいの男の子が、学校で友だちのノートを間違えて持って帰ってきてしまって、それを返すために遠くの村まで友だちのうちを探しに行くが、なかなか見つからないという話だ」

「ラインで聞いて、グーグルマップ見て行けばいいのに」

と言う吾郎に、八郎は頭をふる。

「おまえらには本当の友だちってものが一生できないだろうよ」

高田は苦笑している。八郎は、気づくとまたいつものように自分の世界に飛んでいる。

「言いたいことが言えない国だから、子供映画にして暗喩してるというが、そんなの抜きにしてもいい映画だ。子供の頃の気持ちが痛いほどよみがえる……あんな作品、そう撮れない」

語る八郎を高田は見つめていたが、

「……監督、引退するってホントですか？」

「森が言ったのか？」

相手はうなずいた。八郎は複雑な表情をたたえて、正直なところを良き仕事仲間である高田にこぼした。

「おれだって撮りたいが、評価されないとわかってて撮るのも、しんどくなってきた。そもそも降ろされるってことは、およびでないってことだ。……森は、ここでシリアスなものを撮れと言うが」

「シリアス？」

「『しあわせ家族』を見返すような、客が涙する家族ものを撮れってさ」

「家族もの……感動……」

高田は、遠慮なく首を大きく傾げた。

「失礼ですが、監督にそれは……無理なのでは」

はっきり言われ、八郎はちょっとムッとする。

「なんで？」

「え、だって——」

彼女の「器が大きい」のはそこからきていると思われるが、やや天然系である高田は、無邪気にその理由を述べた。

「無理ですよ。監督自身の家族が、あまりに普通じゃなさすぎる。ご自分が映画監督で妻は元女優、そこからまず一般的ではないですが、子供もひどい。次男はひきこもりで、三男はトランスジェンダー。長男も普通に見えて問題あり。強烈すぎます。そんな監督に一般人の『共感』を得るような家族ものを描けるわけがない」

と悪気なく言う高田の顔を見つめて、八郎はしばらく沈黙した。

「なるほど。言われりゃそうだが……」

「変に方向転換せず、コメディ監督を全うすべきです。一般ウケする『シリアスな家族もの』なんて、誰もが撮ってますから」

「おれもそう思うんだけど……」

そう高田にはっきり言いきられてしまうと、不思議と反発したくなってくる。

「でも……うちみたいな、ひきこもりとかの問題を抱えている家庭ってのは意外と多いんじゃないか？　そういう人たちに向けて――」

高田は遮るように、うなずいた。

「その手の映画も山のようにありますから。それに監督だって、コメディの中で家族のあり方をおもしろく描いてるじゃないですか？　それで充分だと私は思いますけど」

「それを、わかってくれてるなら、嬉しいよ……」

しかし言われるほど、逆に八郎は不安になってきて、

「でも……わかりあえない親と子の行き違いみたいなのを描いたら、それは共感を得るんじゃないかな？」

と抵抗するが、高田は笑う。

「親子がわかりあえないネタも、それこそ世に溢れすぎて、もう使い古されてますから。『エデンの東』だって『スター・ウォーズ』だって『ビッグ・フィッシュ』だって、いくらでも」

八郎は並べられたタイトルを反復した。

「その作品、ぜんぶ当たってるよね？」

「……ま、そうですね」

高田は素直に認めた。そのとき、

ピンポーン。

とインターホンの音が階下から聞こえ、あまり間を空けずに、またピンポーンと鳴った。誰も応じる気配がない。

「なんだ百合子はいないのか？　あいつ最近、やたらと出かけるな。お次は不倫でも始まるのか？」

と八郎はぼやいて、

「私が出ます」

と元嫁は慣れた動きで玄関へと出ていった。八郎は、やりとりを聞いていた吾郎に聞いた。

「うちって普通じゃないのか？」

「それがわかってないってのが、まずダメだよ」

吾郎にまで指摘されていると、すぐに高田が階段を駆け上がってくる音がして、部屋に飛び込んでくるなり彼女は知らせた。

「お義父さん！　玄関に、警察がっ」

「警察っ？　ってポリスの警察？」

八郎は耳を疑って、高田はうなずいた。

「章雄さんと一緒に……」

「章雄が？　連行ぉ⁉」

長男の名に八郎はさらに目を大きくして、もはやこの家が普通じゃないことは誰よりもわかっていた。

百合子は、海老や野菜の天ぷらを皿に盛りながら八郎に聞いた。

「二人前しか、天ぷら買ってこなかったの？」

流しに立っている夫は、茹であがった蕎麦を流水でしめながら、厳しい口調で返した。

「忘れてるかもしれないが、この家は、おまえとおれの家だ。だから蕎麦も天ぷらも二人前！」

八郎は疲れたように首をよこにふり、

「家族なんてものは、集まるだけ危険だとおおいにわかった。飯ぐらいは連中の顔を見ないで落ち着いて食いたい」

百合子はため息をついて、

「はいはい。じゃ、二人でいただきましょう」

と、あとは夫にまかせて、先にダイニングテーブルについた。

「それで章雄は？　二階にいるの？」

と言う百合子に、八郎は蕎麦をざるに盛りながら教えた。

「ああ。おまわりに注意されただけだから。うちの前を行ったり来たりして、思い詰めたようにこの家を見つめていたらしい。不審者と思われてもしかたない」

「この家の息子だって言えばいいのに」

「すぐには言わなかったから、よけい怪しまれたみたいだ」

百合子は不満げに呟く。

「あなたが、なくなった脚本の犯人探しなんかするから。ここにも帰れなくなっちゃったのよ、可哀想(かわいそう)に」

「帰るところはあるさ。章雄のかみさんと電話で話したが、べつに怒っちゃいない。リストラされたというのも話が違って、どうやら自ら辞めたらしい」

「えっ、そうなの？」

「章雄も他の二人に負けず、病んでるな」

百合子は、前より大きなため息をついた。八郎は見ないでも、百合子がテーブルに片肘をついているとわかる。若い頃からの彼女のクセだが、そのポーズを見るたび八郎は、百合子が女優であったことを思い出す。顔の輪郭にそえられた長い指、手のひらにすっぽりおさまる小さなあご、大きな瞳は目尻にしわがきざまれてはいるが、黒い輝きは昔と変わらない。その目で二人前の天ぷらを見つめて、百合子は言う。

「昔、天ぷら学生とか、天ぷらナンバーって言ったじゃない？　衣かぶってるけど中身はわからない、って意味だけど。うちはさしずめ『天ぷら家族』だわね」

「むしろ、ぐっちゃぐちゃの『かきあげ家族』だっ」

ウケて笑っている百合子に、八郎はふりかえって言った。

「そのタイトルで映画撮ったら、なんて言うなよ」

「言わないわよっ。そんな、いかにもB級な映画、撮ってどうするの」

百合子は八郎が蕎麦を持ってくると、箸をとった。

「でも、一番心配なのは章雄だわ。真太郎のことも、美子のことも、最近はそんなには心配してないの」

八郎は蕎麦にわさびを付けながら、百合子を見た。妻はつゆにネギを加えながら続ける。

「ひきこもりも、トランスジェンダーも、一家に一台の時代だし」

「いちだい？」

八郎は驚いて箸を止める。百合子は涼しげな顔で言う。

「珍しくもないってこと。こんなに世の中が複雑になっちゃったら、なにが正しいかなんて、ホントわからない。電車に乗ってまわりを見たって普通の人なんているのかしら？　って思う」

「高田は、滅多にない強烈な家族だと言ってたぞ」

「それは褒めてくれてるのよ。まあ、一家に三台はそろいすぎかもしれないけど」

八郎は首を傾げて蕎麦をすする。百合子は二階を見上げて言う。

「でも章雄は……子供の頃から問題ありだから」

八郎はピンとこないような顔で、

「そうだったかな？」

「ちゃんとしてるように見えてても、すべてが逃げてる結果なら、問題よ」

百合子の言葉に、八郎は思い出す。

「高田も、章雄のことを『問題あり』と言ってたな……」

「章雄は昔から、うまくいかなくなると自分をごまかして、ターゲットを変えるの。さすがに家族を投げ出すことはできないから、まいってるんじゃないかしら」

「問題と向き合わないいってことか」

蕎麦を見つめて八郎は何か考えていたが、

「おまえが言うように、真太郎や美子の方が、まだ自分をごまかさずに正直にそれと向き合ってるのかもな……。吾郎があれだけ明るく不登校でいられるのも、美子や真太郎を見て、こういう生き方もありだと思えるからだ」

「もちろん、それはそれでつらさが減るわけじゃないけれど……」

百合子は付け加えて、二人はまた黙って蕎麦をすすった。自分よりも食べっぷりのいい妻を見て、八郎は聞いた。

「すごい食欲だな。最近、やけに出かけるし、いったいなにしてんだ？」

「あら、バレてた？」

と百合子はニヤッと笑った。

「実はね。また女優の仕事しようと思って。映画なんだけど」

「えっ、いが？」

が、と言ったまま口を開けて八郎は驚いている。

「同期の啓子さんから電話があってね、最近ちょい役を演る年配女優が少なくて、仕事が重なって困ってるらしいの。紹介するから久しぶりにやらない？ って誘われて」

「松平啓子の？ 代役を？ おまえが？」

百合子はうなずいた。

「遠い昔に引退した私のことなんか誰も覚えてないし、復帰って感じでもないから名前も変えて。なにしろ演技も久しぶりだから、啓子さんの劇団の稽古場にお邪魔して、勝手が戻るか試してみてるところなの」

ふふっ、と自慢げに笑む妻の顔を、八郎は無表情で見ていたが、

「ふーん」

とだけ言って、また蕎麦をすすりだした。そっけない夫の反応に百合子は聞く。

「って、それだけ？」

八郎はうなずいて、海老の尻尾をパリパリと噛んでいる。百合子は言い訳するように続けた。

「だってあなたも仕事ない……決まらないし。こんな一軒家だとなにかと毎月出ていくものはあるし。おこづかい稼ぎぐらいにしかならないけど、少しでも足しになればと思って」

「やるなとは誰も言ってないだろ。どーぞ、好きなだけやってください。おれは引退間

近だから」

八郎は言って、百合子はあきれたように夫を見た。

「なんですかそれ？　ジェラシー？」

「女優をやっかんでどうする。応援しますよ」

と八郎は蕎麦をたいらげると、さっさと食器を流しに持っていった。

「戻ってきた家族の食費だってばかにならんから、どんどん稼いでもらおう」

百合子は肩をすくめた。

「私が洗うから置いといて。あっ、そうだ」

と何か思い出すと、百合子はバッグを引き寄せて中を探った。

「プロダクションにまで所属する気はないんだけど、仕事先に形だけ持ってく履歴書と写真が必要なの。啓子さんの劇団が宣材作ってるところで、私も撮ってもらったんだけど」

百合子はブロマイド風に撮った自分の写真を四、五枚テーブルに並べた。

「ちょっと見てくれる？」

撮影用の無地壁を背景に、多様な役柄がイメージできるようベージュのスーツで装った百合子が、カメラを見つめて微笑んでいる。派手ではないが化粧もしっかりしていて、ブランクを感じさせない女優らしい凛とした佇まいである。角度や表情、手の位置などを若干変えて撮ったそれらの写真を指して、百合子は夫に聞いた。

「どれがいいかしら？」

八郎はキッチンから速やかにテーブルにやってくると、ちらっと写真を見て、すぐにそこを離れた。

「ちょっと、ちゃんと見てよ！」

百合子が怒ると、八郎はスマホと眼鏡を手にして戻ってきた。

「どれもよくない。おれが今、撮ってやる」

百合子は驚いた顔で夫を見上げた。

「ほら、撮ってやるから。化粧と、髪だけ、ちょっとなおせ」

八郎は髪を指して、指示した。

「……じゃあ、ちょっと着替えてくるわ」

真顔になって腰をあげる百合子を、夫は首をふって制した。

「いいんだよ、そのままで！　いつもの感じで、そこに座ったままでいいから。鏡で、ちょっとだけなおせ、額に落ちてるその髪だけ」

百合子は八郎の言葉に素直に従い、その場でバッグからコンパクトを出すと、自分の

顔を見て、

「あら、海苔がついてる」

とティッシュで口まわりを拭いて口紅を塗り直し、髪をととのえた。

「化粧はいい、そのぐらいで。……はい、こっち見て」

八郎はスマホのレンズを百合子に向けて、

「そう……いつもの、テーブルに肘つく感じで」

と言いながら、自分が動いて構図をさぐり、

「……おれの後ろ、スタンドの笠のへんを見て……はいっ、そこ！」

百合子がそちらを見ると、パシャ……パシャ………パシャ、とシャッターを三回だけ切った。

「はい、オッケー」

八郎はスマホを下ろして、百合子の前に置き、

「どれがいい？」

画面をスライドして、今撮った三枚の写真を見せた。

紺のカットソーと白いパンツ姿で椅子に浅く座り、骨董屋で買ったお気に入りのダイニングテーブルに片肘をつき、上目づかいにこちらを見ている百合子が写っている。ナ

チュラルで、構図の効いた自分の写真を、百合子はじっと見つめた。

「……どれも……いいわ。全部いい」

こんな葬式写真よりも、と百合子は先ほどのスーツの写真を脇に押しやると、八郎のスマホを手に取って惚れ惚れするように見た。

「ずっといいわ。あなたが、一番いいと思うやつを選んで」

「引きの方がいいな、二枚目だな。おれの事務所から、その仕事先に送っとくよ」

「ありがとう」

満足げに百合子は言って、夫に微笑んだ。

「この写真だったら、もっといい役がつくぞ。覚悟しとけよ」

「のぞむところよ」

「やる気満々だな、おれと違って」

百合子は、また自分の写真に目を戻して何か考えている。

「復帰していいなら、遠慮なくやるわ。家のことは、あなたにまかせて」

えっ？　と八郎は妻を見た。百合子はスマホの写真を八郎に向けた。

「今、思ったの。この感じで、このぐらいの距離でいいから、子供たちを見ていて」

八郎は自分が撮った写真に目を落とした。

「もういい大人だけど、行くところがなくて家に戻ってきちゃった子たち……出ていけない子も含めて、このぐらいのところから見ていてあげてちょうだい」

百合子はため息をついた。

「私は普通の母親だから。オッサンやオバサンになった子供にだって、つい過保護になっちゃう」

八郎は、妻の言葉に黙って耳を傾けている。

「その一方で……自分がどこかで『親』ってものを演じてきたようにも思うの。親として本当に必要なものが私にはなかったんじゃないか……誰より無関心だったのは自分じゃないかって。その結果、子供たちが問題を抱えてしまったのかも」

厳しいことを百合子は努めて淡々と語るが、八郎は首をよこにふった。

「演技だったとしたら、アカデミー賞もんだ。おまえは一生懸命育ててくれたよ」

八郎は、ふと思い出したように言った。

「昔おふくろも、似たようなことを言ってたな」

「お義母さまも？」

「あれも役者だったから。本当の自分がどれだかわからなくなると、言ってたよ。そんな親に育てられたおれも同類だな。子供たちを複雑にしたのは、むしろおれだよ」

百合子は否定せず、大きくうなずいた。

「だから、今度はあなたの番よ。暇なんだから、あなたこそ家族と向き合ってみて」

「おれも、そう思ってやってみたんだが……」

ピザの夕べの失敗を思い出して八郎が唸っていると、百合子はスマホの画面を指した。

「これでいいのよ、これで。監督目線で彼らと向き合えばいいのよ」

「監督目線になったら、ああしろこうしろ、と言ってしまうんじゃないか？　それで美子に怒られたばかりだ」

百合子は人差し指を立ててふった。

「それは親目線で、ああしろこうしろと言ったから。親と監督とでは違うわ」

言われて、八郎はその違いを考える。

「レンズ越しに彼らと向き合ってみれば、それとは違う言葉が出てくるんじゃないの？」

「レンズ越しか……」

今自分が撮った写真を八郎は見つめる。

「レンズがあれば、恐いものはないでしょう？」

「……まあな」

百合子は微笑み、自分の手を見た。

「やっぱり洗いものもお願いしていいかしら？　女優は手が荒れたら困るから」

八郎は、やらせてもらいますよ、と観念したようにうなずいてから提案した。

「ついでに新しい芸名も、おれが考えてやろうか？」

嫌な予感がする百合子はいぶかしげに夫を見る。

「そうだな……。おまえの好きなカトリーヌ・ドヌーヴにちなんで『香取うぶ子』とか」

百合子はおもいっきり顔をしかめる。

「ダメ？　それじゃ、おまえの好きなスーザン・サランドンにちなんで……皿うどん百合──」

百合子は手をあげて遮った。

「あたしを芸人にする気っ？　けっこうです、自分で考えます！」

あっそ、と八郎は残念そうに食器をまとめた。

書斎で八郎は腕を組んで考えている。

「レンズ越しか……」

ふと、八郎は何か思いついたように立ち上がり、棚から真新しい大学ノートを一冊出してきて、机の上に置いた。

「ならば、映画と同じように」

これは新作に入るときに一番最初にやることで、脚本でもロケハンでもなく、まずは「アイデアノート」のようなものを作るところから、八郎の映画作りは始まる。八郎はマーカーペンを握り、まっさらな表紙を見つめてちょっとためらっていたが、心を決めたように、えいっ！　とペン先を置いて、

『かきあげ家族（仮）』

半ば投げやりに走り書きした。このように映画の仮タイトルを表紙に書くときは、何本目であっても胸が躍るが……このたびは、映画制作ではなく「家族と向き合う」という仕事で、あまりわくわくはしない。しかし百合子と約束してしまったので、八郎はため息をつきながらマーカーペンを万年筆に替えて、ノートの表紙を開いた。

映画作りに一番大切なことは何か？　と問われれば、八郎は必ず、

「登場人物を丁寧に作ること」

と答えている。観客を驚かせる展開や、非日常に誘う映像ももちろん大切ではあるが、映画は人間（もしくは動物）を抜きには作れない。登場人物のキャラクターを魅力

あるものにしっかり作り上げておけば、おのずと物語も動き、エキサイティングな映像も見えてくる。

まだ八郎が助監だった頃、ある映画の撮影中に、父親役を演じていた大物俳優に、

「どうして俺（父親）は子供が死んだのに泣かないの？」

と演出の意図を聞かれ、

「それは……そういう男だからです」

と、うっかり答えてしまったことがある。キレることで有名だったその役者は、八郎の返答に激高し、抱いていた子役、正確にはテスト用の赤ん坊の人形を、

「それで済むなら、映画も警察もいらんっ！」

と八郎に投げつけ、その勢いで人形の首がふっ飛んで、そこにいた女優のひざにポンとのって悲鳴があがり、大騒ぎとなった。本物の赤ん坊でなくてよかったが。

「おまえらがよくわかってないで誰がわかる！　もっと考えとけっ！」

と怒鳴られた言葉は、教訓となって八郎の中に残っている。想像上の人物だからといって空白部分が一つとしてあってはならないと、それからは登場人物の容姿、性格、バックグラウンドはもちろん、考えられることは全て詳細をノートに書き連ねて、作り上げていくようになった。おかげで今ではノートの書き込みが真っ黒だからこそ現場でも、

「主人公がこの場面で泣かないのは幼少からの重なるトラウマがベースにあり、その一番初めは可愛がっていたカブトムシの幼虫が土の中でいつ死んだかわからず泣くタイミングを失ったことに始まり――」

と、役者たちもうんざりするほど細かい設定を語るので、そこにいる本物の子役は、首がとれたかのように居眠りしている始末だ。丁寧だが方向がちょっとズレてるかも……と森などに言われることもあるが、八郎としてはここまでやっているのだから、評論家にバックグラウンドが描けてないなどと言われると心外だ。

とにかく、家族と向き合うという任務においても、八郎は同じ工程を踏んでみることにした。忙しさにかまけてスルーしていた子供たち一人一人のことを、この機会に丁寧に理解するところから始めるべきだと。

「じゃ、長男からいくか」

覚悟を決めたように、一ページ目に自分の息子、まずは長男の章雄の名を大きく書いた。

中井戸章雄――長男、四十四歳。○○大学経済学部卒。大手菓子メーカーに勤めていたが現在は失職中。既婚。妻、悦子（たぶん年上）。子供は勇也（たぶん中学生）と香奈（たぶん小学生）。大柄で見栄えは悪くないが、いい男という感じでもない。

趣味――

と書いて、八郎はペンを止めた。しばらく考えて、空白のまま改行すると今度は、

好きな食べ物――

と書いたが、再びペンが止まる。しばらく考えて、

『E.T.』に出てくるピザ。

と無理くり書いて、また改行して、

子供の頃の夢――

と書いたものの、またまたペンが止まる。パイロット？　医者？　政治家？　香港マフィア？　八郎は苦悩の表情で首をたれていたが、

そういう男、以上！

と無理やりしめくくってペンを置いた。そしてページをめくり、

「次！　次男」

と、またペンを取った。

中井戸真太郎――次男、三十六歳、独身。高校一年ぐらいから完全にひきこもり、現在に至る……以上。

とまで書いて、はぁーっ、と大きなため息をつき、またページを静かにめくった。

「じゃ、その次」

改めてペンを持ち直して今度は、
中井戸一美——三男……だったが、のちに女となる（美子に改名）。ゆえに長女、そういうこと……。

と書いて、はあーーっ、と前より大きなため息をついた。そして今持ったばかりのペンを静かに置いた。

「……百合子のやつ、うまいこと逃げたな」

ほぼ真っ白なページを前に頭を抱えて、冗談でなく頭痛がしてきたが、ふと八郎は顔をあげた。

「リサーチ！」

そうだよ、と八郎は自分に言った。

「わからんときは、取材！　鉄則だ。アマゾンで暮らす孤立部族の好きな冗談まで調べ尽くしたこのおれだ。それに比べたら」

まずは直接本人に聞いたろ、と八郎はスマホを取り上げた。子供と向き合うために子供を取材するという、意味不明な行動をとっていることに自身は気づかず、

「まずは、長男」

と電話番号を探した。ところが、にわかに頭痛はひどくなってきて、操作が思うようにできない。呻きながら、どうにか章雄の番号にかけると、携帯の呼び出し音が隣の部屋から聞こえてきた。真太郎の部屋とは逆側の、書斎とつながっている和室の方からだ。そこは脚本家や助監と詰めて作業をするときのために設けた部屋で、最近は子供や孫たちが泊まる部屋にもなっている。

「あ、章雄？　そこに、いるのか？」

漬物石のように重たい頭に手をやって、八郎は閉まっている引き戸越しに呼びかけたが、応答はない。隣の部屋へと行こうとする八郎は、足まで言うことをきかなくなっていることに気づき、戸を開け放つと同時に和室に倒れ込んだ。そこに章雄はいたが、古い火鉢のよこで八郎よりも白い顔で、ぐったりと倒れている。

「ど、した、あきろ！……」

ろれつもまわらなくなってきた八郎は、火鉢に炭を熾した様子があるのを見て、目を大きくした。

「まえ……それ、映画の小道具……火ば……換気しな……死ぬ、ぞ……」

八郎は残っている最後の力で息子のところへと這っていき、

「ア、マゾン……の部族、だって、火は、外……」

章雄の体をゆすったが、完全に意識を失っている。

「……救！」

朦朧(もうろう)としながらも八郎は、

「……だれ……か、いっ……」

一酸化炭素中毒だぁ、と薄れていく意識の中で助けを呼び続けたが、それが声になっていたかはわからない。

病院のベッドで目を覚ました八郎は、いまだ白くぼんやりとしている視界に、こちらをのぞきこんでいる美子と百合子の顔を認めた。

「……おまえの……スッピン……久しぶり……見た」

開口一番に八郎が言うと、美子はムッとして返した。

「一度死んであの世を見てきた方が、よかったんじゃない？」

「行って……戻ってきたんだ、よ」

「二人ともやめなさい、病院で。よかったわよ、大したことなくって」

百合子が叱って、父と娘は黙った。総合病院の救急治療室は真夜中だけに賑(にぎ)やかだ。若い医師や看護師たちが、そんな会話など気にもとめず、並んでいるベッドのよこを行き交っている。その中のベッドの一つに横たわっている八郎だが、真顔で指示した。

「……携帯、持ってきて。事務所に、念のため……メディア対応を。……さすがに二度も警察、来たら、マスコミに流れる。炭で、中毒なんて……絶対、自殺にされる。……今、ほされてるし」

「お父さんのことなんかニュースにならないわよ」

「甘く見るな……政府が秘密裏に、なにか進めているとき……国民の気を、逸らすため……アライグマや、猪(いのしし)が、ニュースになる」

「お父さんは、アライグマなんだ？」

八郎は点滴が付けられている腕でスマホを受け取るが、職業柄、人に注文をつけていると、ろれつは次第に滑らかになっていく。

「いいか……おまえらが、家に帰ると、改めて警官が来て、状況を聴くから……『小道具さんからもらった火鉢で、長男の新潟土産の、餅を焼いて、二人で、楽しく食ってた』と、話すんだ……その証拠に、餅と、焼き網を、火鉢にのせておけ。信用させるには、ディテールが……大事だ」

　百合子はあくびして聞いているが、

「お正月でもないのにお餅なんてないわよ」

「コンビニで、売ってる！　買って、帰れ」

「まったく、あなたに家族のことをまかせたとたんこれだもの。なんで一時間で事件を起こせるのよ」

　妻は不満げにぶつぶつと言う。

「おれは、なんもしてない！　章雄だっ！」

と八郎は隣のベッドを指さした。章雄も点滴を受けながら、ベッドに横たわっている。目は開いているが、八郎ほど元気はない。そうである方が正しいが、と八郎は息子を見た。

「章雄だって、死ぬつもりで、炭を焚いたわけじゃない。だろ？」

問われた章雄は、最初は、と返した。

「部屋が湿っぽかったから、なんの気なしに火つけて、途中でヤバいかなと思ったんだけど。なんか……どうでもよくなっちゃって……申し訳ない」

八郎、百合子、美子は、あからさまにがっかりした表情になる。美子は哀れむように章雄に言った。

「家族には、お餅を焼いてたことにしておくから」

章雄は美子を見た。

「おれの家族に、連絡したの？」

「しないわけにいかないでしょう。朝イチで新幹線で来るって、子供連れて」

章雄は黙っている。美子は明るく言う。

「みんなしばらくウチに泊まってたらいいじゃない。気密性のいい温っぽい部屋でよければ」

おい、と八郎は口をはさんだ。

「章雄の家族が来るのはかまわんし、いくらでもいたらいいが、それを決めるのはおれだ。おれの家だからな」

「あら、そうなの？　知らなかった」

「これからは、おれが仕切ることにしたんだ」

「現役のときは見向きもしないで、引退すると急に家族のことに首突っ込む父親って、いるよね」

「言うなっ、引退って言葉を、まだ！」

二人が言い合ってると、章雄が思い出したように首をあげた。

「真太郎は？　あいつは大丈夫だったの？　書斎の隣だろ？」

全員がハッとして、

「ヤバい、死んでるかも！」

「忘れてた。ちょっと美子、携帯にかけてみて！」

美子と百合子は顔を見合わせ、バタバタと治療室を出ていった。八郎はその背中に怒鳴った。

「餅を買うの、忘れんなよ！」

静かになった治療室で、八郎と章雄は、引き続き点滴を受けながら天井を見つめていたが、章雄がぽつりと呟いた。

「真太郎は大丈夫だよ。たぶん」

「なんでそう思う？」

八郎は横目で章雄を見た。長男は天井を見つめたまま、どこか羨ましげに言う。

「あんなで、けっこう逞(たくま)しいから。自分を守る術(すべ)を持ってる。ああやってひきこもってるのだって、ヤツなりのサバイバルなんだよ。一つの生き方だ」

例のノートを持ってくれればよかったと思いながら、八郎は興味深く息子の言葉に耳を傾けた。

「最近、あの映画をよく思い出すんだ……タイトルなんだっけ。ニコラス・ケイジの古い映画で」

八郎は間を空けずに返す。

「『バーディ』か？」

「古すぎ。誰も知らない、そんな映画」

「アラン・パーカーの名作だぞ」

「もっとエンタメの」

「『60セカンズ』？」

「その映画で、なにを語れと？」

「確かに」

「……ほら、やり手の独身男が、クリスマスの晩に人助けをしたら、そいつが天使で、タイヤ販売店の冴えない男になっちゃう話」

「『天使のくれた時間』か」

八郎はすぐにタイトルを口にした。ファンタジーのジャンルに入るかなという映画で、クリスマスの夜にニコラス・ケイジ演じる主人公のジャックに「奇跡」が起きる話だ。ウォール街で成功し、金融会社の社長となってプライベートも独身を謳歌しているジャックは、クリスマスイブに自称「天使」に出会う。そして翌朝目覚めると、あら不思議、郊外で暮らす家庭持ちの冴えない男になり変わっている。それは「もしも、昔つきあっていた彼女と別れていなかったら、その先にあったもう一つの未来」だ。突然そこにワープした彼は、戸惑いながらも、今の自分とは真逆の平凡な人生を体験して、「本当の幸せ」とは何かを知るという話。

「あの映画に、共感をおぼえるんだ。でも逆の意味でね」

「逆？」

「おれにとっては平凡なサラリーマンの人生が現実だ。でも、もしかしたら自分にも、他の人生があったんじゃないかって」

「……やっぱりクビになったんじゃなくて、自ら辞めたんだな？」

章雄はため息をついて、うなずいた。

「自分に嘘をついてきたって気づいたんだ。今の生活は、おれの本当の人生じゃない」

息子の言葉に父親は長く沈黙していたが、問いかけた。

「おまえも……女に、なりたいのか？」

章雄は眉間にしわをよせた。

「違うよ！　そういうことじゃない、おれは男でいい」

念のための確認、と八郎はなだめた。

「おまえまでそうなったら、うちは『若草物語』になっちまうよ。じゃ、どうしたいんだ？　本当の人生は、どういう人生だったと思うんだ？」

「実のところ……」

と章雄は言いにくそうに告げた。

「映画を、やりたいんだ。監督をやりたい」

「なんだって⁉」

女になりたいと言われるより八郎は驚いて起き上がり、点滴がはずれかけて、そばにいた看護師に、なにやってんですか！　と叱られる。けれど八郎はかまわず息子の方に身を乗り出すと、声を低くして諭した。

「それは……けっこう、やっちゃいけない、ことだぞ」

章雄は八郎を睨んで返した。

「わかってるよ。やったところで、親の七光りだとか言われるのは目に見えてる」

八郎は、息子の顔をじっと見つめた。

「だから親父とは、まったく違う生き方をしようと。あえて『普通』に生きようとしたんだよ」

でも、と章雄は八郎を見やり、打ち明けた。

「普通に生きることに、喜びを感じないんだ」

そして天井に目を戻した。

「そりゃ、そうさ。普通の家で育ってないんだから。たまに親父が帰ってきて話すのは撮影のこと、脚本のこと、現実にはいもしない登場人物のこと。正月も夏休みも封切りでいないから、家族で遊びに行くなんてことも滅多にない。たまに出かけても親父は、おれたちのことを忘れて、ロケ場所ばかり探してる。撮影現場に遊びに行って楽しかった記憶はあるけど、肩車してくれたのは親父じゃなくて、悪役専門の天竜さん。おこづかいくれる清純派女優は、楽屋ではタバコ吸ってるし。わかんないんだよ、普通の生き方が本当のところ」

自分の想像が及ばなかった視点から、家庭の問題を語られて、八郎は衝撃を受けた。

章雄は、深くため息をついた。

「子供たちと接するときも、どこか無理して『普通の父親』になろうとしている。でもそれは偽りの自分だ。普通に生きようと思うこと自体が、まずおかしい」

その言葉に、八郎も唸らずにはいられなかった。章雄は続けた。

「去年ぐらいから、もっと自分に合った仕事を探そうと転職先を探してたんだけど、やっぱりピンとこない。そんなときに、見つけたんだ物置で……例の脚本を。黒川監督の遺稿を」

八郎は目を大きく見開いた。

「あれを読んで……なんていうか、抑えきれない感情に襲われた」

章雄は目を輝かせて言った。

「目の前の霧が、パァッと晴れたような気分になった！　やっぱり自分は……映画が、やりたかったんだって」

八郎は、何も言わず息子の顔を見つめている。

「自分も映画を撮りたいって……思ったんだ」

「……そうか」

とだけ言って、八郎はまたベッドに身をよこたえた。八郎も章雄も、それきり沈黙した。運ばれてくる患者は途絶えて、普通の病棟と変わらないぐらい落ち着きを取り戻した治療室は、見まわる看護師の足音と、規則正しい医療機器の音しか聞こえず、どこよりも平和だ。八郎も天井を見ていたが、先に口を開いた。

「脚本を、持ち出したのは、おまえだったんだな」

章雄はちょっと黙っていたが、白状した。

「皆が欲しがるあれを利用して、どうにか映画界に入れないかと。おれが撮るという条件で映画会社に持っていこうと――」

その大胆な計画に、八郎はまた目を大きくしているが、

「――思ったけど、おれみたいな素人に撮らせてくれるわけないし。物置から出しては読んで、悩んでたら……あるとき消えちまったんだ」

と章雄は言った。

「消えた？」

「おれがウダウダしてるから、神様がとりあげたんじゃないの。和室に置いといたら、消えてた」

嘘をついているようには見えず、章雄は無念そうだ。

「それでも、一度映画がやりたいと思ったら、もう元の生活に戻りたくない自分がいて、気づいたら家を出てた。かといってどうしたらいいかもわからず……」

脚本の行方は結局わからないが、八郎はそれを思って遠い目になる。

「そうか……あの脚本を読んで、映画を撮りたくなったのか……」

章雄はうなずく。

「そんなに映画やりたきゃ、おれに相談すりゃいいのに」

八郎の言葉に、章雄はあきれる。

「『それは、やっちゃいけないこと』と言われるのに？」

八郎は何も返せないが、息子より大きなため息をついて、

「映画か……」

と目を閉じた。ノートの「章雄」のページに書き加えることは山と増えた。が、「レンズ越しに見て」という百合子の言葉を思い出し、八郎は慎重になっていた。それ越しで見ると、四十過ぎて映画を撮りたいと言い出す男を、そう簡単に彼の言葉のままには、見られないのだった。

「……親父」

章雄が呟いた。

「ん？」

目を閉じたまま八郎は応じたが、章雄は、

「……いや、いい」

また口を閉ざした。黙したままでいるうちに八郎も投与された薬のせいか眠気を感じてきて、

「……さすがに、疲れたな。おまえも、寝とけ……」

間もなく眠りに落ちた。章雄はベッドに寝たまま、父親の横顔を見つめた。口は元気だが、軽い中毒でさすがに消耗しているその顔は、いつもより老け込んで見える。ピッ、ピッ、ピッ、ピッ――と、ベッドのよこでは生体情報をモニターする機器が、規則的に一定のリズムを刻んでいる。

「……親父」

章雄は返事がないことを確かめてから、独り言のように続けた。

「もしかして」

安らかに眠っている八郎は反応しない。

「おれの……おれの本当の父親は……黒――」

ピピッ、ピーッピーッピーッ――

突如、章雄の言葉を遮るようにモニターの電子音が乱れ、変則的になったかと思うと、

――ピーッ…………。

途絶えた。同時に緊急をスタッフに知らせる激しいアラート音が鳴り始めた。

「親父？」

目を開けない八郎に、章雄は声を大にして呼びかけた。

「親父！　オヤジっ！　起きろっ！」

「どうした⁉」

　その声に八郎は、ガバッと起き上がった。

「呼んだ？　なんだ？　ここは、どこ？」

　寝ぼけている八郎に、章雄は八郎の向こうのベッドを指した。

「隣の人！　モニターがおかしい！」

「となり？　ああ、さっき熱中症で運ばれてきた老人――」

　と八郎が隣のベッドを見ると、その老人が目を半開きにして意識を失っている。

「ホントだ！　こりゃ、やばいぞ！　なんで看護師がいない？　気づかない？」

　章雄はまわりを見まわす。

「それが、誰もいない」

　八郎は、速やかに自分の腕から点滴などをむしりとり、章雄に言った。

「たぶん緊急の患者が運び込まれて、そっちで手一杯なんだ。おまえ診察室に行って呼んでこい！」

　そして老人の顔に自分の顔を近づけて、息がないことを確認すると、両手を組んで老人の胸をリズミカルに圧(お)して心肺蘇生を始めた。他の患者たちは驚いて八郎と老人を見ているが、

「あんたらも、ぼんやり見てないで！」

と八郎は、手を止めずに辺りを見まわし、

「AEDはどこだ？　病院だからむしろないのか……ってことは、あれかな」

何か見つけると、通る声で患者の一人に呼びかけた。

「おでこにケガしてるあんた！　あんた元気そうだから、そこにある電気ショックの機械をこっちに持ってきて。それよ、ほら、両手でバンッ、ってやるやつ。ドラマで見たことあるだろ。そう、それっ！　早くここに！」

寄ってきた別の患者にも、八郎は頼む。

「あんたは、そこの壁にある電話で、どこでもいいから上の階にかけて、地下の救急に至急使えるドクターよこすよう頼んで！」

すると章雄が看護師を一人連れてバタバタと戻ってきた。

「親父が言うとおりだった！　集団中毒の患者が次々運び込まれて、向こうもてんやわんやなんだ」

看護師は八郎が心肺蘇生をしているのを見てびっくりして聞く。

「医療従事者でらっしゃいますか？」

「じゃなくたって、この程度のことなら百万回、現場でやってるよ。ジャッキー・チェンじゃないからエンドロールで見せてはいないがね。ほら早く、バン、ってやるやつ、チャージして」

八郎はリズミカルに老人の胸を圧し続けながら、看護師より落ち着いた口調で指示する。続けて、呼ばれて駆けつけた若い研修医が白衣をなびかせて治療室に入ってきたが、知らないオヤジが心肺蘇生をしている状況を見て、やはりびっくりしている。

「ちょっと、あなた誰なんです？　どっかの医者？　勝手になにやってるんですかっ」

と八郎の行為を止めようとする若い医師を、

「下がってぇ！」

八郎は大声で怒鳴りつけ、そのタイミングで、除細動器（じょさいどうき）の電極を両手に持ってスタンバっていた看護師は、バンッ！　と老人の胸に電気ショックを与えた。次の瞬間、……ピッ、ピッ、ピッ――とモニターに心拍を表す波が再び現れて、死にかけていた老人は、

「……ウッ、フーッ」

と息を吹き返した。

「おお、やっぱり。心室細動ってやつだな」

医療ものもけっこう撮ってるから、もちろんコメディだけどね、と八郎は言って、研修医に場所を明け渡した。

「どうぞ。おれが誰かってことよりも、もっと大事なことがあるんじゃない？」

八郎にそう言われて、若い医師は何も返せず、一命をとりとめた患者の容態を確認している。八郎は手伝ってくれた患者たちに、

「みんな、ありがとう！　ご苦労さん、撤収ぅ」

と偉そうに声がけすると、自分のベッドに戻り、何事もなかったかのように枕をなおして、よこになった。父親の一連の行動を目の当たりにして、章雄はあっけにとられたままでいるが、八郎は平然と、

「近頃の現場ってのは、どこも似たようなもんだな。人出不足と、教育する時間不足」

と述べて、息子に聞いた。

「ところで集団中毒って、みんな何にアタったの？」

「知らないけど、居酒屋の客みたい。みんな診察室でゲーゲーやってる」

「牡蠣の季節じゃないし、不法レバ刺しかな？　笑いのネタになるから、看護師に聞いといて」

と八郎は言いながら目を閉じた。

「彼の、ご職業は？」

さきほど説教された若い医師が、患者を見まわりながらやってきて、早くも眠りに落

ちている八郎を見ながら、章雄に訊ねた。

「……監督です。映画の」

章雄は父親の代わりに答えた。

「聞いてよ！　真太郎兄ちゃんったら死んでるどころか、ヘッドフォンつけて部屋から出てきて『救急車なんて、いつ来たの？』だって。蹴飛ばしてやったわ！」

翌朝、美子はぷりぷり怒って病院に来ると、八郎と章雄の着替えと財布を置いて、さっさと帰ってしまった。二人とも、朝の回診で問題なしと診断され、医師と看護師に複雑な表情で礼を言われての退院となった。息を吹き返した老人も無事に別の病棟に移ったようだった。

八郎は総合病院のロビーにあるセルフサービスのカフェで熱いミルクティーを買って、やれやれ、とすすった。

「じいちゃん、腹減ったぁ、なんか食べていい？」

章雄の息子で中二になる勇也は、ちらっと隣のテーブルでコーヒーを飲んでいる両親の方を見てから、八郎に聞いた。二人の子供と一緒に朝一番の新幹線で上京し、病院に駆けつけた章雄の妻、悦子は、大事はなかった夫を見て安堵はしていたが、今は複雑な

表情で章雄と対峙(たいじ)している。子供も祖父も、声をかけられない雰囲気で、

「これで、なんでも好きなもん食え」

八郎は財布から一万円札を出して孫に渡した。すげぇ、と勇也はそれを持ってレジへと駆けていった。

「香奈は、なにか欲しいものは、ないのか?」

勇也の妹、小六の香奈は、八郎のよこで先ほどからタブレット端末をいじっている。

「太るからいい」

と言う彼女が何を真剣に観ているのか、八郎はのぞきこんだ。女の子が主人公の輸入物らしきCGアニメで、おもしろいのか? と聞くと、べつにぃ、と返ってくる。

「おじいちゃんはアニメ映画は作らないの? 『アナ雪』みたいの」

八郎は返事に困っている。香奈はまさに海外アニメのキャラクターのような小生意気な笑顔を浮かべて言った。

「アニメなんてバカみたい、って思ってるでしょ?」

その言葉には、八郎も憤慨して返した。

「じいちゃんが一番最初に作った作品は、アニメーションだぞ」

「えっ、そうなの? 初めて聞いた」

香奈は信じられないという表情をする。

「まだ学生の頃の話だけどな。じいちゃんの若い頃こそ、アニメーションってものが大人気だったんだ。外国のアニメーションを映画館によく観に行ったよ。『ファンタジア』っていう映画を観たときは、こんなものを人間が作れるのかと感動したもんだ」

ふーん、と香奈は祖父の顔を見ている。

「『アナ雪』を作った会社の、創始者が作った映画だ。ミッキーマウスが主人公だよ」

「おじいちゃんがミッキーを褒めるなんて、変な感じ」

「ミッキーマウスはすごいさ。あの動きは芸術的だ。だいたいネズミが犬を飼ってるのに違和感がないなんてのは、それだけ完璧な世界観を生みだしてる証拠だ。『白雪姫』も、あの動き観たさに、再上映のたびに映画館に通ったもんだ……。問題は、後にディズニーがデカくなりすぎて金儲けに走ってしまったことだな」

長くなってきた話に、香奈は早くも退屈な顔になっている。

「世界中でキャラクター商品を売って、その金で、またこれでもかと金をかけたもの作って。内容も迎合してておもしろくない。『アナ雪』じゃなくて『白雪姫』を観なさい」

そこに勇也がホットドッグや菓子パンなど、しこたまトレーにのせて戻ってきた。

「『白雪姫』おれ観たよ。実写で撮って、その上に絵をのせたってやつでしょ」

「詳しいじゃないか」

と八郎が感心すると、お父さんから聞いた、と勇也はパンを頬張りながら知ったような顔で言う。

「当時はＣＧがなかったから、そんな面倒なことしなきゃリアル感が出せなかったんじゃない？」

八郎は生意気な孫に向かって、説教するように語る。

「いいか、リアルな動きや、観て楽しいだけがアニメじゃない。じいちゃんが若い頃はフランスやロシアのアニメーションもよく観たが、素晴らしかった。なぜならちゃんと思想というものがのっかっている。ロシアのアニメ映画は、むしろ『反資本主義』を唱えるもので――」

章雄の妻が、チラッとこちらを見た気がしたが、八郎は続けた。

「おまえたちが小さいときから見てる『となりのトトロ』を作った人たちも、ヨーロッパやロシアのアニメに感動して、映画を作り始めた人たちだぞ。だからメッセージがこめられてるだろ？」

勇也はもぐもぐと口を動かしながら、考えている。

「自然を大切にしよう、とか？」

「そう。『かぐや姫の物語』も、現代社会を風刺してる。なにが大切かを教えるメッセージがちゃんとあるだろ？」

「でも『アナ雪』にだってあるよ。たぶん」

勇也の見解に、八郎はうなずき、

「あるよ、あるけども、それを含めて商売にしすぎなんだ、最近は」

中学生相手に八郎が真剣に語っていると、今度は香奈がつっこんできた。

「でも、おじいちゃんの映画だって観に行くと、売店でなんか売ってるじゃん」

八郎は、うっ、と言葉に詰まる。

「ってか、欲しくもないグッズ。可愛くない犬のクリアファイルとか」

勇也にも言われ、八郎は言い訳をする。

「あるんだよ事情が、色々と。じいちゃんだって、あんなもんを売りたかないし、世界を相手に売る気もない」

言うほどむなしくなる八郎は、孫からパンを奪ってかじった。すると勇也が、

「じいちゃんの映画にもメッセージってあるの？」

と嫌味ではなく素直な疑問で聞いてきて、八郎はパンを飲み込むタイミングを失った。

「アニメにあるなら、じいちゃんのコメディ映画にだって、メッセージはあってもいい

んじゃない？」

勇也の言葉は、八郎にとどめを刺した。

「言うね。昨夜ここに運ばれてきたときより死期ってものを、じいちゃんは感じたよ。……さっきのお釣り返して」

などと祖父と孫でやりとりしていると、

「勇也、香奈、おじいちゃんに失礼なこと言わないの」

隣で章雄と対峙していた悦子が、子供たちの方を向いて叱った。章雄もこちらを見たが、悦子はさらに、八郎の方へと向きを変えた。

「お義父さんも」

真顔で彼女は義父に言った。

「子供たちに、そういった話は、しないでいただけますか？」

孫の言葉でしたたかショックを受けていた八郎は、嫁が言ってることがすぐに理解できず、その顔を見つめた。普通の主婦という感じではあるが、いつも身なりをきちっとしていて頭の良さが顔に出るタイプだ。ファンデーションが濃すぎる気はするが、実家が老舗の和菓子屋で、塩大福が名物であるからしかたないだろうと、八郎は彼女の顔を見るたびに思う。さすがに今日は寝ていないからか、片栗粉のノリがなおさら悪い。

「そういった話、って？」

八郎は、嫁に聞き返した。

「浮き世から、現実から離れた話です」

悦子は答えた。

「そうやって虚構の話ばかり吹き込まれるので、章雄さんも理想を求めて、いつまでたっ……ても、現実というものを受け止めてくれないんです。地に足を着けてくれようとしないんです」

章雄は、八郎に苦言を述べる妻を、黙って見ている。

「この人が悩んでいることは、私だってわかってました。でも、会社勤めが自分には合わないと思ってる人なんてほとんどです。現実は虚構の世界とは違うんです。自分にぴったりの理想の仕事なんて、そうそうあるわけない」

八郎は塩大福を見つめて、興味深げに聞き入っている。

「上司の方はいい方で、彼のことをわかってくれていて、辞表は自分が預かっておくから少し休みなさい、と言ってくれてます」

悦子は夫の方を見て言った。

「帰るところはあるんです。虚構から、現実に戻ってくるよう、お義父さんからも言ってください」

「おれに、それを言えって？」

八郎は思わず嫁に返した。しかし悦子の表情は極めて厳しい。

「問題があるのは、夫一人でじゅうぶん！　孫にまで変なこと吹き込むなっ」

ついに出た命令形に、八郎も章雄も子供たちも、後ろでコーヒーを飲んでいた客も驚いているが、悦子は額に手をやり自分に言うようにうなだれた。

「やっぱり、ダメな二世ってやつなのかしら。七光りってほどの親でもないから大丈夫だと思ったんだけど……」

と夫のことを言うのを、章雄と八郎は聞きながら、ちらっと目を合わせた。

「ママ、パパをイジメないで。おじいちゃんはいいけど」

心配そうに見ていた香奈が言って、章雄は娘の肩に手をやった。

「イジメてないよ。かわいそうなのはママの方だよ。悪いのはパパだから」

八郎は、なにか言うか言うまいか迷ったが、

「香奈――」

と口にしたとたん、ギロッと悦子に睨まれて、『そういった話』だけでなく全ての話が許可されてないとわかった。他に言葉を発する者はおらず、この沈黙をどう終わらせ

たらいいのだろうと八郎が思っていると、勇也が大きな声でそれを破った。

「あっ！　あれ！　見て！　じいちゃんちじゃない？」

彼が指したのは、カフェからも見えるロビーの待合にある大型のテレビだ。ギョッとして、八郎と息子家族がそちらを見やると、間違いなく画面に八郎の家の正面玄関が映っている。画面下のテロップには、

××区の住宅で一酸化炭素中毒か。二人搬送。

とあり、アナウンサーの声は聞こえないが、明らかにニュース映像である。驚いている八郎たちが言葉を発する間も与えず、続けてこの病院の外観が映り、
映画監督、中井戸八郎さん（69）、長男、章雄さん（44）、ともに軽症。

と新たに文字が出て、八郎は椅子を倒して立ち上がった。

「出ちまった！」

さらにダメ押しで、八郎のありもの映像――前作の製作発表会見で、フラッシュを浴びている俳優陣らのよこで顔半分だけが映っているもの――まで流されている。

「わわっ！　やめろ、んなもん映すなっ！　カアーッ、カッ！」

八郎は、よろけながらカフェを出ると、待合スペースのテレビへと駆け寄ったが、聞こえてきたアナウンサーの声は、

「――警察は状況を聞き、事故と自殺未遂の両方で調べ――」

と無慈悲に告げた。

「カァーット！」

大型テレビの前で両手をあげている八郎を、待合スペースにいる患者や、病院スタッフは驚いて見て、

「中井戸監督？」

「本人？」

「生きてるじゃん？」

と、ざわついている。八郎は注目を浴びていることなど気にもとめずに、

「だから言ったろ！　餅はどうしたんだ？　餅と網は？　餅を買っとけってぇ、言ったろ！」

未練がましく騒いでいる。八郎の醜態を遠巻きにして見ている章雄は、

「……監督になるにしても、あの人を目指してはいないから」

と言って、子供たちをうながしてそこを去った。

森が運転席でバックミラーを見つめて待っていると、白衣を着た八郎がこちらに向か

って走ってくるのが映った。

「来た来た」

とエンジンをかけると、後部座席のドアが開き、息を切らせた八郎がシートに倒れ込むように乗り込んできた。

「監督っ、大丈夫ですか？」

森は運転席から乗り出して、八郎をふりかえった。苦しそうに呼吸を整えながら八郎は、

「……大丈夫、早く出して、カメラ持ってるやつがうろついてた。一人だけど」

窓の外を気にしながら森はうなずいて、病院の駐車場から速やかに車を出した。

「やりますね。その白衣、どうしたんですか？」

「借りたの。ちょっと貸しがあったから。インタビューぐらい受けてもいいんだが、章雄に話が及ぶといかんからな……」

と八郎はそれを脱いだ。

「おれがニュースになるんだから、やはり政府がなにか隠してるな」

「今朝は、先日から逃げ回ってるアライグマが日比谷に出現したのがトップニュースでした。ちなみにネット上では、もう完全に監督が自殺未遂はかったことになってます」

「だったらアライグマより先に報道してほしいな」

おまけに、と森は八郎に忠告するように言った。

「オタクサイトでは、『しあわせ家族』の演出を降板になって落ち込んでた、とまで書かれてますよ。映画作らないからこういうことになるんです」

「君がリークしたんじゃないの?」

森は無視してメディアの車がないか確認すると、ハンドルを切って公道に出た。八郎はため息をついた。

「そういえば昔、黒川監督も、独りで海にロケハンに行って誤って足すべらせて。そのときも『自殺か?』と書かれてたっけ」

「そんなことが? 黒川監督だと、海で自殺も絵になりますね」

重たそうに頭をふっている八郎に、森は聞いた。

「大丈夫ですか?」

「ああ。昔はよくコタツの中に頭つっこんで気持ち悪くなったもんだ」

体のことではなくて携帯がずっと鳴ってます、と森は教えたが、八郎はスマホをちらっと見ただけで、シートに投げた。

「美子と百合子から文句の嵐だ。外に出られない、買物にも行けないって」

「家の前にも報道陣が？」

「アライグマ撮った帰りに、寄ったんじゃないの」

八郎は、しばらくもの思いにふけっていたが、

「海か……」

と何か思いついてスマホを取り上げると、百合子の番号に発信した。

「おれだけど。このまま家には帰らないで、森くんと伊豆に行くことにした――」

「伊豆っ？」

森はスマホで話している八郎をふりかえった。

「――だからおまえも、美子に運転させて伊豆に来い。ほとぼりが冷めるまで、伊豆のマンションにいろ。……章雄？　家族と一緒に帰った。……真太郎？　ひきこもりだからむしろ家から出られなくて大喜びだろ。……仕事は、どうするって？　仕事してないから問題になってんだよ！……ああ、おまえの女優の仕事ね。『踊り子号』で通勤すればいいだろ」

八郎は電話を切ると、森に言った。

「ということで、伊豆に行ってくれ」

「伊豆って、静岡の伊豆？」

「そうだよ。いい避難場所を思い出した。マンションがあるんだ。最近は正月と夏に風を通しに行くぐらいなんだが。このまま環八(かんぱち)に出て、東名(とうめい)に乗ってくれ」

八郎は監督らしいキレのある動きで前方を指した。森はハンドルを握りながら返す。

「あの、自分は午後から社で会議が……」

「行き場のない老アライグマを乗せて、報道陣から逃げてるって言えば、おもしろがって休ませてくれるさ」

と、シートに身をもたせ八郎は目を閉じた。森はあきらめたように息をつくと、素直に指示どおりの道を選んで車を走らせた。

「ずいぶんと、安全運転だね」

寝ているようで寝ていない八郎は、目を閉じたまま言った。そうですか？　と森はインターの入口に向かって滑らかに車線を変える。ようやく車は速度を上げ始め、高架道路を南に走り出すと、八郎はどこかホッとしたように目を開けた。しばらく流れていく防音壁を見やっていたが、森に打ち明けた。

「章雄が、映画監督になりたいって言うんだよ」

森はルームミラーで八郎を見た。

「今から、ですか？」

鏡に映っている八郎は、うなずく。

「黒川脚本を持ち出して読んだらしい。それを自分で撮りたくなったんだと」

「じゃ、脚本は章雄さんが？」

「いや、それがいつの間にか消えたらしい。売り飛ばしたのはヤツじゃなさそうだ」

八郎は窓の外を見た。

「おまけに、自分が黒川の……」

「黒川監督の？」

いや、と八郎は口を閉ざした。そして代わりの言葉を吐いた。

「普通に生きるのは本来の自分じゃないと、章雄は言うんだ。単に現実から逃げてるだけなのかもしれないが」

それきり黙ってしまった八郎に、少し時間を与えてから森は話題を変えて問いかけた。

「オタクサイトに、中井戸監督のプロフィールが上がってまして。学生時代から自主制作で撮ってらしたんですね？」

「大学のサークルで8ミリや16ミリを撮ってただけだよ。でも部員がどんどん減って、しかたなく独りでも撮れる人形アニメみたいなのを作ったら、小さな賞をもらっちゃってね」

「人形アニメですか?」

そこまでは知らなかった森は驚く。

「人形ったって紙、凝った紙芝居ぐらいのものよ。カット割りがうまかったらしい。生身の人間で撮ることの面倒くささをその頃に知ってたら、監督になんかならなかった」

「そうなんですか?」

「監督なんてのはワイワイやってるように見えるが、ホントのところ人好きなヤツなんてあんまりいないんじゃないの? 人間もおれらにとっては道具、ツールなんだよ役者もスタッフも――」

急に八郎は言葉を切って、ルームミラーを見つめ、それに映っているものを確かめるように後ろをふりかえった。

「あのグレーのライトバン、環八からずっと後ろにいないか?」

えっ、と森もルームミラーを見る。

「気づきませんでした……監督の頭が大きくて、後ろが見えないんで」

「おれのせいにすんな。ちょっと車線変えてみろ」

言われたとおり森が左車線に移ると、ライトバンも車線変更して後ろをついてくる。

森がまた右車線に戻ると、ライトバンも距離を置きつつまた移動してくる。やっぱり、と八郎は今さら頭をひっこめた。

「どこかの局の車でしょうか？」

「老アライグマを追っかけるついでに、シャボテン公園にカピバラでも撮りに行くんだろ。伊豆の家まで来られちゃ、逃げた意味がない。まいてくれ」

まいて？　森はハンドルを握ったまま聞き返す。じれったそうに八郎は声を大きくした。

「だから、ちんたら走ってないで、逃げろって言ってるの！」

「無理です。自分慎重派なんで、これでせいいっぱいです」

八郎はまたふりむいて、そっと後ろの車をうかがい見る。

「あっ！　やっぱりカメラ持ってる！　冗談でなく飛ばせって！　１４０ぐらいまでは免停になんないから」

「そんな怪しい情報！　そんな速度、出したこともないし」

「これだからイマドキの若者はっ」

じれったそうに八郎は運転席に乗り出してきて、速度メーターを指してわめく。

「じゃ、この数字はなんのためにある？　速く走れるから高速道路なの！　死ぬ気でアクセル踏めって！」

「踏めないし、死ぬ気もないです」

八郎はなにやら思いついて、森の肩に手を置いた。

「あ、わかった。逆に速度が120キロ以下になったら、車が爆発すると思え！　そしたら速度出せるだろ？」

「『スピード』ですかっ！」

「『スピード』じゃないよ、『新幹線大爆破』だよ！」

「『スピード』が真似した大昔の日本映画なんて知りませんよ！」

「知ってるじゃない」

「それに『スピード』も『新幹線大爆破』も、80キロ以下になったら爆発という設定です」

「今思うと、かなり遅いな」

と八郎は怒鳴るのを忘れて言った。

「充分です。日本は狭いんですから、そもそもカーチェイスみたいなことは現実だって虚構だって、無理なんです」

森の言葉に、そうなんだよなぁ、と八郎も同意して、もの思いげに道路を見やる。

「おれも若い頃は、車ものを撮りたくて、企画を出したけどね。まあ『激突！』だって

『キャノンボール』だって、アメリカだからありの映画だよ」

「東名高速じゃ、二時間持たない」

「バンバン飛ばす道も、ガンガンぶつけられる場所もない。『マッドマックス』なんてなぁ、どう考えてもオーストラリアじゃなきゃ生まれてない映画だ」

「ぼくは制作したいとは思わないですけど。現場で死人とか出したくない。でも、『イージー・ライダー』は好きです」

「君らしいよ」

「いや、ラリってハーレー乗りまわしてるカッコイイだけの映画かと思って、最近まで観てなかったんですよ。でも観たら……あれは名作ですね」

「仮にもプロデューサーが『名作』なんて表現で簡単にまとめちゃダメだ」

たしなめる八郎も、追っ手のことを忘れて、遠い目になっている。

「おれは、まさに青春時代にあれを観た。あんな乗りにくそうなバイク、どこがいいんだろうと思ったよ。バイトで乗ってるスーパーカブの方がずっといいや、ってね。ちなみに、『キャノンボール』のカウンタックはカッコイイと思ったけど」

森は八郎の趣味に、眉をよせる。

「とはいえ『イージー・ライダー』はおれも、やられたと思った。エンドレスな道と、恐ろしいほど広い土地を見せといて、閉塞感ってものを描いてんだから」

と八郎は脱帽するように頭をふる。

「ジャック・ニコルソンが劇中で語る、『一筋縄ではない、自由』ですか」

森が言って、八郎はすかさずその言葉に反応した。

「そう、自由。自由なんて簡単に見つかるもんじゃない。うちの息子たちも、あの映画の登場人物みたいになってきた……ひきこもりは昔からそれをやってるが。章雄なんか下手すると、それこそラストシーンみたいに撃たれちまうぞ」

「監督に、ですか？」

「なんでおれが撃つんだよ。嫁にだよ。おれも一緒にあの女に撃たれそうだ」

八郎はムッとして続けた。

「章雄がおかしくなったのはおれのせいだと、章雄の嫁に言われた。生きるのに必要のないものを、おれが吹き込んだと」

森は、サイドミラーをちらっと見た。

「矛先が監督に？」

「おっしゃるとおり、じいさんになってもヒッピー並みに理想ばっかり語ってますよ。しらふでラリってるようなもんだ、監督なんて」

森は笑って同意する。

「君だって、この業界に入るとき親に反対されたんだろ？　どういう親？　理想語るタイプ？　現実を見ろタイプ？」

問われて森は答える。

「どっちかっていうと……マッドマックス・タイプですかね」

八郎はクイズを出されたかのように考え込んでいたが、わかった、と相手を指した。

「あの映画は都合がいいときだけ子供が出てくるから……都合がいいときだけ親面するタイプか？」

「さすが！　マックスも子供を殺されてから*マッド*になりますが、観てる側は、えっ、そんなに子供大切にしてたっけ？　って思う」

「耳が痛いな。さすがに、あそこまでひどくはないと思うけど」

「それは、監督の映画の話ですか？」

「えっ、おれ映画でも、やってるの？」

森の言葉に驚くが、でも、と反論を始めた。

「都合いいときだけ親面をする、と子供は言うが、子供だって都合よく親を使うじゃないか。こうなったのはおまえのせいだとか」

「それは映画の話ですか？　現実の話ですか？」

森はチラッ、チラッと、サイドミラーを見る。

「両方だ。トラウマの原因はみんな親のせいにする近頃の映画の傾向も、いかがなもんかと思うぞ、おれは、ぐわっ！」

予告なく森が急ブレーキを踏んで、同時にハンドルを大きく左に切ったので、八郎はカーチェイス・ムービーさながら、後部座席を端から端へと転がった。森はかまわずハンドルをさばき、車は走行車線からゼブラゾーンの上を突っ切ってサービスエリアに入る側道へと、ぎりぎりのラインを描いて入った。

「な、なんだ、なんだっ？」

と騒いでる八郎とは対照的に、森は落ち着いた表情で、追っ手のライトバンがついて来られずに直進したのを確認すると言った。

「ご要望どおり、まきました。高速なんで簡単には戻って来れないでしょう。ここで少し時間つぶしてから、次の出口で降りましょう」

八郎は意表をつかれた顔で、森の横顔を見た。

「……やるじゃない」

「キャプテン・ケイオスと呼んでください」

「キャプテン・アメリカじゃなくて？」

笑える方がいいでしょ？　と森は笑み、大型トラックがずらりと並んでいる、トイレと売店だけの小さなサービスエリアに車を停めた。

ぽつりぽつりと、フロントガラスに雨粒があたりだして、森が自販機で買ってきたカップコーヒーをすすっていた八郎は、助手席から空を見上げた。どんよりとして、八郎の心情がそのまま空に表れている。そんなに自分は理想論ばかり吐いているのだろうか？　と色も形も表現しがたい雲に問いかけてみる。スタジオでは、窓の向こうの空まで一から創り出さなきゃならない。無能なのに神にならなきゃいけないから、本物を見つめては、これを目指さなくてはと、あるべき姿を頭に叩き込む。知らないうちに子供にも、あるべき姿を押しつけていたのかもしれないが、今は自分自身が、あるべき親の形というものがわからず、あの雲のようにもやもやとしている。

「おもしろがっては、くれませんでした」

運転席の森は携帯で会社に連絡しているようだったが、それを切って報告した。

「会議すっぽかしたんで、部長、怒ってます」

悪いことしたねぇ、とのんきに言う八郎に、森は返す。

「いえ、監督のことを怒ってます」

あっそ、と八郎はコーヒーをすする。そして何か考えているようだったが、

「君も、伊豆まで来て、手ぶらでは帰れんだろうから」

八郎は、どこか心を決めたような口調で、森に言った。

「例の脚本、黒川監督の遺稿が、どういう物語だったかを教えてあげよう。脚本は消えたけど、おれの頭の中には全部入ってる」

森は驚いて、自分の頭をつんつんとやる八郎を見た。

「黒川脚本を狙う連中にもさんざん聞かれたが、誰にも内容は話してない。だが、『マッドマックス』の親子話から、君には話してみようかなという気になった」

八郎は残りのコーヒーを飲み干すと、紙コップをつぶした。

「ぜひ、聞かせてもらいたいです」

努めて冷静に言う森だが、目の輝きを隠せないでいる。

「タイトルはね『花見』」

と八郎は教えた。すると八郎の頭の中で、黒川の自筆の脚本の一字一句がよみがえってきた。

「これが、変な話なんだな……」

と腕を組み、八郎は頭を少し傾けて話し始めた。

「主人公のKは七十過ぎの男で、体調が思わしくなくて病院に行くと、末期がんと診断される。あと一年はもたないと宣告されて当初は愕然(がくぜん)としながらも、次第に男は運命を受け入れて、もう来年の桜は見られないだろうからと、『最後の花見』の席を設けることにするんだよ。余命いくばくもないことを知ってるのは妻だけで、病気のことは皆に知らせず親しい友人や元同僚を、花見に招待するんだ」

森は一言も聞き漏(も)らすまいという感じで聞き入っている。フロントガラスに落ちる雨粒は、筋になって流れ始め、八郎はそれを見つめて続ける。

「Kは、『最後の花見』に値する場所を、色々と探す。桜の名木があるホテルの庭園や、穴場の公園なんかを当初は考えるんだけどね、どうもピンとこない。結局、毎朝ランニングコースにしていた近所の河川敷の桜並木でやることにするんだ。走ってるときは一瞬の場所だから気にもとめなかったけれど、毎年そこの桜を何よりも楽しんでいたことに気づく。日常にこそ素晴らしい場所や風景があると、死期を知ったからこそ気づくわけだ」

「いい話じゃないですか」

「そう？　まあ、普通じゃない？」

「で、どうなるんですか？」

「それでいよいよ花見の日が来るわけ。自ら場所とりをして、前の晩から妻と一緒に手間かけて作った花見弁当をずらりと並べてね。客が好む酒も一通りそろえて、準備万端。そして友人たちが、ぞろぞろと土産なんか持ってやってくる。もちろんKは病気のことは明かさず、普通に話して、一緒に酒飲んで、一人一人に心の中で別れを告げていくわけだ。なにも知らない客は大いに喜んでね。『来年もまたやってね』なんて言うわけ」

「いい話じゃないですか！」

くり返して言う森に、八郎はピンとこない顔だ。

「あそう？　ふーん……まあ、君は好きかもな。でもね、この先があるんだよ。そうやって花見の時間は和やかに穏やかに過ぎていくのだけれど、なんとなくKが、誰かを待っているのがわかる。すると客の一人が『息子さんは、元気？』と聞く。そこでKの『待ち人』が息子であることがわかる。実は、Kは息子にも自分の病気のことをまだ話してなくて、この日に話そうと決めていた。大事な話があるから花見に来てほしいと、母親づてに言ってある。息子を悲しませないよう、自分が『死』というものを前向きに受け入れていることを見せるため、あえて楽しい場所で、それを伝えたいという思いがあった。だが……待ち続けたけれど、息子は来なかった。夜になり、宴がおひらきにな

って も、 父親の前に息子は最後まで現れなかった」

森の表情は、 ちょっと複雑なものに変わっている。

「それで？」

「おわり。 Kはあきらめて、 宴の後片付けをして、 満開の夜桜の下を妻と一緒に歩いて帰っていく。 桜の花がチラチラと散り始める中をね……。 脚本はそこで終わってるんだ」

「『息子』は一度も現れず？」

八郎は大きくうなずく。

「最初から最後まで出てこない。 脚本が未完ってことも、 もちろん考えられるが」

八郎はまた首を傾げた。

「枚数的には完成稿、 とも言える。 わからん。 悩ましいのは、 原稿の一番最後の文が……」

八郎は、 何度も読み返したことで一字一句記憶している、 最後の一行を声にした。

「『数ヶ月後に死を迎えるK、 その口元には、 微かに笑みが浮かんでいる』……という ト書きで、 終わってるんだ」

森も悩んでいるような表情になる。

「息子が来ないのに、笑うんですか……自嘲の笑み、ってことですかね？」

「そう、とれなくもないな」

「どこか寂しい感じもしますが。ちょっと、わからないですね」

「だろ？　おれにはわからん。世界のクロカーワだから、フランス人ならわかるかもな。とにかく言えるのは、これも親子もの、家族がテーマなんだよ。たぶん」

「たぶんじゃなくて、それしかないです」

あきれたように森は言ったが、

「未完か完成稿かはわかりませんが。章雄さんが、読んで撮りたくなった気持ちは、ぼくはわかりますよ」

あっさりと同意する。

「あっそう？」

へー、と八郎は腕を組んだ。

「正直おれは、どうなのかなと。……黒川さんにしては、なんていうか情緒的すぎるというか」

「確かに、それまでの黒川作品とは少し違いますけど」

「いまいち内容がないような。なんてね。ま、黒川さんが撮れば特別なものになったかもしれんが」

森はダジャレは無視して訊ねた。

「ちなみに、黒川監督に、息子さんっていましたっけ？　聞いたことないですが」

八郎は表情なく返した。

「どうだったかな？　脚本をおれに手渡したのは、四十代ぐらいの甥っ子だったな」

と早口に言うと、

「これで土産はできたろ。部長にだけならオフレコで話してかまわんよ。さて、そろそろ行くか」

その前にオシッコ、と車を降りて足早にそちらへと向かった。職業柄、逞しく老いている八郎の背中を森は見つめて、今、聞いた話の主人公が自然と重なるのだった。

ギャーッ、ゴキブリの死骸！　違うわよ、カマドウマよ、と美子と百合子が騒いでいるよこで、八郎は黙々と掃除機をかけている。正月と夏にしか使わないリゾートマンション的なものであるが、さすがに最近傷みが目立ってきた。元は八郎の母が持っていた

もので、大胆な花柄の壁紙やトルコ絨毯、食器棚に並ぶ派手な器などが、昭和の時代に調えたものであることを物語っている。早いうちにフルリフォームしとけばよかったな、と思いながら八郎は、剝がれかけているクロスを壁に押しつけた。吾郎は虫の死骸をつまんで祖父に言った。

「おじいちゃんが先に着いて、掃除してると思ったのに」

「追っ手をまくので大変だったんだ。東名でカーチェイスをくり広げてたんだぞ。森がなかなかのドライバーでな」

「スピルバーグの『激突!』みたいな感じ?」

八郎は驚いて孫を見る。

「なんで『E.T.』観ないで、そっちを観てる?」

「そんなんで警察に捕まったら、またニュースになるじゃないか」

まだ頭痛が少しすると言ってソファーに横になっている章雄が注意した。どこかで合流して、美子の車に同乗してきたらしい。

「そもそもニュースになったのは誰のせいだったかな?」

と言う八郎に、だから、それに関しては謝ってるだろ、と章雄は口ごもる。

「家族と一緒に、一度新潟に帰った方がよかったんじゃない?」

美子にも言われるが、

「おれは、帰らない」

「お兄ちゃんも……離婚するの？」

章雄は首をよこにふった。

「したくない……でも、生き方は変えたい」

美子と百合子は無言で顔を見合わせている。八郎もそれ以上は言わず、掃除機を片付けると、台所に行ってやかんを火にかけ、窓から見えるはずの伊豆の海を探した。こんもりとした山の緑が優勢で、それは年々見えなくなっているが、今日は雨にけぶってなおさらよく見えない。おまけに窓の向こうを見るのに、以前より顎を突き出して首をのばしていることに気づく。それこそE.T.のようだ。老いた母親の立ち姿が思い出されるが、彼女に似てきたと百合子にも最近よく言われる。いつものように夢想にふけっているうちに、アルミのやかんの蓋(ふた)が勢いよく踊り始め、蒸気と一緒に飛んできた湯滴に、

「あちっ」

と八郎は手をひっこめた。その瞬間、自分はもう映画を撮ることはないのでは？　現場に戻ることもないのでは、という思いに突然襲われた。自分が本当に引退してしまった老人のように感じ、仕事をしていない現在の方が日常となってきていることにショッ

クを受けた。おまけに、「自殺未遂か？」などとあのように騒がれてしまったら、今後、誰が自分を監督として使おうだなんて思うだろう？　森だって、明日には八郎に見切りをつけて、二度と訪ねて来なくなってもおかしくはない。業界は甘くはない。こうやってグダグダしているうちに、容易に忘れさられてしまうだろう——。

「番茶だから、冷まさなくていいわよ、お父さん」

やかんを見つめて遠いところにいた八郎に、百合子が声をかけた。妻はコンビニの袋から茶菓子と一緒に、

「はい、食べたかったお餅」

真空パックの餅を出して夫に渡した。受け取ったそれを八郎は二十秒ほど見つめていたが、

「……遅いよっ！」

と返して、自分の声でハッと悪い夢から覚めた。そして百合子を見て、聞いた。

「……海苔は、ある？」

八郎が自ら焼いた餅は、磯辺巻となって、茶とともにテーブルにのった。それをいらないと言う者は一人もおらず、逃げてきた家族はうまそうにむさぼり食っている。なのに、もうちょっと焼いた方がいい、醤油が足りない、この手のパックの餅って同じ味が

する、などと口数は減らず、八郎は、理想が高いのはおまえらだろっ、と喉まで出かけたが、怒鳴って餅を喉に詰まらせでもして、連日救急に運ばれるのは嫌なので黙っていた。

「自分のせいで、こんな大事になってしまって、昨夜のことは本当に申し訳なく思ってます」

餅を食べ終えて湯のみを置くと、章雄は改めて皆に深く頭を下げた。

「でも、家族もおれが本気で悩んでいることを、少しわかってくれたような気がする」

どうかね、と八郎は聞こえないように呟いた。

「死にかけたことでおれ自身、迷いもふっきれた。生まれ変わった気持ちで今までと違うことをやりたいと、本気で思ってる」

と言う章雄に美子は、お兄ちゃん、と低い地声のまま語りかけた。

「その歳から、違う生き方って、大変なことだよ」

章雄は解せないという顔で、元弟を見た。

「自分だって、けっこうな歳で男から女になったじゃないか？」

「だから言ってんの。よほどの覚悟がないと。私は物心ついたときから、ずーっと長いこと悩んでて、結婚してもう自分を騙しきれなくなって、ようやく踏ん切れたけど。今の仕事に魅力を感じないなんて些細なことで環境を変えても、すぐにまた『ここも違う』ってことになるわよ」

「おれだってね、ずっと悩んでたんだよ。……おまえが知らないことだってあるんだよ」

「なにそれ？」

美子の問いに、章雄は答えずに黙った。そんな兄を、美子は困ったように見ていたが言った。

「まあ、あれはいい脚本だから、触発されて監督をやりたくなった気持ちも、わかるけど」

「美子も読んでるのか？」

八郎は驚いて聞いた。

「読んだよ。真太郎兄ちゃんも、読んでると思う」

「そうなの？」

八郎はぐるりと、そこにいる家族全員を見た。

「読んだよ！」

孫の吾郎も手を挙げた。

「腐っても監督でしょ？　あの脚本をよく放置しとけるわ」

と言う美子に、八郎は逆に返す。

「へー、そんなにいいか？」

子供たちは、もはや哀れみの目で父親を見るが、

「まあ、お父さんだって」

見かねて百合子がフォローした。

「本当は撮りたいのよ。撮りたいけども……色々考えて、できないでいるのよ」

八郎は妻の顔を見た。百合子は流暢に続けた。

「上手に撮ったところで、黒川監督の脚本だからあたりまえ、ってことになるし。でも地味な話だからヒットする映画じゃないかもしれないし、そしたら演出のせいだって、全部お父さんのせいにされちゃうわ。どっちにしても得にはならない仕事よ」

「なるほど！　そうだよ、そういうことだ！」

百合子が言ってくれた言い訳に、八郎は感心する。

「確かに言われれば、そうよね」

美子もうなずく。章雄も反論しない。

「あんなもの、もらわない方がよかったのよ」

百合子が言って、八郎は感謝するように妻をじっと見つめた。その視線を勘違いして百合子は夫を睨んで返す。

「売り飛ばしたのは、私じゃないわよっ」

美子がうんざりしたように、

「もうやめようよ犯人探しは」

と言うと、吾郎が餅を噛みきりながら、

「あるよ」

と小さく呟いた。

「黒川監督の脚本」

大人全員が一斉に小学生の子供に目を向けた。

「真太郎おじちゃんが、持ってる」

全員が口を開けたが、次の言葉が出ない。

「偶然、見つけちゃったんだ、おじちゃんに貸した外付けハードディスクを返してもらおうと、勝手に部屋に入って探してたときに」

美子がようやく吾郎に聞いた。

「なんで、どうして、今まで黙ってたの？」

「だって、真太郎おじちゃんのこと……ぼく好きだから」

やるせない目で吾郎は母親を見上げて、再び皆は押し黙った。

「見つけたのは、おじいちゃんが、ないない！　って大騒ぎしたすぐあとだったし。少し、おしぼりが冷めてから言おうと」

「ほとぼり」

八郎がつっこんだ。吾郎は続けた。

「でも、もうこれ以上死人は出したくないから、今、言った」

「まだ出てないっ。むしろ他人を生還させたぐらいだっ」

八郎がまたつっこんで、孫と漫才になっている。

「ホントになくなった脚本なのね？」

美子が念押しをして、そう言われると……と吾郎も、少し自信がない顔になる。その発言を誰よりも真剣な顔で聞いていた章雄は、

「真太郎に確かめるよ」

とスマホを取った。

「待て！」

と八郎が制した。

「どうするのか決めるのはおれだ。あの脚本はおまえのもんじゃない」

章雄は父親の顔を見て言った。

「物置にあることすら忘れてたくせに」

「忘れてなんかない」

「結局のところ、撮る自信がなかったんだよ、親父は」

八郎は黙って息子を見返す。章雄はかまわず続けた。

「おれは……親父とは違う。少なくともあの脚本のことは、親父よりも理解できている」

「すごい自信だな」

章雄は、ちょっと黙ってから言った。

「……なぜなら」

「なぜなら？」

八郎にくり返されて、章雄は何か求めるように母親の方を見たが、百合子は気づいていないのか目を合わさない。

「……いいよ、べつに」

それきり、章雄は口を閉ざした。

「とにかく脚本のことは、おれが真太郎に確認する」

八郎は静かに言って、美子も母親の方を向いた。

「お母さんはどう思う？　お兄ちゃんは、今から映画業界に入れると思う？　お母さんだってその業界にいたんだから」

「今の業界のことはわからないから」

百合子は遠慮がちに首を傾げる。

「そもそも、お母さんはなんで女優を辞めたの？」

「それは……向いてないと気づいたから」

「違うよ」

章雄が、顔をあげて言った。

「おれが、できたからだ」

美子は、そうなの？　と兄の方を見た。

「知らないんだな。撮影中におれを妊んじゃって、それで役を降ろされたんだよ」

章雄は意味ありげに苦笑った。

「おれは子供のときに……よけいなことを吹き込んでくれる業界の人から聞いた。黒川監督の映画でおふくろはヒロイン役が決まってたのに、妊娠を理由に役から降ろされたんだ」

「黒川映画の？　ヒロイン？　知らなかった」

美子は驚きを隠せず、何も言わない母親を見る。話に加わりたくなさそうな八郎だったが、戸惑っている妻をちらっと見て、助けるように補足した。

「そうだよ、おれのせいだよ。まだ、ごまかせる時期だったけどな。黒川さんは完璧主義だから、妊娠すると女はホルモンで顔が変わるとかなんとか言って」

八郎は章雄に言った。

「おまえが、おろされなくてよかったな」

章雄はあきれた顔で返す。

「おれの生命を笑いにする？　それもダジャレ？」

「昨日その命を救ってやったのは、おれだけど？」

章雄と八郎がまた小競り合いを始めて、美子はそれを制した。

「ちょっと、うるさいっ。でも……子供ができたぐらいでお母さんが女優辞めるとは思えないけど？」

まあね、と百合子は台布巾をいじりながら説明した。

「表向きは妊娠が理由だけど、あの役は、確かに私には大役すぎた。本当のところ、なんで降ろされたかは自分でもわかってたの。でも当初は章雄を産んでも、また復帰するつもりだったのよ。けど、もう大した役はこなかったわ……。それでよけいに自分がどれだけか、わかっちゃったのよ」

章雄は何か問いたげに、母親の顔を見つめている。

「だから辞めたの、そういうこと」

百合子は明るい口調で言ってしめくくった。

「なら、なんで今また、女優をやろうとしてるの？」

新たな疑問が浮かび、美子は母に聞く。

「……そうなのよね」

と百合子はうなずいた。

「私は子役からやってたから、演技にクセがあって、あのときもテスト撮影で黒川さんにあーでもない、こーでもない、と怒られて。監督を最後まで満足させられなかったけど……」

珍しく自分のことを語る百合子を、家族全員が真剣に見つめていて、こんなことも今までなかったなと八郎は思う。

「でもこの歳になってみると、あのとき言われたことの意味がよくわかるの。今なら、ちょっとはそれができるような気がする」

だから、と百合子は息子に言った。

「章雄に私はなにも言えないわ。私だって、この歳からチャレンジしたいんだもの」

八郎は、はあーっと、わざと大きなため息をついて天井を見上げた。

「黒川、黒川って。どいつもこいつも。もう死んでる人間だぞ、ヤツは！　ハハッ、おれはまだ生きてるぞ、ざまあみろ！」

「それしか勝てるところがないんだ」

と美子はまた哀れみの顔になる。章雄はというと、まだ母親を横目で見ている。それを見て八郎は、テーブルを両手でパンッと叩いた。

「こんな狭いマンションに大勢で詰めてたら、また中毒になりそうだ！　章雄、ちょっとつきあえ。美子と吾郎も」

八郎は速やかに立ち上がると、上着を着て出かける支度を始めた。

「どこ行くの？」

と問う吾郎に、八郎は窓を指した。

「海だ。雨もあがった。吾郎、濡れてもいい靴をはけ」

マンションからさほど遠くない海水浴場の駐車場に車を乗り入れて、子供と孫を連れて降りると八郎は、降った雨のせいでいつもより濃く感じる潮の香りの中に立った。岩場と緑にかこまれた入江と言うほどの広さもない浜だけれども、平日でこの天気であるからさすがにひっそりとしていて、水平線を見やればいつもより広々と感じる。

「夏休みにシュノーケリングやったね！」

濡れた砂に足をとられることなく波打ち際へと走っていく吾郎を見て、

「いいじゃない、この辺り」

ロケハンに来たときスタッフに投げる言葉が八郎の口から自然とこぼれる。バリのビーチでラブコメディを、日本海ではドタバタミステリーを、そして、この伊豆では時代劇ミュージカルを、数えきれないほど海も撮ってきた。黒川の撮影を手伝ったのもここから遠くない磯だったな、と思い出す。白波と一緒に海での撮影の記憶がめくるめく押し寄せる。

「いいって、なにが」

と言う美子も、無言の章雄も、親の意図がつかめぬまま、砂を踏みしめて一応はついてきている。八郎は答えず、ポケットからスマホを取り出すと、動画モードにして、海をバックに肌寒そうに内股で歩いている美子の姿を撮り始めた。

「いいぞ。なかなか、いい浜だ……」

画面を見つめて、八郎はくり返す。

「なにしてんの？」

とこちらを見る美子を、かまわず八郎は撮り続け、

「こっちを向くな。普通に歩け。……そのバッグは、いらんな」

と美子が肩からかけているトートバッグを取り上げると、指示した。

「いいか、美子。自分が女優だと思って、適当に動いてくれ。他に人もいないから恥ずかしくはないだろ」

いきなりの注文に、美子は眉間にしわをよせて、意味がわからないというように立ち尽くしている。

「そんな突っ立ってたら、おもしろくないだろ。吾郎と追っかけっこでもしろ。おい、吾郎っ！」

呼ばれてやってきた吾郎に八郎は指示した。

「おまえも子役だと思って、楽しそうにそこらを駆けまわれ。そうだな、『久しぶりに母親に会って、はしゃぐ子供』って設定はどうだ？」

「オッケー、それなら自信ある！」

ノリのいい吾郎は親指を立てて応じると、本当に子役のように楽しげに走り出した。なかなかのなりきりぶりだ。

「いいぞ、吾郎！　やるじゃないか」

ほら、おまえも！　と八郎にせっつかれて、美子も渋々それに合わせて動きだす。吾郎は波打ち際ぎりぎりのところまで走って行って、寄せくる波を軽やかにかわす。

「いいねぇ吾郎！　ほら美子も、追いかけろ！」

はいはい、やりますよ、と美子も開きなおったように、子供と戯れる母親を演じ始めた。

「いいねぇ！　その感じ、もっと広く、動いて」

監督口調でスマホのレンズを向けている八郎を、章雄はあきれたような顔で見ている。

八郎はしばらく美子と吾郎を撮っていたが、

「ほら、撮れ」

と持っているスマホを、被写体に向けたまま章雄に差し出した。

「あとは、おまえが撮れ」

えっ？　と章雄は父親の顔を見た。

「監督やりたいんだろ。美子が女優だと思って、好きに指示して、試しに撮ってみろ」

八郎が差し出すスマホを章雄は取らない。

「いいよ」

「いいよ、じゃなくて。ちょっと、試しにやってみろ」

章雄は首を小さくよこにふり、不機嫌に拒否し続ける。

「いつも自分の子供を撮ってるだろ？　それと同じだ」

「べつに、こういうことをやりたいわけじゃ」

八郎はじれったそうに言う。

「こういうことだぞ、演出ってのは。監督になりたいんだろ？　いいから、ちょっと撮ってみろ」

「こんなとこで下手に撮って、あれこれ言われたくない。ジャッジされたくもない」

「んなことはしない。いつもロケハンで助監にやらせてるのと同じことだ」

「そうやって指図されても、やる気はないから」

冷ややかに拒絶されて、さすがに八郎の顔にも怒りの感情が表れる。

「撮ってみりゃいいだろ！　自信あるんだろ？」

八郎はスマホを章雄の胸に押しつけるが、

「だからっ、あんたに指図されて、やる気はない！」

と章雄もそれを押し戻す。ついに八郎は、浜に響き渡る声で章雄を怒鳴りつけた。

「本当の親父が黒川だと思うなら！　自分が黒川の子だと思うなら！　撮ってみろっ！」

その声に驚いて、演技していた美子と吾郎がこちらを向く。章雄は八郎の言葉に目を大きく見開いている。

「撮ってみろっ！」

くり返す八郎に、章雄は言葉にならない感情を顔いっぱいに表すと、父親からスマホをひったくり、砂の上にそれを思いっきり叩きつけた。

「あっ！」

見ていた吾郎が叫んだが、八郎は砂の中に埋まったそれを、井戸の底に落ちたもののように見ている。そして顔をあげると、息子に言った。

「脚本を読んで、自分は黒川の子供じゃないか？　と思ったんだろ？」

八郎は息子の目を見て、問う。

「花見に最後まで現れなかった息子は、自分じゃないかって？」

「ああ、そうだよ」

章雄は父親よりは小さい声で、しかしきっぱり返した。だが八郎は首を大きくよこにふった。

「いや……思ったんじゃない。思いついたんだ。黒川の息子だと思って生きたら、自信が持てるんじゃないかと」

「なにが言いたいんだよ？」

「安易な逃げ方だ」

その言葉に章雄はムッとする。

「残念ながらおまえはおれの子だよ。おまえだってわかってるはずだ。……レンズ越しに、おまえを見てるとな」

と八郎は広い水平線の方を見て言い放った。

「おれと、そっ……くりだっ！　ダメな自分を知るのが恐いんだよ！」

そして海に背を向けると、子供たちを残して大股で去って行った。……が、ズボッ！と片足が砂の窪みに落ちて、アリ地獄のように這い出せず、ジタバタしている。

「なんだ、この砂浜はっ！　もっと平らにしとけっ！」

と怒りの矛先を今度は砂に向けて、その勢いで這い出すとまた歩き出した。

「カントクぅー！　どこ行くのぉ？」

波打ち際から吾郎が呼ぶ。

「おれは降りる！」

怒鳴って告げる八郎に、吾郎はさらに声をはりあげて聞いた。

「おりるって、なにからぁ？」

「親！　ずっと逃げてきたが、正解だった！　向いてないからなっ」

最後までふりむかず、八郎はそこを去った。


深夜、抜き足、差し足、やや千鳥足でマンションの台所に入ってきた八郎は、

「泥棒！」

と背後から美子に言われて、ビクッ！　とふりむいた。

「かと思うじゃないの、そんなに静かに入ってきたら。なにかが盗まれるのは、もうごめんだからね」

「起こしちゃいかんと思って」

昼とは違って低姿勢の父親に、美子は言った。

「どうせ、ゴハン食べてないんでしょ？」

八郎は素直にうなずいた。

「餅が、残ってないかなと思って」

もうないよ、と美子は電気を点けると戸棚を開けて、カップやきそばを出して父親に渡した。

「プリンスホテルで一杯やってたんだが……おれに断りなく、ラストオーダーになってて」

八郎はぶつぶつ言って、やかんに水を入れ始めた。

「吾郎は？」

寝てる、と美子。

「母さんは？」

「明日、東京で仕事だから、早々に寝たけど」

……章雄は？　と八郎は、かろうじて聞こえる声で聞いた。吾郎のよこで寝てるよ、と美子は教える。湯が沸くと、八郎はカップやきそばの蓋を開けて注いだ。

「懐かしいな。昔、サードに入った助監の男が、こればっか食べてて、ペヤングって呼ばれてた」

「もう少しひねろうよ」

「結局、辞めちまったが、あいつ今なにやってんのかなぁ」

かやくを袋から出した？　と美子に言われて、八郎は慌てて箸でビニール袋に入ったままのそれを湯から引き上げ、あちち、と開封しながら呟いた。

「あいつも可哀想なやつだった」

美子はその言葉に敏感に反応した。

「も、？」

八郎は、失言を認めるように黙っている。そして麺ができあがるまでの三分間、沈黙し続けた。湯を捨ててソースをかけて、八郎は美子が座っているダイニングテーブルにそれを持ってくると、

「やれやれ」

と腰をおろし、ズズッと一口食べて、麺の中から、やはり取り出すのを忘れていた青のりの袋を箸でつまみ出した。

「おれは馬鹿だ」

「ようやく気づいた？」

美子に冷ややかに言われ、八郎はうなずいた。

「ああ、ホテルで飲んでて、大事なことに気づいた。おまえの言うとおり、いつだってもうちょっと考えりゃいいんだ」

「でしょ？」

「要は、ペヤングも、章雄も――」

八郎は真顔で言った。

「あいつらは、おそらく『レプリカント』だ」

美子は、本当に残念そうに父親の顔を見た。

「そうかもね。あなた以外の人間はみーんな、レプリカントか、クローン、人間のふりしてる宇宙人、もしくはゾンビなんじゃない？　明日、もう一度病院に連れてってあげるから、早く寝なさい」

八郎は真剣だ。

「真面目に聞け」

「真面目に聞く方がおかしいでしょ！」

動じないで八郎は続ける。

「つまりだ。章雄もペヤングも、純粋に映画監督をやりたいわけじゃない。監督でもいいし、政治家でも、スポーツ選手でも、なんでもいい。とにかく『特別な存在』に、なりたいと思っているだけなんだ」

美子はちょっと興味を持った顔になって、八郎に問う。

「それがなんでレプリカントなの？」

「『ブレードランナー』は、観てるだろ？　新作も観たか？　主人公のレプリカント、いわゆるクローンってやつだが、彼はもしかしたら自分は人間とレプリカントの間に生まれたハイブリッド『特別な存在』なのではないか、と期待する。そこに希望を見るわけだ。ただのコピー人間ではなく、自分は選ばれし者だと思いたい。そう信じたい」

章雄も、と八郎は言って美子を見た。

「自分が黒川の血を継いだ才能ある人間かもしれないと、そう思うことで自分に希望を見たいんだ」

美子は何か思うように宙に視点を置いていたが、聞いた。

「……真実は、どうなの？　映画の結末と同じ？」

八郎はそれには答えず、

「そこは問題じゃない。問題は、章雄がそこに逃げ込んでいることだ。なぜ逃避するのかを、考えてやらなきゃいけないんだ。指摘するだけじゃ解決にならない。撮影現場でも、怒ってるだけじゃスタッフは成長しない。同じ失敗をくり返す。どうしてそうなるかを考えないと」

でも、と美子は遮るように言って、話を戻した。

「そこが問題じゃなくても、気になる。本当にお兄ちゃんは、その……特別な存在なの？」

八郎はため息をついて、答える。

「おれの子に決まってるだろ。確かに章雄ができたときは、おれと百合子はまだ結婚してなかったが。本当にあの頃は、連日、百合子は黒川さんに現場でイジメられてて。その愚痴を聞くだけでも大変で」

「でも、お母さんは、女優だよ？」

その言葉に八郎はびっくりして、美子を見る。

「おれが、騙されてるってのか？」

「そうとは言わないけど……けど……」

けど、なんだ？　と八郎は気になるように聞き返す。

「子供のときから、なんていうか、お母さんがわからないときが、あった。うまく言えないんだけど」

美子は額に手をやり、その声は自然と低くなっていく。

「もちろん、お母さんはいつだってそばにいてくれて。どんなときだって……女になりたいと、打ち明けたときだって……私のことを一度だって否定せずに受け入れてくれた」

八郎は、手入れがゆきとどいた美子の肌を見つめ、今は違和感なく、男とか女とかではなく「美子」という存在を自分が受け入れていることに気づく。

「だからお母さんには心から感謝してる。けど、いい母親だからこそどこかで、演技なのでは？　って疑ってしまう。元女優なだけに」

八郎は、百合子が同じことを言っていたのを思い出した。

「自分でもそう言ってるが、あいつはそんなに優秀な女優じゃないよ。母親役じゃなくて、母親を、せいいっぱいやってるんだ」

美子は八郎の顔を見て、反省するようにため息をついた。

「だよね。……ひどいこと言った。私が自信がないから、疑ってしまうんだと思う」

「人間ってのは、どうして不安を見つけるのが上手いのかね……」

八郎は呟き、美子は同意するようにうなずく。

二人は黙っていたが、ふと、美子は視線の先にあるものに気づいて、テーブルの上に置いてある八郎のスマホを指さした。

「ケータイ、砂に埋まってたの、吾郎が拾ってきれいにしてくれたよ。壊れてないって」

「吾郎は、いい子だな」

八郎はそれを取って、作動させた。

「……おまえは」

美子の目を見て、八郎は訊ねた。

「なんで自分が女だって、気づいたんだ？」

美子は目を見開いて、父親に返した。

「気づく？　物心ついたときから、自分は女だって知ってたよ。映画に出てくる、きれいな格好したお母さんが大好きで、自分もいつかああなれると信じてた……。お父さんの現場に遊びに行って、衣装さんに女の子の帽子をかぶらせてもらったり、女優さんの使うバッグを持たせてもらったりメイクしてもらったり、いたずらでやってるように見せてたけど、そのときの自分が、本当の自分だって知ってた」

「そうか……。自分が何者かおまえは小さいときから知ってるんだな」

八郎は尊敬の念を込めて言って、美子もそれを感じ取っているようだった。

「自分が何者か、いくつになってもわからない、真っ直ぐ向き合えない人間は多いよ。章雄やペヤング、おれもだ」

八郎はスマホに目を戻して、動画アプリを起動させた。先ほど八郎が浜辺で撮った、美子と吾郎の動画が再生されて、吾郎の演技に自然と八郎の表情がほころぶ。

「ハハッ、吾郎のやつ、子役になれるな。……しかし、女の姿になってからのおまえを、こうやって撮るのも初めてだが……」

八郎はしばらく美子の映像を監督顔で見つめていたが、目の前にいる本人に目を移した。そして改めてまじまじと見て、言った。

「おまえ、そこらのヘンな女優より、ずっときれいだな。驚いたな」

「…………」

美子は、父親の言葉にショックを受けたような表情になり、腕と脚を組んで座っている姿勢のまま固まっている。

「……美子？」

八郎は、元息子の潤(うる)んでいる大きな両目から、涙が、大きな粒の涙が、ボロッとこぼれるのを見た。輝く粒は、膨らんではこぼれ、と次々とおもしろいように生産されて、ついにそれらは両頬の上で二本の川の流れとなった。普段の撮影で女優の泣き顔が不自然で苦労している八郎であるから、リアルってすごいな！　と思わずスマホで撮っておきたい衝動にかられたが、

「あぁーん！」

美子は、ウソのように大声をあげて泣き出した。腕を顔にやって、男泣きだか女泣き

だかわからないが、とにかく大号泣している。泣き顔ばかりに気をとられていた八郎は、ようやく自分の言葉で美子が泣き出したのだと気づいた。

「な、なんで泣く？」

しかし美子は呼吸困難になりながらも泣き続けて、答えられる状態にない。

「ほ、褒めてやったんだから、泣くなよ」

八郎が困惑して言うと、美子は切れ切れに言葉を吐く。

「……うっ……うっ、うれし……んだよ」

うれし？　と八郎は驚いている。

「……女優より、きれいって。言って、くれた……」

それが嬉し泣きだとようやくわかった八郎は、遠慮がちに、そこらのヘンなのより、だぞ、と小さくくり返した。

「それでも……嬉しい。……ありがとぉ」

美子は両手を顔からはなさず、こみあげてくるものが止まらないようで泣き続けている。八郎は静かにため息をついた。

「……早く、言ってやればよかったな」

すっかり冷えきっているカップやきそばを見つめて、父親は娘に言った。

「……きれい、だと思うぞ」

古いマンションの部屋に、洟をすする音と、やきそばをすする音だけが、しばらく響いていた。

目と鼻を真っ赤にしながらも、どこかさっぱりしたような表情で美子は、シャワーを浴びてくる、と言って部屋を出ていった。八郎は、空になったやきそばの容器を前にしたまま、まだぼんやりとしている。美子に言ってやったように、長男と次男に、自分が言ってやるべき言葉はなんだろう？　と思いを馳せていた。急には浮かばないが、早く言ってやるべき言葉はありそうだ。何事も気づくのが遅い自分を反省しつつ、八郎はまたため息をついてスマホを取り、美子と吾郎が海辺で戯れる映像を再び流してながめた。

「……女優、ね」

八郎はそれを見ながら呟いた。

「女優……」

そして妻の百合子が寝ている部屋の方を見やった。美子には笑って否定した、章雄が黒川の子である「可能性」を、ふと思い返して八郎は、

「ないない、あんなジジイと。……ま、当時は、オッさんぐらいだが」

と、独り笑う。

「ハリウッドじゃ、よくあることだが……」

八郎は自分が言った言葉に、沈黙する。

「黒川さんの血液型って、なんだっけ？」

急に真顔になってスマホをフリックし、ウィキペディアなどで速やかにそれを調べる。

あった、と情報を見つけるが、

「……なんだ、おれと同じか」

安心する材料にはならず、八郎は思案する。黒川が女優に手を出した話など噂にも聞いたことはないが、当時、彼が結婚していたかもよく覚えていない。離婚歴があったようにも思うが……と八郎は記憶をたどっていたが、何か思い出して立ち上がり、

「そういえば、黒川さんの自伝本があったな……なんでか、おふくろが持ってたんだよな。そう、確かここらに……」

八郎は、居間にある本棚に行って探し始めた。しばらくかかって最上段にそれを見つけ、あった、あった、と椅子を持ってきて、背表紙がすっかり日焼けしているそれを取り出そうとした八郎は、本の上の隙間に、埃(ほこり)をかぶった桐箱(きりばこ)があるのに気づいた。

「なんだ、こりゃ？」

本よりも、見るからに年代物のそちらに興味が移った八郎は、持ち出してきて、埃を払うと蓋を開けて中を見た。時を越えて現れたのは筆や硯、文鎮などの書道の道具、万年筆、ペーパーナイフ、一筆箋などよき時代の文房具である。八郎は懐かしい品を一つ一つ、

「おふくろのだな。……小道具で、使えそうだ」

と出して見ながら、箱の底にある茶けた半紙の束を持ち上げて、念のためその下にも何かないか確認した。次の瞬間、半紙の間からするりと、手紙の束が落ちた。昭和の時代にポピュラーであった薄い茶封筒で五、六通あるが、かなりの時を経ていると思われる。住所とともに書かれた宛名は、

中井戸和子　様

八郎の母の名だ。それ自体は驚くものではないが、見覚えのある肉筆に、

「……この字は」

八郎は目を大きくした。封筒を裏返すと、間違いなく、その名前がある。

黒川治

差出人は全て……黒川だ。瞬きを忘れ、八郎は見つめた。

「な……」

なぜ？　黒川さんが、おれの母親に手紙を……？　八郎は言葉にならない予感に、自分の胸がどくんどくんと打つのを感じながら、消印から半世紀以上前に書かれたとわかる手紙の束を両手で握りしめていた。そして、

「女優」

再びその言葉を口にした。自分の母親もまた「女優」であることを思い出し……八郎は息をのむ。なぜ、今までそちらの「可能性」に気づかなかったのか？　呼吸ができなくなるような衝撃に襲われながらも、八郎は一番上の茶封筒から、ふるえる手で便箋を引き出した。恐る恐るそれを開き、黒川の達筆な文字に、八郎は目を落とした。

「……『ぼくの息子は、八郎は元気にしていますか？』」

微かに声にして読んだ八郎は、表情を失った。

「お父さん？　お風呂入るでしょ？」

風呂場から出てきた美子は、八郎を探したが、その姿はすでになかった。空になったインスタント焼きそばの容器だけがテーブルに残されていて、美子はもう一度、八郎を呼んだ。

「お父さん？　寝ちゃったの？」

しかし返事はなかった。代わりに玄関のドアが閉まる音を美子は聞いたのだった。

美子と吾郎を撮り、章雄とケンカしたあの浜の駐車場で、八郎は一睡もせず夜を明かした。フロントガラス越しに見る水平線の上の空は、徐々に暖色へと変化し、すでに陽は昇っている。……もう朝か、と黒川の手紙が入った桐箱をひざにのせたままの八郎はようやく気づいた。なぜ、世界の黒川治が、B級の自分に脚本を託したか。それがわかった今、八郎は襲われる感情や動揺に押しつぶされないよう、自己防衛のために一時、思考を停止していた。けれど、黒川と接したときの記憶は、いくら抵抗しても、よみがえってくる。役者の結婚式で挨拶をしたとき。撮影を手伝ったとき。具合が悪くなってから見舞いに行ったとき……最後に会ったときの黒川の顔は、嫌でも思い出される。カニを鍋に入れて、鬼みたいな形相で怒られたときの顔も……。

「なにをやってもダメなヤツと思ってたんだろうな……」

八郎は、輝く海を見つめ声にした。

「しっかし……」

おふくろは、駆け出しの、それも歳下の監督に、よくも手を出したもんだと八郎はあきれる。黒川の歳から自分のそれを引けば二十一、二だ。自分の父親は、若い頃に空襲で負傷した人で戦後も病気がちで早くに死んだと聞いていた。……今思えば、ちょっと物語がかっていなくもない。その父親自体が創作か？　じゃ、仏壇に飾ってあった写真の男は誰？　……いや、そんなことよりも、自分の本当の父親が黒川なら……最後に病院で会ったとき、おれは病んでる黒川に、なんと声をかけたっけか……？　交わした最後の言葉は？　顔は思い出すのに、何を話したか記憶にない……。結局、思考していることに気づき、八郎はたまらずエンジンをかけて、車を出した。

マンションに帰る気にはなれず、逆方向へと車を走らせ、磯を見下ろしながら道を登るうちに、八郎はある場所を思い出した。いつか撮影に使いたいと思っている、誰かに先に使われないことを願っている秘密のロケ候補地……そこへと向かうことにした。

道を登りきったところ、海に切り立った絶壁の上にその場所はあり、八郎は近くの道に車を停めると降りた。道から松林に低く垂れた枝をくぐりながら入り、散歩する人が作ったけもの道を進むと、『立ち入り禁止』と書かれた錆(さ)びた看板が打ち付けてある柵が現れる。それをまたいで向こうに出ると、ふぁっと吹き上げる風とともに視界が広がり、もう崖の上に立っていた。

早朝で空気がきれいなせいか、光の加減か、視界の端から端まで水平線がくっきりと引かれている。空を映す海の色は、水平線を離れると一旦薄い水色となるが、また濃さを増していき、絶壁の下でどんよりとした青緑色になる。岩場で波が渦巻くのを八郎は見下ろして、飛び込めと言わんばかりのロケーションを体感していた。まさに二時間ドラマのラストシーンにもってこいの場所で、使われていないのが不思議である。危険すぎて撮影許可が下りないのだろうと思いながら、導かれるように八郎は、切り立った崖のぎりぎりのところまで行った。危険ではあるが遮るものがなにもないということは、開放感を言葉なしで表せる。まさに『タイタニック』の船首でのラブシーンである。八郎は海風に吹かれ、ここならば思考を解放しても風が吹き飛ばしてくれるように感じた。

最初に浮かんだのは、自分は、自分の意思で監督という職業を選んだと思っていたが、そうではなく、母親によるマインドコントロールでそうなったのではないか、という疑念だった。子供の頃からやたら映画館に連れて行かれ、見終わると女優である母親は、作品を批評し、どのように裏で作っているかまで詳しく解説した。しかし役者になることは勧めず、「おまえは裏方向きだ」と言われた。不細工だからだろうと思っていたが、意図的である。監督にしといて、父親が黒川であることを教えてくれない、これはあまりに酷すぎると思った。

「もし知ってたら、コメディなんかやってないさ」

口から自然と出た自分の言葉に、八郎はぐさりと胸を突かれた。認めたくなかったが、やはり心の奥底にはコメディ監督で満足していない自分がいるのだ。もし、知っていたら……黒川のＤＮＡが自分の中にあると知ってたら、自信を持って他のジャンルにも挑戦していたかもしれない。

「いや、最初から」

と八郎は素直に言葉にした。最初から、なんの抵抗も感じずに海外のマーケットを意識した作品を撮るような監督に、なっていたかもしれない。今の自分を否定するわけではないが、その道もあったと思うと正直、複雑だ。若ければ再挑戦もあるかもしれないが、引退を考える頃に、そのことを知っても後悔だけで終わってしまう。知りたくなかった。まるで、

「『スター・ウォーズ』の、逆だな」

八郎は思った。自分が悪者の血を受け継いでいると知ったヒーローたちは、ダークサイドに落ちることを恐れる。しかし、自分の場合は、日本の映画界のヒーロー、黒川治の血を受け継いだと知って動揺している。

「よっぽどやっかいだ。いきなり、ライトサイドに突き落とされたＢ級監督は、どうしたらいい？」

八郎は水平線に向かって、亡き父に文句を言い放った。

「おれにあれを託したのは、撮れってことだよな？　あの脚本を？　正しいものを撮れと？　それが父親からの最期の言葉か？　コメディなんか撮らんで、もっとまともなものを撮れって？」

八郎は、ハハハッとから笑いした。

「だがな、ダークサイドの、B級のおれにはな、ちっ……ともわからないんだよ！　あの脚本の良さが！　なにが言いたいのかわからん。いくら読んでも、わからん。おもしろくねぇーんだよ！」

八郎は何もおかしくないのに、笑い続ける。目には笑い涙ではない涙がたまっていく。それを手でぬぐおうと下を向いたそのとき、

「ダメーっ！」

後ろから突然大声で言われて、わっ、と八郎はびっくりして、その拍子に崖から足を踏み外しそうになった。

「飛び降りるなーっ！」

その声の主が、八郎を後ろから抱え、あわや落ちそうになった八郎を支えた。たいして歳が違わなさそうな、ジョギング姿の老人は、八郎に向かって言った。

「命を粗末にしたらいかんっ！」

八郎は、老人にしがみつきながら返す。

「はっ？」

「今、死ななくても、すぐにお迎えが来る歳だろっ」

「老けて見られるけど、そこまでじゃないよ」

八郎はムッとするが、老人のわりにけっこう筋肉がついてる相手は聞かずに、説得口調で続けた。

「なにがあったか知らないが。どんな大変な問題であっても、死ぬ必要はないんじゃないか？」

八郎は言われて、自分が悩んでいたことをすぐに思い出し、うなずいた。

「そうね……死ぬにしても、もうちょっと時間が欲しいかな。なんせ、衝撃の事実をたった今知ったばかりだから……。さすがに、今すぐはないかな」

と、八郎は脚本を考えるかのように冷静に述べる。

「飛び込むなら、もっと自分を追いつめてからじゃないと」

ジョギング老人はそれに対して、わかってる、というようにうなずく。

「ここで飛び込もうとしているヤツはね、声をかけると皆同じように、飛び込むつもりはない、一人で考えたいだけだ、と言うんだよ。で、おれがいなくなると飛び降りるんだ。隠れたる自殺の名所なんだよ、ここは」

八郎はうざったそうに老人を追い払おうとする。

「だから、おれは大丈夫だって。今、人生において大変な局面にいるんだよ。お願いだからちょっと一人にしてくれないかな」

言うほど老人の顔はよけいに厳しくなる。

「だから放っとけないと言ってんだっ！」

その声に八郎は耳をおさえる。

「あんた声でかいな！　なんか現場の仕事してただろう？」

言われて老人の表情が変わる。

「あれ、よくわかるね。そうだよ、テレビやドキュメンタリーなんかでカメラまわしてたよ」

えっ、同業者？　と八郎も驚く。

「おれも、映画屋だよ」

それを聞いて老人も急に態度が変わる。

「映画？　そりゃ驚いた。やっぱりカメラマンですか？」

「いや、演出の方です」

八郎も改まって返す。老人は、ん？　と八郎の顔を見る。

「言われりゃ、見たことある……あっ、あれ？　中井戸、中井戸監督だっ！」

と今さら気づき、びっくりしている。八郎は気まずそうに目を逸らした。

「そっか……。監督、最近映画撮ってないしね……」

と、元カメラマンの老人の声も気遣うように小さくなり、

「……邪魔したね、わるかった」

後ずさるように八郎から離れた。そのまま速やかに去ろうとする老人を、八郎は慌てて引き止める。

「おい、おれを一人にしちゃっていいの？」

「見なかったことにするよ。ごめん……こればっかりは、説得する自信がないや」

同業の彼は、うなずいて去っていった。その背中を見送る八郎は、今、海に飛び込みたい、と思うのだった。

「お父さんの様子は、どう？」

仕事から帰ってきた百合子は、イヤリングを取りながら美子と吾郎に聞いた。取材陣などもさすがに消えたと真太郎が言うので、全員で伊豆から東京の家に戻ってはきたが、

八郎は一晩姿を消した夜から様子がおかしく、暗い顔をしたまま、それきり書斎にこもっている。

「今日も出てこなかった。相変わらずなにを聞いても黙ってるし。ドアの前におにぎり置いとくと、なくなってるけど」

「ぼくも中に入れてくれない。もう一週間以上経つよ、完全にひきこもりじじいになっちゃった」

美子と吾郎が報告した。百合子はため息まじりに続けて聞いた。

「章雄は？」

「まったく。男ども三人、相変わらず和室でごろごろしてる」

「でも章雄おじちゃんは、今夜のお寿司は一緒に食べに行くって。おじいちゃんは食欲ないから行かないって」

これからは寿司の折詰を二人前頼まなきゃ、と百合子は言って、

「黙ってないで、なにがあったのかを話してほしいわ。そのために口があるんだから」

と、上の階を見上げるのだった。

階下から女たちの声が聞こえて、妻が仕事から戻ったようだと、八郎は窓辺でぼんや

りと庭を見ながら察していた。誰とも会わず本気でひきこもっていると、意外と一日は早く過ぎる。家族を含め、こうやって世間を遮断すると、けっこう楽だなぁ……という感覚にそろそろ移行してきているのがわかる。百合子にだけは、黒川が自分の本当の父親であったことを、何度か話そうと思ったのだが。自分の中であまりに整理できていないと、妻とはいえ話し出せないものであることを知り、今になって章雄の気持ちがわかるのだった。とはいえ八郎だって、ただ落ち込んでひきこもっていたわけではない。何度か、

「グタグタ考えるのはもうやめた。よしっ、遺志に応えて、黒川脚本を撮ってやろう、じゃないの、おれなりに……」

と言葉のわりには語尾弱く言って、真太郎が持っているらしいそれを取りに隣の部屋のドアの前まで行った。が、

「……やっぱ、無理」

と、自分の部屋に戻ってくるのだった。血なんて関係ないとは思いつつ、知ってしまった以上、今後、黒川の演出や方向性を全く意識せずに自分らしいものを撮るなんてことが、果たしてできるのだろうか。遺稿でなくても、森が言うようなシリアスな「家族もの」などを撮ろうとすれば、意識しないのも逆に難しい。かといって、今までと同じ

ようにのんきにコメディを撮れるか、それもわからなかった。もちろん、このことをチャンスに変えることだってできる。黒川の二世であることをオープンにすれば、皆の八郎を見る目も変わり、今まで撮ったものだって再評価されるかもしれない。仕事も逆にくるだろう。だが、そうなった場合も、黒川風の作品を期待されるのは目に見えているし、そんなものは撮ることもできないし、撮りたくもない。ある意味、黒川作品を「真似する権利」を得たようなものだが、それは自分が築いてきたものを否定することにもなる。かといって、自分が今、何を撮りたいのかも正直わからなくなっていた。

「こうなったらピンク映画でも撮るか……」

と冗談を呟く八郎の声も、か細いのだった。

シルバー人材センターの男に刈り込まれた庭は、今はもう新しい緑をつけて、むしろ前よりも勢力を取り戻し、活き活きとしている。案じることもなかったな、と沙羅の木を見つめて八郎は思う。果たして自分はこのように復活できるのだろうか？　窓に背を向け、八郎はまた安楽椅子に戻ると目を閉じた。自分でも、ここまで落ち込んでいることが不思議ではある。黒川の息子であることを知ったこと、それ自体より、それをきっかけに自分の人生、歴史に自ら疑問を持ってしまったことが何よりも大きなショックとなっている。仕事をほされてクサクサしながらも、それが自分とごまかしていたが……

そうはさせないと、向き合わされた。とどめを刺された。

「……親じゃない。おれの問題だ……」

目をつぶったまま八郎は呟いた。

そのまま微睡んでしまっていたようで、賑やかに皆が出かけていく音が階下でして、八郎は目覚めた。もう日は暮れていて、寿司屋に行ったのだろうと、時間を見るためスマホを取り上げると、今日も森から着信が入っていた。ずっと無視しているが、あきらめずにかかってくる。メールも入っているが開けていない。おれが黒川の隠し子だったと知ったら、森は驚くだろうなと思った、そのとき、手の中のスマホが振れて、

「わっ！」

と八郎はびっくりしてそれを落とした。どうせ森だろうと思って拾うと、登録されていない知らない番号だ。無視しようとしたが鳴りやまないのでしかたなく、用心しながら無言で応じると、

「おれ」

と声がした。おれおれ詐欺だな、と八郎は冷ややかに対応した。

「息子はいません。奪える金も、ありません」

電話の向こうの声も無感情に返した。

「息子の真太郎だけど」

えっ、と八郎は真太郎の部屋がある方の壁を見た。真太郎はちょっと間を置いてから言った。

「カ、カニ、食べない？」

「……カニ？」

八郎は、意味がわからず瞬きをした。

「うん、カニ。どうせ親父とおれしか食えないだろ」

「は？」

息子の言葉に八郎はついていけないでいたが、「カニ」という響きに八郎の腹だけは応じるように、グーッと鳴った。

🎬

八郎と真太郎は黙々とカニ専用のフォークで、ズワイガニの脚から身をほじりだして口に運んでいる。本番中のスタジオよりもダイニングは静かだ。その沈黙にたえられなくなって八郎は呟いた。

「しかし、カニを贈るか？　一酸化炭素中毒の見舞いに？」

八郎たちが伊豆に逃げてたときに送られてきたと、真太郎が冷凍庫から出してきたのは、北海道直送と書かれたカニの詰め合わせで、箱には確かに『御見舞』の熨斗が付いていた。

「そりゃ、好物だが……」

真太郎は何も言わず、甲羅をとってカニ味噌をほじり始める。八郎は一人で続ける。

「……ロケ先に、生牡蠣の差し入れ持ってくる男だからな」

「尿瓶をくれた喜劇役者？」

急に切り返してきた真太郎に、八郎はビクッとして、うなずいた。真太郎はまたカニを食べる作業に戻って、八郎も追いかけるようにカニの甲羅をとった。

「百合子が甲殻類を嫌いなのは知ってたが。美子と章雄が、カニアレルギーだとは知らなかった」

黒川もそうだったから隔世遺伝かもしれない、と八郎は密かに思う。

「おれは、家族のこと、ぜんぜん知らんな」

反省して言う八郎は、黙々とカニ味噌をつついている真太郎を見つめた。

「真太郎」

さすがにこの機会を逃してはいけないだろうと、八郎は息子に思いきって聞いた。

「おまえがあれを持ってると……吾郎から聞いたんだが」

父に見つめられて真太郎は、観念したように答えた。

「脚本ね。黒川監督の」

八郎は深くうなずく。

「……たしカニ、おれが持ってる」

カニのハサミ部分を取り上げて、次男は言った。

「でも、おれが持ってるのは、正確にはコピー」

と、逆の手にもう一つハサミを持って、真太郎は続けた。

「本物が今どこにあるのかは、おれも知らない」

「えっ？　どういうことだ？」

問い詰めようとした八郎だったが、目の前にいる息子に、今までにないような違和感を感じ、自然と言葉尻が弱くなった。

「兄貴が和室に置き忘れてたのを偶然見つけて、おれもなんの気なしに読んでみたんだ」

真太郎は、父親の顔を真っ直ぐに見て言った。

「しっかし、ひどい脚本だね、ありゃ」

八郎は目を大きくして、寝癖のついたぼさぼさ頭の息子を見た。

「正直、驚いた。黒川監督も、さすがにボケちゃってたのかね？」

と言う真太郎に、八郎は横っ面をおもいっきり殴られたような表情になっている。

「……そう、思うか？」

だから、と真太郎は当然の成り行きのように話した。

「あの脚本、おれが書き直してる」

言われたことがすぐに理解できない八郎は、反復する。

「書き直してる？」

「そう。高田さんに手伝ってもらって、企画が通るようなホンに書き直してる」

八郎はたまげて、後ろにひっくりかえりそうになった。

「高田って、美子が別れた高田？　どして？　いや待て、なぜそれを？　いつ？　断りもなく？　だが……直すってことには賛成……いや、どういうこった？」

明らかに混乱している父親に、真太郎は動じない。

「経緯は彼女に聞いたらいいよ。もう少しで書き上がる」

「原本は、高田が持ってるのか？」

だからその辺りは知らない、と真太郎は言って、

「一応、おれの直した脚本で、企画が通れば……」

と八郎を見た。

「親父も、監督の候補の一人にあげることになってる」

「候補……」

衝撃のあまり、八郎は「ほ」の口のまま固まっている。同情するように真太郎は父親を見て、うなずいた。

「高田さんは、親父は頼まれてもやらないだろう、って言ってるけどね。親父に撮らせたいとずっと言ってる人がいるから」

「よくわからんが……要は」

八郎は、告げられた状況を、なぜ素直に受け入れているのか自分でもわからないまま返した。

「あの脚本は、もう、おれの手のうちにはないってことだな?」

真太郎は、カニの殻をよこに押しやって答えた。

「ネットで売られてたことも含め詳しいことは……おれからじゃない方が、いいと思う」

八郎は、先ほど真太郎に感じた違和感みたいなものが何かわかった。目の前にいるのは、自分の部屋から出てこない、いい歳をした息子ではもうなかった。初めて会う男のようにも感じる。ピザの夕べで、

――なにを求めてたか、わかる？

と聞かれたときから、それはすでに感じていたのかもしれない。真太郎の顔を見て、こんな顔だったかな？　と思った。けれど見つめているうちに、そうだ、こんな顔だった、と同時に思った。息子ではないようで、確かに息子である。そんな不思議な感覚から逃げるように八郎は目を閉じて、椅子の背にもたれた。

真太郎が、カニの殻や皿を片付け始めて、その音を聞きながら八郎は、黒川もまた八郎の顔を同じ思いで見ていたのかもしれないと思った。父親だということを明かせずに息子、八郎と接していた黒川は、なおさら複雑な感覚であったろう。しかし……その黒川が八郎に遺した脚本を、なんと、真太郎が書き直しているという……。

「他に酒……ワインかなんか、あるか？」

カニの殻をキッチンに運ぶ真太郎の背中に、たまらず八郎は声をかけた。

「ビールなら、まだあるよ」

ビールじゃなくてワインがいい、と八郎が言うと、真太郎は流しの下などをのぞいて、

何本かある、と教えた。

「よさそうなの持ってきて」

「おれ、ワインわかんない」

赤ならなんでもいいから、それとグラス、と八郎は指示した。真太郎はボトルとグラスを一つ持って、テーブルに戻ってきた。

「さすがに、飲まずにはいられん」

と八郎は興味なさげにボトルのラベルをちらっとだけ見たが、それを開けるのに必要なものがないことに気づくと、自ら食器棚へそれを取りに行った。引き出しを開けて探すが見当たらない。

「ワインオープナー？」

と真太郎も気づいた。

「どこだったかな？」

八郎はキッチンへ行き、二人は引き出しを全て開けて探すが、見当たらない。最近口をきいてない百合子に電話をかけて聞く気もしないしなぁ、と八郎はワインのボトルを持って見つめた。飲めないとなると、よけい飲みたくなる。すると真太郎が、

「あっ、そういえば」

と何か思い出して、

「たぶん、こんなんで……」

と椅子の上の薄い座布団を取り上げると、部屋を見まわし一番太い柱を指した。

「親父、この座布団押さえてて」

柱にその座布団をあてがうよう指示すると、真太郎はワインのボトルを真横にして底面を、トン！　トン！　と座布団に強く打ちつけ始めた。八郎は言われたとおり座布団を押さえながら、その行為を見守っていたが、次第に原理がわかってきた。予想どおり、ビンの中の空気がコルクを押しあげて、少しずつ飛び出してきた。

「ほら、もう手で抜ける」

真太郎は半分ぐらいコルクが出たところで、ワインのボトルを八郎に渡した。

「飲まないクセに、こんなウラ技を」

八郎は感心して、それを受け取った。

「そんなもんよ、ネット上で生きてる人間ってのは」

真太郎は言って、八郎は、便利な時代だな、と慎重にコルクを引っぱると、ポン！　と抜いた。そして、やたら泡立っている赤ワインをグラスに注ぎながら、

「『ゴッドファーザー』だな」

と言った。その言葉に、真太郎はピンとこないような顔をしている。どっこいしょと座ると八郎は気どらずにワインをがぶりと飲んだ。

「章雄は……あの黒川脚本を読んでえらく感動したそうだ。で、監督になろうとしてる。動画一つも撮れないくせに」

そして微笑んで首をよこにふった。

「長男ってのは、わかりやすいというか、どこか抜けてるもんだ」

「それは兄貴が、ゴッドファーザーのソニーってこと？」

父親が意図することを真太郎は察して、八郎はうなずく。さらに真太郎は先読みをして、自嘲するように笑った。

「ならおれは、あのラスベガスに飛ばされる、アタマわるそうな次男か」

「違うよ」

と八郎は、また一口ワインを飲んで、真太郎を横目で見た。

「マイケルだよ。アル・パチーノだよ、おまえは」

真太郎は、予期もしなかった父親の返答に、無言で驚いている。

「褒めてやってんの」

と八郎は言って、うなずいた。

「あの脚本を世に出せば、章雄と同じように黒川という名前だけで絶賛するやつは多いと思うよ。おまえみたいに、あれは酷いと、はっきり言えるやつはそういない。現におれも、あれが理解できない自分に、どこかで不安を感じてる……」

八郎は椅子に沈み込むように座り、グラスを見つめた。

「しかしこんなに近くに、わかるヤツがいたとはね。……それどころか、おれを監督指名しようとしてる。いつの間に、そんなに偉くなっちまった？　ヤキがまわったおれは吾郎と遊んでるうちに心臓発作で死ぬんだなきっと、ドン・コルレオーネみたいに」

「おれが？　マイケル？」

評価されることに慣れてない真太郎は、ぽかんとしている。

「じゃ、三男の……美子は？」

「ありゃ、もう完全に女だ。女優で使いたいぐらいだ」

八郎は言ってワインを一気に飲み干し、案の定むせた。ひとしきり咳をして、それをごまかすように八郎は息子に聞いた。

「ちなみに、あの脚本のどこが……ゲフッ、具体的に、ダメだと思う？」

真太郎は、ちょっとためらってから言った。

「決定的な欠陥がある」

どこ？　と興味津々なのを隠せずに八郎は前のめりになる。

「花見に来ない息子が、一度も出てこない。これは物語としてありえない」

迷いなく断言する真太郎を、八郎は口を半開きにして見つめた。

「おまえ……よく、わかったな」

「あんな一方的な脚本、ってかストーリーありえない。世界の黒川だか知らんが」

「言うなぁ」

八郎は羨ましげに返す。

「ただ」

と真太郎は、付け加えた。

「下手すると、そこがすごい、って評価を逆にもらってしまいかねない。巨匠なだけにね」

八郎は思わず声を大きくした。

「そーなんだよ！」

真太郎はその声にちょっと驚いて、

「だから兄貴がおもしろいと思ったのも、しかたないと思う。現にプロの高田さんも迷ってた。おれは観てるものが違うからまどわされなかっただけかも。でも高田さんは、おれの指摘をおもしろがって、試しにリライトしてみないかと勧めてくれたよ」

「そうなのか……」

八郎は、何か考えているようだった。

「高田とおまえが、いつからそんなに仲良くなったのか知らんが……黒川の遺稿を彼女が今持ってるなら、正式に預けると伝えてくれ」

真太郎は父親を見た。

「やるよ。おまえのセンスを見いだしてくれたお礼に」

と言って八郎はワインのボトルに手をのばし、またグラスを満たした。

「章雄にも、おれにもないものが……おまえにはあるかもしれん。おまえならヒーローになれるかもしれない」

返す言葉が浮かばないのか、真太郎はしばらく無言でそこに立ち尽くしていた。が、八郎がグラスを口に運んでいる隙に、何も告げずそこを立ち去ろうとした。

「おいっ！　だから、消えるなっ、動物みたいに。話はまだ終わってない、座れ」

八郎が呼び止めて、真太郎は素直に戻ってきて座った。

「一応言っとくが、おまえが直した脚本で万が一映画化が決まったとして、候補に選ばれてもおれは監督はやらないから」

真太郎は、父親を見てため息をつく。

「ジャンルの問題？　なにが、そんなに気に食わないの？」

ここぞと八郎は不満を表す。

「すべてが、気に食わないね。あんなものおれに押しつけて」

真太郎は、腕と脚を組んで何か考えている。美子と同じ仕草をするんだな、そういえば……黒川も、キャメラのよこでたいがい腕と脚を組んでたなと思い出し、これも隔世遺伝かと八郎は思ったが、そういう自分も同様に腕を組んでいることに気づいた。真太郎は言った。

「黒川監督が親父に託した理由が、なにかあるはずだよ。親父に頼みたかった理由が……」

真太郎の言葉に他意はないが、八郎はちょっとドキッとして、ごまかすように言う。

「頼むやつなら他にいるだろ。とにかく、おれは撮らない。それにもうおれは……」

八郎は、両肩を下げため息をつくように、

「映画は撮らない」

宣言した。そのまま脱力するかのように言葉を吐いた。

「ずっと、どこかで考えていたが……おまえと話してどこかすっきりした。今、決めたよ、引退しようと思う」

真太郎が何か言おうとするのを遮るように、八郎は首をよこにふった。

「もう充分撮った、潮時だ。撮らなきゃ、と思い続けることに疲れた」

八郎は真太郎を見た。

「おまえも……この家から、部屋から出なきゃと、ずっと思ってたんだろ？　つらかったろうな」

真太郎はちょっと驚いたような表情になる。

「章雄も美子も、おれも同じだ。すごい人間にならなきゃ、男にならなきゃ、すごいものを撮らなきゃ、ってな」

うつむく真太郎に、八郎は共感をこめて告げた。

「おまえたちは、それとずっと戦っていて偉いと思うよ。でも、おれはギブアップする。逃げる。引退する」

真太郎は床を見つめながら言った。

「『バードマン』みたいだね」

八郎は言われて、その映画を思い出す。『バードマン　あるいは（無知がもたらす予期せぬ奇跡）』は、デジタル技術だからこそ可能になった切れることがないロングカットで全編をつないでいる、独特の世界観を持った作品だ。主人公は、大根役者のリーガン。彼は過去に『バードマン』というヒーロー映画で人気を博したこともあるが、現在は落ち目で、起死回生を狙い、ハリウッドの対極にあるブロードウェイの舞台で「芸術的な役者」に生まれ変わろうとする。しかし器ではないから目指すほどに空回りし、過去のくだらない栄光も捨てきれず葛藤する。

「言われれば。おれは、リーガンそのものだな」

と八郎は息子をうらめしい顔で見る。

「リーガンはリーガンにしかできない方法で、問題を解決するよ」

と真太郎が言って、八郎は苦笑う。

「無知にしかできないやり方でね」

物語の最後、リーガンは舞台の本番中に実弾を入れた銃で自分の頭を撃って、過去の栄光とインテリコンプレックス、自分を苦しめていたその両方を吹き飛ばす。そして奇跡的に助かる。

「おれに、あれはできないな」

「あまりやって欲しくない」

八郎は作品を思い出すほどに共感していく。

「悩んでると、本当に一日が妄想をともなったロングカットだ。人生というものは、まさにカットのないまわしっぱなしのフィルム。そう思わせるあの映画は、ファッショナブルな映像のためにロングカットを使ってるわけじゃない」

父親の解説に、真太郎は真剣に耳を傾けている。八郎は改めて、息子の目を見て教えた。

「コメディ映画だって人間を描くために、笑いという技術を使ってるんだ。ただ笑わせるためじゃない。人間やその魂を表現するために技術や演出はあるんだ。……おれに言われたくないかもしれないが、脚本を直すなら、主人公の魂のためにすべてがあることを忘れるなよ」

真太郎も父親を真っ直ぐに見て、微かにうなずく。

「ただいま！　おじいちゃん？　起きてる？　お寿司買ってきたよぉ」

玄関で吾郎の声がして、どやどやと皆が帰ってきたようだ。八郎はワインのボトルとグラスを持つと立ち上がった。

「さて、ひきこもりは引きあげるか」

ティララ、ティラララ、ラー、とゴッドファーザーのテーマを口ずさみ、自分の部屋へと上がっていく八郎の背中を、真太郎はそこに座ったまま見送った。

遠慮がちに森は八郎のあとに付いて、その施設に入った。伊豆とはまた違った、砂浜が防波堤まで続く神奈川の穏やかな海を望めるそこは、人生の終の住処として過ごす場所であると、森にも一歩入ってわかった。エレベーターで階上にあるラウンジに上がると、広い部屋には、ぽつんぽつんと自力で動くのが困難な老人が忘れ物のように置かれていて、八郎は彼らに丁寧に会釈をしながら、一面が窓になっている奥へと進んだ。

「どう思う、ここ?」

「ここに、入居されるんですか?」

森は、びっくりしてガラス越しに海を見つめる八郎を見た。

今朝、ずっと連絡がなかった八郎から突然電話がかかってきたときも、森は驚いた。

「監督、心配してたんですよ!」

開口一番に言うと、八郎はそれには応えず、

「キャプテン・ケイオス、悪いけどまたドライブつきあってくれない?」

と頼まれた。

「今度は少し近い海、平塚」

と八郎は言って、二人はそこへと向かった。道中、八郎は何も語らず、森もあえてし

やべらず、車内は沈黙が続いた。が、海沿いの国道に出た辺りでようやく八郎は口を開いた。

「さっき物置を見たら、例の黒川脚本、元の場所に戻されてたよ」

そして、車に乗り込むときに後部座席に投げ込んだ書類袋を指した。

「誰が、知らぬ間に戻しといたのか知らんが。おれから正式に預けるよ、君と高田に」

森は何も返さず、黙って運転を続けた。

「どっかで、君が主犯なんじゃないかと思ってた。表玄関から入ってくるのが、たいてい犯人だ。演技もなかなかだったぞ」

「最初は高田さんに相談されて……。高田さんは以前から真太郎さんがネット上に書いてる映画評なんかを読んで、感心していたそうで。なにか書いてみるよう、彼に勧めていたそうです」

知らなかった情報に八郎の表情が微かに変わる。

「そしたら真太郎さんから、黒川監督の遺稿を読んだところ、ひどいしろものだった、と話があったらしく」

八郎は、うなずいた。

「おもしろい見解なので、じゃあ、試しに書き直してみたら？　と焚き付けて。高田さんとしては、彼の才能が発覚する機会になればと」

「彼女には、感謝しなきゃな」

「その真太郎さんが直した第一稿を、高田さんがぼくに見せてくれたんです。確かにおもしろくなってて、なかなかの仕上がりなんで、これは、いけるんじゃないかと……」

森は前方を見たまま言った。

「でも、ぼくとしては、やはり中井戸監督に撮ってもらいたいと。でも高田さんは監督のことよくわかってるから、絶対に撮らないだろうって」

自分の話になってきて、八郎は渋い表情になる。

「そこで、監督がどこまであの脚本に思い入れがあるか、それを量るため、真太郎さんのアイデアでネットで売られているという芝居を。失ったものはデカイと、気づかせようかなと」

結果、ダメでしたが、と森は小声で言った。

「思い入れか……」

それきり八郎はまた黙り込んでしまった。

その後は、道順を教えるだけで、二人が到着した先は海が見える有料老人介護施設だった。

湖のような海をラウンジから眺めている八郎が、森に返した言葉は、

「こんなところ高くて、おれなんか入れないよ」

だったので、森はホッとしたような顔で、先ほどの続きを話し始めた。

「高田さんと真太郎さんとで改稿したホンを、上役に見せて、真面目にうちの会社で映画化したいと思ってます。監督は中井戸監督で、とぼくは今も思ってます」

「引退すると決めたんだよ」

「考えなおしてください。黒川監督が託された意味がなにかあるわけですし」

八郎は無言で海を望む窓を背にした。八郎の視線を追って森がふりむくと、いつの間にかラウンジに入居者が集まってきている。杖や歩行器を使って、自力でゆっくりと歩いて来る者、車椅子に乗り、または寝台に寝かされたまま介助スタッフとともにやってくる者、けっこうな人数になってきた。八郎と森が遠慮がちに彼らに場所を譲っていると、ラウンジにあるグランドピアノの上の照明が点いた。そこは簡易なステージになっていて、今から催される何かを観に、皆は集まってきたようだ。ステージを取り囲んで皆が落ち着くと、どこからか小さな老女が、一歩一歩、ゆっくりと出てきた。黒いロングスカートにショールをはおって、化粧もしっかりしているが、背中も腰も重力に引っぱられるように曲がっている。施設のスタッフにマイクを渡されると、笑顔をたたえた

余裕の顔つきで老女は話し始めた。

「こんにちは。今月も……なんでしたっけ、この会?……午後のナントカ、に出られて、幸せです。この、お歌の会の出し物は、お姉さん順なの。歌詞を忘れちゃうから」

観ている側からも笑いがこぼれる。

「では、トップバッターで、歌わせていただきます。『オール・オブ・ミー』」

老女は、流れ始めたカラオケの前奏に耳を傾け、足先でリズムをとり、歳ならではのふるえる声だが、しっかりとしたボリュームでジャズナンバーを歌い始めた。慣れている感じから何かしら経歴があると思われたが、その顔も森はどこかで見たような気がした。一番後ろの席でステージを見つめる八郎と一緒に、森も歌に耳を傾けていたが、間奏に入ったところで、

「おれの、おふくろ」

八郎は呟いた。

「歌劇団出身の女優だったの。おん歳、九十三歳」

森は驚いて、大きくうなずいた。

「おれより、元気だよ」

低音に苦戦しながら短い曲を歌い終わった八郎の母は、まだ伴奏が終わらぬうちに笑

顔で会釈して、せっかちによこで待っていた次の歌い手にマイクを譲ると、舞台から下がった。次に出てきたのも老女で、八郎の母よりは少し若く、歌も安心して聴けるものだったが、演歌であったので場の雰囲気はまたがらりと変わった。トップバッターの責務を終えて自分も客席にどっこいしょと座った八郎の母は、ふりむくと、息子に笑顔で手をふった。

「今日はお客様と一緒に、来てくれたのね。八郎の母で、ございます。中井戸和子と申します」

内輪での歌謡ショーが終わると、八郎の母親はやってきて、森に深々と挨拶をした。腰も背中も曲がっているので、頭を下げてもあまり状態は変わらないが、森もそれに応えて、深く礼を返した。

「素敵な歌でした。宝船（たからぶね）映画の森です」

そこそこボケてるから適当に相手して、と八郎には言われていたが、森は一応名刺を渡した。プロデューサーだよ、と八郎がよこから肩書を教えた。

「あら、プロデューサー？」

和子は目を輝かせて森の名刺を見た。

「出演の、依頼かしら？」

森が困って返す言葉を考えていると、

「冗談よ」

と彼女はポンと森の腕を叩いて笑い、二人を窓際のテーブルへとうながした。八郎は、森に買ってきてもらった老舗和菓子店の包みを、お土産だよ、と母親に渡した。

「あっら、懐かしい！　宝船映画の前にある、えっと……柏屋（かしわや）！　のお大福ね？」

老女は嬉しそうに、お茶を三つ頂ける？　と施設のスタッフに頼み、歌と同様こきざみにふるえる動きではあるけれども、優雅な身のこなしをしていた歴史を見せて腰をおろした。本当にボケてるのかな？　と森がいぶかしげに思っていると、

「この人ね、黒川さんの映画にも出てるんだよ」

芸名教えてあげて、と八郎は母親にうながした。

「『月村夢乃（つきむらゆめの）』という名前で、出ておりました」

少し恥ずかしげに告げる老婆の顔に、

「あっ」

黒川映画を全て観ている森は、そこに重なるものを見て口を半開きにした。

「『沙羅樹』の女主人役！　いや、あれはすごい。まだお若かったのに老婆まで演じて……」

和子は笑みをたたえてはいるが、それ以上の反応はない。ぼんやりとした表情で、

「もう、みんな忘れちゃって」

ごまかすようにふふっと笑い、

「見て、きれいでしょ、ここ」

海を望む窓の方を見やった。

「伊豆の海より明るくて、私は好きなの」

森は、そうですね、いい場所ですね、と合わせた。

「でも、ごはんがね……」

本人は囁いているつもりだが、けっこうな声で不満をもらした。

「お米とパンが、美味しくないのよ。最悪でしょう？」

森は真面目に対応して申し出る。

「なにか欲しいものがあれば、差し入れますので、言ってください」

和子は嬉しげに微笑んだ。ボケているのかいないのか、判断が難しいが、

「お大福より、本当は、おはぎの方が好きなの。次回はおはぎにしてね」

はい、と了解する森に、

「楽しみにしているわね、林さん」

「森です」

「冗談よ」

と和子は笑う。そして急に真顔になり、

「どうぞ、息子のことを、よろしく頼みます」

その小さな頭を丁寧に下げた。

「そんな、こちらが色々教えていただいてる側で」

森は制したが、八郎の母は首をよこにふった。

「私がね、映画ばっかり、この子に見せちゃったから。文芸作品も見せたんだけど、コミカルな映画の方が好きで……」

高齢の老婆に見守られている八郎は、

「やたらに見せるから、マイナーに走っちまったんだよ」

と悪態をつくが、その八郎も老境に入っている。

「お母様とこうやって並んでいると、いい歳の監督がお子さんに見えるから不思議ですね」

森は笑って言った。

お茶と一緒に、ゆっくりと大福を味わう母親を、八郎はじっと見ていたが、

「おふくろ。ところで今日、ここに来たのはね」

こちらを向いた和子と目を合わせ、本題を告げた。

「おれの、親父のことなんだが」

和子は笑顔のまま、大福を噛んでいる。

「伊豆の家で、黒川さんの手紙を見つけた。ぐたぐた言わず、簡単に聞くよ？」

八郎は穏やかに母親に、問いかけた。

「おれは、おふくろと黒川さんの子供なの？」

えっ？　と森は、その問いに目を見開いた。

「ああ……」

しかし八郎の母は、まったく動じずに、食べかけの大福を手にしたまま返した。

「あれね……。黒川さんが勝手にね、そう思われて……いらしただけよ」

まあ、ちょっと、間違いは……あったけれど、と和子は口のまわりを拭きながら、小さく言った。

「あなたのお父さんが病気で、床に伏してたから。そのように、ご自分の子ではないかと、思われたんでしょ」

しわだらけの顔だが、気品を失わない表情で説明する和子を、八郎は真偽を見極めるようにじっと見つめている。和子は平静を装うように、また大福を一口かじった。

「本当に？」

八郎は、再度、引き出すように、少し厳しい調子で和子に聞いた。

「おれは、黒川治監督の、息子なんじゃないの？」

しかし和子は表情を変えない。笑みさえ浮かべている。二人の間にいる森も、その緊張感に瞬きもできないでいる。もちろんしゃべることも、退席することもできない空気だ。

「違うわよ」

と和子は断言した。

「間違いなく、あなたは……私の子です」

前のめりの姿勢で返事を待っていた八郎は、その返答に体のバランスを失ったが、

「わかってるよっ、それは！」

母親につっこんで、さすがに語気を荒らげて聞いた。

「おれのホントの親父は、黒川さんなんじゃないの、って聞いてんの！」

和子は黙っている。顔は無表情だ。

「おふくろ？」

和子は胸をおさえて、白い顔で言った。

「……お、おだい……が」

「大福が詰まったの？　ちょっ、はやく出してっ！」

八郎は慌てて、母親の背中をバンバン！　と叩き、

「大変だっ、水を！」

森は介護スタッフを呼んで、なんだ、なんだと他の入居者も騒ぎ出して、ラウンジは一時騒然となった。

「ホントのこと吐くのはあとでっ！　まずは大福を吐いてくれっ！」

と八郎は老いた母親の背中を叩き続けるのだった。


帰りは自分で運転したいと言って、高速をなかなかの速度で飛ばしながら八郎は助手席の森に言った。

「とことん女優だよ、あの人は」

「あれも演技だったってことですか？」

驚いて聞く森に、八郎は頭をふった。

「もう、なにが本当かわからん。だが、あの様子だと、おれは黒川との不倫の子だな」

森は神妙な顔をして黙っている。

「驚いたか？」

と八郎に聞かれ、森は複雑な表情をする。

「驚く以前に、正直まだその事実についていけてないですが……一方で、とても納得しているんです」

「どういうこと？」

「そう思って考えてみると、黒川監督と中井戸監督の演出、なんていうかリズム感みたいなものが、似てるんですよね」

今度は八郎が驚いた表情で黙ってしまう。

「似てるのは、そこだけですよ」

「念押ししなくていいよ」

森は八郎を見て問う。

「なぜ……今日、ぼくをあそこに連れて行ったんですか？」

八郎は、珍しく気弱な表情でため息をついた。

「ああやって、真実を隠すかもしれないから。嘘をついているか第三者に一緒に見極めてもらおうと。おれだけだと自分に都合よくとりかねないから」

森はうなずいた。

「黒川さんも、おふくろに固く口止めされてたんだと思うよ」

「相手が監督と女優じゃ、騙されてもしかたないですね」

しかし女優って恐いなぁ、と森は感心している。八郎もハンドルの上で、うなずく。

「なのにおれも女優と結婚しちまった。百合子も、婚前に章雄を身ごもっちまってね。黒川さんは彼女の妊娠を知って、わざと役から降ろしたんじゃないかな。万が一なにかあったらいかんと。一応、孫だからな」

「ご家族にはまだ話してないんですか？」

「百合子にも子供たちにも話せてない。まだおれが、ちゃんと受け止められてないからな」

八郎は、真っ直ぐにのびる高速道を見つめていたが、口を開いた。

「君を連れてきた理由はもう一つある。君には、ちゃんとこのことを伝えておきたかったんだよ」

森は八郎の横顔を見る。

「あの脚本を、本気でおれに撮れと言ってくれたのは、正直、君だけだ。最後までその理由があるはずだと言ってくれた。不思議なもんで、おれもどこかで黒川さんとはなにか縁があるんじゃないかと、言葉にはならないけど感じてた。さすがに親子だとは思わなかったが……。察しの悪いやつだと、思ってるだろうな黒川さんは」

八郎は森をちらっと見た。

「君がこだわってくれたことで、結果向き合うこともできた。でも、撮れるか撮れないかは、また別だ。父親の遺したものでも」

森にきっぱりと言った。

「おれには撮れない。撮らなきゃいけないのかもしれないが……自分の能力を誰よりも知ってる。だからおれは、逃げる」

八郎はさらにアクセルを踏み込んだ。

「正式に遺稿の所有権を君に譲るよ。君が見事に落札したってことだ」

森は何も言わず、複雑な表情をしている。

「ただ条件がある。このまま真太郎を、サブでもいいから脚本の作業に関わらせてくれ。どこまで使えるかはわからんが」

「真太郎さんは書ける人かもしれないと、ぼくも期待してます」

「それと……できたら章雄も、現場で演出見習いでも雑用でも、なんでもいいから使ってやってほしい。映画の仕事がどんなものかを一度、味わわせてやってほしい」

「はい。なんでもよければ」

「それと」

「まだ？」

「美子も、ちょい役でいいから使ってやって。……女優で」

森は、うーんと悩んで、役によればありかもしれない、と最後はうなずいた。

「それと」

「まだある!?」

「百合子も復帰したから、使ってやって」

家族全員か、と半ばあきれ顔で、森は念のため確認した。

「……夢乃さんは？」

「あれは、いいや。下手すると他が食われる」

頼むよ、と八郎は大仕事が終わったように息をついた。

「章雄に、あの家を譲ろうと思うんだ。家族と一緒に住んでゆっくり自分に向いた仕事を探せばいい」

「監督は？」

「伊豆に隠居することにした。地元のシルバー人材センターで働くかな。アウトドアでもインドアでも、こんな使える老人はいないぞ。心肺蘇生もできる」

八郎の表情は明るい。

「業界を離れたとき、初めて子供たちにも本当のことが話せると思うよ。そのときまで、このことは森くんの胸にしまっておいてもらいたい」

「わかりました、言いません。でも」

と森は背中を浮かせて言葉を探すが、八郎はハンドルを握り、穏やかな顔で前方を見ている。森はあきらめたように体重をもどした。

「ぐっちゃぐちゃの、かい、かい、かきあげ家族を、頼むよ」

老監督は、すっきりとしたような声で言った。


少し歩きたいからと、八郎は家の近所で森の車から降りた。物思いにふけりながらぷらぷらと家に向かって歩いていると、玄関前に百合子が立っているのが見えた。

「どうした？」

家の前で迎える百合子に、八郎は聞く。

「そろそろ帰ってくるかなと思って。お義母さまからさっき電話があったわ。一応お医者さまに診てもらったけど、べつに問題なかったって。あなたにそう伝えて、って」

「演技だよ、ありゃ」

「……それと、あなたに謝っておいて、って」

和子から事情を聞いたと思われる百合子は、心配そうに八郎を見上げた。困ったような表情になる夫を、妻は見つめる。

「私を降ろした巨匠の……息子だったのね、あなた」

八郎は何も言えないでいるが、

「あなたも、ダメ二世ね。その私を拾うんだから」

百合子に笑顔で言われて、八郎も笑って返した。

「ジャンル、違うから」

引っ越しさながらに書斎の荷物を整理していた八郎は、本棚の隙間に落ちているDVDを見つけて、おっ！　と声をもらした。

「ここにあったか……」

見てしまったら誘惑に勝てず、八郎は片付けを放り出して、埃だらけのケースからデイスクを取り出すと、デッキに入れた。読み込まれてモニター画面に映ったのはモノクロの映像だ。濡れているような漆黒から、オーバーぎみの眩しい白へと、大胆なグラデーションでフィルムに焼かれたそれは墨絵のようなインパクトがあり、何度も鑑賞している作品だが、冒頭から目を離せず八郎は安楽椅子に腰をおろした。

「なに観てんの？」

声に八郎が顔をあげると、開けっ放しのドアのところに章雄が立っている。

「溝口の『山椒大夫』。観るか？」

八郎の誘いに、意外にも章雄は素直に入ってきて、ソファーに腰をおろして一緒にそれを観始めた。章雄も速やかにその世界に引き込まれている。八郎は少し嬉しそうに息子の横顔をちらっと見て、自分も映画に視線を戻した。

「森さんから、連絡あった」

章雄は画面を見つめたまま父親に報告した。

「とりあえず履歴書持ってきてって。来週、面接してくる」

そうか、とだけ八郎は返す。テレビジョンというものがまだ産声をあげたばかりで、映画が全盛だった頃の時代劇を、二人で黙って鑑賞していると、

「なに観てるの？」

美子が、ことわるでもなく部屋に入ってきた。『山椒大夫』だよ、と章雄が教えて、

「ああ、ゴダールがオマージュしたやつ」

美子は偉そうに言うと、章雄の隣に腰かけて一緒に観始めた。

「おじいちゃん段ボール。スーパーでもらってきた」

今度は吾郎、勇也、香奈の三人の孫たちが、八郎に頼まれてどやどやと入ってきた。

ああ、ご苦労さん、映画を観てるからそこらに置いといて、と八郎に言われ、孫たちも何を観てるのかと興味をそそられる。

「わっ、モノクロ。スゲー古そう」

と言う勇也に、父親の章雄は、『安寿と厨子王』の話だよと教え、子供たちも聞き覚えのある登場人物の名に、床にあぐらをかいてそれを観始めた。

ワンカットが長く、効果音も音楽も安易に入ることなく、セリフも少なく、たまにあっても妙に早口で聞き取りにくいという、半世紀以上前の独特の間合いに、孫たちは自分たちのリズム感ではついていけないものだと早くも感じているようで、眉をよせたり、口を半開きにしたりしている。

「どうだ、観れるか？」

子供たちが馴染めずに去るのではと、八郎はうかがっていたが、意外にも皆はそこを

離れない。

「ちょっと黙ってて」

と吾郎が返す。一見、単調には見えるが、実はシーンごとに展開があり、潔く進んで行く物語に、子供たちは置いてかれまいと、いつしか集中している。

「けっこうおもしろいだろ？」

「うるさいって」

と美子も八郎を叱る。大人たちも、静と動を大胆につなげた緊張感のある流れに、目が離せないでいる。技術が限られていた時代だからこそ生まれた演出法があり、できる範囲でどうやって理想に近づけるか、頭をひねり工夫を凝らしたところに、映画をエンタメだけでなく芸術になしえた理由があると八郎は感じる。

幼い兄と妹、安寿と厨子王が、母親と一緒に野宿をするシーンはスタジオ撮影で、舞台のようなベタな照明テクニックで夜を表現している。フィルムという媒体で表現するとき、一番難しいのが夜、または闇である。当時の技術は観ていて心配になるほど、それに限界がある。なのに古い作品ほど闇というものが感じられるのは、なぜであろう。足りないぶん役者の動きや、キャメラワークの効果に補なわれて、夜が総合的に存在している。目の前にいる三人の孫たちも、安寿と厨子王と一緒に、作り物の闇にすっかり脅えている。「闇」とは単に暗さではない、それを創り出しているのは人の心なのだとわかる。そんなことを想う八郎がようやく大人しくなったので、皆は邪魔されることなく画面に集中していたが、

「どこに行ったのかと思ったら」

今度は子供たちを探していたらしい章雄の妻、悦子が、書斎を遠慮がちにのぞいた。

「ママ、おもしろいよ、安寿と厨子王の話」

一緒に観ようよ、と香奈に手を引かれて、悦子は戸惑いながら入ってきたが、八郎がすすんで場所を作ると、子供たちのよこに座ってそれを観始めた。昨夜も遅くまで、章雄と悦子がリビングで話をしているのを八郎はちらりと見たが、とはいえ章雄は、子供を連れて新潟から遊びに来てくれたことに、感謝を表す表情で接している。またもや知らぬ間に家族が勢ぞろいしているが、

「百合子は、仕事か?」

八郎が唯一いない家族のことを聞くと、

「美容院」

と美子が短く教える。そして真太郎は、脚本の追い上げってところだなと、八郎は次男の部屋がある方をしばらく見つめていたが、また古い映像に目を戻した。

野宿をしていた親子は悪漢に騙されて捕まり、母親は人買いに売られ、安寿と厨子王も、極悪非道な領主、山椒大夫の奴隷となってしまう。年月が過ぎ、環境に適応している厨子王は、山椒大夫に命じられれば同じ奴隷に焼き印を捺(お)す非道なことまでするようになるが、妹がそれを嘆いているシーンである。妹の安寿は、父親の平正氏(たいらのまさうじ)から受け継ぐ「正義」の教えをいかなるときも忘れてはいけない、と兄の厨子王を諭している。

八郎はしみじみと呟いた。

「偉い父親を持つと、苦労するな……」

そして慌てて断りを入れる。

「おれが偉い、って言ってるんじゃないぞ」

皆は黙っているが、美子が代表して、

「誰も思ってないから、そんなこと」

と言葉にした。が、山椒大夫のもとから逃げようと画策している安寿と厨子王を見つめて、美子もため息をつく。

「ホント、なんで家族のためにこんなに苦労しなきゃいけないんだろ」

同意を得られたので、八郎は続けた。

「平正氏がどれだけ正しい人間か知らんが。そういう正義を謳(うた)う父親に限って、妻や子供の苦労なんか知りもしない、のんきなもんだ、ということを言わば語ってる映画だ」

これには大人たち全員が顔をしかめて、八郎は自主的に口を閉じた。すると祖父に代わって、章雄の娘、香奈が言った。

「私は安寿みたいに、お兄ちゃんを逃がすために自分が犠牲になろうだなんて、ぜーったい思わない」

言われた兄の勇也も、

「犠牲になられても、かえって迷惑」

現代っ子ぽく返す。八郎は笑った。

「昔はな、家族の絆（きずな）ってのが強かったんだよ。そもそも、つながってるのが家族だけだったんだ。今は、世界中とつながってるんだろ、そいつで」

八郎は香奈の手の中にあるスマホを指した。

「だがそれだって、互いの思い込みでつながっていると思って、、、てるだけだ。昔も今も同じ。すべては幻想だよ」

と述べる八郎を見て、勇也が気づいたように言う。

「なんか山椒大夫って、おじいちゃんに似てる」

八郎はムッとして、

「なに？　平正氏じゃなくて、そっちなのか？」

「頭の大きい感じが」

　ふてくされて八郎は、そうだよ、と認めた。

「おれは山椒大夫だよっ。嫌だったら、みんなおれから逃げろ！　さっさと逃げたらいいじゃないか。いつか立派になって戻ってきて、おれを殺せばいい」

「逃げてるのは自分だろ」

　章雄が呟いた。八郎は聞き逃さない。

「なんか言った？」

「言った。逃げてるのは、あんただって」

　カチンときて、八郎は語気を強めた。

「そうだよ。だが他にどうしろって言うんだ？　まだおれになにか求めるのか？　いっそ墓にでも入れって？」

　章雄は八郎を見て応えた。

「誰も引退しろなんて頼んじゃいないよ。仕事を紹介してくれたことにも、ここにしばらく住まわせてもらえることにも感謝してる。でも、おれたちに譲るのを言い訳にして、逃げてるのは親父の方だ。なにから逃げてんのかおれにはわからないけど、あんたこそ少し黙って自分と向き合えよ」

八郎は負けじと返す。

「向き合ってるさ！　だからの結果だ。こんなに迷惑かけといて、よくもそんな上から目線になれるな」

「あんたの子供だからね」

「おまえとはどうもつながらないな？　そんなに黙って欲しけりゃ、おれの顔に焼き印でも捺せ！」

「もう、うるさいっ！　何回言えばいいのっ！」

ついに吾郎がキレて、八郎も怒鳴り返した。

「ここは山椒大夫の家だっ！　奴隷どもは黙ってろ！」

その言葉にムッとした吾郎は、そこにあったフロア用掃除ワイパーをつかむと、

「奴隷の反乱だぁっ！　山椒大夫に焼き印を捺してやるっ！」

八郎のおでこに向かってそれを突き出した。

「わっ！　やめろっ！　小道具の見立てはいいが、やめろ！」

と八郎が騒ぐほど吾郎は喜んで、さらにそれをふりまわす。勇也と香奈も、喜んで吾郎に加勢して、段ボールを投げつけたりして、八郎は三人の孫にもみくちゃにされてい

るが、美子と悦子も笑って見ているだけで子供たちを止める様子はない。章雄も騒ぎには動じずに、映画に視線をやったまま、自分に言うように呟いた。

「伊豆の海で、親父のスマホを砂に叩きつけたとき……自分はやっぱり、ダメな二世なのかなって思ったよ」

孫たちに取り囲まれている八郎が章雄の方を見た。章雄は、自分を重ねるように画面の中の厨子王を見つめている。

「厨子王は、平正氏にはなれないよ。奴隷に焼き印を捺した時点で、父親とは違う人間だ。子供が、自分とは似てない親の生き方を真似ようとしたとき、二世の不幸が始まるんだ」

章雄の言葉に衝撃を受けている八郎の顔を見て、騒いでた子供たちも、しんと静かになった。

「おれも」

章雄は怒りも自嘲も浮かべることなく、八郎を見た。

「どこかで親父を目指してたんだと思う」

家族全員が驚いたように、章雄を見た。

「たぶん、おれは映画がやりたかったんじゃない……」

章雄は告白した。

「親父になりたかった、だけなんだ」

一番驚いている八郎は、聞き返さずにはいられない。

「おれに、なりたい？」

「そうだよ。撮影現場で大勢の人間を仕切ってるのを見て、映画館でたくさんの人を笑わせてるのを見て、親父の影響を一身に受けて……そうならなきゃと、思ってたんだ。でも、アウェイの場所で医者や看護師をアゴで使うほどの肝っ玉は、おれにはない。親父とおれは違う」

章雄は息をついて、

「その呪縛(じゅばく)から解放されるには、親父を超えなきゃならない。だから黒川監督の息子だと思いたかった」

苦笑した。

「わかんないだろうけど」

「いや……」

八郎は呆然としながらも同意した。

「……わかる」

映画は、山椒大夫のもとから逃げ出した厨子王が、追っ手をふりきって命からがら近くの寺に逃げ込むところだ。一方、妹の安寿は兄を救うため、自ら沼に身を投じた。八郎はそれを視界の端に見ながら言った。

「……追われて生きてく方が、死ぬよりもつらい」

八郎はそれきり口を閉じて、全員がまた無言で映画の展開を見つめ、かなり長いこと誰も口をきかなかった。それに耐えられないように言葉を発したのは、驚いたことに悦子だった。

「この映画、私嫌ぃ」

女優さんはすごくきれいだし、芸術的な作品だと思うけど、と悦子は真面目な顔で感想を述べた。

「同じ日本映画なら……勇也たちと観に行った『シン・ゴジラ』の方が、よっぽどいいわ」

「シン・ゴジラぁ？」

裏声で美子が言って、悦子は首を傾げて説明した。

「自分でも不思議だったんだけど。怪獣映画なんか好きでもないし、なぜ楽しく観られたのか……。今、わかったわ。あの映画には『家族』というものがまったく出てこないのよ。だからストレスフリーで観られたのね」

「ああ、そういうことね」

確かに。あれは徹してる。潔いね。などと皆は口々に言って、

「映画でまで、苦労したくない」

という悦子の意見にも、皆はうなずいた。吾郎は笑って、八郎を指さした。

「おじいちゃんが、ゴジラみたいだよね。ギャーギャー、うるさいし。顔もなんか似てる。あんまり騒ぐと凍結されちゃうよ、平和のために」

孫に毒づかれて、八郎はいつもの調子で返した。

「凍結されても、焼き印を捺されても、厨子王の母親みたいに脚を切られても、おれは黙らんよ。最後に子供に会えても黙らんよっ」

吾郎は、えっ、と反応する。

「厨子王のお母さん生きてるの？　最後に会えるの？」

ネタバレに吾郎はショックを受けて、皆は、あーあ、と八郎を見る。

「……すまん、うっかり」

と八郎は謝り、場はしらけて書斎はまた静かになった。そのとき階下からバタバタと足音が響いてきた。

息を切らせて飛び込むように入ってきたのは百合子だ。たった今パーマをかけました、とわかる頭を見て、

「ピグモン？」

と言う吾郎の頭を、百合子は無言ではたいて、苦しそうに呼吸をととのえながら八郎に言った。

「あなた……大変！　電話……したんだけど、出ないから」

どうした？　と八郎は百合子を見た。

「大変よ……今日、発売の『週刊春旬（しゅんしゅん）』！」

ああそのことか、と八郎は驚かない。

「知ってるよ。中毒騒ぎのことだろ。自殺未遂って書かれてるんだろ？　編集部から事前連絡があったよ。『載せますけど、いいですか？』って。もう引退するからべつにいいよ、って言ったけど」

百合子は大きく首をよこにふった。

「違うわよ！」

違う？　と八郎は眉を寄せて聞き返す。

「お義母さまが出てるのっ！　インタビューで！」

「おふくろが？　それは聞いてないぞ？」

八郎は目を大きくした。子供や孫たちも顔を見合わせている。未だ呼吸が苦しそうな百合子は、雑誌、雑誌……と週刊誌をバッグの中に探したが見つからず、それを脇にはさんでいたことにようやく気づいて、美容室の名前が書かれているそれを、八郎に渡した。

「お義母さまが明かしちゃったのよ！　インタビューで！」

「まさか……」

八郎の顔から血の気がひいて、厨子王が陳情した関白のように真っ白になっている。

「まさか、おれの父親のことを……！」

息をのんで八郎は、渡された週刊誌の表紙を見た。メインの記事ではないが、細い帯にスクープと銘打って、それが書かれている。

九三歳の元女優、月村夢乃が初告白！「遠い昔、黒川治の子を産みました。その子は現役の映画監督です」

百合子は雑誌を指して言った。

「あなたの名前は『N・H』になってるけど、バレバレよ」

そこにいる全員がその雑誌をのぞきこんで、ぽかんとしている。

「えっ……どういうこと？」

「黒川の子……？」

章雄も美子も、このような形で明かされた家族の秘密に、思考がついていかない。美子は八郎から週刊誌をひったくると、今一度、見出しを声に出して読んだ。そして野太い男の声で、

「おやじが、く、黒川監督の、むすこぉｫー!?」

その事実を言葉にした。

「ってことは……おれたち、孫？」

と未だ信じられないように、章雄は両親を交互に見る。

「親父？　母さん？　これ、ホントなの？」

「…………」

八郎は、週刊誌を両手で受け取ったときのポーズのまま硬直していて、身動き一つ、瞬き一つしない。

「おじいちゃん……凍結されてる」

まさにゴジラのポーズで固まっている祖父に吾郎は言った。

真太郎は、パソコン画面で自分が書き上げた脚本原稿を見つめていた。上下にスクロールしているだけで、朝からキーは一つも打っていない。もう直すところはない、と思われるからだ。黒川の遺稿脚本に手を加えリライトしたものを何度となく高田に見せ、指摘されたところを加筆し、削除し、慎重に改稿を重ねて『花見』の改訂版は、ようやく完成した。あとは待っている高田と森にメールで送ればいいだけだ……が、それができないでいた。

隣の部屋からは、自分だけ伊豆に移ると独断で決めた八郎が、朝から荷物を片付けている音が聞こえていたが、午後になると、ＤＶＤでも観ているのか、古い映画のタイトルバックに流れるような曲が響いてきて、急に静かになった。が、それもつかの間、八郎の怒鳴り声と、子供たちがドタドタと駆け回る音がして、騒々しくなってきた。脚本のことで頭がいっぱいな真太郎は別段気にもとめなかったが、誰かが階段を上がってきてからは、さらに騒ぎは大きくなってきて、そのあとにはピンポン、ピンポン、と家のインターホンがやたらと鳴りだした。それには真太郎もちょっと気をとられたが、いたずらか何かだろう、とまたパソコン画面に目を戻した。この家に長くいれば、多少おかしなことが起こっても自然と驚かなくなるが——。

ガタガタッ！　と突然窓の外で物音がして、庭側にある窓が、ガラッ！　と開き、

「やった！　ここは開いてた！」

と八郎が泥棒のように部屋に侵入してきたのには、真太郎もさすがにびっくりして椅子を倒して立ち上がった。隣の書斎の窓から出て、屋根づたいに逃げてきた八郎は、自ら説明した。

「さすがに今回は本格的だぞ、表も裏も報道陣が張り込んでる。屋根からガレージに降りて、また伊豆に逃げようと思ったんだが、そこも包囲されてる。あきらめて書斎に戻ったら、もう誰もいなくて、窓のカギまで閉めちまいやがんの」

と八郎は靴のまま床に降り、

「まったく、逃げるなとか逃げろとか――」

とぼやきながら、ぐるりと真太郎の部屋を見まわした。何十年と入ったことがない息子の部屋に、こんな形で入ることになるとは思わなかったが、

「……意外と、きれいだな」

八郎は感想を述べた。物で空間が埋まっているのは予想どおりだったが、八郎が以前撮影のために作った、部屋に籠ってネット犯罪をくり返す輩の部屋とは印象が違った。

「まあね」

と真太郎は説明した。

「ダニが発生して大変な目にあってから、物を半分にして、まめに掃除もするよう、これでも気をつけてるんだよ」

だから靴は脱いで、と真太郎は言って、八郎は、すみません、と靴を脱ぎながら、演出家目線で興味津々なのを隠さず観察した。主人にしかわからない秩序で大量の本や雑誌、メディア機器などが、放置ではなく定位置に収まっているのがわかる。カオスと言えばカオスだが、確かに八郎の部屋より埃などはたまってない。

「ツブれそうでツブれない古本屋、古道具屋みたいだな。それなりに生活感がある」

「そりゃ、生活の場だから」

真太郎は当然のように言った。中井戸家のブラックボックスである部屋も、その中で暮らす者からすれば当然、生活の場なのだと八郎は気づく。

「しかし、親父が窓から入ってくるとは」

真太郎は、どこか嬉しそうに言った。

「ちょうど脚本のことで悩んでて。そっちから飛び込んでくるとは」

「そんな悠長なことを言ってる場合じゃ……」

外では、週刊誌の報道に乗じてやってきた取材陣が、家の中では事実を知って動揺している章雄や美子が大騒ぎしていて、八郎の人生においてまたも大変な局面である。八

郎は、驚きの事実をまだ知らされていないのんきな次男の顔を見つめたが、彼から穏やかな時間を奪う気にはなれず、

「……おじゃましました」

と足の踏み場がそれなりにある床を歩いて書斎に戻ろうとした。

「神様が、親父に相談しろって言ってんだな、これは」

真太郎は呟き、独りうなずいている。

「その神様に、逃げる出口を聞いてくれ」

「例の黒川脚本の改訂版が、一応仕上がったんだけどさ」

八郎は、「黒川」の言葉に反射的に動きを止めた。

「その名前は、今、いっちばん聞きたくないっ！」

と返したが、真太郎は動じず、腕を組んだまま真剣な表情で机の上のパソコン画面を見つめている。

「なんか違うんだ。どうも、ピンとこない」

八郎は無視して部屋を出ていこうとしたが、真太郎はマイペースに続けた。

「親父が同意してくれたように、この脚本の欠点は、息子が出てこないことだよ。それがテーマなら、やはり『息子の視点』は必須だ。だから加筆して、それが登場する話に

書き直した。高田さんも森さんも、これは映画化できると保証してくれたよ。いい話になってるって」

「……よ、よかったじゃないか」

八郎はドアのところで止まり、真太郎に背を向けたまま言う。読みたい、読ませろ、読ませて！　と心の中で叫びながらも、八郎は、

「よ、読んでやりたいが、今はちょっと個人的に無理だ」

と、ドアノブに手をかけた。聞こえていない真太郎はパソコン画面から目を上げて、父親をふりかえった。

「でも、実のところ、おれはこれでいいのか迷ってる。やっぱり……なにか違う。しっくりこない」

八郎はドアの方を向いたまま、小さく聞いた。

「どうして……そう思う？」

「黒川オリジナルは、きっちり二時間の枚数があるから、息子のシーンを入れるなら、どこかを削らなきゃならない。でも正直、切るところがないんだよ。やはり、このままで完成してる作品なんだ」

「おまえの言ってることは、わかる」

こちらを向いた父親に、真太郎は言った。

「だけど、そのままだとやはりアンバランスというか、あの黒川監督の作品にしちゃ、もの足りない。不出来と言わざるをえない。たとえば『シン・ゴジラ』には、登場人物の家族というものがほとんど出てこないけど」

「またそれか！」

と八郎は両手を出してゴジラのポーズを自らとる。

「それは物語に必要なものではないから、なくても作品の完成度は高い」

真太郎はボサボサの頭を掻いた。

「でも、この作品は違う。それじゃダメだ。やはり息子は出さなきゃ。じゃないと物語は完結しない。でも、書き加えたところでなにかが違う……」

頭に手をやったまま真太郎は思考している。

「なんていうか……足りないものを加えてくれ、と言ってるようで、加えるのは、この脚本の中ではないんだ――」

と説明する真太郎を、八郎は微笑んで見つめている。息子はその笑みの意味がわからず、問う。

「なに？」

「いや、おまえと……こんな話を、それも何十年も入ったこともなかったおまえの部屋で、脚本の話をする日がくるとは、夢にも思わなかったな」

しみじみと言う八郎に、真太郎も目を伏せ小さくうなずく。

「……そうね」

八郎は部屋をもう一度見やってから、誠意をこめた顔で真太郎に言った。

「おまえのこと、ちゃんと見てなくて……あえて、目を逸らしてたのかもしれないが……色々と気づかなくて悪かったな。勘違いしてたこともあったと思う」

真太郎は、少し戸惑いを見せながらも、

「いや……『ゴッドファーザー』のマイケルだって言ってくれて、正直、嬉しかったよ」

自分も思いを父親に伝えた。

「……ま、最近は少し、自分でも余裕が、出てきたっていうか。もういい歳だけれど……この部屋で、成長させてもらえたことに……感謝してる」

真太郎の言葉に、八郎はじわっと涙が滲んでくるのを感じた。真太郎は天井まで物がある自らの部屋を見上げた。

「親父が言うみたいに、ここから出なきゃと思うほど、出られなくなる。親が、世の中が、自分のことをどう思ってるんだろう……と思うほど。でも、一つ救いがあった」

真太郎は八郎と目を合わせた。

「親父の映画は、マイノリティーを否定することは絶対にない。いつもそれの味方で、メジャーを笑ってる。だから……」

八郎は言葉が出ない。

「でも、それは観客に向けてのもので、自分に対してのものかはわからなかったけど……」

「いつだって、おれはおまえの味方だ」

八郎は涙で詰まる声で、しかしはっきりと真太郎に言った。目の前でうなずいているのは八郎が生まれたときから知っている真太郎だった。

顔をあげて、真太郎は父に言った。

「でも、今回、黒川脚本を読んで、メジャーだってこの程度なんだとわかったよ」

「だろ？　メジャーがなんだ、ってんだ」

息子と一緒に八郎は自分までもが救われていることを感じた。そして照れくさそうに涙を拭いて、話をもどした。

「で、脚本の話だが。脚本の中で加えないで、どうやって必要な息子を登場させるというんだ？　まったくわからん」

　それがわからなくて悩んでるんだよ、と真太郎は言ってから、思い出したように八郎を指した。

「『バードマン』を観なおしたよ。親父が言うところの魂ってものを、確かに技術を駆使して表現してる。完成してる」

　黒川のオリジナル脚本は、と真太郎は歯がゆいように言う。

「その『魂』がまだ半分しか、息子のぶんが吹き込まれてない。でも、普通に直してそれを入れてもダメだ」

「なら、これもデジタル技術で吹き込むか？」

「そゆことじゃなくて。要は工夫、なにかアイデアみたいなものが必要なんだと」

「アイデアね……」

　八郎は息子の言っていることに思考を集中させる。

「たとえばだけど」

　真太郎は人差し指を立てて返した。

「これとは別に『続編』でも作って、そっちは息子を主人公にして、逆に彼の視点だけで描くとか――」

最後まで聞かず八郎は、ハッとした表情になり、目を大きく見開いた。再びゴジラのように固まっている父親に、

「どうした？」

真太郎は聞いたが、八郎は、今は息子を透かして違うものを見ていた。

「……わかった」

八郎は、大きくうなずいた。

「わかった！　そういうことかっ！」

「なに？　なにが、わかった？」

真太郎も声を大きくして父親に問う。固まっている八郎の両手の人差し指だけが、ピン！　と立った。

「二本立て、だ」

瞬きもせず見開いている八郎の目がまた潤んできた。そして大粒の涙がポロリ、とこぼれた。

「『二本立てにしろ』って……ことだ」

八郎は、亡き父親に呼びかけるように言った。

「黒川さんっ、そういうことか⁉」

吾郎は、祖父のいない書斎に入ってくると、慣れたようにモニターの電源を入れて、入力をテレビに切り替えた。『山椒大夫』と『週刊春旬』で大騒ぎしたのは二日前のことであるが、遠い昔のことのように今日の書斎は静かだ。下の居間で祖父の会見を見ようと思ったら、祖母の百合子が、

「恐くて見られないから、上で見て」

と言うのでここに上がってきた。美子と章雄も、正式に取材対応に出向く八郎に付き添って一緒に出かけていった。真太郎はいつものように隣の部屋にいる。先ほど吾郎は部屋をのぞいて、伯父に聞いてみた。

「黒川監督の孫だってわかって、驚いた？」

「黒川監督のひ孫だってわかって、驚いた？」

いつもと変わらない真太郎に逆に聞き返されて、吾郎はちょっと考えてから言った。

「べつに。そこまで映画オタクじゃない」

「そんなもんよ」

と真太郎は笑って、またパソコンのキーを打ち始めた。

テレビ画面ではワイドショーが始まり、いよいよだと子供ながら心臓に悪いものを見

るような気持ちで、吾郎は身構えた。何か大きな事件、北海道と本土が合体した、ぐらいのニュースがあればいいのにと願ったが、祖父が救急に運ばれたときよりも日本は平和で、引退を決意した横綱も、動物園で息をひきとった高齢の象もいない。いっそ自分がアライグマの着ぐるみでも着て日比谷の街路樹に登ってこようかと思う吾郎だった。

とはいえワイドショーは、日本にも関わりのある国際情勢のニュースに冒頭は触れ、次には近頃話題のネット詐欺の被害などを伝えていたが、ワイドショーの男性司会者は、一瞬黙ってからカメラを見て告げた。

「えー、映画監督の中井戸八郎さんが、宝船映画本社前で、これから記者の質問に応じるようです。六月には自殺未遂などの報道があり、引退も囁かれている中井戸監督ですが……先日発売の『週刊春旬』で、監督のお母様でもあります、九十三歳になられる元女優の月村夢乃さんが、驚きの告白をされました。海外でもピカデリー名誉賞、ベルジャン映画祭では金の鷲賞を受賞した日本を代表する映画監督、故黒川治監督との不倫関係を、半世紀以上も経った今、なぜか明かされまして……。また黒川監督との間にできた子を密かに産んでいたことも告白。その子が現在の中井戸八郎監督であるという事実が明らかになりました。驚いたことに中井戸監督も最近までそのことをご存知なかったという――」

吾郎はいよいよ落ち着けず、テレビ画面の間近に来て正座した。

「これに関して、監督自身から説明があるということで、現場からお伝えします」

中継のカメラに映像が切り替わると、いきなり八郎の大きな顔が画面いっぱいに大写しになって、

「わっ！」

吾郎はびっくりして後ろにのけぞった。カメラも慌てたようにズームを引いて、映画会社のロビー前で行われている会見が映った。形式は囲み取材で、立っている八郎を、十四、五人のレポーターやカメラマンが取り囲み、パシャ、パシャとたまに思い出したようにフラッシュが焚かれ、落語家のスキャンダルぐらいの扱いである。とはいえレポーターも仕事なので、それなりに深刻さを装って八郎にマイクを向けているが、ベテラン女性レポーターが先陣を切って訊いた。

「うかがいます。中井戸監督が、黒川治監督と月村夢乃さんとの不倫の子だった、という報道が出ましたが、それは事実――」

「ごめん、ちょっと待って」

八郎は遮ると、まわりを見やって、そんなとこから撮ったら画角が悪いだろ？　もっとこっちに来たら？　背の低いあんたが一番前に来た方がいいな。照明も必要ないだろ、

夜じゃないんだから。なんか、全体的にしまりがないな、全員、一歩寄って！　そう、いい感じだ！　などと自分の撮影現場のように仕切って場を調えると、満足げに前を向いて、自ら語り出した。

「このたびは、わたくしの私的な問題でお騒がせしておりますことを、この場を借りてお詫びいたします。特に黒川治監督のご親族の方々には今回のことで、いらぬ精神的負担をおかけしております。母に代わりまして心より深くお詫び申し上げます」

画面の中で深く頭を下げる八郎に、

「おっ、ちゃんとしてる」

と吾郎は感心するが、八郎は続けて質問に答え始めた。

「真偽に関してですが、そもそも九十三歳になるボケ老人の話をうのみにする記者も記者だと思いますが――」

すかさず先ほど質問した女性レポーターが口をはさんだ。

「ですが『週刊春旬』の記者は、ある映画関係者から確かなリークがあって、インタビューに行ったと」

離れたところに立って見守っている森は、八郎と目が合わないように視線を逸らし、八郎は、せっかちなそのレポーターにムッとして返す。

「違うとは言ってないから！　聞きなさい最後まで」

監督ならではの野太い声で叱られ、レポーターは黙る。

「まだイントロ、導入部だから。ということで、ボケ老人の話ですから、それが真実かどうか判断するのは難しいところですが――」

「ＤＮＡ鑑定を、なさったんですか？」

別の若い男性記者が言葉をはさんで、八郎はまた、がっかりだという顔で相手を見た。

「おもしろくないでしょう？　ＤＮＡ鑑定して、『はい、父親でした』じゃ、つまらんでしょ？　親子であることを証明するものって、それだけなの？」

「他になにがあるんですか？」

つまらんと言われた男性記者は不機嫌に返す。

「だ、か、ら、それを話すから聞けって」

なんだか面倒くさいな、という顔になってきている記者やレポーターたちの持つマイクやレコーダーの位置は自然と下がってきて、フラッシュもまったく焚かれていない。

だが八郎は気にもせず、文字どおり独壇場になっている。

「とにかく！　物語は、黒川監督が亡くなったところから始まる」

物語？　なんじゃそれ？　と皆は、眉間にしわをよせて八郎を見る。

「父親は物心ついた頃には亡くなっていたので、仏壇にある写真の人が自分の父親だと信じてました。まさか本当の父親が、同業者で、それも彼の人だなんて……夢にも。黒川さんの現場に、お手伝いに入ったこともありました。向こうの接し方も普通でしたしね。父親であることは言わないよう固く母に口止めされていたのでしょう。ですから、ご親族から、遺言にあったと遺稿を託されたときも、同業者として信頼されて託されたのだと。ただ、私と監督ではあまりに作風が違うので、なぜ私に？　とは思いましたが」

遮るように、オタクな風貌の記者が手を挙げた。

「中井戸監督！『キネマ朗報』下田です、お世話になってまーす。私たちも黒川監督が遺した遺稿があるって、噂では聞いてましたが、本当だったんですね！　映画化する予定はあるんですか？」

記者がたたみかけてきて、八郎はまた声を大きくした。

「だから、慌てるなって、聞けって！」

皆は、ため息をついている。さすがに八郎も少し早口に続けた。

「とにかく、黒川監督のご遺志が自分なりにわかるまで、遺稿はとりあえず預かっておくことにしました。そんな中、私は方向性の違いで、映画『しあわせ家族』の監督を降板することとなりました」

「監督、降ろされてえらく怒ってましたよね！」

『キネマ朗報』の記者がまた口をはさみ、八郎はじろっと睨む。

「まあ、自分としても、コメディ映画の需要というものがなくなったのかなと。そろそろ潮時かなと、引退を、考えたりもしました」

八郎は間を空けて皆を見やるが、誰も否定せず、そうですか、という顔で受け止めている。八郎は不満げだが、やむなく続ける。

「また、家庭を放ったらかしにして仕事ばかりしてきた自分が、『しあわせ家族』など撮る資格もないと、そんなことも思いました。遅まきながら問題を抱えている家族と向き合うときかもしれないと。けれど、それもうまくいかない……」

八郎はそこでしばらく黙って、近頃あったことをふりかえっているようだった。その目は遠い。

書斎で中継を見ている吾郎は思わず呟いた。

「おじいちゃん、だいじょうぶかな」

「自分の世界に入ってる、あの目は」

吾郎が声にふりかえると、いつの間にか百合子が後ろに立っていて、やはり不安げに

中継を見ている。画面の中の八郎は口をようやく開いたが、

「映画もうまくいかない……父親としても役割を果たせない。かといって普通の老人にもなれない……」

孫と妻の心配が当たって、語るほどに負のオーラのようなものが八郎を包み始める。

「そんなとき、ダメ押しで……さらに恐るべきことが。自分が、あの世界のクロカーワの……血を分けた息子だと、知ってしまった……！　生まれたときから黒川治の血が、この手に流れていたと！」

八郎は血塗られた手という感じで、モンスターのようにガッと両手を差し出して見せ、レポーターたちはビクッと退いて、意味がわからないが、八郎の迫力に呑まれている。

「まさに青天の霹靂。さすがに、この歳になってそれを知った自分は混乱しました。なにせあっちは、世界に誇る映画監督。でも自分は……皆さんが一番ご存知と思いますが、その程度の監督です」

ベテラン女性レポーターが、やっと口を開いて言葉をかけた。

「そんなことは……中井戸監督も、とにかく数は撮られて。ほら、驚くほど醜い犬の映画とか」

よけい惨めな雰囲気に場は包まれて、八郎はダークサイドの悪者のように自虐的に、

フッと微笑む。

「そんなもん撮ってるからね。黒川監督が自分に脚本を遺したのも、『もっとちゃんとしたものを撮れ！』というメッセージなのだろうと。……きっと、おれのことを情けなく思っていたに違いないと。でも、この歳からやりなおすなんて、できますか？　自分には黒川作品のようなものは撮れません。自分がやってきたことも否定されて、自分を追いつめました」

「それで自殺未遂を？」

ＤＮＡ発言の記者が、鋭く切り込んだ。

「海に飛び込むには、もうちょっと時間が必要だったけどね」

ぼんやりと言う八郎に、記者は驚く。

「二度もやってんですか？」

皆はざわつき始めて、久しぶりに激しくフラッシュが焚かれた。

「それでスランプに陥って、今回、引退を決意なさったということですか？」

ベテランレポーターがまとめて聞いた。

「……引退？」

八郎はぽかんとしている。

「はい。引退の意向をすでに関係者に伝えていると、一部で報じられていますが」

ああ、と思い出したように八郎はうなずいた。

「そうだった。引退しようと思ったんだが……できなくなった。引退なんかしてる場合じゃ――」

吾郎は画面の祖父に向かって、じれったそうに言った。

「そうだよ、それを言うんでしょ！　おじいちゃん！」

「がんばって！　早く言わないとＣＭ入っちゃう！」

百合子も応援し、それが聞こえたかのように、八郎はハッ！　と正気にもどったように顔をあげて、皆を見た。

「そうだった。今日は、それを言いに来たんだ！」

本筋にもどって、森はホッとしたようにうなずいている。

「しかしながら！　黒川監督が私に、その遺稿を遺した本当の意味が、つい最近、明らかになったのです！」

真太郎おじちゃんのおかげでね、と吾郎はうなずいた。

「遺稿は『父親』が主題で、そのままでも映画化できる完璧なものではありますが、それだけではどうも成り立たない作品であることが、ずっとひっかかっていました。しかし、もう一本、私が『息子』の視点で作品を作り、抱き合わせにすれば、要は『二本立て』にすれば、テーマ的にも完成されるということが判明したのです！」

ほーっ、と記者からも声がもれる。八郎は、自分を正面から捉えているカメラを選んで見て、熱い口調で宣言した。

「だから、私はどうしても、もう一本撮らなくてはなりません。『息子』の話を。自分のことを描いて……それを映画にしなくては」

『キネマ朗報』の記者がまた手を挙げて聞いた。

「黒川監督の脚本も、中井戸監督が撮られるんですか？」

「できれば自分ではなく、黒川さんに一番近かった弟子なり、影響を受けた監督の方に撮ってもらいたい」

八郎はきっぱり意向を示した。

「そうなると『黒川監督vs.中井戸監督』という形ですね？」

「いいね！」

八郎は感無量という表情で、しばらく沈黙していたが、

「……たぶん、それでいいんだと思う」

こみ上げてくるものを抑えきれず、詰まったような声で八郎は述べた。

「黒川映画の撮り方や作風を、おれに学んでほしいとか、踏襲してほしいとか、そういうことではなく……。ただ、親子共演をしたいという思いで、おれが一本撮って初めて完結するものを、黒川監督は……お、親父は、最後に遺してくれたんだ……」

涙をこぼす八郎を撮るため、さらに激しくフラッシュが焚かれた。

「おれを一人の監督として……認めて、くれていた……」

この瞬間を逃してはならずと一斉にレポーターが、男泣きしている八郎にマイクを向ける。

「亡き黒川監督に、お父様に今なんと伝えたいですか！」

「ご自分の顔のどこが黒川監督と似てると思われますか！」

「で、ＤＮＡ鑑定は？」

懲りずに質問した相手を、八郎は涙顔で怒鳴った。

「んなもん、しなくてもわかんだよっ！」

洟をすすりながら、八郎は不満げに報道陣を見まわして言った。

「つたく、くだらん質問ばかりだな。他には？」

「はい、監督っ！」

『キネマ朗報』の記者が、自分のメモを見ながら大喜利のように手を挙げた。

「はいっ、キネマのあんた」

「まとめてみました！　『世界の黒川 vs. 笑いの中井戸、親子監督による親子をテーマにした前代未聞の二本立て！』ということで、どうです？」

その記者を八郎は指さした。

「座布団あげて！　そういうこと。これから準備に入って年内には撮影に入りたいと思っている」

森が、えっ？　というような顔をしているが、八郎は決意したかのようにうなずいた。

「あと新作では私の息子たちも、脚本とスタッフで使いたいと思っています。できたらニューハーフの娘も女優としてキャスティングしたい」

ニューハーフ？　懐かしい響き、と報道陣はまたどよめく。森のよこで会見を見ていた美子は他人のふりして、そっぽを向いている。

「それと、家内の百合子も復帰したので、せっかくだからチョイ役で使おうかと。タバコ屋のばあさんかなんか――」

ハハッ、と画面の中で笑う夫を、百合子は笑わずに睨み返して、吾郎は速やかにテレビを消した。百合子はソファーにどっと腰をおろして孫に言った。

「夕飯は、出前でも取ろうか」

「ピザはもういい。できたらピッツァにして」

吾郎も疲れきったように返した。

「おじいちゃん……だいじょうぶ？」

伊豆の海、絶壁の崖の上で、ぼんやりと水平線を見つめている八郎に、吾郎は遠慮がちに聞いた。海は変わらず、深い色から空を映す明るい色へと、磯から沖に向かってグラデーションを見せている。が、空の方はところどころに雲があり、八郎は先ほどからぼんやりとそれを見やっている。

「おじいちゃん？」

孫の声が、ようやく耳に届き、無表情の八郎は微かにうなずいた。

多少予想はしていたが、あの会見の数日後、黒川の作品を製作し続けてきた大手映画会社から、森の会社に穏やかではない連絡が入った。黒川を世界に売り出したのは自分たちであると自負する彼らが、黒川の遺稿で作る「新作」を、ライバルである森の会社に、どうぞ作ってください、と言うわけがなく、黒川の遺族を言いくるめて味方につけると、それを製作する権利はうちにあると、裁判にまで持ち込む勢いで乗り込んできたのだ。

「ご心配なく、想定内です。上司も全面的に闘うと言ってます」

森は頼もしい口調で言って、こちらも故人から譲渡された権利を主張し、結果、著作権は親族に譲ることで和解して「共同製作」という条件で落ち着いた。そこまでは、まだよかった……。

それも予想できたことだが、黒川の新作ともなれば、海外市場も狙えるわけで、そうなると八郎いわく、「蜜の匂いを嗅ぎつけたクマ」みたいな連中がどこからとなく、わらわらと集まってきて、なんでか企画会議にまで鼻をつっこんでくるようになる。途中から加わってくるその手の連中というのは、気づくと勝手に上座に移動していて、これじゃ儲からん、もっと蜜を！　と鼻を上にあげて文句を言い始める。

「そもそも、なんで『世界の黒川 vs.笑いの中井戸』なのよ？　えっ？　親子？　だからなに。動くかそれで、世界の客が？」

とくる。世界では無名の八郎は、

「降ろすでしょ？」

と、これもよくある展開となり、味方であるはずの森の上司までが桁違いの金のことをちらつかされると、「だよねぇ」と相手の意向に揺らぎ始めた。雲行きが怪しくなってきて、さすがの森も血相を変えて、

「大変です！　このままだと、監督は降ろされて、『黒川vs.ウッド・アラン監督の二本立て企画』に、なってしまいます！」

八郎のところに報告にきた。この業界で無駄にしわを増やしてきていない八郎は、驚かずに返した。

「それはそれで、おもしろそうだけどね」

つまるところ金がなければ映画は作れない。儲けを度外視して美談を通すような世界ではないと、そこで稼いできた八郎だからこそ知っている。だが、まだ若い森は憤慨する。

「本末転倒です！　これを撮る意味をみんな忘れてる」

「『人生は意味じゃない、全ては欲望だ』ｂｙ『ライムライト』」

八郎はチャップリンの名セリフを口にする。

「じゃ、あきらめるんですか？」

「『人生は、必ずしも思うようにはならない』ｂｙ『ローマの休日』」

「でも、こんなのおかしい」

「『忘れろ。これが、チャイナタウンさ』by『チャイナタウン』」

「監督っ！」

「『ドント、シンク！　フィーーール』」

ブルース・リーのカンフーのポーズをとって遠い目で言う八郎を、森は見て、ようやく察したようで、

「ごめんなさい。誰よりダメージ受けてるの、監督でしたね……」

それ以上は言わずに帰っていった。

自分がもっと立派な監督であれば……こんなことにはならなかったのに、と八郎は何より黒川に対して申し訳ない気持ちでいっぱいになった。せっかく、親子共演のチャンスをくれたのに、ふがいない自分のせいで、と再び自分を責めることになり、また部屋にひきこもりたくなってきた。が、そんなとき、一本の電話がかかってきた。百合子は相手の名前を聞くと、慌てて八郎の部屋へと走った。

「く、黒川さんの、甥御さん！」

驚いて八郎が電話に出ると、例の脚本を譲り受けたときにだけ会ったその人は、よかったら家に来てくれないかと、言葉少なく八郎に告げた。八郎は戸惑いながらも了解し

て、後日、黒川が生前に住んでいた都心にあるマンションへ、赴くこととなった。

八郎がそこを訪ねるのは初めてであったが、出迎えた黒川の甥っ子に、

「先日、中井戸監督のお母様、夢乃さんが、お孫さんの章雄さんと一緒に突然、訪ねてこられたんです」

と言われて、まったくそのことを知らなかった八郎は驚いた。

「うちの母が、ここに？」

黒川に似て大柄の甥っ子は、うなずいた。

「伯父と不倫関係があったことを今になって明かして、ご迷惑をかけたことを詫びたいとおっしゃられて。少し認知症が進んでらっしゃるのか、くり返し何度も謝られるので……。お気持ちはわかりましたと伝えたんですが」

「そうですか。よけいご迷惑をかけて、申し訳ありませんでした」

八郎は頭を深く下げたが、心中では、あのばあさん、うまいことボケ老人を演じたなと感心した。

「夢乃さん『黒川さんが可愛くて、手を出しちゃったのは私なの』とも、言ってました」

「それは本当だと思います」

八郎はさらに深く頭を下げた。けれど、夢乃と章雄の印象がよかったようで、甥っ子は好意的で、どうぞこちらにと、客間から別の部屋に八郎を案内しながら、話し続けた。

「夢乃さんは、伯父がずっと必要のない罪悪感を抱えていて、それで遺稿を中井戸監督に渡したのだろうと」

八郎はそれにも同意した。

「私もそう思います。本来は私がいただくものではなかったと。もらうのが十年、百年早かったと、今は思っています」

真摯に言う八郎を、甥っ子は何か言いたげに見つめていたが、

「中井戸監督と私は……従兄弟ということになるんですよね」

と感慨深げに言いながら、奥の部屋のドアの前に来た。

「そのままにしてある伯父の書斎です。夢乃さんを、この書斎にご案内したら、『八郎にも、見せてやりたい』と」

「それで私を招いてくれたんですか？」

八郎がまた驚くと、相手はうなずいた。

「最初から私は裁判などしたくはなかったんですが、伯父が世話になってきた人間関係もありますし」

それは充分に承知してます、と八郎は返した。

「監督ってのは、どんなに偉くとも雇われの身ですから」

甥っ子はうなずいて、ドアを開けた。どうぞ、と招かれてその部屋に一歩踏み込んだ八郎は、

「これが、黒川さんの書斎……」

絨毯敷きの部屋を見やった。年代ものの高級マンションなだけあって、もちろん造りは立派で、広さもある。だが、同時にこれが「世界の黒川」の書斎なのか？と八郎は驚いていた。原稿を書く机や、年代ものの簡易編集機やモニターなどはあるが、基本的に必要なものしかなく簡素で、自分の書斎ともどことなく雰囲気が似ている。

「どうぞお好きに、ご覧になってください」

甥っ子に言われて八郎はうなずいたが、初めて入る部屋なのに、どこになにがあるかわかるのが不思議だった。部屋の二面は余すところなく造り付けの本棚になっていて、半分以上を膨大な量の書籍と脚本が占め、残りは映像資料だ。懐かしいβのビデオテープ、レーザーディスク、そしてＶＨＳ、ＤＶＤなどが詰め込まれている。さすがに原版フィルムやプリントはなさそうだが、灰色のリールケースに入った16ミリフィルムは少しある。八郎は吸い寄せられるように、映像資料が並んでいる棚の前に立った。それら

は「あいうえお順」に並んでいることに八郎は気づき、黒川の意外と几帳面なところを見た気がした。

「あっ」

と八郎が思わず声をもらしたのは、自分の映画のタイトルをＶＨＳテープの背表紙に見つけたからだった。

「おれの……」

もしかして、と八郎は、自分のそれを古いものから順に探した。視点が速やかに棚のあちらへ、こちらへと飛ぶ。

「ある……ある」

八郎は、甥っ子が後ろで見ているのも忘れて棚により、自分の映画のＤＶＤの背表紙に次々と触れていった。

「全部、ある……？」

八郎は驚いている顔のまま、自分に言った。

「おれの作品、ぜんぶ……黒川さん、観てくれてた？」

一番新しいそれは棚の下段にあり、八郎は床に両ひざをついて、それに触れた。黒川が吸っていた懐かしいタバコの匂いが、ふわりと絨毯から香った。八郎はそのまま立てず、自分の作品のタイトルが涙で滲んで見えなくなっていくのだった。

「全部はないですよ。伯父が亡くなったあとのものは、もちろんありませんから」

几帳面な甥っ子が後ろから正して、八郎は洟をすすりながら、

「……感動の場面だから、ちょっと黙ってて」

と注意した。

「おじいちゃん?」

絶壁の崖の上から水平線を見つめている八郎に、吾郎はもう一度声をかけた。八郎は視線を孫に下ろした。

「だいじょうぶ。心配するな」

「だって、前に来たとき崖から落っこちそうになったんでしょ? 恐くないの?」

「一度メガホンを持って現場に入ったら、恐いものはない。最近はインカムだけど」

そして吾郎と一緒に、後ろをふりかえり、三十人以上のスタッフが忙しく行き来しているロケーション撮影の現場を見やった。

誰かに使われる前に使いたかったこの場所は、撮影許可を役所に取りに行ったところ、二時間ドラマでよく使ってますよ、と明るく言われ、八郎はしたたか落ち込んでいたが、

おかげで撮影許可は難なく下りた。条件として言われたように警備のスタッフも配備したが、今のところそこまで野次馬はたかっていない。崖っぷちぎりぎりのところには、今はスタンドインが立っていて、照明、音声、キャメラ、記録などのスタッフが、機材や脚本を手に、次のシーンに向けて準備と調整に勤しんでいる。デジタル技術のおかげで、それらも昔ほど時間を要しなくなってきてはいるが、天気だけは未だにどうにもならないものの一つだ。八郎は視線を上げて、まだ雲がのさばっている空を見た。

「あのとき落っこちなくてよかったよ」

「おじいちゃんは、いつもぎりぎりのところで助かるね」

と吾郎は言った。

黒川のマンションを訪れた数日後のことだ。森から連絡が入り、

「事態が急変しました」

興奮している声で告げてきた。森によると、黒川脚本の著作権を今は持っている黒川の遺族、おそらく例の甥っ子が、

「中井戸八郎監督を今回の企画から降ろすならば、全て白紙に戻し、脚本は再びお蔵入りにする」

と製作側に伝えてきたのだという。その突然の事態に、八郎を降ろした両映画会社の

幹部や、欲望だけが人生のクマたちも慌てふためいたようで、お蔵入りよりはまし、と急に手のひらを返して、

「中井戸監督で行きましょう！」

ということになったそうだ。「そもそも、親子で二本立て、ってところに意味がある」と連中は言ったとか、言わないとか。

「そうだな。ぎりぎりのところで、なにかに助けられてるな」

結果、晴れて監督としてここに立っているというわけだ。

「みんなのおかげだよ」

「ママは、うまくやってるかな」

吾郎も空を見て呟いた。黒川脚本の映画『花見』の方も撮影は始まっているが、美子はそちらでエキストラ程度の役だが使ってもらうことが決まった。

「でかしたな、あいつ」

親の映画ではなく、黒川の映画で女役を勝ち得たことは美子にとって何より意味がある。

「なんでママの撮影を、見に行かない？」

「邪魔になるから行かないよ」

おれの方は邪魔していいのね、と八郎は言って、どの辺りを撮っているのかなと、黒川脚本に思いを馳せた。あちらは物置で寝かされていたままの形、二本立てにするなら完璧なそれで、撮られている。

黒川は正直な男だと、八郎は撮影台本になったそれを改めて読んで思った。彼にとって、息子というものはまさに「ブラックボックス」であったのだろう。八郎の顔は知っている。言葉を交わしたこともある。八郎の撮った作品も全て観ていた……。だが、八郎がどのような「息子」であるかは、黒川は知らない、わからなかった。未知であるから脚本を書く上でもブラックボックスのままにしたのだ。巨匠の潔さが、そこにある。そしてそれを八郎に託した。あとをまかされた八郎の仕事は、自分の作品でそのブラックボックスの中を丁寧に描くことに尽きる。真太郎の部屋に入って、彼の生活がちゃんとそこにあることを知ったように、自分も親の知らないそれを描いて、こういう息子なんだよと伝えたい。それを黒川に捧げたい……。

「あっちはゲージツで、こっちはドタバタコメディだって、真太郎おじちゃんが」

吾郎が言って、八郎はうなずいた。

「それが、おじいちゃんの真骨頂だからな」

「真太郎おじちゃんは、今日も来てないの？」

「あいつが陽の下に出てくるわけないだろ」

と八郎は、吾郎がまるめて持っている、こちらの撮影台本を取り上げた。表紙には、

『かきあげ家族』

コメディらしい遊んだロゴで映画のタイトルがある。それをめくると最初のページに脚本家の名前が記されている。

中井戸八郎

高田圭

中井戸真太郎

三人の連名になっている。実質的には真太郎がほとんどを書いたと言っていい。真太郎の才能を評価してくれる高田が、今後も仕事をふってくれるといいが、続けられるかは真太郎自身にかかっている。今回、ようやく籠っていた部屋から、ちょっとだけ顔を出すことはできた。しかし部屋から出られたとしても、次の開けられない扉はまたすぐに出てくる。それが永遠に続くのが人生で、限界というものは、いつだって希望と抱き合わせでそこにあると、どうにか監督として復活できた八郎自身が痛いほどわかっている。

「監督」

サードの助監が、タブレットを持って八郎のところに小走りにやってきた。彼は雨雲レーダーを見せながら空を指して、

「あともう五、六分で、この辺りの雲がはけそうなんで、そろそろお願いします」

報告すると去って行った。天然の照明も操作できる時代が来そうだな、と八郎は台本を吾郎に返した。

「この辺りで見てていいぞ」

「うん、でも……」

と吾郎は後方を見た。規制線の外で見物している少ない野次馬の中に、長男章雄の姿がある。知らぬ間に来ていたようだ。八郎が視線を送っていると、ようやく章雄は気づいて、無愛想にうなずき返した。

「章雄にも、こっちに来るよう言って」

と頼む八郎に、吾郎は代わって伝える。

「あそこで、いいんだって。自分は関係ないから」

八郎は、自分が呼ばれている方をちらっと見てから、そちらとは逆の章雄のところへと向かった。そして、背の高い息子と向き合った。

「なかなかいい場所だろ？　よく使われてるらしいけど」

章雄はただうなずく。八郎は改まった口調で言った。

「おまえのおかげだ。黒川さんとこに、ばあさんを連れて行ってくれたから」

そして深く頭を下げた。

「ありがとう。感謝してる」

章雄はちょっと驚いたような顔で父親を見たが、目を逸らして言った。

「ばあちゃんのアイデアだよ」

「相談に行ってくれたんだろ？」

「……若い頃の黒川に似てるんだってさ、おれ」

八郎は、へー、とおもしろそうに顔を見る。

「よかったじゃないか」

章雄は笑わない。

「嬉しくないね。うちの問題の根源だ」

八郎は笑った。章雄は不機嫌な口調のまま言った。

「とにかく、あのばあちゃんがボケたふりして、頭を下げたんだから、映画ちゃんと当ててよ」

「ハズしたら、化けて出てきそうだな。まだ死んでないけど」

助監が言ったとおり、雲の合間から陽が差し始めて、現場の動きは追われるようにさらに忙しくなってきた。やりとりする声も大きくなってきているが、問題が起きているわけではないと八郎にはわかる。章雄も一緒に現場を見やりため息をつく。

「ワンシーン撮るのに、こんなに人と時間を使って……。子供でも映像が撮れて、世界に配信できる時代に。ホント、割の合わない仕事だと思うよ。下手に首つっこまないでよかった」

八郎は、それに無言で返す。

「でも、会社の方も正式に辞めた。なにをやるかは、まだわからない」

と言う章雄に、八郎は不安げな表情は見せない。

「ようやく今から、始めるようだな、おまえも、真太郎も、美子も、そしておれも」

章雄は、笑みさえ浮かべている父親を横目で見る。八郎は現場で働くスタッフをぐるりと見て言った。

「おれも、一本の映画のためにこんなに人が必要かなと、常に思うが。作品ができあがると、必要だったと思うんだな。必要ない人間はいない。自分のことも、そう思いたいね」

八郎は、野次馬が規制線から出ないように整理している警備スタッフの男に手をふった。相手も手をふり返した。

「ご主人！　なんか今日は、監督っぽいよ！」

庭木の手入れに来ていたシルバー人材センターの男だ。スタッフが足りないので、

「映画が好きなら、仕事がてら現場に来ない？」と八郎が雇った。そのよこには、八郎
が自殺すると勘違いした元カメラマンの老人も野次馬に交ざっている。

「死ななくてよかったな、監督！」

彼にも言われ、八郎は二人に笑顔を返した。章雄は半ばあきれたように、

「そんなんで、よく監督やってきたな」

と毒づくが、八郎は少し改まったように長男の方を向いた。

「美子と、真太郎には、『そこらの女優よりきれい』とか『アル・パチーノだ』とか、
言ってやることができたんだが……。章雄おまえにだけは、なんと言ってやればいいか、
ずっとわからなくてね」

「アル・パチーノ？」

なにそれ、と章雄は苦笑しているが、八郎は真剣に続けた。

「だが、ようやくわかったんだ、黒川さんのおかげでね。黒川さんが息子のおれに言っ
てくれたことを、そのままおまえに言うよ」

章雄は真顔になって父親を見つめる。

「黒川さんはおれに、そのままでいいんだと、言ってくれた。おまえの歴史を大切にしろ、と。だから章雄、おまえも自分の歴史を愛しなさい。勇気を出して会社を辞めた自分を誇ったらいい」

八郎は章雄に告げた。

「おまえと意見が違っても、つながらなくても、おれは、おまえのことは好きだから」

章雄は驚いたような表情で、固まっている。

「それを言ってやるのを忘れてたよ。わるかったな」

言葉が出ないでいる息子に、八郎はうなずく。

「監督ぅ！　役者さん、入りまーす！」

八郎を探していた助監がこちらにやってきて、はいよ、と八郎は自分のポジションへと速やかに向かった。章雄はそれを無言で見送った。役者がぞろぞろとロケバスから降りてきて、現場にはにわかに緊張感が生まれている。野次馬たちは、誰？　誰？　と身を乗り出しているが、章雄はそちらを見ずに、手に持っている、すでに何度も読んだ『かきあげ家族』の脚本をぱらっと広げた。

この映画の主人公、京一郎（きょういちろう）は、中年の作家である。できすぎた父親を持つ彼は、青年期を鬱々と過ごしていたが、コンプレックスを自虐的に文字で綴ることで、生きる道を見つけた。しかし自分も家族を持って父親になり、自分以上に問題を抱えた子供たちと向き合うときがきて、あるべき父親像というものに悩む。その葛藤が、八郎らしい笑いで、そして真太郎が加えた現代的ドライブ感で描かれている。章雄はページを送りながら、後半の展開に目を通した。

主人公の京一郎は、父親が催す「花見の会」に来るように言われているが、自分の子供のことでせいいっぱいなのに、そんな悠長なものに行く気はないと、完璧すぎる自分の父親をまた逆恨みする。子供が問題を抱えることになった要因は、やはり自分にあり、そういう自分を生み出したのは父親だと。大もとはそこにあると。しかし子供たちと、てんやわんやでぶつかっていくうちに、自分も子供たちも「こうでなきゃいけない」という自らの思い込みに実は縛られ、苦しんでいることに気づく。それを取り去って子供たちと向き合うことができたとき、京一郎は父親の顔が無性に見たくなる。

脚本の一番最後のページを開き、章雄は見つめた。

京一郎は、完璧な父親なんてものも思い込み、「幻想」だと気づき、すでに花見の会は終わっている時間ではあるが、会場である川辺の桜並木に駆けつける。それがラストシーンで、最後のカットは、探していた人を見つけ、桜散る中で微笑む京一郎の顔で終わる。

章雄にも、黒川の作品のラストとつながっていることはわかった。森の話だと八郎は、黒川脚本を撮る監督と打合わせをしたときに、このように話したという。

「黒川脚本の最後の一行には、『Kの口元には、微かに笑みが浮かんでいる』とあります。黒川さんは、私がどういう作品で応えてもいいように、このような形にしてくれたのだと思う。もし私が、『父親を拒絶したまま最後まで花見に行かない息子の話』を書けば、それは『自嘲の笑み』になります」

でも、と八郎は自分が撮る『かきあげ家族』の脚本を差し出して、頼んだそうだ。

「私は、このような作品で、応えたので。『遅れて駆けつけた息子の姿を見つけた、その瞬間の笑み』に、観客にはとれるよう撮っていただけたらと思います」

そうすれば、二人は出会えたことになると。

「自分はもう父親に会えないけど……せめて映画の中ではね」

と八郎は願って、相手の監督は、もちろん言われなくてもそうするつもりだ、と言ったという。

章雄は脚本を閉じて、いよいよ撮影が始まろうとしている現場を見やった。これから撮るシーンは——ひきこもりの息子、金太郎(きんたろう)が、自殺をほのめかす書き置きを残して消えて、それを探して追ってきた父親の京一郎が、崖から海に飛び込もうとしている金太郎を見つける――という場面である。――京一郎はそこで初めて女装をしている息子を目にして、制止するのも忘れてビックリ仰天！――というカットからだ。

大勢のスタッフの中心に立ち、指示を出している八郎の背中を章雄が見つめていると、

「よかったら、もっと近くで」

声にふりむくと、今到着したらしい森だった。

「いいんです、ここで」

と言う章雄に、森は真剣な表情で、

「本当に、いいんですか？」

と聞いた。何を確かめているのか章雄にはわかった。森も、今回の章雄の手柄には心から感謝していて、よければ演出部ではなく製作部で働かないかと言ってくれている。

「いいです。もう映画は」

章雄はそのオファーを断った。表情は寂しげだが、ふっきれたところもあり、森もそれ以上は言わず、二人は、キャメラの画角などをチェックしている八郎を、そこから見守った。

空はほぼ快晴となり、

「お願いしまーす」

の声が重なり、チーフ助監督と最終確認をしていた役者たちが、キャメラの方へと集まってきた。その中に「世話好きの近所のばあさん役」をしぶしぶ引き受けた百合子の姿もある。父親の京一郎を演じるのは、尿瓶を贈ってきた桜山寛三だ。ひきこもり&トランスジェンダーの息子役には、成長に従ってほされてしまった元名子役が、再起を狙って挑戦している。が、女装というより仮装に近い。

「ママは見に来ないで正解だ」

いつの間にか森と章雄のよこに来ていた吾郎が呟く。リハーサルどおり、崖っぷちぎりぎりに役者が並び、セカンドが台本を読みながら段取りを説明し始めた。

「シーン9のぉ、カット6ぅ！　ひきこもりの息子、金太郎を探してやってきた京一郎が、崖っぷちに立っているデカい女を見つけ、それが息子だと気づいたところのリアクションから！　『京一郎、女装している金太郎を見て、口を大きく開けて驚く。と同時に、持っていた土産の寿司折を落とし、一歩退いて、それを踏む』」

吾郎は訴えるように森を見た。

「『E.T.』パクってる」

やりたかったんじゃないの、と森は返す。

「テストぉ、いきまーす！」

スタッフのかけ声に、本番ほどではないが、現場はしんと静かになる。聴こえるのは、崖の下からあがってくる波の音だけだ。キャメラの前に立つ京一郎役の桜山を、八郎は穏やかな表情で見つめている。サードがカチンコを構えて、

「テストっ、よーい、ハイッ」

パチン、と軽くカチンコが鳴らされた。桜山はテストであっても全力で、目、口、鼻の穴を最大限にひらいて、初めて女装の息子を見たときの驚きというものを表す。

「オッケー！」

と八郎は演技を切って、笑いをこぼして褒める。

「ハハッ、いいねぇ！　おれも、こんな顔してたのかね？」

桜山をはじめ、中井戸家の事情を知っているまわりのスタッフも遠慮なく笑う。しかし八郎の思考はすでに他にあるようで、腕を組んだまま何か考えている。

「本番行きますか？」

と聞くサードに、八郎は無言で首をよこにふり、桜山の立ち位置へと行った。ベテランの桜山は、速やかにその場所を監督に譲る。

「悪いね。なんか……もうちょっと、欲しいんだよな……」

と八郎は考えながら、役者とスタッフに、演出の変更を自ら父親役を演じて伝え始めた。八郎はまず、女装した息子を見て驚いているところを桜山に負けずに演じて見せて、続けて動きながら説明する。

「『わっ！』と息子を見て驚く。と同時に、寿司折を落とす。一歩下がってそれを踏む。踏んだことにまた驚いて、一歩退くと……」

八郎は崖を背にして、後退して見せる。役者、スタッフ全員がどこか不安げに、後ろを気にせず下がっていく監督を見ている。百合子もかたわらで嫌な予感に口を半開きにしている。

「そうだっ！　ここで崖から――」

皆の心配をよそに、八郎は何か閃(ひらめ)いたらしい。

「ひょっこりカニが這い出てくる、ってのは、どう？」

カニ？　とスタッフ全員の目が点になる。かまわず八郎は、

「いるだろ、海なんだから、カニぐらい」

強引に言って、独り芝居のようにいないカニをそこに見ている。

「カニアレルギーの主人公、京一郎が大の苦手とするカニが、ここでダメ押しで現れて、『ぎゃっ！』と跳んでよけた拍子に、自殺したい息子じゃなくて京一郎が崖から落っこ

ちてしまうってのは、どう？　こんな感じで——」

と八郎は、カニを見て跳びあがる動きを見せようとしてバランスを崩し、

「あなたっ、危ないっ！」

百合子が叫んだがすでに遅く、八郎は、フッ、と皆の視界から消えた。

「か、監督っ！」

「オヤジっ！」

「あなたーっ！」

「おじいちゃんっ！」

「こっちも遺作っ？」

森、章雄、百合子、吾郎、スタッフ全員が叫び声を同時にあげて、役者たちも、人材センターの男も、元カメラマンも、野次馬たちも、八郎が落ちた崖っぷちに一斉に駆け寄った。皆が、恐る恐る監督が落ちた崖下をのぞくと……そこから絶壁になっているわけではなく一段下に突き出た地面があり、尻餅をついた八郎が痛みに顔をしかめている。

動揺しているサードが声をかけた。

「か、監督！　大丈夫ですか！」

「ね、念のため、ここにマ、マット敷いとけって、言ったよね！」

下から八郎は、呻いて言う。

「危ないのは次のカットなんで、まだ敷いてないんです！」

早く、敷いて……と八郎は言いながらどうにか立ち上がり、皆は、あー、びっくりして損した、と息をつく。

「カニだなんて、くだらないアイデアを思いつくからだよ」

と吾郎が注意するが、スタッフに手を借りて崖の下から這いあがってきた八郎はいたって真面目に、

「そうだ、カニだ」

と思い出して、

「あとからインサートカットと合成で、入れられるよな？」

こだわりも見せずにサードと相談している。

「こんな絶壁をカニ……登ってこられますかね？」

と不安げに言うサードに、八郎は頼もしい表情で指示する。

「じゃ、体力ありそうな、大きなカニにしとけ！」

了解です、とサードは返して、八郎はうなずき、

「んじゃ、桜山さん、申し訳ないけどカニをイメージしたのも、やってみてくれる？」

真顔で頼むと、尻の泥を払いながら何事もなかったかのようにキャメラのよこへと戻った。言われた桜山も、

「カニ……カニ……了解」

と、イメージしながら速やかに演技モードに入る。

「テスト続けまーす」

サードが皆に告げた。何も起きなかったかのように、タフな撮影現場はいつもの淡々とした雰囲気に戻っている。

「ホントに巨匠の息子？」

と怪しむ吾郎に、中井戸ファンの森は嬉しげに返す。

「だと、ぼくは今、確信したよ」

章雄は何も言わず、八郎が指揮をとる現場を見つめているが、引いて見ているような表情はもうそこにはない。小学生の吾郎よりも目をきらきらと輝かせている。

「やっぱり、おれ」

章雄は森を見て、抑えきれないように言った。

「おれ、映画やろっかな？」

あきれて言葉が出ない森に、吾郎がうなずく。

「こりない、へこたれない、それが二世。それがかきあげ家族」

スターットト！　八郎がキャメラのよこで叫んだ。

謝辞

恩師で映画評論家の故・品田雄吉氏にお勧めいただいた映画作品を、本編の中でご紹介いたしました。映画の素晴らしさをご教授くださった氏に深く感謝申し上げます。

解説

藤田香織（書評家）

かきあげはいい。

もてあまし気味な素麺も、ついつい頼りがちな冷凍うどんも、かきあげがひとつあるだけでパッと華やかになるし、なにより満足感がすごい。たとえ桜エビや小柱といったリッチ素材が入っていない残り野菜寄せ集め揚げでも、たとえスーパーの総菜コーナーで半額シールが貼られた売れ残り揚げでも、あるとないとじゃ大違いだ。先日、Twitterで某人気うどん店のかきあげが、なんとひとつ659キロカロリーもあると拡散されていて戦慄いたものの、一方で「流石です」という心持ちにもなった。

まずは言い切ってしまおう。本書『かきあげ家族』も、本家本元のかきあげに負けず、読後の満足感は文句なし。日々の活力となるカロリーたっぷりの、なんとも頼もしい長編作である。「かきあげ」のメイン素材ならぬ、物語の中心となるのは、中井戸八郎、六十九歳。バブル期にはコメディのシリーズ作をヒットさせたほか、数多くの作品を撮ってきた映画監督だ。しかし、最近、原作者に「中井戸が監督じゃ、嫌だ」と言われ降ろされた『しあわせ家族』が海外の映画祭で賞を取り、日本でも大ヒットしている余波があとをひき、どうもパッとしない日々が続いている。次の仕事は決まっていない。頭にチラつく「引退」の二文字。妻の百合子にも、「ってことは……いよいよあなたも、おはらい——」と不穏なことを言われる始末だ。

そんなある日、さしたる縁もないのに、遺言によってなぜか八郎が譲り受けた世界的名監督、黒川治直筆の「絶筆脚本」がネットオークションに出品されていることが発覚。幸い、八郎と親交のある大手映画会社のプロデューサー森陽一が気付き知らせてくれるのだが、ここから物語は、二転三転、思いもよらぬ方向へと展開していく。

賞には無縁ながらも数だけは撮ってきた八郎は、庭に植木屋（まぁ一応）が入るような一軒家を都内に構えていて、元女優の妻・百合子と次男の真太郎と共に暮らしている。とはいえ、三十六歳になる真太郎は、かれこれ二十年近くひきこもり中。八郎とは、同じ屋根の下で暮らしながら、話すことも顔を合わせることもほとんどなかった。

そこへ十歳の孫、吾郎の親である娘の美子が「晴れて私、離婚しました」と出戻ってくる。さらには八郎曰く「おれの子供で唯一普通に、まともに生きてる」はずだった新潟在住の四十四歳の長男・章雄が、勤めていた大手菓子メーカーをクビになり、妻子にはまだ事情を話せていないと転がり込んでくる。八郎が「元祖ひきこもりに、出戻り、おまけに家出、満員御礼だ！」と嘆けば、吾郎（いいキャラクター！）が「不登校も！それと、新ひきこもり！」とまぜっかえす。不登校は吾郎自身を指し、新ひきこもりとは「仕事に行かないで、ずっと家にいる」八郎のことだ。

かくして、中井戸家には、すっかり大人になったはずの子供たちプラス孫の吾郎が寄せ集まり、八郎は映画にかまけて長年目を逸らしてきた「家族」の姿を目の当たりにし、個々が抱えている問題にも直面することになる。

このオールキャストが出揃うまでの前半だけでも、目まぐるしく状況は変化し、次々と事の真相が明かされていく。其々がかぶっている衣が、ひとつずつはがされて、中身がむき出しになるたびに、読者は、えーー！　そうだったの!?　と驚き、はぁ、なるほど……とため息を吐き、辛辣だなと胸を痛めもするだろう。忙しい。感情が忙しくて、だけど先が気になって仕方がない。

もちろん、八郎自身も例外ではない。森には、黒川が同業者である八郎に遺稿を託したということは、この脚本で映画を撮ってくれ、という意味ではないか。ここらでコメディではなく家族ものの感動作を撮るべきだと説かれるが、八郎は引き受けない、撮る気はない、と繰り返す。自分はコメディの監督で黒川とは毛色が違いすぎる、という気持ちもあったし、何よりも映画を撮る気力のようなものを失いかけていた。一方で、美子の配偶者だった脚本家の高田圭には家族ものの感動作など無理だと言われる。「監督自身の家族が、あまりに普通じゃなさすぎる。ご自分が映画監督で妻は元女優、そこからまず一般的ではないですが、子供もひどい」と容赦なく断言され、八郎の心中は揺れ続ける。家族のことがわからない。自分の気持ちもわからない。けれどこの、今までずっと、勝手にわかった気になっていたものごとを、本当はわかっていないと八郎が自覚したことから、物語はぐぐっと深みを増していくのだ。

巨匠・黒川治の遺稿を持ち出しネットオークションにかけたのは誰の仕業なのか。そこかと思えばあちらへと所在が移り変わるのはどういうわけか。百合子に諭され、レンズ越しの監督目線で子供たちと向き合ってみるべく、表紙に『かきあげ家族(仮)』と記した大学ノートには、何が書きこまれていくのか。家族の問題と自分の胸中に向き合うのは容易ではなく八郎の奮闘は続く。

今、このページを開いてくれている人のなかには、解説先読み派の方もいると思われるので中盤以降の詳細には触れないが、さしたる縁もないと思っていた黒川監督との関係性はまさにビッグ・サプライズ！　しかもそこで物事が一気に解決するわけではないのが、しみじみといい。

個人的に、二〇二〇年八月に単行本が発売されたときの初読では、四十四歳にもなって「映画を、やりたいんだ。監督をやりたい」、「普通に生きることに、喜びを感じないんだ」などと言い出し、妻子を放り出して実家に逃げ込んできた長男の章雄を、バカじゃなかろうかとしか思えなかった（ストレートな物言いで失礼します）のだが、今回、再読して、何者かになりたいと願う章雄を鼻で笑っていた自分が狭量で傲慢な人間だったと思い知らされたりもした。なんというか、本書には、父とは男とは家族とは人間とは〇〇だといった「あるべき教」の説教めいたことは、一切書かれていないのに、考えさせられ、気付かされることは数えきれない。章雄の妻・悦子（えつこ）が「子供たちに、そういった話は、しないでいただけますか」と八郎を詰めるくだりも、そんな辛辣なことを言わないであげて……と思う反面、いやそれはそう！　確かにそう！　と頷く自分もいて、ひとつのものごとを多方面から見るってこういうことかも、と納得もできる。

と、同時に、本書には古今東西、数多くの映画が登場し、作品ガイドとしても大いに役立つ。八郎や森、吾郎や真太郎が口にする名場面や演出ポイント、印象的な台詞（せりふ）や制作背景は、読者の記憶スイッチを押しまくる。「今」だからこそ気付くことがあるかもと確認したくなる『クレイマー、クレイマー』、『メン・イン・ブラック』、『E.T.』。『エデンの東』や『スター・ウォーズ』。「じじいが旅するだけ」という『ストレイト・ストーリー』は、だからこそ気になるし、「その映画で、なにを語れと？」と言われる『60セカンズ』は、逆に観たい！　とそそられる。『スピード』と『新幹線大爆破』はぜひとも観比べたいし、なんとなく観逃していた『イージー・ライダー』も気になってくる。本編だけでも怒濤（どとう）の展開でカロリー過多なのに、恐ろしいことに、ここからもっともっとと食指が動く。物語の力と映画の力が作用しあう楽しさがあるのだ。

作者である中島たい子さんには、すばる文学賞を受賞したデビュー作『漢方小説』（集英社→集英社文庫）から、実は笑いのツボを押されがちだったんだよね、と改めて気付く読者も少なくないだろう。

確かに本書のようなザッツ・エンターテインメント！　な作品は珍しいが、〈「三十代独身女性が奮闘する小説」をひたすら書き続けてきて、いいかげん読者も私もくたびれてきたので、今回は結婚ブームにあやかって主人公を結婚させて、ハッピーでのほほんとした話を書こうと決めた〉にもかかわらず、遠い世界すぎて苦悩する小説家のままならなさを描いた『ハッピー・チョイス』（単行本時『結婚小説』を改題。集英社→集英社文庫）のように、イタ痒さに身もだえる作品もある。

あれば嬉しいかきあげは、作るとなれば難しい。でも、それでも。

いつかまた中島さんが、失敗を繰り返して形になっていく『かきあげ家族』のおかわりを用意してくれることを楽しみに待っている。

二〇二〇年八月　光文社刊

光文社文庫

かきあげ家族

著　者　中島たい子

2023年8月20日　初版1刷発行

発行者　三宅貴久
印　刷　堀内印刷
製　本　榎本製本

発行所　株式会社　光文社
〒112-8011　東京都文京区音羽1-16-6
電話（03）5395-8147　編集部
8116　書籍販売部
8125　業務部

ISBN978-4-334-10006-3　Printed in Japan

組版　萩原印刷